VERLAG ANTJE
KUNSTMANN

Peter Probst

ICH HABE SCHLEYER NICHT ENTFÜHRT

Roman

Verlag Antje Kunstmann

»Du lügst dich ja selber an!« fiel sie mir ins Wort und ließ mich nicht aus den Augen: »Alles, was du treibst, machst du bloß, weil du Angst vor dir selber hast!«

Oskar Maria Graf: Wir sind Gefangene

»Ich habe Schleyer nicht entführt« ist unter anderem von historischen Ereignissen und Begegnungen mit realen Personen inspiriert. Diese wurden ohne Anspruch auf Authentizität kreativ und künstlerisch bearbeitet, um ein eigenständiges, fiktionales Werk zu schaffen.

1

Im eiskalten Dezember 1976 gab es wichtigere Dinge für mich als einen halb nackten Mann, der mit zertrümmertem Schädel bei den Allacher Kiesbergen gefunden worden war. Es interessierte mich auch nicht besonders, ob er an seinen Kopfverletzungen gestorben oder erfroren war. Trotzdem konnte ich das Gerede meines Vaters über das seiner Meinung nach auf der Hand liegende Tatmotiv nicht unwidersprochen lassen.

»Papa, woher willst du wissen, dass Täter und Opfer Homosexuelle waren?«

»Warme Brüder, habe ich gesagt.«

Er knipste sein überlegenes Lächeln an. Gleich würde er einen alten Freund mit besten Verbindungen zur Münchner Kripo erfinden, der ihn unter der Hand über die Ermittlungen auf dem Laufenden hielt.

Ich drückte mich inzwischen möglichst vor den Abendessen mit der Familie. Doch heute hatte der Leberkäse zu verlockend gerochen. Ein Patient vom Land hatte ihn meinem Vater in die Praxis mitgebracht.

»Geht das überhaupt, dass ein warmer Bruder erfriert«, sagte mein Bruder Berti mit fast perfekter Unschuldsmiene.

»Dann möffte ich auch warm fein, wenn man da nicht erfiert«, sagte der kleine Sigi mit leberkäsegeblähten Backen.

»Das möchtest du ganz sicher nicht«, sagte mein Vater.

»Wieso nicht?«, sagte Berti, nur um die Eltern weiter in Verlegenheit zu bringen.

»Bitte«, sagte unsere Mutter, »können wir nicht über was anderes reden? Das ist doch nichts für den Sigi. Und für den Berti eigentlich auch nicht.«

Die beiden fragten im Chor: »Warum?«

»Weil …« Unsere Mutter wand sich.

»Weil es wider die menschliche Natur ist«, sagte unser Vater und warf seinen Serviettenring nach Sigi.

»Hör auf, wie ein Schwein zu fressen!«

»Wider die Natur?« Ich lachte höhnisch. »Es gibt Völker, bei denen sind homosexuelle Handlungen Teil der Kultur.«

»So? Und welche Völker sollen das sein?«

Um meinem Vater keinen Beleg für meine Behauptung liefern zu müssen, brachte ich die Diskussion zum Ausgangspunkt zurück.

»Ich möchte jetzt wissen, wie du draufkommst, dass das Opfer und der Täter schwul waren?«

»Schwul!«

Sigi kicherte und verschluckte sich. »Schwul!«

Mein Vater schlug mit der Hand auf den Tisch.

»Ruhe, sonst …«

Sigi verstummte.

»Ich habe einen Freund bei der Kripo«, sagte mein Vater, bemerkte, dass ich die Augen verdrehte, und änderte blitzschnell seine Strategie.

»Aber ich weiß auch so, dass sich da draußen bei den Kiesbergen, genauso wie hinter dem Haus der deutschen Kunst …«

»Haus der Kunst, ohne deutsch«, korrigierte meine Mutter ihn leise.

»Ist doch egal.«

»Ist es nicht, Beppo.«

»Ja, Herrschaftszeiten, darf ich mal ausreden? Dass sich bei den Kiesbergen für die Hitler-Autobahn …«

»Hitler?«, rief Sigi erschrocken.

»Der ist tot, schon lange«, sagte meine Mutter und streichelte beruhigend seinen Arm.

»Dass sich da draußen die 175er treffen«, vollendete mein Vater endlich seinen Satz.

»Weil du da ab und zu vorbeischaust, oder was?«

Ich glaubte nicht ernsthaft, dass mein Vater unter Homosexuellen verkehrte, ich wollte ihn nur auf die Palme bringen und sehen, wie seine Gesichtsfarbe erst kalkweiß wurde und dann über gelb zu orange und schließlich blutrot wechselte. Prompt sprang er auf und starrte mich mit seinem Raubtierblick an. Seit ich mir in solchen Momenten vorstellte, er würde dafür vor dem Spiegel üben, machten mir seine Drohgebärden keine Angst mehr.

»Was erlaubst du dir?«, schrie er.

»Ich mir? Alles. Weil du mir immer alles verboten hast.«

»Beppo, Peter, bitte!«, jammerte meine Mutter. »Könnt ihr nicht einmal friedlich bleiben beim Abendessen?«

Ich ignorierte ihren Appell und starrte zurück. Du Löwe, ich Schakal, dachte ich und bedauerte es, dass er mich nie zu schlagen versuchte. Wofür trainierte ich täglich Liegestütze, wenn ich ihm nicht zeigen konnte, wie kräftig ich geworden war? An manchen Tagen schaffte ich fast hundert Stück – na ja, sagen wir fünfundsiebzig –, bevor ich halb ohnmächtig auf meinen Flokati-Teppich sank. Aber vielleicht brauchte ich meine Muskeln irgendwann ja noch für einen ebenbürtigen Gegner. Ich beobachtete, wie mein Vater die Fäuste ballte, bis seine Finger weiß wurden, kurz in dieser Position verharrte, dann langsam lockerließ und mit einem verächtlichen »pfff« abwinkte.

Zwei Trümpfe hatte ich noch im Ärmel. Ich konnte aus einem Artikel der alternativen Stadtzeitung *Blatt* (meiner Lieblingslektüre) zitieren, laut dem die Diskriminierung Schwuler vor allem der Abwehr der eigenen, unterdrückten Homosexualität diente. Noch wirkungsvoller wäre es wahrscheinlich, wenn ich meinen Vater nach seinen sexuellen Erfahrungen im Krieg fragte und behauptete, ich hätte gelesen, dass Wehrmachtssoldaten, wenn kein Bordell in der Nähe war, es miteinander getrieben hätten. Darauf würde er garantiert mit Brüllen reagieren, ich konnte mit dem gern von ihm zitierten Spruch: »Mein Freund, du wirst grob, denn du bist im Unrecht« kontern und erhobenen Hauptes den Tisch verlassen. Dafür war es auch höchste Zeit, ich war vom Leberkäse pappsatt und meine Freundin Zita wartete bestimmt schon auf mich.

»Also«, sagte ich, »ich würde ja schon gern wissen …«

Ich bremste mich gerade noch rechtzeitig, bevor ich einen Riesenfehler beging. Wenn ich meinen Vater bis knapp vor dem Herzinfarkt provozierte, konnte ich das fest eingeplante Geldgeschenk zu meinem Geburtstag vergessen.

»Was?«, sagte er.

»Nichts.«

»Was würdest du gern wissen?«

»Nein, alles okay.«

»Meinst du, ich habe dein unverschämtes Grinsen nicht gesehen?«

»Ich habe an was anderes gedacht, Papa, ehrlich.«

Sein Blick war so durchdringend, dass ich befürchtete, er könne meine Gedanken lesen, nicht nur die momentanen, sondern auch die mit den vögelnden Soldaten, die ich vor zehn oder zwanzig Sekunden gedacht hatte.

»Der Leberkäse …«

Sigi würgte.

»Wehe!«, sagte mein Vater. »Wenn du jetzt spuckst …«

»Mir ist so schlecht. Mama.«

»Dann komm, schnell!«

Sigi presste die Hand auf den Mund und stürzte mit unserer Mutter aus dem Zimmer. Ich glaube, insgeheim waren alle dankbar, dass die Diskussion damit beendet war. Berti mochte grundsätzlich lieber lustige Abendessen, unsere Hausangestellte Hertha hätte sich, wenn es Geschrei gab, am liebsten unter dem Tisch verkrochen, aber da lag unsere Schäferhündin Britta. Mein Vater wirkte während der Machtkämpfe mit mir immer häufiger wie ein in die

Jahre gekommener, ehemaliger Boxchampion und meine Mutter hasste Streit sowieso.

Noch elf Tage, dachte ich, dann ist der Spuk vorbei. Endlich.

In elf Tagen würde sich das Tor zur Freiheit öffnen und ich zu einem gleichberechtigten Mitglied der Gesellschaft werden. Mir gefiel die Vorstellung, dass ich dann theoretisch Zita heiraten konnte, auch wenn ich nicht so blöd sein würde, freiwillig eine Gefangenschaft mit der nächsten zu tauschen. Ich konnte wählen, sogar NPD. Das hatte ich selbstverständlich nicht vor, nicht mal aus Protest gegen meinen Vater, der erwiesenermaßen gegen die Nazis gekämpft hatte. Im Kino gab es für mich endlich keine Altersbeschränkung mehr und ich konnte mit den Fahrstunden anfangen.

»Sobald du achtzehn bist«, hatte mein Vater versprochen, »darfst du dich anmelden.«

Ich ging nicht davon aus, dass ich lange für den Führerschein brauchen würde, danach konnte ich, wann immer ich Lust hatte, einfach drauflosfahren, Richtung Süden oder Westen (der Osten und der Norden interessierten mich weniger). Die Finanzierung eines eigenen Autos war kein Problem, weil mir Schrottkarren besser gefielen als Bonzenschlitten und sich mir als Achtzehnjährigem völlig neue Verdienstmöglichkeiten eröffneten. Das stumpfsinnige Etikettieren und Einsortieren von Ware im Pasinger Kaufhaus, mit dem ich mir in den letzten Ferien ein paar Mark zum Taschengeld dazuverdient hatte, war Geschichte, ich konnte als Liedermacher in der Fußgängerzone auftreten, ohne vom Ordnungsamt verjagt zu werden, in Kneipen jobben oder als Türsteher einer Disco oder eines Bordells. Obwohl, dafür musste ich wahrscheinlich nicht nur achtzehn, sondern auch über eins achtzig groß sein. Ich war eins sechsundsiebzig.

Der Tag, an dem aus meiner Minderjährigkeit, die in meinen Ohren stets wie Minderwertigkeit geklungen hatte, eine Volljährigkeit wurde, fiel auf den Tag, an dem die Christenheit das vierte

Licht entzündete und sich auf die nahe Ankunft des Herrn freute. Konnte es für meine Ankunft in der Erwachsenenwelt ein besseres Datum geben als den 4. Advent? Gut, Weihnachten vielleicht, aber das hätte ich trotz einer gewissen Sympathie für das Pathos übertrieben gefunden. Gleich am Tag darauf, einem Montag, würde ich für das viele Geld, das ich bald verdiente, auch mein erstes eigenes Bankkonto eröffnen.

»Wann sind wir denn geboren?«, würde der Bankangestellte mit einem Anflug von Herablassung in seinem Schalter-Lächeln fragen.

»Am 22. 12. 1958.«

»Oh, dann ... herzlichen Glückwunsch, Herr Gillitzer. Die Stadtsparkasse München fühlt sich geehrt, Sie als Kunden begrüßen zu dürfen.«

Die Vorstellung, dass ich künftig keine Rechenschaft mehr darüber ablegen musste, wo ich hinging, wenn ich wegging, und mit wem, machte mich vor lauter Vorfreude ganz kribbelig.

»Was hast du denn so spät noch vor, Peter?«

»Schon vergessen, Papa? Das ist jetzt nur noch meine Sache.«

Sollte ich ihn überhaupt noch Papa nennen oder wie meine Mutter Beppo, um klarzustellen, dass wir von nun an auf Augenhöhe miteinander verkehrten? Besser nicht, das zog bloß wieder stundenlange Diskussionen nach sich, für die ich als Erwachsener weder Zeit noch Energie übrig hatte.

»Aber, lieber Papa«, würde ich sagen, »da du dich so für mein Leben interessierst ... Ich gehe mit Zita zum Griechen und hinterher ins Milbenzentrum.«

»Ins Milbenzentrum?«

Er würde ein Gesicht machen, als wäre er im Nebenberuf Kammerjäger.

»Und hinterher pennen wir bei ihr.«

Ich sah ihn vor mir, wie er tief Luft holte, wie seine Brust sich spannte und er in Gedanken schon das Verbot samt Begründung formulierte. Da fiel ihm meine Volljährigkeit ein.

»Ah, ja, sehr schön … dann kann ich dir nur viel Spaß wünschen.«

»So ist es.«

»Aber seid vernünftig und trinkt nicht zu viel.«

Das war meine Mutter. Bei ihr war ich nachsichtiger. Die mütterliche Sorge ließ sich nicht von einem Tag auf den anderen abstellen. Sie entstammte einer tieferen Seelenschicht als die verspäteten Erziehungsversuche meines Vaters, die vor allem seiner patriarchalischen Selbstvergewisserung dienten, wie Zitas feministische Mutter Rena es kürzlich treffend formuliert hatte.

Rena Wegner und ihr Mann Lu, der eigentlich Ludwig hieß, freuten sich immer noch über meine Besuche, obwohl ihre Tochter und ich uns in den zweieinhalb Jahren, die wir zusammen waren, schon fünf Mal getrennt und wieder versöhnt hatten. Zita hasste es, wenn ihre Eltern mich an der Haustür abfingen und ins Wohnzimmer lotsten. Dort bestachen sie mich mit schwerem, rotem Wein und befragten mich zur politischen Stimmung in meiner Generation. Ihre Tochter lebe ja leider mehr in ihren Büchern als in der Wirklichkeit, deswegen seien sie auf meine Informationen angewiesen. Angefangen hatten ihre freundlichen Verhöre irgendwann im Mai mit der Frage, ob »wir jungen Leute« hinter Ulrike Meinhofs Suizid einen staatlich angeordneten Mord vermuteten. Sie wollten auch wissen, ob wir, wären wir politische Gefangene, uns einem Hungerstreik der RAF anschließen würden und ob wir nur die Gewalt gegen Personen oder auch die gegen Sachen ablehnten. Ich hatte mir zu keiner dieser Fragen groß Gedanken gemacht und antwortete, um mir keine Blöße zu geben, mit viel »einerseits« und »andererseits«. Obwohl ich nie zu einer Synthese gelangte, lobte Lu meine Begabung für das dialektische Denken und Rena erklärte, meine Generation sei so erfrischend undogmatisch, was auf völlig neue politische Ausdrucksformen hoffen lasse. Kürzlich sei sie in Bologna gewesen, berichtete sie einmal, und hätte auf der Piazza Verdi Mitglieder des Kollektivs *Radio Alice* kennengelernt, faszinierende, junge Menschen, die ohne professionelle Sprecher und bewusst ohne Plan sendeten. Das Ergebnis sei wunderbar spontan und unperfekt.

Zita floh, wenn ich mich von ihren Eltern schnappen ließ, in ihr Turmzimmer und schimpfte, wenn ich endlich bei ihr eintraf.

»Glaubst du, die interessieren sich einen Dreck für dich oder unsere Generation? Die wissen nur nicht mehr, was sie miteinander reden sollen. Deswegen krallen sie sich Frischfleisch und du Schlappschwanz schaffst es nicht, dich abzugrenzen.«

Ich ahnte, dass sie recht hatte, fühlte mich aber vom Interesse ihrer Eltern so geschmeichelt, dass ich widersprach. Wir gerieten uns in die Haare, keiner wollte nachgeben. Das machte Zita noch wütender und seit einigen Wochen lag die Gefahr einer sechsten Trennung in der Luft.

Doch auch das Problem mit Zitas Eltern würde sich mit dem 22. 12. 1976 erledigen. An Abenden, an denen Lu und Rena nicht unterwegs waren und womöglich schon hinter der Wohnzimmertür lauerten, konnten wir kehrtmachen und nach Untermenzing umziehen. Mein Vater hatte keine Handhabe mehr, Zita rauszuwerfen, nicht mal, wenn wir vögelten. Es sei denn, wir wurden zu laut und erschreckten Sigi, der als Neunjähriger vermutlich noch nicht zwischen Schmerzens- und Lustschreien unterscheiden konnte.

2

»Wahnsinn, nur noch zehn Tage, Peter!«

Berti zählte die Tage bis zu meinem Geburtstag ungeduldiger als die bis zu seinem eigenen, sechzehnten, in drei Monaten.

»Dann kriegst du im Supermarkt problemlos Schnaps, oder?«

»So viel ich will.«

»Kannst du mir eine Flasche Bacardi besorgen?«

»Nur eine?«

»Okay zwei. Und Zigaretten. Gitanes.«

»Eine Stange?«

»Gleich eine Stange? Okay, gut.«

»Was hast du vor?«

»Ist nur ein Vorrat für den Fall, dass die Eltern mal über Nacht wegbleiben. Dann lade ich ein paar Kumpel ein. Und Mädchen.«

»Mädchen? Welche Mädchen denn?«

»Weiß ich noch nicht. Es gibt doch auch Frauenzigaretten, oder?«

»Frauenzigaretten?«

»Kim.«

»Stimmt. Also zwei Flaschen Bacardi, eine Stange Gitanes und Kim. Wie viele Schachteln?«

»Eine. Ist ja nicht gesagt, dass wirklich Mädchen kommen und wenn, ob sie nicht lieber Männerzigaretten mögen.«

Bertis bescheidene Wünsche rührten mich angesichts der Freiheit, die ich bald genießen würde. Je näher der große Tag rückte, umso wilder wurden meine Fantasien. Ab meinem achtzehnten Geburtstag war alles möglich, weil die Verantwortung für mein Leben allein in meiner Hand lag. Es war meine Sache, ob ich etwas aus ihm machte oder es zerstörte – was nicht mein Ziel war. Riskanter als bisher wollte ich auf jeden Fall leben, Dinge ausprobieren, vor denen ich als Siebzehnjähriger noch Schiss hatte, mich auf Leute einlassen, vor denen meine Eltern mich warnten. Ich konnte zum Beispiel als einziges männliches Mitglied in eine Kommune linker, sexhungriger Frauen ziehen (wenn es so was gab und die Anzeige in den *St. Pauli Nachrichten* kein Schwindel war). Ich konnte mich einem Psychiater als Testperson für LSD-Experimente zur Verfügung stellen (wer war der deutsche Timothy Leary?), als Anarchist in den Untergrund gehen oder meine alpinistische Seite ausleben und mich einer Expedition zum Hindukusch anschließen.

Aber vielleicht war es schlauer, bescheiden anzufangen und mich allmählich zu steigern. Ich konnte zum Beispiel als Erstes die Schule schmeißen. Wenn ich in den Weihnachtsferien zur Überzeugung gelangte, ein Roadtrip nach Indien wäre für die Erweiterung meines zu westlich geprägten Bewusstseins förderlicher als das Abitur in Altgriechisch und Latein, konnte ich mich mit meiner eigenen Unterschrift vom Gymnasium verabschieden. Meine Eltern mussten es nicht mal erfahren. Zwar waren die Typen, die noch wochenlang nach der Rückkehr von so einer Reise müffelten und dauerbekifft vor sich hin grinsten, nicht mein Fall, aber die Tatsache, dass niemand anderer als ich darüber entscheiden konnte, ob ich mit oder ohne Schulabschluss durchs Leben ging, versetzte mich in eine Hochstimmung. Hatten eigentlich alle Schriftsteller Abitur oder konnte ich mir das öde Lernen sparen und trotzdem mit meinen Büchern berühmt werden?

Mein neues Leben sollte mit der ausgeflipptesten Party beginnen, die der Münchner Westen jemals gesehen hatte. Zu den üblichen Gestalten, die bei jedem Fest in meinem Freundeskreis aufliefen, wollte ich ein paar echte Profis einladen. Leute, die vielleicht noch im *Big Apple* oder im *Blow Up* gefeiert hatten und jetzt im *Sugar*

Shack für Stimmung sorgten. Von diesen legendären Orten hatte ich nur gehört, genauso wie von Theo Crash, der mir als genialer Discjockey empfohlen worden war. Dass ich für Alkohol bis zum Abwinken sorgte, war selbstverständlich, einen Saal, der als beste Adresse weit und breit galt, hatte ich bereits reserviert.

Ich wollte gerade einen Freund anrufen, der einen Freund von Theo Crash kannte, da fiel mir ein, dass ein so prominenter Discjockey womöglich nicht für lau auflegte. Das hatte ich nicht bedacht. Das verdammte Geld! Obwohl ich seit einem Jahr Monat für Monat die Hälfte meines Taschengelds für die große Party zurücklegte, verschwand es auf rätselhafte Weise immer wieder aus meiner Geldkassette. Konnte es sein, dass jemand mich beklaute? Sigi womöglich, um sich Matchbox-Autos zu kaufen? Nein, das würde er nicht wagen. Und Berti war so ein Sparfuchs, dass er mir, wann immer ich pleite war, jederzeit einen Fünfziger leihen konnte. Leider hatte er die unangenehme Eigenschaft, ihn zurückzuverlangen. Übersah ich die Frist, mahnte er mich ein-, zweimal und drohte dann, mich bei unserem Vater zu verpetzen. Mir blieb keine andere Wahl, als meine Schulden regelmäßig zu begleichen. Ein anderer Geldfresser waren die während der letzten Monate veröffentlichten Scheiben gewesen. Aber ohne die *Ramones, Zappa*, *Dylan* und *Bob Marley* konnte ich meine ohnehin eher bescheidene Sammlung vergessen. Hätte ich doch wenigstens auf den Tonabnehmer für meine akustische Gitarre und den Miniverstärker verzichtet. Im Winter blieb in der Fußgängerzone kein Mensch bei einem Liedermacher stehen, um mit klammen Fingern ein paar Münzen in den Gitarrenkoffer zu werfen, nicht mal, wenn der Künstler erst achtzehn war und zum Blues und Rock'n' Roll deutsche und bayerische Texte sang.

Es widerte mich an, überhaupt einen Gedanken an die Finanzierung meiner Party verschwenden zu müssen. Geld war für mich immer schon etwas Unappetitliches gewesen, zuerst wegen meiner religiösen Erziehung (der schnöde Mammon), in letzter Zeit wegen meiner wachsenden Gegnerschaft zum Kapitalismus.

Erst wenn der letzte Baum gerodet, der letzte Fluss vergiftet, der letzte Fisch gefangen ist, werdet ihr merken, dass man Geld nicht essen kann. Das Poster mit dieser Weisheit hing seit einiger Zeit über meinem Bett, half mir aber auch nicht über die bittere Tatsache hinweg, dass ich gerade mal siebenunddreißig Mark besaß. Wenn aus der ausgeflipptesten Party des Münchner Westens kein Kindergeburtstag werden sollte, musste ich mir etwas einfallen lassen. Vielleicht brachte ich meine Großmutter, die mir an jedem Geburtstag einen Hunderter zusteckte, dazu, ihr Geschenk vorzuziehen. Dann wären es schon hundertsiebenunddreißig Mark. Und Berti hatte bei der letzten, um Monate verspäteten Rückzahlung meiner Schulden zwar erklärt, er werde mir »nie mehr im Leben« etwas leihen, andererseits wollte er bestimmt nicht riskieren, dass ich ihm im Gegenzug keinen Bacardi und keine Zigaretten besorgte. Fünfzig Mark konnte ich ihm vermutlich abknöpfen, ohne dass er zu sehr litt. Meine Klassenkameraden fanden C&A-Klamotten mindestens so peinlich wie ich, aber wenn ich den Kleidergutschein über fünfundsiebzig Mark, den ich von meinen Eltern zu erwarten hatte, mit einem Mindestgebot von fünf Mark zur Versteigerung aufrief, würden die Geschäftstüchtigen unter ihnen zuschlagen. Mit den zu erwartenden fünfzehn oder zwanzig Mark lag mein Budget bei gut zweihundert Mark. Die allerdings reichten höchstens für das Knabberzeug und die Getränke. Und auch nur, wenn ich auf den Champagner verzichtete – und damit wohl oder übel auch auf die Party-Profis aus dem *Sugar Shack*.

Bei realistischer Betrachtung blieb mir nichts anderes übrig, als die Ausgaben für mein Fest deutlich zu reduzieren. Nur wie? Dass sich jeder sein Gras, seinen Shit oder die Psilos selbst mitbringen musste, hatte ich bereits angekündigt, dass Theo Crash mein Discjockey war, glücklicherweise noch nicht. Also Holger. Der legte zwar bei jeder Party auf und ließ sich immer von den Mädchen bezirzen, zu softe Songs zu spielen, aber wenigstens besaß er vier Kisten voller Platten und würde mir seinen Auftritt zum Geburtstag schenken.

Wo gab es noch Einsparpotenzial?

Wann immer ich in den letzten Monaten an meine Party gedacht hatte, war vor meinem inneren Auge das von mir mit dem Anarchisten-Symbol versehene Schild *Geschlossene Gesellschaft* am Eingang des *Pasinger Bräustüberls* erschienen. Dort, in der Landsberger Straße, traten so berühmte Bands wie die *Beatstones* und *Sahara* auf, dort, so hieß es, würden Feiern regelmäßig eskalieren. Genau das war mein Ziel. Ich wollte kein *normales* Fest. Ich wollte die Monsterparty, am liebsten eine Orgie – auch wenn ich keine präzisen Vorstellungen hatte, wie diese aussehen sollte.

Ich zögerte noch zwei Tage, obwohl mir längst klar war, dass ich mir die Saalmiete nicht leisten konnte. Dann stornierte ich meine Reservierung im *Bräustüberl*. Als der Wirt merkte, dass ich den Tränen nahe war, rief er für mich im Freizeitheim Pasing einen befreundeten Sozialarbeiter an. Der lachte ihn aus.

»In acht Tagen? Du machst Witze? Die Weihnachtszeit ist bei uns seit dem Frühjahr ausgebucht. Da findest du auch nirgendwo anders mehr was.«

Zum Trost lud der Wirt mich auf eine Whisky Cola ein.

Was war mit *St. Martin* oder *Leiden Christi?* Diese Pfarrgemeinden stellten einem begrenzten Personenkreis Räume zur Verfügung und ich war immerhin ehemaliger Ministrant. Aber passten Orte, an denen Kinder auf die Beichte oder Brautleute auf eine nur durch den Tod zu beendende Ehe vorbereitet wurden, zu meiner Party?

Ich war mit meiner dritten Band nach *Blood and Pain* und *Josephsheim*, die ich *Herr Brumml* getauft hatte (nach der legendären Hörfunkserie mit Michl Lang und Liesl Karlstadt), in beiden Pfarreien aufgetreten. Ich kannte die Priester. Der eine tauchte bei Partys alle zehn Minuten auf, um sich über die Lautstärke oder Cola-Pfützen zu beschweren, der andere blieb lange unsichtbar, besaß aber die Witterung eines Spürhunds und machte genau dann seine Begrüßungsrunde, wenn bei *Child in time* das große Knutschen begann. Nachdem er endlich alle Hände geschüttelt, sich eingehend nach den Eltern erkundigt und schöne Grüße ausgerichtet hatte, war den meisten die Lust vergangen. Nein, ein Veranstaltungsraum in einer katholischen Gemeinde war keine Alternative zum *Pasinger Bräustüberl.*

Mein spektakuläres Geburtstagsfest wurde immer mickriger. Kein Champagner, keine prominenten Gäste, ein Discjockey auf Klassenparty-Niveau und keine Aussicht auf einen geeigneten Raum. Ich hatte gute Lust, mit ein paar Pullen Schnaps im Rucksack in eine einsame Berghütte einzubrechen und mit mir selbst zu feiern. Aber so schnell durfte ich nicht aufgeben.

3

Ich war benebelt von giftigem Rauch und damit beschäftigt, mit einem Schürhaken das müde vor sich hin glimmende Feuer in der Aschentonne am Brennen zu halten. Deswegen bemerkte ich die alte Frau Meister, die mich mit ihrem Operngucker vom Balkon aus erspäht haben musste, erst, als sie zeternd vor mir auftauchte. Als Verstärkung hatte sie Herrn Bommer, unseren Nachbarn zur Rechten, Herrn Pokorny aus dem übernächsten Haus und die kleine Babsi aus dem Doppelhaus gegenüber mitgebracht. Die war an diesem Tag nicht ganz so klein wie sonst, weil sie auf den Pumps ihrer Mutter daherstöckelte.

»Was ich gesagt habe: es sind Tiere, Tie-re!«

Herr Pokorny, der bei der polizeilichen Verkehrsüberwachung angestellt war und angeblich mit bloßem Auge Geschwindigkeitsübertretungen erkannte, übernahm es, mich zu befragen. Sein Ton war professionell.

»Ist es zutreffend, dass du Tiere verbrennst, Peter?«

Ich nickte. Wie auf ein Kommando trat Frau Meisters Gefolgschaft einige Schritte näher, um einen Blick in die Tonne zu werfen. Für eine Weile herrschte betretenes Schweigen, Herr Bommer und Herr Pokorny wechselten Blicke.

»Tatsächlich«, sagte Herr Bommer, »Tiere.«

»Jetzt müssen Sie ihn auffordern, das Feuer zu löschen«, sagte Frau Meister zu Herrn Pokorny.

»Ja«, sagte der, »lösch das Feuer besser, Peter.«

»Wieso? Es ist unser Grundstück, es ist unsere Tonne und es sind meine Tiere.«

»Wer Tiere verbrennt, verbrennt auch Menschen«, sagte Herr Bommer und presste die Lippen zusammen, um nicht loszuprusten. In unserer Straße war bekannt, dass er als Regisseur arbeitete, allerdings nicht, wo, und dass man seinen Gedanken, die als intellektuell galten, nicht immer folgen konnte.

Babsi sah ihn erschrocken an.

»Echte Menschen?«

»Nein, nein, Mädchen, das war nur ein verrutschter Scherz.«

»Jetzt mach schon, Peter«, sagte Herr Pokorny.

»Ich dachte, Sie sind bei der Verkehrspolizei, nicht bei der Feuerwehr.«

»Werd mal nicht frech, du! Los!«

Ich verschränkte die Arme und schüttelte den Kopf. Herr Pokorny sah mich ungläubig an, er hatte nicht damit gerechnet, dass der Sohn des von ihm geschätzten Augenarztes Dr. Gillitzer Widerstand gegen die Staatsgewalt leisten würde.

»Sie müssen sagen: Das ist ein Befehl.«

»Sie müssen mir nicht sagen, was ich sagen muss, Frau Meister.«

Er wurde grantig, was wohl auch dadurch verstärkt wurde, dass die Gase der brennenden Synthetikfasern und die Aschepartikel in der Luft seine Atemwege und Bindehäute mehr reizten als die der anderen Beteiligten. Welcher Polizist wollte schon bei einer Amtshandlung den Eindruck erwecken, er würde weinen.

»Ich wäre dankbar für eine kleine Interpretationshilfe«, sagte Herr Bommer zu mir, »handelt es sich eventuell um einen Ritualmord?«

»Eher um ein Tieropfer«, sagte ich.

Frau Meister schaute entsetzt zu Herrn Pokorny.

»Er hat Tieropfer gesagt, Tieropfer.«

»Ich hab's gehört, Frau Meister.«

»Warum hast du nicht mich gefragt, ob ich das Hündchen haben will«, sagte Babsi vorwurfsvoll.

»Da ist noch ein ganzer Sack. Kannst dir gern was aussuchen.«

»Ein Müllsack voller toter Tiere!«, rief Frau Meister entsetzt. Die beiden Männer und auch Babsi hatten längst begriffen, dass die Nachbarin unter einem ihrer, sich in letzter Zeit häufenden Verwirrungszustände litt. Da sie eine liebenswerte Person war, wollte sie keiner bloßstellen. Der Verkehrspolizist drückte den Rücken durch und versuchte, sich freizuräuspern.

»Also …« Er hustete. »Alle …« Er hustete wieder und räusperte sich immer wütender.

»Alle weiteren Tiere … müssen auf andere Weise entsorgt werden. Eine derartige Belästigung der Nachbarschaft ist nicht akzeptabel.«

»Ich nehme sie«, rief Babsi.

Da kam Berti angeradelt und ließ, als er den Auflauf an unserem Gartentor sah, sein Rad fallen.

»Was macht ihr da?«

»Ein Barbecue, um die Götter freundlich zu stimmen«, sagte Herr Bommer.

»Wieso verbrennst du denn meine ganzen Viecher, Peter?«

»Das sind meine. Deine sind noch da im Sack.«

»Das sind jetzt meine«, sagte Babsi, schnappte sich den Müllsack und stöckelte davon. Berti ließ sie ziehen. Vermutlich war er froh, seine Kuscheltiere, denen häufig Beine, Schwänze, Ohren oder Augen fehlten, auf diese Weise los zu sein. So sparte er sich langwierige Verhandlungen mit unserer Mutter, die sich nur schwer von Objekten trennen konnte, die aus einer Zeit stammten, als wir noch »klein und süß« gewesen waren.

Das Problem war, dass am Boden der Blechtonne tatsächlich ein echtes Tier auf das Feuer wartete, ein totes zwar, aber eines, das meinem Bruder lange Zeit viel bedeutet hatte. Ursprünglich hatte unser Vater das präparierte Wiesel zum Geburtstag geschenkt bekommen.

»In eine gescheite Bauernstube gehört mindestens ein Gestopfter«, hatte Theo, der schreckliche Freund meines Vaters, bei der

Übergabe gesagt und dazu wie bei jedem seiner schlechten Witze meckernd gelacht.

Wenn ich einen Menschen hasste, dann ihn (wieso musste er ausgerechnet wie Münchens bester Discjockey heißen?). Mein Vater hielt ihn für eine Autorität in politischen Fragen und ließ sich von seiner Hetze gegen alle Andersdenkenden anstecken. Nachdem Theo auch mich als Abweichler von der CSU-Linie identifiziert hatte, versuchte er, bei jeder Gelegenheit mit mir zu debattieren. Seine Begabung im Erfinden angeblicher Hintergrundinformationen stellte sogar meinen, auf diesem Gebiet ebenfalls sehr kreativen Vater in den Schatten. Es war sinnlos, sich auf eine Diskussion mit Theo einzulassen. Wann immer man mit einem guten Argument zu punkten glaubte, zauberte er einen anonymen Gewährsmann aus dem Hut, der es widerlegte. Deswegen bekam ich, sobald er auftauchte, Kopfschmerzen oder musste mich dringend auf eine Schulaufgabe vorbereiten.

»Das Wiesel habe ich selber geschossen, Beppo«, hatte Theo gesagt, »und speziell für dich ausstopfen lassen. Ich habe mir gedacht, deine Gäste sollen gleich merken, dass du einer bist, der noch eine Verbindung zur Scholle hat.«

»Zur Natur«, hatte meine Mutter ihn vorsichtig korrigiert. Das Präparat landete auf dem Bord über unserem Esstisch, zwei Zinnteller mussten für es weichen. Berti, damals vielleicht drei oder vier Jahre alt, behauptete, es würde uns anlachen, ich war zwar zwei Jahre älter, bekam von dem Wiesel, das in meinen Augen mordlüstern die spitzen Zähne bleckte, aber Albträume. Eine Woche lang weckte ich meine Eltern jede Nacht. Als nicht einmal die beruhigenden Worte meiner Mutter, es handle sich um ein besonders liebes Wiesel, das uns im Schlaf beschütze, gegen meine nächtlichen Panikattacken halfen, wickelte mein Vater es entnervt in Plastikfolie und räumte es in den Schrank in unserem *Spielkeller*.

»Vorübergehend«, sagte er und vergaß es für immer.

Berti hingegen schlich regelmäßig nach unten, packte das Wiesel aus und unterhielt sich mit ihm. Es gewann für ihn eine ähnliche

Bedeutung wie wenig später für mich die Muttergottes und Franz Josef Strauß. Offenbar gab es in unserer Familie zu viele Themen, über die wir nicht offen reden konnten, dass wir auf heimliche Freunde angewiesen waren. Wie egoistisch es von mir war, Bertis langjährigen Gesprächspartner zu verbrennen, nur um Platz für meine geplante Bar zu schaffen, wurde mir erst jetzt bewusst, da das Feuer dem Wiesel bereits bedrohlich nahe kam.

In der Tonne hatte sich eine schwarz-weiße Plüschrobbe in dunkelgrauen Schlamm verwandelt, der sich mit dem Futter eines Teddys mischte, das wie Erbrochenes aussah. Dazwischen züngelten gelbliche Flämmchen. Mir blieben nur wenige Sekunden, bis Berti das Wiesel, dessen Ohren bereits aus der giftigen Masse hervorspitzten, erkennen würde. Dann würde er mir mit Sicherheit kein Geld mehr leihen und ich konnte auch meinen Notfallplan für die Party vergessen.

»Jetzt macht der Unhold auch noch seinen Hosenstall auf«, rief Frau Meister. »Herr Pokorny, tun Sie doch was!«

Der Polizist wollte etwas sagen, musste aber wieder husten. Ich tat, um ihm Zeit zu lassen, so, als hätte sich ein Knopf verhakt.

»Stopp!«, rief er endlich.

»Sie haben gesagt, ich soll das Feuer löschen.«

»Aber doch nicht so!«

»Peter, nicht! Warte!«, rief Berti.

Mein Plan schien aufzugehen. Mein Bruder war in dieser Zeit zwar wild darauf, in Text und Bild alles über Sex zu erfahren, gleichzeitig wurde sein Schamgefühl eher stärker. Beim Turnen oder Schwimmen mit der Schule sperrte er sich zum Umziehen in eine Toilette ein, wenn er Sigi oder mich nackt im Bad antraf, zog er sich schnell zurück.

»Ich hole eine Gießkanne mit Wasser.«

Kaum war er hinter dem Haus verschwunden, griff ich zum Deckel der Aschentonne und erstickte das Feuer.

4

Die Entsorgung der Kuscheltiere, des alten Kaufladens, der defekten Carrera-Rennbahn, des ramponierten Kickers und mehrerer Plastikfußbälle, die die Luft nicht mehr hielten, bedeutete keinen zeremoniellen Abschied von der Kindheit. Es ging mir nur darum, im *Spielkeller*, den ich von nun an *Partykeller* nennen wollte, Platz für mein Fest zu schaffen. Sigi lamentierte, weil er Bertis und meine alten Sachen gern ausnahmslos geerbt hätte, aber er war leicht zu bestechen. Ich versprach ihm, dass er zur Begrüßung meiner Geburtstagsgäste ein Ständchen auf der Zither zum Besten geben durfte. Außerdem würde ich alles intakte Spielzeug wie den Ruderrenner oder die Kugelbahn selbstverständlich nur in unserem Gartenpavillon zwischenlagern.

»Wie viele Zuschauer kommen?«, fragte er.

»So vierzig bis fünfzig.«

»Soll ich meine Lederhose anziehen oder eine Jeans?«

»Keine Lederhose, bitte. Und hast du auch was Modernes im Repertoire?«

»*Let it be* von den Beatles.«

»Na gut.«

»Um wie viel Uhr fängt mein Auftritt an?«

»Gleich um sieben.«

»Das ist zu früh. Ich möchte, dass mich alle hören.«

»Dann um halb acht.«

Er nickte zufrieden und zog sich in sein Zimmer zum Üben zurück. Sigi nahm erst seit einem Jahr Unterricht, war aber bereits beim Altennachmittag der Pfarrgemeinde und dem Konzert der

Musikschule zum Vorspielen eingeladen worden. Kein anderes Kind hatte unter dem Applaus der Zuhörer mehr gestrahlt als er.

»Fünfzig Gäste in so einem kleinen Raum sind verdammt viele«, sagte Berti, der nicht ganz so musikalisch wie Sigi, dafür aber ein begabter Rechner war.

»Ich habe nachgemessen: unser Partykeller hat genau 41,4 Kubikmeter. Weil niemand kommen wird, der 2,30 Meter groß ist, und du deine Gäste nicht stapeln wirst, kannst du bei einer durchschnittlichen Größe von 1,70 Meter nur 30,6 Kubikmeter nutzen. Wenn unser Biolehrer keinen Quatsch erzählt hat, hat ein Mensch von 60 Kilogramm ein Volumen von 0,06 Kubikmetern, macht insgesamt 3,0 Kubikmeter.«

»Dann haben die Leute ja jede Menge Platz.«

»Nicht wenn sie tanzen. Wenn ein Mensch dafür eine Fläche von 3 Quadratmetern braucht, müsstest du für 50 Gäste 150 Quadratmeter haben. Unser Spiel-, Entschuldigung, Partykeller hat aber nur 18. Macht 0,36 Quadratmeter für jeden. Versuch mal, auf so kleinem Raum zu tanzen.«

»Ist doch kein Problem.«

»Wie?«

»Ich finde es sogar richtig gut«, sagte ich. »0,36 für jeden.«

Zwischenzeitlich hatte ich meine Feier ganz absagen wollen, aber die Blamage wäre zu groß gewesen. Schließlich hatte ich monatelang damit geprahlt, dass am 22. 12. die Wahnsinnsparty steigen werde. Wollte jemand Näheres erfahren, hatte ich geheimnisvoll gelächelt und versprochen, keiner, der das Glück habe, zu den Auserwählten zu gehören, werde diese Party je vergessen. Nachdem mein Plan mit dem *Bräustüberl* geplatzt war, fiel ich in ein tiefes Loch. Die Idee mit dem Partykeller war die Rettung. Damit war ich nicht nur alle finanziellen Sorgen los, auch der begrenzte Raum schien mir geradezu ideal zu sein. Wenn meine Gäste keine Chance hatten, beim Tanzen Abstand zu halten, würden sie früher oder später, verstärkt durch Alkohol, Drogen und den Sauerstoffmangel, sämtliche Hemmungen verlieren. Vor meinem inneren Auge blinkte im Partykeller eine rote Leuchtschrift: Orgie! Orgie! Orgie!

»Weiß du, wie viel Schweiß ein gewöhnlicher Mensch in einer Stunde beim Tanzen verliert?«, sagte Berti.

Wahrscheinlich würde er mir gleich vorrechnen, dass der Raum bei fünfzig Tänzern nach drei Stunden einen halben Meter unter Wasser stehen werde. Ich lenkte ihn damit ab, dass ich ihn fragte, ob er Lust habe, auch zu meiner Party zu kommen.

»Du willst mich dabeihaben, obwohl ich noch nicht mal sechzehn bin?«

»Ich schau, was ich für dich tun kann. Wird nicht einfach werden bei unseren Eltern.«

»Klar.«

»Aber, ich hau mich richtig für dich rein.«

»Danke.«

Er strahlte.

5

Noch sechs Tage bis zur Party. Der Keller war mit Bertis Unterstützung komplett ausgeräumt, jetzt mussten nur noch die Gäste über den Ortswechsel informiert und die Getränke bestellt werden. Von Zitas Mutter hatte ich mir einen Koffer voller selbst gebatikter Tücher geliehen, um die nackten Betonwände zu kaschieren. Ich hängte dunkelrote Folie vor die Neonröhre und heftete das erste Tuch mit doppelseitigem Klebeband an die Wand. Da hörte ich meinen Vater im Vorratskeller rumoren und mit sich selbst sprechen.

»Ja, sag einmal, wieso ist denn die bougiert?«

Ich trat in den Flur, er hielt mir eine Konservendose mit Sauerkraut entgegen.

»Schau dir das an: bougiert.«

»Ich weiß nicht, was das bedeutet, Papa.«

»Bougieren? Ausdehnen.«

»Weil man vom Kraut Blähungen kriegt?«

Er seufzte.

»Du bist doch sonst so ein Siebengescheiter, besonders wenn es um die Politik geht, und kennst nicht mal ein stinknormales, französisches Wort?«

Er klopfte auf den Deckel der Konserve.

»Die platzt fast, weil das Kraut schlecht geworden ist.«

»Hast du die noch aus dem Krieg?«

Er schaute mich an, als hätte diesmal ich in einer fremden Sprache mit ihm geredet. Seine Verwirrung hatte einen anderen Grund. Er schob mich wortlos zur Seite und ließ seinen Blick über den schummrigen Kellerraum schweifen.

»Wann habt ihr denn das gemacht?«

»Immer, wenn ihr in der Praxis wart.«

»Und was soll der Fetzen an der Wand?«

»Ich feiere hier meinen Geburtstag.«

»Deinen …? Bei uns?«

»Ich wohne genauso hier wie du.«

»Und du hältst es nicht für nötig, mich um Erlaubnis zu fragen?«

»Ich bin achtzehn. Also fast.«

Er starrte kopfschüttelnd in den leeren Keller. Plötzlich hellte seine Miene sich auf. Er lächelte friedlich und hätte, wenn ihm nicht jeder Körperkontakt unangenehm gewesen wäre, vielleicht sogar den Arm um mich gelegt.

»Weißt du, dass ich meine Volljährigkeit gar nicht habe feiern können?«

»Wieso nicht?«

»Weil mich diese Verbrecher zum Kämpfen in die Ukraine geschickt haben.«

»Da bist du zum Glück krank geworden. Bevor deine Einheit nach Stalingrad verlegt worden ist.«

»Richtig. Sonst könntest du vielleicht gar nicht feiern, mein Lieber, weil du immer noch in Abrahams Wurstkessel rumschwimmen würdest.«

Er lachte und boxte mich gegen den Arm.

Meine Mutter schrieb am Esszimmertisch Rechnungen. Diese Aufgabe hatte mein Vater ihr mit der Begründung zugeschoben, er müsse schließlich dafür sorgen, medizinisch immer auf dem neuesten Stand zu bleiben. Sie war genauso Ärztin wie er und musste sich auch fortbilden, wäre aber nie auf die Idee gekommen, aufzubegehren.

»Stell dir vor, Traudi, unser Herr Sohn gibt sich die Ehre, seine Geburtstags …«

Wegen seiner Abneigung gegen englische Wörter stockte er vor dem Wort *Party*.

»Seine Geburtstagsfeier bei uns im Spielkeller zu veranstalten.«
»Im Partykeller«, verbesserte ich ihn.
Meine Mutter schenkte mir ein warmes Lächeln.
»Peter, du weißt nicht, wie glücklich du uns damit machst. Wir haben schon befürchtet, du feierst in diesem *Bräustüberl,* wo die Rauschgiftsüchtigen hingehen.«
Ich winkte ab.
»Daheim ist es immer noch am schönsten.«
»Dann spendieren wir ihm aber schon ein paar Träger Limo, gell Beppo, und Erdnussflips?«
»Ja, freilich.«
»Wie lieb von euch. Danke.«
Mein Vater lächelte geschmeichelt.
»Und weißt du was, Traudi? Zur Feier des Tages lassen wir ihn und seine Freunde in Ruhe und gehen schön essen. Was hältst du davon?«
»Gute Idee.«
»Ich sage Theo Bescheid.«
Ich glaubte zu sehen, dass das Gesicht meiner Mutter sich für einen Moment verfinsterte.
»Dann frage ich meine Mutter, ob sie auch Lust hat.«
»Deine gespinnerte Mutter und Theo, was soll denn das für eine Kombination sein?«
Ich räusperte mich.
»Meine Party ist aber sicher nicht um zehn Uhr vorbei.«
»Dann fang halt früher an. Um fünf.«
»Papa, wir sind keine Kinder mehr. Wieso gönnt ihr euch nicht mal was und bleibt über Nacht weg? Und Hertha hat einen Tag später sowieso Weihnachtsurlaub. Der könntet ihr freigeben. Sigi kann bei der Oma übernachten.«
Mein Vater lachte spöttisch.
»Papa, bitte, ich werde nur einmal volljährig.«
»Bis vor drei Jahren wärst du das erst mit einundzwanzig gewor-

den – was auch noch zu früh war bei einer Jugend, die nichts erlebt hat.«

Wir hatten schon öfter wegen der Absenkung des Volljährigkeitsalters von einundzwanzig auf achtzehn Jahre gestritten und ich mich über seine höchstwahrscheinlich erfundenen, wissenschaftlichen Studien zur fehlenden geistigen Reife der aktuellen Generation geärgert. Aber jetzt durfte ich mich nicht provozieren lassen.

»Ihr kennt doch den *Würmblick*.«

Meine Mutter errötete wie ein kleines Mädchen. Das kleine Hotel war dafür bekannt, dass dort Paare nächtigten, die nicht immer verheiratet waren.

»Es wäre wie ein Kurzurlaub für euch. Den habt ihr euch doch verdient mit eurer vielen Arbeit.«

Meine Mutter lächelte meinem Vater für ihre Verhältnisse verführerisch zu. Er hingegen machte ein Gesicht, als wäre ich ein Bankberater, der ihm eine hochriskante Anlage aufzuschwatzen versucht.

»Du willst uns doch nur loshaben, damit ihr hier die Sau rauslassen könnt.«

»Überhaupt nicht. Ich möchte nur, dass ihr zu eurem Schlaf kommt.«

»Beppo«, sagte meine Mutter in einem Ton, der ein randalierendes Kind beruhigt hätte. »Ich verstehe es, dass er seine Gäste an so einem besonderen Tag nicht um zehn Uhr rauswerfen will. Und im *Würmblick* soll es eine gepflegte, gutbürgerliche Küche geben. Wir könnten es uns mal richtig nett machen.«

Ich konnte mich nicht erinnern, wann meine Eltern zuletzt eine Nacht ohne Kinder im Nebenzimmer verbracht hatten. Vielleicht klang das bärenhafte Brummen meines Vaters deswegen überraschend versöhnlich.

»Wen willst du denn einladen zu deiner … Party?«

Was ging ihn das an? Als Erwachsener musste ich meine Gästeliste nicht mehr vorher absegnen lassen.

Bleib ganz ruhig, sagte ich zu mir, du hast ihn doch fast so weit. Ich nannte die Namen einiger Klassenkameraden, deren Eltern ihm vom Sonntagsgottesdienst oder dem Volkstanz im Obermenzinger Pfarrheim her bekannt waren.

»Dieser Martin kommt nicht?«

»Ich kenne keinen Martin.«

Meine Mutter seufzte.

»Er meint Markus.«

»Ja, Markus, sag ich doch.«

Mein Vater hatte die fixe Idee, der schlechte Einfluss dieses Freundes wäre an allem schuld, was ihm an meiner Entwicklung nicht passte. Wäre Markus nicht in meiner Klasse und seine Mutter kein relativ prominentes SPD-Mitglied, würde ich für den Numerus clausus in Medizin büffeln, um mal seine Praxis zu übernehmen, als Mitglied der *Schüler Union* tapfer dem Zeitgeist trotzen und vorehelichen Sex ablehnen.

»Nein, Markus kommt nicht«, log ich. »Er fährt nach Berlin zu seinem Bruder.«

»Das passt zu ihm«, sagte mein Vater, »nach Berlin.«

»Also, ich stelle mir das romantisch vor im *Würmblick*«, sagte meine Mutter. »Wenn wir da morgens aus dem Fenster schauen, sehen wir die Würm. Und die schneebedeckten Weiden am Ufer, wenn's bis dahin noch schneit.«

»Und wenn wir ein Zimmer hintenraus kriegen.«

Für einen Augenblick trafen sich mein und der Blick meiner Mutter. Wir hatten ihn tatsächlich gemeinsam erweicht. Ich musste mich beherrschen, mir meinen Triumph nicht anmerken zu lassen.

»Dann ist das unser Geschenk zu deiner Volljährigkeit«, sagte mein Vater feierlich. »Aber, wehe, ihr benehmt euch nicht anständig. Dann war das die letzte … Party in meinem Haus.«

»Danke, Papa, danke! Wir sind vernünftig, du kannst dich drauf verlassen.«

Ich hätte ihn am liebsten umarmt, aber das mochte er ja nicht.

Doch ich freute mich zu früh.

Erst glaubte ich, mich verhört zu haben. Er schob die drei Wörter wie eine Fußnote der Ordnung halber hinterher – und zerstörte auf einen Schlag alles.

»Aber keine Weiber.«

»Mädchen«, korrigierte meine Mutter ihn.

»Wir wollen ja nicht, dass das Ganze aus dem Ruder läuft.«

Seine Begründung hörte ich fast nicht mehr, so laut rauschte das Blut in meinen Ohren.

»Keine Mädchen?«

»Ist unsere einzige Bedingung.«

Ich glaube nicht, dass ich ihn jemals zuvor so angebrüllt habe.

»Ich – soll – meinen – 18. Geburtstag – ohne Mädchen feiern? Wie stellst du dir das vor? Soll ich Zita sagen, tut mir leid, du musst draußen bleiben? Und Sanne und Gabi und Anne? Soll ich mich vor der ganzen Schule und allen meinen anderen Freunden blamieren? Ich werde achtzehn, Papa, achtzehn!«

Mein Vater sah mich ungerührt an. Da er Wutausbrüche von sich selbst gut kannte, beeindruckte ihn mein Geschrei nicht.

»Das ist nicht dein Ernst. Das kannst du nicht machen!«

»O doch, das kann ich. Sagt dir das Wort *Hausrecht* etwas?«

»Du bist wirklich das übelste Spießer-Arschloch, das mir je begegnet ist.«

»Mein Freund, du wirst grob …«

Meine Mutter blickte panisch zwischen uns beiden hin und her.

»Warum lädst du deine Freundinnen nicht nachmittags zum Kaffee ein, Peter? Ich backe auch deinen Lieblingskuchen, wie früher.«

»Ich scheiß auf deinen Kuchen und auf meine Party auch.«

»Du kannst es dir ja noch mal überlegen«, sagte mein Vater. »Übrigens bist du mit Gassigehen dran.«

6

Britta wusste nicht, wie ihr geschah. Ich zerrte sie am Halsband hinter mir her und ließ ihr keine Zeit, an Zaunpfosten, Autoreifen und Telefonmasten zu schnüffeln. Wie ein zum Äußersten entschlossener Soldat auf dem Weg an die Front marschierte ich stur geradeaus und ignorierte ihr Sträuben an den gewohnten Haltepunkten. Als ich auch noch unsere übliche Route verließ, begann Britta jämmerlich zu winseln.

In meinem Kopf hämmerte nur ein Wort: *Rache, Rache, Rache.* Rache für die Zerstörung meines Party-Traums, Rache für die Blamage vor meinen Freunden, Rache für die Demütigung. Wenn ich mich jetzt nicht rächte, konnte ich mich auch gleich aufgeben und zum Abziehbild meines Vaters werden. Zu einem selbstzufriedenen Mann, für den es keine schönere Feier gab als eine mit zwei, drei Freunden in seiner Pseudo-Bauernstube, der Franz Josef Strauß abgöttisch verehrte und mit einer duldsamen Frau glücklich war. Die Vorstellung war ein Horror, zumal die Kopie niemals an das Original heranreichen würde. Die Patienten in meiner Praxis würden sagen: »Der junge Dr. Gillitzer ist kein schlechter Augenarzt, aber der alte war schon ein anderes Kaliber.«

Der Pfarrer würde sich zwar über meinen regelmäßigen Kirchgang freuen, aber die tiefe Frömmigkeit meines Vaters vermissen. Und meine Freunde würden mir irgendwann gestehen, dass es in meinem Elternhaus zünftiger zugegangen sei. Wenn ich eine Chance auf ein eigenes Leben haben wollte, musste ich mich wehren, davon war ich fest überzeugt. Ich musste meinem Vater etwas zufügen, was ihm wirklich wehtat. Zum Glück kannte ich seinen verletzlichsten Punkt. Gut, noch schlimmer wäre es für ihn gewesen, wenn er meine Mutter oder einen meiner Brüder verlor. Aber gleich nach ihnen kam Britta. Wenn er sie nicht mehr kraulen, tätscheln, ihr nicht mehr »Platz!«, »Sitz!« oder »Aus!« befehlen konnte, würde er leiden wie lange nicht mehr und für seine Gemeinheit büßen – und hoffentlich endlich begreifen, dass ich nicht sein Eigentum war.

»Hausrecht! Keine Weiber! Der hat sie doch nicht mehr alle!«, schrie ich und Britta zitterte vor Angst.

Wir erreichten den See, der an diesem Tag spiegelglatt war. Die Büsche am anderen Ufer hatte ein Eisregen in gläserne Skulpturen verwandelt. Selbst das Rauschen des Verkehrs auf der nahen Autobahn schien in gefrorenen Fetzen herüberzuwehen. Auf einmal passierte etwas Seltsames. Ich spürte, wie meine Wut nachließ und ich gleichzeitig innerlich so starr und kalt wurde wie die Landschaft um mich herum. So mussten sich Killer fühlen. *Herz aus Glas* hieß ein Film, der gerade in die Kinos kam. Ich wusste nichts über den Inhalt, aber der Titel passte perfekt zu meinem Zustand. Britta blickte mich flehend an und fiepte, aber sie konnte mich nicht rühren.

»Sitz!«

Die Hündin, die sonst nur nach mehrmaligen, lauter werdenden Kommandos reagierte, folgte augenblicklich. Ich beugte mich zu ihr hinunter. »Hör zu: Dir passiert nichts. Du kommst nur in eine andere Familie und kriegst ein neues Herrchen, das nicht so ein Arschloch ist wie dein altes.«

Ich band ihre Leine an einem Verkehrszeichen fest und suchte, ohne mich noch einmal umzublicken, schnell das Weite. Ihr Winseln und Jaulen waren trotzdem noch lange zu hören. Dann lief ich kreuz und quer durch Allach, Untermenzing, Obermenzing. Das Seltsame war, ich kam, obwohl ich absichtlich mir unbekannte Seitenstraßen wählte, meinem Elternhaus immer näher. Als gäbe es von dort kein Entkommen. Aber es lag wohl eher daran, dass die Luft mit jeder Minute eisiger wurde. Mein Elternhaus mochte die Hölle sein, aber wenigstens war es wie diese gut geheizt.

7

Später vermutete ich, dass er absichtlich nicht gebremst hatte, aber da traute ich ihm schon alles zu. Ich lief auf dem Bürgersteig an seinem Grundstück vorbei, als er in die Einfahrt einbog. Wir hatten kurz Blickkontakt, ich verstand ihn so, dass er abbremsen und mich durchlassen wollte. Im nächsten Moment erwischte mich die Stoßstange seines Buckelvolvos am Bein, ich stürzte, konnte mich aber gleich wieder hochrappeln. Er sprang aus dem Wagen.

»Mensch Junge, ich habe gedacht, du bleibst stehen. Hast du dir wehgetan?«

Ich betastete mein schmerzendes Knie und schüttelte den Kopf.

»Du zitterst ja.«

»Nur weil ich schon länger draußen bin.«

»Komm rein, ich mache dir einen Tee.«

Ich kannte den Mann vom Sehen. Wenn ich zum Schulbus ging, stand er manchmal in der Einfahrt und wir grüßten uns mit einem stummen Nicken. Zwei- oder dreimal, als ich Britta ausgeführt hatte, hatte ich den Eindruck gehabt, dass er mir von einem Fenster im ersten Stock aus hinterherblickte, aber vielleicht mochte er nur Schäferhunde. Jetzt, da ich ihn zum ersten Mal aus der Nähe sah, fand ich ihn nicht besonders sympathisch, sein einladendes Lächeln kam mir leicht künstlich vor, seine schwarze Kleidung – Rollkragenpulli, Stoffhose, bodenlanger Wollmantel – gewollt. Trotzdem ließ ich mich einladen.

Das Haus mit seinem flachen Walmdach, den hohen Fenstern und den Säulen links und rechts des Eingangs war im Viertel als *Italiener-Villa* bekannt. In den letzten zehn Jahren hatte es drei Besitzerwechsel gegeben. Mein Vater vertrat die Ansicht, es sei die Architektur, die dazu führe, dass die Leute sich auf Dauer nicht wohlfühlten.

»Dann fühlen sich die Italiener, die in solchen Häusern wohnen, alle nicht wohl?«

»Die schon«, hatte er mir entgegnet, »weil ihre Häuser zu Italien passen, nicht zu Untermenzing.«

»Die Straße liegt aber schon in Obermenzing«, hatte Berti angemerkt.

Der Mann führte mich in einen Raum, der fast das gesamte Erdgeschoss einnahm. Ich vermutete, dass die Wände zwischen Küche, Ess- und Wohnzimmer entfernt worden waren, vielleicht schon von einem der vorherigen Eigentümer.

»Setz dich«, sagte er und deutete auf eine moosgrüne, an den Kanten leicht zerschlissene Sofalandschaft.

»Earl Grey magst du?«

»Äh, ich mag eigentlich alles.«

Während er in der offenen Küche hantierte, deren Stil und Ausstattung mich ein wenig an den Film *Mon oncle* von Jacques Tati erinnerte, schaute ich mich um. Bis auf die Fensterfront nach Süden gab es keine Wand, an der nicht Bücherregale bis zur Decke reichten. Dazwischen hingen Drucke mit asiatischen Schriftzeichen, neben einer Yuccapalme stand der verrückteste Fernseher, den ich je gesehen hatte. Er war orangefarben und sah wie der Helm eines Tiefseetauchers aus.

»Der ist von Steve Foster«, sagte der Mann. »Erinnere mich dran, dass ich den Tee nicht zu lange ziehen lasse.«

Er setzte sich mit übergeschlagenen Beinen auf eine Sofalehne und betrachtete mich.

»Was ist los mit dir?«

»Mit mir? Wieso?«

»Du bist mir doch nicht zufällig vor den Wagen gelaufen.«

»Ich habe gedacht, Sie lassen mich durch.«

»Du«, sagte er, »Caspar.«

»Peter.«

»Alle lieben Peter.«

Sein hohes Lachen passte nicht zu seinem ausgeprägten, männlichen Kinn und den buschigen Brauen.

»Ja, damit verarschen sie mich immer.«

»Ich könnte mir vorstellen, dass einige es auch ernst meinen.«

»Ich soll Sie dran erinnern, dass Sie das Teesieb rausnehmen.«

»Du.«

»Entschuldigung. Dass du …«

»Also, wieso geht's dir nicht gut?«

»Mir … geht's nicht schlecht.«

Er lächelte wissend, ging zur Küchenzeile und sprach mit mir zugewandtem Rücken weiter.

»Dein Vater ist dieser Augenarzt, Dr. Gillitzer, stimmt's?«

Woher wusste er das?

»Sind Sie, bist du, Patient bei ihm?«

Er schüttelte den Kopf.

»Wir hatten mal eine kleine Auseinandersetzung.«

Wieder dieses Lachen, als wäre er verlegen.

»Weswegen?«

»Ich wollte in eine Parkbucht einbiegen. Er kam von der anderen Seite her, eindeutig nach mir. Er hat so lange gehupt, bis ich ihm den Vortritt gelassen habe. Trotzdem musste ich mir sagen lassen, dass ich die Verkehrsregeln nicht kenne.«

»Ja, wenn er öfter als einmal auf demselben Parkplatz gestanden hat, meint er, es wäre seiner.«

Caspar reichte mir eine Porzellantasse mit dampfendem Tee. Der Henkel war so filigran, dass ich ihn nur mit zwei Fingern halten konnte.

»Ist sicher nicht leicht mit so einem Vater.«

»Es geht.«

»Er ist auch ziemlich eitel, oder?«

»Wenn er morgens sein Brisk in die Haare kämmt, schaut er schon mal länger in den Spiegel als nötig. Und er erzählt gern, wie toll seine Patienten ihn finden.«

Wieso verriet ich ihm das? Caspar war ein Fremder. Die schlechten Eigenschaften meines Vaters gingen ihn nichts an.

»Weißt du, was das Wort Narzissmus bedeutet?«

»Ich bin auf dem humanistischen Gymnasium.«

»Und?«

»Narzissus hat sich in sein Spiegelbild verliebt.«

»Sehr gut. Hast du mal *Das Bildnis des Dorian Gray* gelesen?«

»Nur mal reingeschaut.«

Wieso gab ich nicht zu, noch nie von diesem Buch gehört zu haben? Meinte ich, mich vor jemandem, der so viele Bücher besaß, nicht blamieren zu dürfen?

Er lächelte wissend.

»Möchtest du vielleicht noch mal reinschauen?«

Er ging, ohne auf meine Antwort zu warten, zu einem Regal und begann zu suchen.

»Was hast du später mal vor?«

»Ich werde Schriftsteller.«

Meine feste Stimme überraschte mich selbst. Er drehte sich zu mir um.

»Was schreibst du?«

»Zurzeit hauptsächlich Lyrik. Ich habe auch einen Roman angefangen, aber da komme ich gerade nicht weiter.«

»Darf ich ihn mal sehen?«

Ich schüttelte den Kopf.

»Lieber nicht. Er ist noch nicht gut genug zum Herzeigen.«

Er nickte und wandte sich wieder seinen Büchern zu.

»Was für ein Durcheinander … Ah, da ist es.«

Er schnüffelte an dem Band und verzog das Gesicht.

»Müffelt ein bisschen. Stört dich hoffentlich nicht.«

Er reichte mir das Buch.

»Bitte sehr, ist deines.«

»Wie?«

»Ich schenk's dir.«

»Echt? Danke!«

Ich spürte, wie ich rot wurde. Er betrachtete mich.

»Wie alt bist du, Peter?«

»Achtzehn. Also, ich werde achtzehn. Am Zweiundzwanzigsten.«

»Dann gibt's eine wilde Party?«

Ich schluckte.

»Ich feiere nicht.«

»Was? Wieso nicht?«

»Mein Vater erlaubt nicht, dass Mädchen kommen.«

»Wie bitte? In welchem Jahrhundert lebt der denn?«

Ich zuckte resigniert die Achseln.

»Und was ist seine Begründung?«

»Er meint, die Party würde sonst aus dem Ruder laufen.«

»Und?«

Er zwinkerte mir komplizenhaft zu. Ich dachte nicht dran, ihm von meinem Plan zu erzählen. Eine Orgie im umfunktionierten Spielkeller klang zu lächerlich.

»Sex and drugs?«

Sein Blick bekam etwas Lauerndes.

»Ich glaube, ich muss jetzt gehen. Wir essen gleich zu Abend.«

»Und wenn du nicht pünktlich kommst, schickt der Herr Vater dich hungrig ins Bett.«

»So schlimm ist er auch wieder nicht. Also …«

Ich wandte mich zur Tür.

»Noch mal vielen Dank für das Buch.«

»Du kannst mich gern mal wieder besuchen.«

Ich nickte.

»Wirklich. Würde mich freuen.«

Als ich wieder auf der Straße stand, war ich erleichtert und aufgeregt zugleich. Ich kannte es nicht, dass jemand mich so ausfragte.

Es sei denn, ich hatte etwas ausgefressen. Wieso interessierte sich so ein gebildeter Mensch überhaupt für mich? Für einen noch nicht ganz Achtzehnjährigen?

8

Es war ein kurzer Weg zu unserem Haus und ich hatte wenig Zeit, mich in die Gefühle hineinzusteigern, die ich meiner Familie vorspielen musste. Du bist total verzweifelt, befahl ich mir, du bist untröstlich, du begreifst nicht, wie dir das mit Britta passieren konnte. Ich schluchzte versuchsweise herzzerreißend, aber es klang unecht. Also besser kein Heulen. Vielleicht half mir die Vorstellung, dass Britta nicht von netten Menschen gefunden wurde, sondern von einem Dreckskerl, der sie ans nächste Tierversuchslabor verkaufte. Dort würde ihr ein Teil des Gehirns entnommen werden, um zu sehen, ob sie hinterher noch auf »Platz!«, »Sitz!« und »Aus« reagierte. Ich sah Britta vor mir, wie sie den Kopf schief legte, weil sie die Kommandos nicht mehr verstand, und sich schließlich verzweifelt im Kreis drehte. Der Schrecken über diese Fantasie muss sich in meinem Gesicht gespiegelt haben, als meine Mutter die Tür öffnete.

»Peter, was ist passiert?«

»Britta«, stammelte ich.

Ihr Blick fiel auf das Buch, das ich blöderweise nicht im Anorak versteckt hatte.

»Oscar Wilde?«

Sie sagte »Wilde« wie Hilde.

»Wo warst du denn so lange?«

»Ich wollte ein bisschen länger mit Britta gehen, dann ist sie am See plötzlich abgehauen. Sie muss einen Hasen gewittert haben oder irgend so was. Ich habe sie überall gesucht, echt überall.«

Meine Mutter sah mich traurig an und blickte wieder auf das Buch.

»Das … hat jemand an der Bushaltestelle vergessen. Ich hätte es dalassen sollen. Morgen lege ich's wieder hin.«

Mein Vater tauchte hinter ihr auf.

»Wir sind beim Essen.«

»Entschuldigung, Papa. Ich habe die ganze Zeit Britta gesucht, aber …«

Ich fand meine hilflose Geste perfekt, mein Vater machte dennoch ein kritisches Gesicht.

»Er sagt, das Buch hätte er an der Bushaltestelle gefunden.«

Ich konnte nicht so schnell reagieren, wie mein Vater es mir aus der Hand riss.

»Oscar Wilde«, rief er. Er sprach den Namen genauso falsch aus wie meine Mutter, wusste aber offenbar, um was es in dem Buch ging.

»So was lässt keiner offen rumliegen. Das ist Pornografie.«

»Mein Gott«, flüsterte meine Mutter«, »Pornografie, wirklich?«

»Mit wem hast du dich am See getroffen?«

»Mit keinem, Papa. Ehrlich.«

»Lüg nicht.«

Er drohte mir mit dem Buch.

»Wer gibt dir so was? Raus mit der Sprache!«

Erst da fiel mir ein, dass er mit einem Quasi-Erwachsenen redete. Er hatte kein Recht, mich wie einen ungezogenen Schuljungen zu verhören.

»Scheiße, gib her. Das ist meins.«

Ich wollte mir das Buch zurückholen, er wich geschickt aus und grinste. Offenbar war er sich sicher, dass ich nicht den Mumm hatte, mich auf eine Rauferei mit ihm einzulassen. Das ist der Moment, dachte ich. Jetzt muss ich ihm klarmachen, dass wir auf einer Stufe stehen und er für mich nur dann eine Respektsperson bleibt, wenn er mich auch mit Respekt behandelt. Ich trat einen Schritt auf ihn zu, entschlossen, ihm das Buch zu entwinden. Da ließ mich ein Geräusch erstarren. Es klang wie ein Jaulen. Aber das konnte nicht sein. War das Sigi, der Britta täuschend echt nachahmte? Mein Vater spießte mich mit seinem Blick auf, meine Mutter wiederholte jammend das Wort »Pornografie«.

Da zwängte sich ein Hundekopf zwischen den beiden hindurch.

»Britta! Hiergeblieben!«

Mein Vater wollte die Hündin noch am Halsband packen, doch sie stürzte sich schon auf mich. Vor lauter Ungestüm warf sie mich fast um und leckte schwanzwedelnd meine Hand.

»Das dumme Tier meint auch noch, es müsste dir dankbar sein«, sagte mein Vater.

Wieder und wieder glitschte Brittas warme, feuchte Zunge über meinen Handrücken und mir wurde bewusst, was ich getan hatte. Ich hatte meinen Vater leiden lassen wollen, getroffen hatte es ein unschuldiges Tier. Aber trotz meines Verrats liebte Britta mich immer noch. Ich kämpfte mit den Tränen.

»Lass mich mal raten, was passiert ist«, sagte mein Vater. »Du hast Britta an einen Baum gebunden, um ungestört mit deinem Porno-Dealer« (er sagte »De-aler«) »verhandeln zu können. Was hast du für den Schund bezahlt?«

»Nein, so war es nicht!«

»Dann sag uns, wie es wirklich war. Peter, bitte«, flehte meine Mutter.

Aber das konnte ich nicht, weil sie mich nicht verstanden hätten.

»Du wolltest dich rächen?«, hätten sie gesagt. »Wofür denn? Weil keine Mädchen zu deiner Party kommen dürfen? Das ist doch lächerlich. Du hast noch dein ganzes Leben vor dir und wirst noch oft mit Mädchen feiern. Wir wollen doch nur warten, bis du ein bisschen reifer bist.«

Noch weniger würden sie verstehen, dass ich ausgerechnet Britta für meine in ihren Augen grundlose Rache missbraucht hatte.

Ich musste irgendeine andere Erklärung für sie finden. Sollte ich Markus vorschieben? Er begleitete mich manchmal beim Gassigehen. Ich könnte behaupten, dass er ausprobieren wollte, ob Britta clever genug wäre, sich selbst zu befreien. Nein, keine gute Idee. Markus war sowieso schon ein rotes Tuch für meinen Vater.

»Okay, ich sag's euch.«

Meine Eltern blickten mich zweifelnd an.

»Ich habe Zita getroffen. Da ist Britta doch immer so eifersüchtig und drängt sich dazwischen. Deswegen habe ich sie an einen Baum gebunden und … leider vergessen.«

»Typisch«, sagte mein Vater zu meiner Mutter. »Wenn er einen Rock sieht, schaltet sich sein Gehirn aus. Und da sollen wir ihm erlauben, dass er Mädchen zu seinem Geburtstag einlädt.«

Ich war zu zerknirscht, um etwas zu entgegen. Ich erkundigte mich nur, wie Britta denn nach Hause gekommen sei.

»Ein Spaziergänger hat sie entdeckt.«

»Sie war völlig verängstigt«, sagte meine Mutter. »Zum Glück hat sie unsere Adresse am Halsband.«

Ich Idiot! Die Metallkapsel mit dem zusammengerollten Zettel! Wie hatte ich sie vergessen können?

»Ja«, stammelte ich, »deswegen habe ich mir auch keine so großen Sorgen gemacht.«

Mein Vater musterte mich. Er schien nicht vollends von meiner Geschichte überzeugt zu sein, gab sich aber mit ihr zufrieden.

»Und willst du dich entschuldigen?«

Ich wollte vor allem endlich ins warme Haus. Deswegen nickte ich.

»Ich möchte es hören«, sagte mein Vater.

»Es tut mir leid, dass ich Britta vergessen habe.«

Er nickte.

»Was ist mit dem Spießer-Arschloch?«

Mir war jetzt alles egal, ich hätte mich auch dafür entschuldigt, dass ich existierte.

»Ja.«

»Ja, was?«

»Entschuldigung, dass ich dich beleidigt habe.«

»Eines verstehe ich nicht«, sagte meine Mutter mit unsicherer Stimme, »heißt das, dass unser Peter von Zita Wegner Pornografie bekommt?«

Mein Vater stöhnte genervt.

»Hast du nicht zugehört, Traudi? Er hat das Buch an der Bushaltestelle gefunden.«

Genau das hatte er gerade noch in Zweifel gezogen, aber jetzt wollte er offenbar dringend zu seinem Abendessen zurück. Er hielt mir das Buch vors Gesicht.

»Das kriegt Theo. In seinen Giftschrank kommen nicht nur die politischen Schweinereien.«

Ich war mir sicher, dass zur Abwechslung wieder er schwindelte. Es mochte ja sein, dass das Buch irgendwann bei Theo landete, aber erst, nachdem er selbst den pornografischen Inhalt überprüft hatte. So oder so habe ich die antiquarische Ausgabe des *Dorian Gray* nie wiedergesehen.

9

Ich verzog mich in mein Zimmer. Die Vorstellung, mit meiner Familie an einem Tisch zu sitzen und so zu tun, als wäre alles wieder gut, überforderte mich. Ich war mir so sicher gewesen, dass mein Leben sich mit meinem 18. Geburtstag grundlegend verändern würde, aber es spielte keine Rolle, ob ich siebzehn, achtzehn oder neunzehn war, solange ich von meinem Vater abhängig war. Ich wohnte in seinem Haus, er konnte entscheiden, was er mir in seinen eigenen vier Wänden erlaubte oder verbot. Er bezahlte mein Essen, meine Kleidung und, solange ich mich einigermaßen an seine Gesetze hielt, ein Taschengeld. Ab dem 22. 12. durfte ich, anstatt der monatlichen siebzehn, mit achtzehn Mark rechnen. Er konnte mir mehr geben, wenn er demonstrieren wollte, was für ein großzügiger Mensch er war, und ebenso gut weniger. Alles hing von seiner Laune und meiner Bereitschaft zur Unterwerfung ab.

Nach dem Debakel mit meiner Party und dem Racheplan, der mir im Nachhinein peinlich kindisch vorkam, fühlte ich mich, als hätte ich auf einen Schlag meine gesamte Energie verloren. Ich legte mich auf meinen Flokati, zog die Beine an und stellte mir vor, ich wäre eine in der Vulkanasche Pompejis erstarrte Mumie. In zweitausend Jahren würden Archäologen mich finden und über meine Todesursache rätseln. Einer jungen Wissenschaftlerin würde es dank einer neuen Methode gelingen, meine letzten Gedanken zu dechiffrieren und die Kollegen mit ihren Erkenntnissen zu verblüffen.

»Damals hatten junge Menschen offenbar noch die Fähigkeit, sich einfach hinzulegen und für immer einzuschlafen. Ursache war meist ein verlorener Kampf gegen autoritäre Väter. Wir wissen aus anderen Forschungen zum 20. Jahrhundert, dass in den noch vom bald darauf untergegangenen Katholizismus geprägten Familien der Vater als unumschränkter Herrscher galt. Daran zerbrachen oftmals gerade die besonders talentierten und freiheitsliebenden Söhne.«

Ich hätte mich noch länger im Selbstmitleid gesuhlt, wäre mir nicht eine leichte Note wie von geräuchertem Schinken in die Nase gestiegen. Ich wusste, woher sie stammte. Wenn meine Eltern nicht zu Hause waren, erlaubte ich Zita, in meinem Zimmer ihre indischen Beedies zu rauchen. Um keinen Ärger zu bekommen, lüftete ich nach ihren Besuchen zwar ausgiebig, aber der Teppich hielt den Rauch fest, als wollte er mich an sie erinnern. Wie ich so schnupperte, überkam mich eine verzweifelte Sehnsucht. Zita und ich waren eigentlich erst für den nächsten Nachmittag verabredet, um Räucherstäbchen und Kerzen für meine Party zu besorgen. Die brauchte ich nicht mehr, dafür brauchte ich sie umso dringender.

Ich schlich in den Flur, wo auf einem Tischchen mit besticktem Deckchen unser Telefon stand. Da mir *Damenbesuch nach 20 Uhr* verboten war, musste ich darauf warten, dass es im Esszimmer laut wurde und keiner mich hörte. Es dauerte nicht lang. Wenn ich nicht mit am Tisch saß, hatten alle viel zu lachen. Schnell wählte ich die Nummer und Zita war zum Glück gleich dran.

»Du musst mich retten«, sagte ich und legte auf.

Kaum eine Stunde später kletterte sie unter dem von mir vorsorglich nicht ganz heruntergelassenen Rollladen hindurch in mein Zimmer. Sie schleuderte ihre Handschuhe und die Mütze ins Eck und wollte sofort mit mir ins Bett, damit ich sie nach ihrer Fahrt mit dem Rad durch die eisige Nacht aufwärmte. Ich hielt sie unter dem Plumeau fest im Arm, bis sie nicht mehr schlotterte. Seit mein Vater bei Zitas erstem Besuch mit einem Dietrich in mein Zimmer eingedrungen war und uns beim Sex ertappt hatte, schaute sie nachts nicht mehr gern bei mir vorbei. Damals hatte er sie kurzerhand rausgeworfen und das würde er wohl heute noch tun, wenn er sie in meinem Bett entdeckte. In den seltenen Fällen, in denen ich Zita zu einem nächtlichen Besuch bei mir überreden konnte, sperrte ich die Tür ab, ließ den Schlüssel stecken und schob einen Stuhl unter die Klinke. Außerdem bemühten wir uns, beim Sex so leise wie möglich zu sein, was den Genuss erheblich einschränkte. Untertags besuchte Zita mich öfter. Sie mochte meine Brüder und meine Mutter und rätselhafterweise sogar unser Haus, das sie »Haus Gartenzwerg« nannte. Da sie selbst mit ihren Eltern in einer WG mit ständig wechselnden, oft Chaos verbreitenden Mitbewohnern lebte, gefiel ihr die penible Ordnung, für die meine Mutter und Hertha sorgten. Zu meinem Vater hatte sie keinen guten Draht, was auf Gegenseitigkeit beruhte. Er bezeichnete sie mir gegenüber, wie alle Mädchen, die vorehelichen Sex hatten, als »Flittchen«, sie ihn als »autoritären Sack«. Da Zita Männern wie ihm gegenüber besonders selbstbewusst auftrat und er Wert auf respektvolles Benehmen legte, hatte es in der ersten Zeit zwischen ihnen ständig gekracht. Inzwischen gingen sie sich lieber aus dem Weg.

»Also, wie soll ich dich retten«, sagte sie, als ich sie endlich aufgetaut hatte, »soll ich oben oder unten anfangen? Oder vielleicht mal hinten?«

Solche lockeren Sprüche waren typisch für Zita, aber an diesem Tag war ich nicht zu Scherzen aufgelegt.

»Du kannst dir nicht vorstellen, was für ein Arschloch er ist.«

»Dein Vater?«

»Er hat mir meine Party kaputt gemacht.«

Sie schaute mich verständnislos an.

»Er verlangt, dass ich ohne Mädchen feiere.«

»Hält er dich neuerdings für schwul?«

Ich konnte nur bitter lachen.

»Wenn es nicht ausgerechnet der 22. Dezember wäre, könntest du bei uns feiern, Pete.«

Sie sagte immer noch Pete zu mir, weil wir uns bei Sprachferien im englischen Seebad Worthing kennengelernt hatten.

»Ich habe mir meinen Geburtstag nicht ausgesucht.«

»Ist halt genau der Tag, an dem meine Mutter regelmäßig zusammenbricht, weil da diese blöde Studentin aus dem Fenster gesprungen ist.«

»Und sie sich Vorwürfe macht, dass sie deinen Vater nicht einfach mit ihr hat vögeln lassen. Wie oft willst du mir diese Geschichte eigentlich noch erzählen?«

»Hey, schnauz mich nicht an!«

»Entschuldige, tut mir leid.«

»Schon okay.«

Sie küsste meinen Hals.

»Du riechst nach Schwarzwälder Schinken.«

»Wegen dir.«

»Mir?«

»Deine Beedies. Ich bin auf dem Flokati gelegen.«

Sie lachte.

»Was dagegen, wenn ich eine paffe?«

»Doch nicht, wenn meine Eltern zu Hause sind.«

Sie betrachtete mich wie eine Mutter, deren kleines Kind sich als einziges auf dem ganzen Spielplatz nicht auf die Rutsche traut.

»Was genau wolltest du eigentlich feiern?«

»Meine Volljährigkeit, was sonst?«

»Und wenn du achtzehn bist, kriechst du deinem Alten nicht mehr so in den Arsch?«

»Das mache ich jetzt schon nicht.«

»Dann zünde ich mir eine an.«

Sie griff in ihre Brusttasche. Ich hielt ihre Hand fest.

»Hör auf mit dem Scheiß. Mein Vater riecht das sofort.«

»Dein Vater, immer dein Vater.«

»Du kannst doch auch später rauchen.«

Ich merkte, dass sie ein Stück von mir wegrückte.

»Wieso hast du bloß so viel Schiss vor ihm?«

»Habe ich doch gar nicht.«

Sie musste lachen, weil meine Stimme beim Versuch, überzeugend zu klingen, wie die eines Jungen im Stimmbruch gekiekst hatte. Schon da schwang in ihrem Lachen etwas mit, was mich hätte warnen müssen. Zita fand mich nicht lustig, sie fand mich bemitleidenswert.

»Feier deine Party doch einfach später.«

»Wie später?«

»Na, wenn du hier raus bist. Eine WG-Party ist auch nicht so peinlich wie eine bei den Eltern. Du hast immer gesagt, sobald du achtzehn bist, ziehst du aus.«

Das war der entscheidende Moment. Da hätte ich ihren Respekt noch zurückgewinnen können. Wieso hatte ich nicht einfach behauptet, ich hätte bereits begonnen, nach Zimmern Ausschau zu halten und meine Großmutter fast so weit gebracht, dass sie mir das Geld für die Kaution und die ersten Mieten lieh?

Stattdessen suchte ich nach Ausflüchten. Im *Blatt* stünden angeblich gerade kaum Inserate für WGs und wenn, würden eher Studenten und keine Schüler gesucht. Außerdem könne ich meine Brüder nicht von einem Tag auf den anderen im Stich lassen. Vor allem Berti müsse ich erst dafür fit machen, sich ohne meine Rückendeckung nicht zu sehr von unserem Vater unterdrücken zu lassen. In Wirklichkeit konnte mein Bruder es kaum erwarten, dass ich meine Bude räumte. Er freute sich schon darauf, umzuziehen und nachts auch mal aus dem Fenster klettern zu können, ohne dass meine Eltern im ersten Stock es hörten. Ich merkte, dass Zita mich mit jedem Satz enttäuschter musterte.

»Du weißt, dass ich hier rauswill. Unbedingt. Aber nicht Hals über Kopf. Ich mach es so: Ich jobbe erst mal nur ein paar Stunden in der Woche und schau, wie sich das mit der Schule vereinbaren lässt – schließlich muss ich dieses Jahr auch mein Mathe-Abi hinkriegen. Wenn ich sehe, dass es klappt, arbeite ich mehr, und sobald ich genug Geld beisammenhabe, hat sich die Lage auf dem WG-Markt auch wieder entspannt.

»Verstehe«, sagte Zita, und es klang wie: Ich verstehe, dass du ein Feigling bist.

Das Unangenehme war, damit lag sie nicht ganz falsch. In meiner Fantasie mochte ich ein kühner Extrembergsteiger, ein Anarchist oder eine Testperson für gefährliche Drogenversuche sein, in der Realität blieb ich der Gefangene meiner Zögerlichkeit und meiner Bedenken. Das musste sich unbedingt ändern.

Auf einmal spürte ich zu meiner Überraschung, dass Zitas Hand über meinen Körper wanderte. Sie ließ mir kaum die Zeit, meine Energie vom Kopf nach unten zu verlagern, und drängte mich, ohne Vorspiel in sie einzudringen. Es war, als würde sie mich vögeln. Ich verstand nicht, ob es Wut oder Verzweiflung war, was sie antrieb. Ich hatte den Eindruck, dass es ihr wehtat, aber sie wollte nicht aufhören und kam so laut, dass ich ihr den Mund zuhalten musste.

»Was war das denn?«, sagte ich verwirrt.

»Ich weiß es nicht«, sagte Zita mit Tränen in den Augen. Als wäre es ein Abschied.

10

Der Stelzengänger bog mit weit ausholenden Schritten in unsere Straße ein, als ich gerade zur Bandprobe mit *Herr Brumml* aufbrach. Wir hatten in nächster Zeit zwar keine Auftritte, für die wir üben mussten, aber das allgegenwärtige Klingelingeling der Weihnachtszeit nervte uns alle und wir wollten ein bisschen dagegen anrocken. Bei den härteren Stücken war ich der Sänger und konnte schreien und kreischen. Genau das brauchte ich in meinem derzeitigen Gemütszustand. Die langsamen, melancholischen Stücke übernahm Jakob, der im ersten Semester Deutsch und Geschichte fürs Lehramt studierte, aber auf keinen Fall Lehrer werden wollte.

»He, du, warte mal«, rief der Stelzengänger und lief so schnell, dass ich befürchtete, er würde gleich stürzen. Er trug einen Frack, ein weißes Hemd, weiße Handschuhe und einen Zylinder.

»Ich suche einen Peter Gillitzer.«

»Das bin ich.«

»Na, wunderbar.«

Je näher er kam, desto kleiner wurde er. Es mochte gegen die Gesetze der Optik verstoßen, aber ich empfand es so. Vermutlich hatte ich ihn mir, als er in hundert Metern Entfernung ums Eck stolzierte und ich begriff, dass er auf Stelzen ging, größer vorgestellt. Jetzt, da er vor mir stand, schwebte er gerade mal einen Meter überm Boden. Deswegen war es für ihn auch keine Schwierigkeit, sich so weit zu mir herunterzubeugen, dass er mir ein Kuvert überreichen konnte.

»Ich soll dich schön grüßen.«

»Von wem?«

Statt einer Antwort lächelte er.

»Er würde sich freuen, wenn du Ja sagst.«

»Wer denn?«

Das weiß geschminkte Clownsgesicht des Stelzengängers verzog sich zu einer Grimasse, er machte eine Pirouette und entfernte sich so schnell, wie er aufgetaucht war.

Keine Adresse, kein Absender. Ich riss das mit Seidenpapier gefütterte Kuvert auf und zog eine Briefkarte heraus.

Einladung zu deinem Geburtstag! stand da in dunkelgrüner Tinte. *Wenn du mehr wissen willst … Du weißt, wo ich wohne.*

Caspar Curtius.

Was soll das, dachte ich, zu was will er mich denn einladen? Ich kenne ihn doch kaum. Hat er so ein schlechtes Gewissen wegen des harmlosen Unfalls? Oder macht er sich einen Spaß mit mir?

Der seltsame Stelzengänger sprach dafür. Ich wollte Karte und Kuvert schon in die Tonne werfen, da fiel mein Blick noch einmal auf die Unterschrift. Curtius. Irgendwo hatte ich den Namen schon mal gelesen.

Jakob aus der Band kannte ihn.

»Deutschbuch, zehnte Klasse. Junge Lyrik. Aber frage mich nicht, um was es in dem Gedicht ging. Unser Lehrer hat uns damals lieber eines von Wondratschek interpretieren lassen: *Henry Miller geht wieder auf den Strich.*«

»Das ist so scheißgut!«, sagte Ben, unser Bassist. Er war, nachdem er dreimal beim Kiffen erwischt worden war, in der Elften freiwillig von der Schule abgegangen und verließ seitdem sein Zimmer nur noch, wenn es nicht anders ging. Seine Mutter war seit einem Jahr geschieden und versorgte ihn, weil sie zum Kochen zu traurig war, mit Fertiggerichten. Deswegen und wegen der fehlenden Bewegung wurde Ben immer fetter. Wenn wir ihn fragten, ob er es nicht noch mal an einer anderen Schule versuchen oder eine Lehre anfangen wolle, sagte er immer nur: »Mal schauen.«

Ich hatte angenommen, dass er, wenn wir nicht probten oder auftraten, seine Zeit ausschließlich mit Musikhören, Kiffen oder Schlafen verbrachte, jetzt stellte sich heraus, dass er auch las und sogar Gedichte auswendig lernte.

»*Die Show ist restlos ausverkauft*«, zitierte er Wondratschek. »*Die toten Typen tanzen Rock 'n' Roll / 2001 steht an der Wand in Kreide / Ein Raumschiff wird in Elvis umgetauft.*«

Ich fragte ihn, ob er auch ein Curtius-Gedicht könne.

»Die zwei halt, die im Deutschbuch standen, *Nachtgefieder* und *Jagdtanz*. Welches willst du hören, Gillitzer?«

Ich entschied mich für *Jagdtanz*.

»*Die tastenden Schritte, das Wispern der Büsche, der bleigraue Himmel, der sich wie Melasse auf uns gießt / am Boden die Coladose, zerdrückt von einem spitzen Stiefel. / Ich such dich hinterm Kunsthaus, bin Jäger und Beute zugleich. / Doch du kannst fliegen und mir bleibt vom schnellen Traum nur die Feder.*«

»Ich weiß nicht«, sagte Jakob, »da finde ich den Wondratschek besser.«

»Dito«, sagte Ben, »den könnten wir übrigens mal vertonen.«

»Herr Brumml geht wieder auf den Strich?«, sagte Jakob.

Da musste sogar unser melancholischer Schlagzeuger Willi lachen. Jakob stimmte Otis Reddings Klassiker *Sittin' on the Dock of the Bay* an, für den ich einen bayerischen Text geschrieben hatte.

»I sitz da am Waginger See und schau, wie die Sonn' untergeht. / Das Wasser is blutig rot / fürs Heimgehn is jetzt zu spät.«

Den Refrain sangen wir dreistimmig, wobei ich, wenn ich die anderen Stimmen hörte, nicht zuverlässig den richtigen Ton traf.

»Der Tag schleicht sich langsam davon / Ruh' und Kälte kehrt ein / die Nacht hält mich grausam umarmt / ich möcht' jetzt im See drinnen sein.«

Für die Band war das Thema Curtius damit abgehakt, nicht aber für mich. Die Gelegenheit, einen Schriftsteller kennenzulernen, durfte ich mir nicht entgehen lassen.

Ich klingelte an der Tür der Italiener-Villa und trat nervös von einem Fuß auf den anderen. Als Caspar mich vor der Tür stehen sah, strahlte er, als hätte er auf mich gewartet.

»Peter! Wie schön.«

Der Stelzengänger saß auf dem Sofa. Er war nicht mehr geschminkt und trug jetzt ockerfarbene Schlaghosen und einen hellgelben Nicki-Pulli.

»Hi!«, sagte er freundlich.

»Das ist Erik. Gründer und Regisseur der innovativsten Bühne Münchens.«

Erik winkte bescheiden ab. Ich schätzte ihn auf circa dreißig, Caspar war zehn oder fünfzehn Jahre älter. Wenn er jetzt ein Gedicht schreibt, dachte ich, kommt es nicht mehr ins Kapitel *Junge Lyrik*.

»Ich wollte mich für die Einladung bedanken, ich …«

»Ich mache uns erst mal Tee.«

Damals wusste ich noch nicht, dass das eines von Caspars Spielchen war. Vor allem, wenn man mit einer wichtigen Sache zu ihm kam, ließ er einen grundsätzlich warten.

»Warst du schon mal bei uns im NT?«, fragte Erik.

»Das ist in dieser Fabrikhalle in Allach?«

»Richtig.«

»Wir wollten mal mit der Schule hingehen, haben uns dann aber fürs *Freie Theater München* entschieden.«

»Unser großes Vorbild. George und Kurt.«

»Bald seid ihr besser«, sagte Caspar und stellte ein Tablett mit Geschirr auf den Couchtisch. Er wandte sich an mich.

»Weißt du, was NT bedeutet?«

Unser Religionslehrer, Herr Habermann, sprach vom AT und NT. Aber dass ein Theater *Neues Testament* hieß, hielt ich für unwahrscheinlich. Ich schüttelte den Kopf.

»Neue Theatergenossenschaft.«

»Ah.«

»Und Genossenschaft?«

»Dass sie anders organisiert ist als ein normales Theater.«

»Dass jeder mitquatschen darf.«

»Erste Regel im Umgang mit Caspar«, sagte Erik, »glaub ihm nicht alles.«

»Will jemand Milch? Passt zwar nicht zur Zitronenmelisse, aber es gibt ja die seltsamsten Vorlieben.«

Caspar zwinkerte Erik zu, der wie ich ablehnte.

Anders als bei meinem ersten Besuch in der Italiener-Villa machte ich mir diesmal immerhin keine Sorgen mehr, das hauchdünne Tässchen aus Versehen zu zerbrechen. Vielleicht hatte auch Eriks entspannte Art eine beruhigende Wirkung auf mich.

»Ja, die Einladung«, sagte Caspar unvermittelt. »Ich muss auf der Leitung gestanden haben, als du mir erzählt hast, dass dein Vater dir die Party verboten hat.«

»Nicht die ganze Party, nur die Mädchen«, sagte ich und wurde rot.

»Als ich Erik davon erzählt habe, hat er spontan den Vorschlag gemacht, eure Partys zusammenzulegen.«

»Wie zusammen …«, stammelte ich.

»Die Halle ist groß genug«, sagte Erik.

»Bist du auch am 22. 12. geboren?«

»Das Theater. Also mehr oder weniger. Wir hatten unsere erste Premiere im Dezember '71 und feiern unser Fünfjähriges. Hättest du Lust?«

Er schien sein Angebot ernst zu meinen. Ich fühlte mich geschmeichelt. Allerdings konnte ich mir nicht vorstellen, wie meine Freunde, die zum Saufen und Knutschen auf Partys gingen, mit Leuten feiern sollten, die auf *innovatives Theater* und damit vermutlich eher auf gepflegte Gespräche standen. Nein, das passte nicht zusammen.

»Das ist wahnsinnig nett von euch, aber …«

»Aber«, sagten beide.

»Wir sind erst achtzehn oder neunzehn, manche sogar erst siebzehn.«

»Und da hat man keinen Bock, mit alten Säcken zu feiern?«, sagte Erik.

»Das nicht, aber …«

»Wir haben einen Discjockey engagiert«, sagte Caspar, »wenn der auflegt, ist für jeden was dabei. Theo Crash kennst du wahrscheinlich nicht.«

Das war mein Discjockey! Ihn hätte ich, wenn nicht alles dermaßen schiefgegangen wäre, für mein Fest engagiert.

»Doch, natürlich.«

»Wegen der Kosten musst du dir auch keine Gedanken machen. Die sind gedeckt.«

»Caspar ist unheimlich großzügig«, sagte Erik, »ohne ihn gäb's unser Theater längst nicht mehr. Und es ist nicht das einzige Projekt, das er mit viel Geld unterstützt.«

»Hör auf!«, sagte Caspar mit gequälter Miene. »Hätte ich mein Erbe dem Vietcong spenden sollen wie dieser Schwachkopf in Frankfurt?«

Er trat einen Schritt auf mich zu.

»Du kannst zwanzig Leute mitbringen, Peter. Nicht mehr. Und am nächsten Tag müsst ihr beim Aufräumen helfen.«

»Ich weiß nicht, ob ich das annehmen kann.«

»Was für ein schrecklicher Elternspruch. Den musst du dir schnell abgewöhnen. Also …«

Er hielt mir seine Hand hin.

Die Vorstellung, in einer alten Fabrikhalle mit Theo Crash als Discjockey abzutanzen, war verlockend, trotzdem fragte ich mich, was Eriks und Caspars Gäste davon haben sollten, dass zwischen ihnen ein paar Jugendliche rumhopsten.

»Kann ich es mir bis morgen überlegen?«

Caspar zog seine Hand zurück.

»Die Party steigt mit oder ohne euch. Noch Tee?«

»Nein, danke.«

»Stimmt, du musst ja pünktlich beim Abendessen sein. Sonst gibt's Ärger.«

Ich lachte unsicher und stand auf.

»Darf ich dich noch was fragen, Caspar?«

»Bitte.«

»In unserem Deutschbuch aus der Zehnten waren zwei Gedichte …«

Er stöhnte laut auf, bevor ich zu Ende sprechen konnte.

»Meine Jugendsünden. Ja, die sind von mir, und ja, sie sind unendlich peinlich, und ja, sie stehen nur aus einem Grund in dem Buch.«

Er machte eine Kunstpause.

»Der Schulbuchverlag hat meinem Vater gehört. Unter anderem. Sei froh, dass deiner nur ein harmloser Augenarzt ist.«

11

Der harmlose Augenarzt saß neben seinem Kachelofen, der wieder mal bullerte, als würde er gleich explodieren. Ein einziges Mal in einer schwachen Minute, hatte mein Vater meiner These, sein fanatisches Heizen könne etwas mit traumatischen Erlebnissen im Kriegswinter 1941/42 in der Ukraine zu tun haben, nicht widersprochen. Schon am nächsten Tag hatte er sich korrigiert und erklärt, er habe in den darauffolgenden Wintern, in denen er in Italien stationiert gewesen sei, deutlich mehr gefroren. Im Übrigen könne er nur allen Menschen wünschen, dass sie seelisch wenigstens halb so gesund seien wie er.

Berti nahm wie immer rechts von unserem Vater auf der Eckbank Platz, Sigi zu seiner Linken auf einem Stuhl. Daneben saß unsere Mutter, ich setzte mich zu Berti. Herthas Platz war am Tischende.

»Heute möchte ich euch zur Einstimmung auf das nahe Weihnachtsfest ein Gedicht vorlesen«, sagte unser Vater feierlich. Er ließ sich nicht von dem »Oh no«, das Berti rausrutschte, aufhalten und zog einen abgegriffenen Zeitungsausschnitt unter seinem Teller hervor. Wir kannten das Gedicht so gut wie Ben seinen Wondratschek, weil unser Vater es seit Jahren zum Besten gab – beim Abendessen hatte er uns allerdings noch nie damit überfallen.

»D'Christbaam stehnga in de Straßn / D'Auslagn san zum Bersten voll. / Doch da Joseph, bal valassn / klopfert, was passierat wohl?«

Wenn er etwas so Bayerisches las, wurde seine Stimme noch tiefer als sonst. Er dehnte die Vokale und ließ die Konsonanten schnalzen, als wolle er uns das Gedicht auf diese Weise für alle Zeiten ins

Gehirn brennen. Die schlichten Reime eines beim *Münchner Merkur* angestellten Journalisten riefen zu Bescheidenheit und tätiger Nächstenliebe auf und verdammten den Konsumrausch der Vorweihnachtszeit. Bestimmt rührten sie manchen braven Christen zu Tränen, hielten aber wohl keinen davon ab, weiter durch die Einkaufsstraßen zu hasten und die Läden leer zu kaufen.

»Ich würde Weihnachten ja ganz abschaffen«, sagte ich.

»Wie bitte?«

Mein Vater blickte auf.

»Der ganze kapitalistische Wahnsinn geht doch völlig am ursprünglichen Sinn des Fests vorbei. Maria und Joseph waren Obdachlose, die keiner beherbergen wollte. Ein Kind in einem Viehstall zur Welt zu bringen, ist alles andere als romantisch.«

»Da ist was dran«, sagte meine Mutter vorsichtig.

»Wie was dran, Gertraud?«

Gertraud statt Traudi. Höchste Gefahrenstufe.

Die dunklen Augen meines Vaters funkelten.

»Dann sollte unser Herr Sohn aber auch so konsequent sein, auf seine kapitalistischen Geburtstags- und Weihnachtsgeschenke zu verzichten. Berti freut sich bestimmt über den C&A-Gutschein.«

»Och«, sagte der, »mir reicht meiner.«

»Und seine neuen Skischuhe heben wir für Sigi auf.«

»Warum verrätst du jetzt alles, Beppo?«

Meine Mutter war verzweifelt.

»Ich kriege Skischuhe?«

»Nicht mehr, jetzt kriege ich sie!«, rief mein kleiner Bruder.

»Und falls er es sich noch anders überlegt und doch in unserem Keller feiern will, sollte er Wasser statt Bier anbieten, damit er das gesparte Geld den Obdachlosen spenden kann.«

Er ahnte nicht, was diese Sprüche und vor allem sein triumphierendes Grinsen bei mir auslösten.

Auf dem Weg zwischen Caspars und unserem Haus hatte ich mir wegen der Einladung zur Doppel-Party im Theater den Kopf zerbrochen. Wie würden meine Freunde es finden, unter lauter Fremden zu feiern? Würden sie womöglich denken, sie seien nur Staffage, damit die große Halle nicht zu leer wirkte? Würden sie sich, wenn es nicht nur Bier und Zweiliterflaschen Lambrusco gab, sondern richtig teuren Wein und Drinks, sinnlos besaufen und irgendwann zu randalieren beginnen? Oder trauten sie sich vor so alten Leuten nicht mal, ein bisschen zu knutschen? Meine Zweifel waren mit jedem Schritt gewachsen, auf den letzten Metern hatte ich nur noch überlegt, mit welcher Ausrede ich Caspar und Erik absagen sollte.

Jetzt hatte mein Vater für mich anders entschieden.

»Gute Idee, Papa«, sagte ich.

Er schaute mich irritiert an.

»Ich gebe alles, was ich für meine Party in deinem Keller zurückgelegt habe, den Armen.«

»Aber nicht das Geld, das du dir von mir geliehen hast«, sagte Berti erschrocken.

»Ich bin arm«, krähte Sigi, »ich bin soo arm!«

»Spinnt dein Sohn jetzt komplett?«, sagte mein Vater zu meiner Mutter. »Du hast mir doch versprochen, dass er, wenn der körperliche Umbau einigermaßen überstanden ist, wieder normal wird.«

Ich ließ mich nicht ärgern und holte tief Atem, um meinen größten Trumpf auszuspielen.

»Ich spende mein Geld und feiere trotzdem – selbstverständlich mit Mädchen.«

Es wurde still am Tisch.

»Äh, und wo?«, sagte Berti.

»In einer super Theaterhalle in Allach. Mit der kann nicht mal das *Bräustüberl* mithalten.«

Mein Vater lachte höhnisch.

»Und von welchem Geld willst du die Miete bezahlen, du Schlaumeier?«

»Ich habe einen Sponsor.«

»Einen …?«

»Adidas«, warf Berti ein.

Das war der Sponsor des FC Bayern.

»Was für einen Sponsor denn?«, sagte mein Vater.

Mir lag sein häufig zitierter Spruch *Der Kavalier genießt und schweigt* auf der Zunge, aber der passte nicht ganz.

»Sag schon, wen hast du angebettelt, Peter?«

»Ich habe gar nicht betteln müssen.«

»Deine verrückte Großmutter?«

»Beppo, bitte«, sagte meine Mutter. »Meine Mutter ist vielleicht ein bisschen exzentrisch, aber nicht verrückt.«

»Einen von deinen kommunistischen Lehrern?«

Ich schüttelte den Kopf und machte ihm mit einem überlegenen Lächeln klar, dass ich mir den Namen nicht entlocken lassen würde.

»Ein Sponsor«, sagte meine Mutter mit unglücklicher Miene, »da werden die Leute denken, wir sind zu geizig, um dir das Geld für dein Geburtstagsfest zu geben.«

»Ihr könnt ja lügen und behaupten, ihr wärt es.«

»Ja, wahrscheinlich«, sagte mein Vater, »als würden wir unser Geld für so was rausschmeißen.«

»Oder sie denken, unser Verhältnis ist so schlecht, dass du nicht zu Hause feiern magst.«

»Was nicht ganz falsch ist, Mama.«

»Ich habe dir erlaubt, bei uns zu feiern, mein Lieber.«

Mein Vater wurde laut.

»Aber ohne Mädchen.«

»Wir haben früher ganz wunderbare Feiern ohne Mädchen gehabt. Das sind manchmal sogar die netteren.«

Meine Mutter schaute ein wenig beleidigt.

»Für einen wie dich vielleicht«, sagte ich, »ich bin nicht so verklemmt.«

»Verklemmt?«, schrie er und sprang mit geballten Fäusten auf.

»Warum ist der Papa ver …«

Sigi verstummte im Wort, weil Bertis warnender Blick ihm signalisierte, dass er sich auf gefährliches Terrain begab. Wir beobachteten, wie sich das gerötete Gesicht unseres Vaters ins Bläuliche verfärbte und unsere Mutter vor Panik bleich wurde.

»Trink was, Beppo! Schnell!«, sagte sie und beugte sich, weil er sie nicht zu hören schien, über den Tisch, um ihm ihr Wasserglas zu reichen. Er trank es in einem Zug aus und stieß auf.

Normalerweise erholte mein Vater sich schnell von seinen »Zuständen«, wie meine Mutter sie nannte, doch diesmal sorgte Hertha ungewollt für die nächste Aufregung.

»Ist das das Theater, wo sie ein Stück mit Nackerten gespielt haben?«

Alle schauten zu mir. Ich hatte keine Ahnung vom Programm der Neuen Theatergenossenschaft.

»Ich glaube nicht.«

»Ich glaube schon«, sagte mein Vater und begann hektisch, den Stoß alter Zeitungen, den er für das Anfeuern des Kachelofens bereitliegen hatte, zu durchsuchen.

»Wann war das denn? Das ist doch noch gar nicht lang her. Ha, da!«

Er setzte sich wieder und glättete das Anzeigenblatt.

»Sex-Theater in Allach. – Die Nackerten im Englischen Garten sind ja schon eine Zumutung, aber was derzeit in einem Allacher Theater stattfindet, ist der deutlich größere Skandal. Zurecht fordert der Rektor der örtlichen Volksschule Ermittlungen wegen Erregung öffentlichen Ärgernisses. Caspar Curtius, Millionärserbe und Mäzen des Theaters, reagierte mit der für ihn typischen Arroganz und unterstellte dem verdienten Pädagogen sexuelle Frustration.«

Mein Vater schaute auf und suchte den Blickkontakt mit mir.

»Ist das der Mensch, von dem du dir deine Geburtstagsfeier bezahlen lassen willst?«

»Der Rektor?«

»Du findest das auch noch lustig.«

»In einem Sex-Theater«, wimmerte meine Mutter.

»Wir feiern nur eine Party, Mama. Da zieht sich keiner aus.«

»Wenn du das machst«, sagte mein Vater bitterernst, »sind wir geschiedene Leute.«

»Wenn es dir dann besser geht.«

Ich stand vom Tisch auf, ignorierte die erschrockenen Blicke meiner Brüder und meiner Mutter und verließ den Raum.

12

Ich konnte mich nicht erinnern, wann ich zuletzt so unversöhnlich gewesen war. Aber nach meinem kläglichen Auftritt vor Zita und so knapp vor der Schwelle zur Volljährigkeit wäre mir ein Einlenken wie ein Verrat an mir selbst vorgekommen. Jetzt musste ich mit den Folgen des Eklats leben. Zwischen meinem Vater und mir herrschte Funkstille. Wenn wir uns im Haus über den Weg liefen, was wir möglichst zu vermeiden suchten, taten wir so, als wäre der andere unsichtbar. Der Rest der Familie litt unter der Situation und bemühte sich auf unterschiedliche Weise, zwischen uns zu vermitteln.

»Schau«, sagte meine Mutter, »das mit den Mädchen verbietet er doch nur aus Verantwortungsgefühl.«

»Nein, weil er verklemmt ist und mir nichts gönnt.«

Das überhörte sie lieber.

»Du bist ja vielleicht reif genug, aber was ist mit deinen Freunden? Kannst du für jeden von denen die Hand ins Feuer legen, dass er keine Dummheiten macht?«

Als ich mich erkundigte, was für Dummheiten sie meine, begann sie zu stammeln. Manche jungen Männer, sagte sie, verhielten sich leider sehr rücksichtslos. Ich stellte mich weiter blöd.

»Du weißt schon, was ich meine, Peter, ein Mädchen ist schneller schwanger, als man denkt.«

Sie wurde rot.

»Ich sage ja nicht, dass das passiert wäre, aber allein die Möglichkeit hätte uns eine schlaflose Nacht beschert.«

»Im *Würmblick.*«

»Ja, schade.«

Sie drückte meine Hand.

»Bitte, denk noch mal drüber nach, ob du wirklich in diesem Theater feiern musst. Für deinen Papa wäre das furchtbar.«

»Ich verstehe nicht, wieso er deswegen so ein Geschiss macht.«

»Weil sich ein wildfremder Mensch in seine Erziehung einmischt.«

»Er muss mich nicht mehr erziehen, verdammt noch mal. Das ist vorbei.«

»Er meint es doch nur gut mit dir.«

»Und will mir alles verderben. Tut mir leid, Mama.«

Als sie mein Zimmer mit feuchten Augen verließ, hatte ich ein schlechtes Gewissen. Sie hätte mich garantiert mit Mädchen feiern lassen, aber schaffte es wieder mal nicht, sich gegen ihren Mann aufzulehnen.

»*Er* macht mit seiner Sturheit alles kaputt, nicht ich«, rief ich ihr hinterher, aber ich glaube, das hörte sie nicht mehr.

Bertis Sorge galt vor allem der Frage, wie es ihm gelingen sollte, auch unter den neuen Bedingungen mitzufeiern.

»Ich könnte mich als älter verkleiden und heimlich rausschleichen.«

»Da musst du an ihrer Tür vorbei und in der Nacht schläft unsere Mutter garantiert nicht.«

»Dann klettere ich aus dem Fenster und steige über die Dachrinne runter.«

»Und du traust dich, nachts allein den ganzen Weg von Allach heimzulaufen?«

»Kannst du mich nicht bringen?«

»Ich kann doch nicht von meiner eigenen Party abhauen.«

»Es dauert höchstens eine halbe Stunde.«

»Eine Strecke. Berti, echt, das geht nicht.«

Er war so enttäuscht, dass ich ihm kaum in die Augen schauen konnte. Dann tauchte auch noch Sigi auf.

»Wenn du nicht wieder lieb zum Papa bist, habe ich dich auch nicht mehr lieb.«

»Er hat Mist gebaut, nicht ich.«

»Er ist der Vater, er darf das, du Blöder.«

Ich war in meiner Familie endgültig zum Ausgestoßenen geworden. Aber mit solchen Gefühlen durfte ich mich nicht belasten, jetzt ging es darum, meine Gäste mit Enthusiasmus darauf vorzubereiten, dass sie etwas Großes erwartete. Keine Orgie vielleicht und auch nicht die ausgeflippteste Party, die der Münchner Westen je gesehen hatte, aber fraglos ein Fest, wie sie es noch nicht erlebt hatten. Bis dahin hatte ich noch eine Menge praktischer Dinge zu erledigen. Vor allem musste ich meine Gästeliste ausdünnen, ohne dass sich einer der Ausgeladenen zurückgesetzt fühlte. Ich beschloss, offen zuzugeben, dass die Beschränkung auf zwanzig Leute eine Bedingung meines Gastgebers war, und nur ein bisschen zu schwindeln, indem ich behauptete, ich hätte in den meisten Fällen das Los entscheiden lassen. Für die Ein- und Ausladungen musste ich Massen von Leuten anrufen und mein Vater begrenzte ja schon in Friedenszeiten streng die Anzahl meiner Telefonate. Nachdem ich Zita von meinem heldenhaften Kampf mit ihm berichtet hatte, war ich wieder ein wenig in ihrer Achtung gestiegen und sie ließ mich den Apparat ihrer Eltern nutzen. Auch mein Geschenk zum fünfjährigen Geburtstag des Theaters war ihre Idee.

»Eine Reitgerte?«

»Für den Regisseur, wenn ein Schauspieler seinen Text nicht kann.«

»Ich glaube nicht, dass Erik so inszeniert.«

»Mann, Pete, das ist natürlich ironisch.«

»Weiß ich doch.«

»Theaterleute stehen auf solche Gags. Außerdem haben die sicher einen Requisitenfundus.«

»Und wo kriege ich eine Reitgerte her?«

»Meine Mutter hat mal eine für eine Performance gekauft. Sie merkt nicht, wenn wir ihr die klauen.«

Dann war da noch das Klamottenproblem. Hätte die Party wie geplant im Spielkeller stattgefunden, hätte ich den blauen Norwegerpulli mit den weißen Elchen und Jeans getragen. Aber das war, wenn ich an Caspars und Eriks Kleidungsstil dachte, eindeutig zu gewöhnlich.

»Jeans sind bei denen auch okay«, sagte Zita bei unserer Kleiderprobe. »Aber nimm vielleicht keine, auf die du ein Peace-Zeichen oder Anarchisten-A gemalt hast. Dazu vielleicht einen weißen Rolli.«

»Ich habe keinen weißen Rolli.«

»Den hole ich dir aus dem Schrank von meinem Papa und dazu ein Jackett.«

»Ein Jackett? Ist doch viel zu spießig.«

»Du kriegst das Tweed-Sakko, das er mal von einer Konferenz in Edinburgh mitgebracht und längst vergessen hat.«

Es war mir zu groß und hatte Karos in Orange, Hellblau und Braun und ich fand, dass ich damit wie ein Clown aussah. Aber Zita meinte, es würde meine Individualität unterstreichen und den Freunden von Erik und Caspar von Anfang an klarmachen, dass sie mich, auch wenn ich erst achtzehn war, ernst zu nehmen hatten. Sie selbst entschied sich für ein Minikleid mit freiem Rücken. Es war so sexy, dass ich sofort an ihr rumzufummeln begann. Aber dafür hatte Zita keine Zeit, jetzt ging es um ihre Frisur, den Lippenstift, die Schuhe. Ich fragte mich, für wen sie sich dermaßen aufbrezelte. Sie hatte doch schon einen Freund. Als sie sich bückte, blickte ich auf einen schwarzen Spitzenslip, den ich noch nie an ihr gesehen hatte. Er war fast durchsichtig. Zita bemerkte meine Überraschung.

»Scharf, oder? Sollte eigentlich eine Geburtstagsüberraschung werden.«

Ich wurde den Verdacht nicht los, dass sie sich das nur sagte, um mich zu beruhigen. Sie erreichte das Gegenteil, auch wenn sie mich schnell auf den Mund küsste.

»Hast du keine Angst, die Halle könnte nicht gut geheizt sein, Zita?«

Ihr Blick sagte alles. Aus mir hatte mal wieder der Spießer gesprochen.

13

Und dann war mein großer Tag da.

Der 22. 12. 1976.

Ich wachte davon auf, dass nackte Füße durch mein Zimmer tappten. Vor lauter Anspannung hatte ich ewig gebraucht, um einzuschlafen, jetzt brachte ich die Augen kaum auf. Sigi kroch unter meine Decke.

»Wie spät ist es denn?«

»Spät. Ich habe ein Geschenk für dich. Ein supertolles!«

Er piekte mich mit etwas am Arm. Da tauchte auch Berti auf und setzte sich auf den Kleiderstuhl vor meinem Bett.

»Alles Gute, du alter Sack!«, sagte er.

»Rat mal, was es ist, Peter«, krähte Sigi, »aber nicht schauen.«

Er piekte mich wieder.

»Habe ich für dich aus der Tonne gerettet.«

Bitte nicht. Nicht heute. Berti wird mich dafür hassen, dass ich sein ausgestopftes Tier angekokelt habe, auch wenn er schon lange nicht mehr heimlich mit ihm redet. Ich schnupperte. Nein, das Wiesel würde anders riechen, mehr nach Aschenbecher, nicht so süßlich.

»Jetzt rate halt mal«, sagte Sigi.

»Eine Dose mit Bonbons.«

»Falsch!«

»Brausestangen?«

»Auch falsch.«

»Ein Moped?«

Sigi brach in Gelächter aus und zog ein gläsernes Flakon hervor.

»Das hat die Mama von einer Patientin bekommen. Aber sie mag es nicht, weil es nach Puff riecht.«

Er drückte auf den schwarzen Ballon und sprühte mich, ehe ich mich's versah, ein. Der Gestank war widerlich, aber ich wollte ihn nicht enttäuschen.

»Mm, sehr fein.«

»Das kannst du bei deiner Party drauftun. Was ist eigentlich ein Puff, Peter?«

»Das frag mal lieber deine Eltern.«

»Mein Geschenk«, sagte Berti, »ist ein Gutschein.«

»Ich will deinen C&A-Gutschein nicht.«

»Ein Gutschein, dass du dir jeden Monat zehn Mark von mir leihen kannst. Weil du doch nie Geld hast.«

»Hey, das ist ja eine nette Idee.«

»Rückzahlung an deinem nächsten Geburtstag.«

Ich bedankte mich bei beiden Brüdern mit einer Umarmung.

»Du stinkst ein bisschen«, sagte Sigi.

»Nach Puff«, sagte Berti und brachte Sigi und mich zum Lachen.

Ich hatte mich geirrt, ich war nicht allein in dieser Familie. Ich hatte zwei Brüder, die mich nie im Stich lassen würden, auch wenn ich ihren Vater manchmal beinahe in den Herzinfarkt trieb und Kuscheltiere verbrannte. Sie freuten sich ehrlich mit mir, dass ich endlich achtzehn war. Meine Mutter bestimmt genauso. Wie würde mein Vater sich verhalten? Ich hatte mich – vielleicht zum ersten Mal in einem größeren Konflikt – seinem Druck nicht gebeugt. Würde er es trotz des verlorenen Machtkampfs über sich bringen, mir wenigstens zu gratulieren?

Ich hatte Herzklopfen, als ich ins Esszimmer trat. Ein festlich gedeckter Frühstückstisch erwartete mich. Meine Mutter hatte, als ich bei Zita gewesen war, heimlich einen Käsekuchen gebacken. Die achtzehn Kerzen standen auf einem Teller daneben, weil ich im

Jahr zuvor das Auspusten so übertrieben hatte, dass der ganze Kuchen mit Wachspritzern bedeckt war.

»Darf ich dir alles Gute wünschen oder redest du immer noch nicht mit mir?«, sagte mein Vater und blickte über die Ränder seiner Lesebrille hinweg.

»*Du* hast nicht mehr mit mir geredet«, sagte ich.

»Das habe ich anders wahrgenommen.«

»Beppo, Peter«, sagte meine Mutter ungewohnt scharf, »ihr gebt euch jetzt sofort die Hand.«

Ich seufzte und streckte meinem Vater die Rechte hin. Er nahm sie und drückte sie.

»Herzlichen Glückwunsch, du Schuft.«

Das klang nach Waffenstillstand und ich konnte hoffen, dass er mir meinen Geburtstag nicht verdarb.

»Danke, Papa.«

Meine Mutter streckte die Arme aus, um mich zu drücken.

»Peter«, flüsterte sie an meinem Ohr, »ich weiß, dass du ein ganz besonderer Mensch bist und dass wir noch sehr stolz auf dich sein werden.«

Ich kämpfte mit den Tränen.

»Deine Geschenke haben wir wunschgemäß den Obdachlosen gebracht.«

Mein Vater konnte es nicht lassen.

»Stimmt nicht, stimmt nicht!«, sagte Sigi und klappte den Deckel der Eckbank hoch.

Sie hatten sich Mühe gegeben und ich durfte neben dem C&A-Gutschein, der obligatorischen Unterwäsche und einer Platte von James Last, die ich auf dem Flohmarkt verkaufen würde, zwei Bücher auspacken. Das erste war George Bernanos' *Die Sonne Satans.*

»Ich hoffe, du schaust mal in das Buch rein, auch wenn du die katholische Kirche gerade etwas kritisch siehst«, sagte meine Mutter und ignorierte standhaft das Stirnrunzeln meines Vaters. »Es geht da um die wirklich großen Fragen des Lebens.«

»Danke, Mama. Das klingt interessant.«

»Darum geht's in meinem Buch auch.«

»*Karl Jaspers. Was ist Philosophie?* Danke, Papa.«

»Haben sie bei der Unitas empfohlen – für junge Menschen, die auf der Suche sind.«

Die *Unitas* war seine Studentenverbindung. Katholisch, nicht farbentragend, nicht schlagend, wie er stets betonte. Da mein Vater sich auffallend bemühte, mich nicht zu provozieren, und ich an diesem Tag keine Lust auf Streit hatte, wurde es ein unerwartet friedliches Frühstück. So könnte es doch immer sein, dachte ich. Er muss mich nur in Ruhe lassen und akzeptieren, wie ich bin. Dann schaffe ich es auch eher, über seine Schwächen hinwegzusehen.

14

Der zwischen maroden Industriebauten und einem Schrottplatz eingezwängte Parkbereich des Theaters war bis auf den letzten Platz mit zum Teil recht ausgefallenen Autos wie einem psychedelisch bemalten Bulli, einem Militärjeep und mehreren Oldtimer-Cabrios besetzt, neben dem Betonweg zum von Scheinwerfern überstrahlten Eingang standen dicht an dicht die Fahrräder meiner Freunde. Zita und ich traten durch das offen stehende Tor in den Vorraum der Halle, der zum Foyer mit Bar und Ticketschalter umfunktioniert war. Er war menschenleer. Caspar hatte mir erklärt, als Geburtstagskind dürfe ich auf keinen Fall bei den Vorbereitungen zur Party mithelfen – das bringe Unglück. Außerdem hätte er eine kleine Überraschung für mich, daher solle ich nicht früher als um neun Uhr auftauchen.

»Bis dahin gibt's nur ein bisschen Gaukelei und langweilige Reden, da versäumst du nichts.«

»Aber ich habe meine Leute für acht bestellt. Ich muss euch doch miteinander bekannt machen.«

»Das schaffen wir auch selber. Um neun, Peter, versprochen?«

Wir warteten vor einer Eisentür mit einem teilweise abgekratzten Aufkleber mit Sicherheitshinweisen für Industriearbeiter. Daneben war eine Schaufensterpuppe in Hotpants auf einen Barhocker drapiert. Sie trug Eriks Zylinder, ihre rechte Hand ruhte auf einem Gehstock mit Elfenbeinknauf.

Ich hatte schon den ganzen Tag vor Aufregung ein flaues Gefühl im Magen. Nach dem Frühstück mit meiner Familie war ich, um mich zu beruhigen, zu einem Spaziergang entlang der Würm aufgebrochen. Angesichts eines lang gestreckten Ufergrundstücks mit einem sich perfekt in die Landschaft einfügenden Bungalow malte ich mir wie an jedem Geburtstag meine Zukunft aus. Inzwischen stand für mich fest, dass ich später mal nicht in Unter- und auch nicht in Obermenzing leben wollte, obwohl es da einige schöne Villen gab. Im Idealfall hatte ich zwei Wohnsitze, einen an dem Strand, an dem Fellinis *La dolce vita* endete, den anderen in einem besetzten Haus in Berlin, weil ich als Schriftsteller den Kontakt zur sozialen Realität nicht verlieren durfte. Sollte mein Durchbruch wider Erwarten nicht sofort oder erst später gelingen, würde ich kompromisshalber in ein römisches Arbeiterviertel ziehen und von dort ab und zu mit der Bahn ans Meer fahren. Der Gedanke, dass mein Werk möglicherweise nie ein Erfolg werden könnte, versetzte mich in eine melancholische Stimmung, die sich noch verstärkte, als ich mich jenseits der Verdistraße auf eine Parkbank mit Blick auf Schloss Blutenburg setzte. In dem heruntergekommenen Gebäudekomplex gackerten Hühner, der Gestank eines Schweinestalls verpestete im weiten Umkreis die Luft. Nichts mehr war von der Pracht des einstigen, herzoglichen Lustschlosses übrig geblieben. *As time goes by*, dachte ich und zog das indische Büchlein, das Zita mir mal geschenkt hatte, aus der Anoraktasche. Ich war davon überzeugt, dass ich mich gerade in einem idealen Gemütszustand für das Verfassen eines Gedichts befand. Tatsächlich musste ich nicht lange über den Titel nachdenken.

Versprich mir nichts, Leben.

Auch die ersten Zeilen schrieben sich wie von selbst.

Vor achtzehn Jahren in die Welt geschleudert und *immer noch nicht angekommen / Achtzehn Jahre im Anflug, geblendet vom schwülen Licht der Verheißungen …*

Ab dem Punkt änderten meine Gedanken plötzlich ständig die

Richtung, wie Eichhörnchen, die sich um einen Baumstamm herum jagen. *Wie wird meine Party werden? Licht der Verheißungen. Was soll ich tun, damit Zita mich nicht mehr für einen Schwächling hält? Verheißungen. Wie ist Caspar bloß auf die Idee mit der Doppel-Party gekommen? Oder war sie von Erik? Schwüles Licht. Hoffentlich wird das Ganze kein Reinfall. Kann Licht überhaupt schwül sein? Das ist doch ein schiefes Bild. Und was ist ein gerades Bild?*

Ich steckte das Büchlein wieder ein. Die Bedeutung des Tages war wohl noch zu groß für mich, um sie in Worte fassen zu können. Mit etwas Distanz würde das sicher einfacher werden.

Wieder zu Hause, wollte ich schlafen, um bei meiner Party nicht als Erster schlappzumachen. Aber dazu war ich viel zu nervös. Um sechs Uhr traf wie verabredet Zita ein.

»Jetzt hast du's geschafft, Pete! Ich wünsche dir, dass du mit deiner neuen Freiheit die heißesten Sachen machst.«

Ich lotste sie erfolgreich an meiner Familie vorbei in mein Zimmer, wo sie mir ihr, in Zeitungspapier verpacktes Geschenk gab. Zu meiner Überraschung handelte es sich um eine Erdmann-Lederjacke, wie die Rocker aus den nördlichen Stadtvierteln sie trugen.

»Leider gebraucht. Neu kosten die ein Schweinegeld.«

»Das macht doch nichts. Die schaut toll aus.«

»Und ist gut fürs Rückgrat«, sagte Zita grinsend. »Probier sie mal an!«

Ich schlüpfte in einen Ärmel, aber sie bremste mich.

»Ohne T-Shirt.«

Sie verlangte, dass ich wie ein Model auf dem Laufsteg vor ihr auf und ab schlenderte und mich mit den Händen in den Jeanstaschen breitbeinig hinstellte.

»Noch mal, bitte.«

Ich mochte das Gewicht der Jacke und das Gefühl kühlen Leders auf meiner Haut, baute beim Gehen Hüftschwünge ein und fand mich ziemlich lässig, bis Zita losprustete.

»Entschuldige, das bist du nicht.«

»Wieso nicht?«

»Zum Glück kann ich das Teil zurückgeben. Du kriegst was anderes von mir. Einen kuschligen Pulli.«

Ich war ein bisschen beleidigt, überspielte es aber.

»Du kannst mir auch gleich was schenken, Zita.«

Ich zog sie in meine Arme und schob ihr Kleid hoch. Sie entwand sich mir.

»Und deine Eltern?«

»Werden es nicht wagen, die Privatsphäre ihres erwachsenen Sohnes zu verletzen.«

Ich knabberte an ihrem Ohrläppchen und wuschelte ihr durch die Haare.«

»Nicht! Ich habe ewig gebraucht, um sie so hinzuföhnen. Ich möchte sie auch nicht vor der Party zerdrücken.«

»Wir müssen uns ja nicht hinlegen.«

»Du meinst, wir sollen im Stehen …?«

»Wieso nicht?«

Ich setzte meinem kitschigsten Blick auf.

»Zita! Ich werde nur einmal achtzehn.«

Sie seufzte, was ich als Zustimmung nahm.

Trotz oder wegen der für uns ungewohnten Stellung gerieten wir beide schnell in Fahrt. Ich war so erregt, dass ich mir auf die Lippen beißen musste, um nicht zu laut zu keuchen, ich spürte, wie Zita sich mir entgegenpresste – und kam.

Hinterher lagen wir Arm in Arm auf meinem Flokati und hörten die Best-of-Platte von *Moody Blues*, ein Versöhnungsgeschenk von Frau Meister.

»Wie beim ersten Mal«, sagte ich.

»Mit mir?«

»Mit Hetti. Da war ich vierzehn.«

Sie lachte.

»Dreißig Sekunden?«

»Fünfunddreißig mindestens. Tut mir leid, dass du nicht …«

Sie legte mir den Finger auf die Lippen.

»Heute ist dein Geburtstag, nicht meiner.«

Wir standen immer noch vor dem Aufkleber mit den Sicherheitshinweisen und hatten inzwischen gemeinsam alle fehlenden Wörter ergänzt. Zita fröstelte und bereute es wahrscheinlich längst, sich für so ein Nichts von einem Kleid entschieden zu haben. Ich wollte ihr das Clown-Jackett leihen, aber dafür war sie zu stolz.

»Ich frage mich, was an Sicherheitsschuhen anders ist«, sagte ich, »sind die nur fester oder haben die auch eine Isolierung gegen Stromschläge?«

»Das frage ich mich nicht.«

Sie klang wütend.

»Was fragst du dich denn?«

»Wieso wir nicht endlich reingehen. Ach, Scheiße.«

Sie trat einen Schritt nach vorne und wollte nach der Türklinke greifen. In derselben Sekunde sauste der Gehstock der Puppe dicht vor ihrer Nase vorbei. Wir schrien auf und machten einen Satz rückwärts.

»Immer mit der Geduld, Herrschaften. Geduld, Vernunft und Zeit, sagt der Dichter, macht möglich die Unmöglichkeit.«

Es war eine Schauspielerin, keine Puppe! Sie hatte uns die ganze Zeit reglos beobachtet und saß schon wieder wie eine Skulptur da. Da riss Zita, die solche Nummern von ihrer Mutter kannte, das Geschenkpapier von der Reitgerte und tat so, als wolle sie zuschlagen. Die Schauspielerin parierte den angedeuteten Hieb, ohne dass in ihrem Gesicht auch nur ein Muskel zuckte. Die beiden begannen mit Gehstock und Reitgerte zu fechten und waren sich so ebenbürtig, dass ihr Wettstreit noch lange gedauert hätte, wäre nicht Caspar aufgetaucht.

»Was machen Sie denn da mit unserer Franzi?«

Die Schauspielerin sprang vom Hocker und boxte Zita freundlich gegen den Oberarm.

»Respekt. Woher kannst du das?«

»Selbstverteidigungstraining seit dem siebten Lebensjahr. Meine Mutter ist Feministin.«

»Und seit wann sind Sie in Therapie?«, sagte Caspar. Als er merkte, dass nur er lachte, zog er mich in seine Arme und drückte mich.

»Herzlichen Glückwunsch, Peter! Das wird ein super Jahr für dich, da bin ich mir sicher.«

»Ich bin übrigens Felicitas«, sagte Zita, »Felicitas Wegner. Und wer bist du?«

»Na, wer werde ich wohl sein?«

»Auch ein Schauspieler?«

Es war unübersehbar, dass Caspar ihr herzlich unsympathisch war.

»Caspar Curtius«, sagte er und deutete einen Handkuss an.

Zita lachte über die altmodische Geste und ich war froh, dass die Schauspielerin Franzi sie mit sich in die Halle zog.

»Bisschen kapriziös, die Dame«, sagte Caspar, »aber deine anderen Freunde sind nett. Von einem kenne ich die Mutter, eine Stadträtin.«

»Von Markus.«

Er machte mir ein Zeichen und wir gingen ebenfalls nach drinnen. Ein Scheinwerfer blendete mich. Ich versuchte, aus dem Lichtkegel zu treten, aber er verfolgte mich.

»Und da ist unser Geburtstagskind«, rief eine Megafonstimme, hinter der ich den Regisseur Erik vermutete: »Happy Birthday, Peter!«

Caspar drückte mir ein Sektglas in die Hand und ein vielstimmiger Chor hob an, den eine Trompete begleitete. So schief spielt nur Andreas, dachte ich. Andreas, mit dem ich ministriert habe und den manche für ein bisschen verrückt halten, weil er mal bei einer Jugendwallfahrt ein großes Kreuz von München bis Freising getragen hat. Tatsächlich entdeckte ich ihn auf einem Podest. Er trug wie immer lange Lederhosen, Turnschuhe und seinen blauen Kosakenkittel. Das *Happy Birthday* ging über in *Tant' auguri a te* und ich hätte mich vor Verlegenheit am liebsten verkrochen.

»Lass dich nicht verunsichern«, sagte eine Stimme neben mir, »ist alles nur Theater.«

Ich wollte dem großen, bärtigen Mann etwas entgegnen, aber er war schon zwischen den Sängern verschwunden. Am Ende der dritten, der französischen Version des Geburtstagslieds gab es auf der Bühne eine Explosion und Erik trat auf Stelzen aus einem Sternenregen hervor. Er warf silbernes Konfetti auf mich.

»Alles Gute, Peter, und vergiss nie den Sandmann.«

Das war für alle das Kommando, auf mich anzustoßen, und Caspar raunte mir zu, jetzt müsse ich etwas sagen.

»Ja, also, ich … ich bin echt fertig. Fertig vor Glück natürlich. Danke … danke Ihnen und euch allen.«

Mehr brachte ich nicht raus. Der Applaus war kaum verebbt, da umringten mich meine Freunde.

»Starke Party, Gillitzer«, sagte Markus.

»Ja, saustark«, sagten einige.

»Ich frage mich immer noch, wie die das gemacht haben mit dem Typen, der unter der Decke langgeflogen ist«, sagte meine Kindheitsfreundin Gabi. Ich warf einen Blick nach oben. Die Hallendecke war von Rissen überzogen und wurde von rostigen Stahlträgern gehalten.

»Der hing an einem durchsichtigen Seil, ist doch klar«, sagte Holger, der seit unserem gemeinsamen Sprachaufenthalt in Worthing und der Sache mit meiner gebrochenen Nase zu meinen engeren Freunden zählte und beinahe bei meiner Party aufgelegt hätte.

»Ich glaube eher, die haben mit Spiegeln gearbeitet«, meinte Matthias, »wie dieser Zauberer neulich im Fernsehen. In Wirklichkeit ist der Mann über den Boden gekrochen.«

»Mein Gott, Matze«, sagte Anne Mann, unsere kämpferische,

ehemalige Schülersprecherin, die uns damit überrascht hatte, dass sie nicht Politologie oder Soziologie, sondern Tiermedizin studierte, »wie, bitte, soll das gehen?«

»Einfallswinkel gleich Ausfallswinkel?«, sagte Matthias.

»Einfaltspinsel gleich Ausfaltspinsel«, sagte jemand hinter mir.

»Und die großartige Dekoration!«, sagte Meinhard. »So ein Aufwand. Nur auf die Puppen hätten sie besser verzichtet.«

Erst da fielen mir die Schaufensterpuppen auf, die in den Fensternischen standen und mit überdimensionalen Attrappen von Hintern und Brüsten bestückt waren.

»Wir sind im Theater, Meinhard, nicht im Kloster«, sagte Markus und legte unserem Mitschüler, den alle mochten, obwohl er mal Pfarrer werden wollte, die Hand auf die Schulter.

»Das ist mir bewusst. Ich verstehe auch die Anspielung auf E.T.A. Hoffmann und die Puppe Olimpia, aber das ginge doch auch etwas dezenter.«

Ich hielt Ausschau nach Zita, konnte sie aber nirgends entdecken. Die Gäste, die wegen des Theaterjubiläums gekommen waren, standen in Grüppchen beisammen, diskutierten, erzählten, lachten. Der Großteil meiner Leute hatte sich jetzt im Pulk um mich versammelt und wusste offenbar nicht so recht, wie es weitergehen sollte. In der Stunde zwischen acht und neun hatten, wie ich erfuhr, Schauspieler Highlights aus dem Repertoire des Theaters zum Besten gegeben, jetzt lief im Hintergrund dezenter Jazz.

»Ist ein bisschen so, als würde man mit seinen Eltern feiern«, flüsterte Gabi, von der es hieß, sie ginge nur auf Partys, um jemanden zum Vögeln zu finden. Aber das war wahrscheinlich nur ein fieses Gerücht von Typen, die bei ihr nicht gelandet waren.

»Habt ihr denn schon was getrunken?«, fragte ich in die Runde.

»Aber hallo«, sagte Matthias.

»Gibt super Drinks hier«, sagte Holger.

Trotzdem kam mir die Stimmung meiner Freunde eher verhalten vor. Hätte ich doch nicht auf Caspars und Eriks Angebot eingehen sollen? Aber was wäre die Alternative gewesen? Eine Bubenparty im Spielkeller.

Meine Band tauchte auf.

»Gleich geht's los«, sagte Jakob, »Theo Crash ist nur noch mal pinkeln.«

»Der echte Theo Crash? Wo denn?«, sagte Gabi.

»Aufm Klo«, sagte Willi.

»Wo die Disco ist, meine ich.«

»Gleich nebenan«, sagte Jakob, »im ehemaligen Maschinenraum.«

»Damit die Schriftsteller sich nicht gestört fühlen«, sagte Ben.

»Welche Schriftsteller denn?«, sagte ich.

»Die an der Bar. Sind ein paar echte Promis drunter.

»Wer zum Beispiel?«

Aber da mischten sich schon dumpfe Bässe unter die dahinplätschernde Jazzmusik und Ben begann im Rhythmus zu nicken.

»I was born in a cross-fire hurricane«, schrie er und alle drängten Richtung Maschinenraum.

Ich blieb allein zurück. Die Chance, endlich richtige Schriftsteller kennenzulernen, durfte ich mir nicht entgehen lassen.

15

Auf dem Rand der Vorbühne saßen, aufgereiht wie die Hühner, einige junge Frauen, offenbar Groupies der Theatergruppe. Sie tuschelten und deuteten auf eine Dame im getigerten Kostüm, die mit einer um den Hals gewickelten Plastikschlange von Gruppe zu Gruppe stolzierte und sich Komplimente abholte. Als sie an mir vorbeikam, fragte sie, ob sie mir helfen könne.

»Ich suche die Bar.«

»Schade, ich dachte, mich.«

Ihre Stimme, die nicht richtig weiblich, aber auch nicht typisch männlich, sondern irgendwie nach beidem klang, verwirrte mich und ich starrte sie wohl einen Moment zu lang an.

»Was ist?«

»Gar nichts, Tschuldigung.«

»Achtzehn müsste man noch mal sein«, flötete sie oder er und stolzierte weiter.

Aus dem Maschinenraum waren die Akkorde von *Highway Star* zu erahnen. Das war *unser* Song, er wurde bei jeder Klassenparty mindestens drei Mal aufgelegt. Jetzt musste ich mir keine Gedanken mehr um meine Gäste machen, sie würden über die Tanzfläche toben und alle Fremdheitsgefühle vergessen.

Eine Hand packte mich an der Schulter. Sie gehörte Caspar.

»Zufrieden?«

»Ja, sehr. Danke noch mal für alles.«

»Schon gut. Jemand möchte dich kennenlernen.«

»Mich? Wer denn?«

Er lächelte vielverheißend und führte mich in einen Nebenraum. Hier war die Bar mit den Schriftstellern, nach denen ich gesucht hatte. Über dem Tresen hing ein Banner mit einer Puppe, in deren Augen sich winzige Püppchen spiegelten. *5 Jahre Neue Theatergenossenschaft – 5 Jahre Olimpia* stand drauf, wenn man es durch den dichten Zigarettenrauch denn mal sehen konnte. Der bärtige Mann, der mich ganz zu Anfang kurz angesprochen hatte, lehnte etwas abseits an einer Säule.

»Da ist er«, sagte Caspar zu ihm. »Ich lasse euch mal allein.«

Ich wartete darauf, dass der Mann etwas sagte, aber er blickte mich nur stumm durch seine große Brille an. Mit seinen dunklen Haaren und dem dichten Bart erinnerte er an einen gutmütigen Bären, aber einen mit feiner Witterung. Er hielt, immer noch schweigend, zwei Finger hoch. Der Barkeeper verstand und brachte uns zwei Gläser Rotwein.

»Gerhard«, sagte der Mann. »Und du bist der Peter. Der seit heute erwachsene Peter.«

Ich nickte.

»Du schreibst, hat der Caspar gesagt.«

Er sprach bedächtig, mit österreichischer Färbung.

»Ich versuche es.«

»In deinem Alter hat mich das Schreiben gerettet. Aber mein Vater wollte unbedingt, dass ich Medizin studiere.«

»Das hätte meiner auch gern.«

»Drängt er dich dazu?«

»Nicht sehr. Er ist der Meinung, dass man nur ein guter Arzt wird, wenn man sich aus freien Stücken dafür entscheidet.«

»Gscheiter Vater.«

»Bei dem Thema schon.«

Ich fragte mich, ob dieser Gerhard überhaupt ein echter Schriftsteller war oder ein Mediziner, der nur in seiner Jugend geschrieben hatte, oder jemand wie Gottfried Benn, der neben dem Arztberuf dichtete. Wie konnte ich das rausfinden, ohne unhöflich zu sein oder ihn gar zu verletzen?

»Und hast du … Ich darf schon Du sagen?«

»Ja, freilich, ich sag' ja auch Du zu dir, Peter.«

»Hast du eine eigene Praxis oder arbeitest du in einer Klinik?«

»In einem Rechenzentrum.«

»Ah.«

Ich bemühte mich, mir meine Enttäuschung nicht anmerken zu lassen. Ich hatte auf die Musik, die Theo Crash auflegte, und das Tanzen verzichtet, um mir die Gelegenheit, Schriftsteller kennenzulernen, nicht entgehen zu lassen. Jetzt vergeudete ich meine Zeit mit einem Mann, der offenbar nicht nur mit dem Schreiben gescheitert war, sondern auch im Medizinstudium und deswegen gezwungen war, ausgerechnet als Mathematiker oder in einem ähnlich unliterarischen Beruf zu arbeiten.

»Warum schreibst du, Peter?«

»Warum?«

Wenn ich ehrlich zu mir war, hatte ich nur mit dem Dichten angefangen, weil ich anders nicht an Mädchen rangekommen war. Jetzt hatte ich zwar schon länger eine Freundin, aber immer noch den Traum, dass meine Bücher irgendwann in den Regalen standen, die Leute meinen Namen kannten und ich genügend Geld verdiente, um mir zum Beispiel zwei Wohnsitze leisten zu können. Aber das hätte ich nie zugegeben, es klang zu banal – Schriftsteller wurde man aus Berufung.

Gerhard bestellte uns den nächsten Wein.

»Also?«

»Ich muss irgendwie schreiben.«

Wenn ich sein warmes Lächeln richtig deutete, gefiel ihm das.

»Ich stelle dir jetzt eine Frage, die dir komisch vorkommen wird.«

Eine Rechenaufgabe wahrscheinlich, dachte ich und hielt verstohlen Ausschau nach echten Schriftstellern.

»Stell dir vor, man würde dich einsperren und dich erst wieder freilassen, nachdem du entweder eine Geschichte über das Leben oder eine über den Tod geschrieben hast. Für welche würdest du dich entscheiden?«

Ich war perplex. So eine Frage stellte kein Mathematiker. Offenbar hatte ich ihn falsch eingeschätzt. Ich hatte zwar noch nie von einem österreichischen Autor mit Vornamen Gerhard gehört, aber das bedeutete nichts. Die Deutschlehrer an meinem humanistischen Gymnasium machten einen Bogen um die zeitgenössische Literatur.

»Leben oder Tod?«, sagte Gerhard und hielt mir sein Glas hin. Ich stieß mit ihm an.

Leben natürlich. Aber passte das zu dem Literaten, der ich sein oder wenigstens werden wollte?

»Puh, schwierig.«

»Du bist heute achtzehn geworden, das ist ein Einschnitt. Vor dir liegt ein neues Leben, aber wenn du da hinmöchtest, muss ein Stück von dir sterben.«

»Die Kindheit.«

Er nickte.

»Dann würde ich vielleicht über den Tod der Kindheit schreiben.«

»Mach das! Ohne, dass dich jemand einsperrt. Kennst du den Canetti, Peter?«

»Nur vom Namen her.«

»Der ist der größte Todeshasser von allen. Er hat dem Tod den Kampf angesagt, er will ihn überall aufstöbern und ausräuchern.«

»Klingt ein bisschen verrückt.«

»Verrückt? Der Unterschied zwischen uns und den Irren ist kleiner, als du denkst. Wenn wir schreiben, leben wir wie sie in einer Parallelwelt. Unser Vorteil ist, dass wir in die sogenannte Normalität zurückkehren können.«

Das war die endgültige Bestätigung. Er schrieb. Inzwischen war mir leicht schwindlig. Auch Gerhard, der augenscheinlich ein geübterer Trinker war als ich, brauchte länger zum Nachdenken und sein Blick war glasig geworden.

»Du hättest auch ganz anders auf meine Frage antworten können.«

»Wie denn?«

»Du hättest sagen können, dass ich ein Trottel bin.«

»Ein Trottel? Nein.«

»Leben und Tod sind doch keine Gegensätze. Eines ist im anderen enthalten, der Tod im Leben und umgekehrt.«

»Das Leben im Tod?«

Spätestens da hatte ich das Gefühl, ihm nicht mehr richtig folgen zu können.

»Beschäftige dich mal mit Mikrobiologie und schau, was für ein Leben aus den verwesenden Leichen wächst. Versprichst du mir das?«

Ich versprach es und versuchte, das Gespräch auf eine Ebene zurückzubringen, die mich in meinem Zustand intellektuell nicht überforderte.

»Wenn du in einem Rechenzentrum angestellt bist, Gerhard, hast du dann überhaupt genug Zeit zum Schreiben?«

Er winkte so temperamentvoll ab, dass ich fürchtete, seine von ihm wegschnellende Hand könne ihn umreißen.

»Das ist kein Problem. Ich schreibe ja immer. Bei der Arbeit, wenn ich spazieren gehe, wenn ich mit dir rede und wenn ich träume.«

»Kann man denn ein Buch von dir kaufen?«

»Leider nein.«

Er bemerkte meine Enttäuschung.

»Weil ich einem Kollegen nichts verkaufe. Ich lass' dir eines schicken.«

Er lachte dröhnend und ich hatte auf einmal das Gefühl, ohne Stelzen einen Meter über dem Boden zu schweben. Gerhard betrachtete mich als Kollegen. Er vertraute mir sogar an, dass er gern mal einen Porno-Roman schreiben würde. Ich sagte, das fände ich eine tolle Idee, obwohl ich durch meinen Besuch in einem Porno-

Kino zwei Jahre zuvor immer noch einen Widerwillen gegen härtere Sex-Szenen hatte. Aber ein Buch konnte ich jederzeit zuschlagen, wenn mir etwas nicht behagte. Ich hätte noch ewig mit Gerhard reden und trinken können, aber nach unserem vierten Glas – oder war es schon das fünfte – tauchte eine Frau mit einer Kamera in der Hand auf.

»Passt es jetzt, Herr Roth?«

Gerhard Roth also. Den Namen musste ich mir merken.

»Wir sehen uns, Peter. Und sei vorsichtig bei den Kollegen da drüben. Da sind Vampire drunter.«

Die Frau kicherte und ihre rote Lockenmähne geriet ins Wippen.

»Wen meinen Sie denn damit?«

Er zuckte die Achseln.

»Die Bronnen? Oder Hubert Fichte? Doch nicht den Michel? Auf Paul passt das auch nicht. Bienek?«

Gerhard zuckte mit den Schultern. Ich blickte ihm hinterher, wie er der Frau vor eine der Puppen folgte. Sie hatte sich für ein Exemplar ohne obszöne Attribute entschieden. Dafür klaffte in der Brust ein Loch, als wäre das Herz herausgerissen worden. Ich trank, obwohl ich seit dem Frühstück nichts gegessen hatte und der Wein sich in meinem Kopf wie dunkle Tinte im Wasser ausbreitete, noch ein Glas und schaute zu, wie Gerhard mit ernstem Gesicht dastand und die Fotografin ihn mit der Kamera vor dem Auge in einem seltsamen Balztanz zu animieren versuchte. Schließlich tat er ihr den Gefallen und deutete ein Lächeln an.

Ich machte einen Schritt Richtung Tresen und hatte das Gefühl, dass der Boden sich unter meinen Füßen aufbäumte.

»Ja, wen haben wir denn da? Das Geburtstagskind. Gutes Gespräch gehabt mit dem Herrn Roth?«

Ein Mann aus der qualmenden Runde, der wie mein Kollege Gerhard einen Vollbart trug, allerdings einen akkurat gestutzten, nahm mich beim Arm. Aber ich fühlte mich zu betrunken für ein weiteres, tiefschürfendes Gespräch und machte mich los.

»Tschuldigung, ich ... ich muss nach meiner Freundin schauen«, sagte ich und setzte vorsichtig einen Fuß vor den anderen, um nicht zu auffällig zu schwanken.

»Meinst du, der interessiert sich für einen wie dich, Hubert?«, hörte ich eine Stimme hinter mir. »In dem Alter geht's doch nur ums Vögeln.«

»Ist das ein Widerspruch?«

Ich hörte Gelächter und überlegte, ob ich einen Schriftsteller kannte, der mit Vornamen Hubert hieß, aber wichtiger war jetzt, dass ich in meinem Suff den Weg zum Maschinenraum fand und über möglichst wenige Füße stolperte.

Theo Crash hatte seine Plattenspieler so zwischen zwei stillgelegten Wasserturbinen aufgebaut, dass es aussah, als trüge er zusätzlich zu seinen Kopfhörern ein weiteres, riesiges Paar. Ich war überrascht, wie ausgemergelt er aussah, sein Schnauzbart wuchs ihm über die Oberlippe, seine Lider hingen weit über die Augen, aber die Musik, die er auflegte, war pure Energie und ließ die Tänzer ausflippen. Vor allem meine Leute schüttelten wild ihre Mähnen, hüpften wie Fohlen, stießen die Fäuste in die Luft und grölten mit.

Get it on, bang a gong, get it on / Get it on, bang a gong, get it on.

Wer nicht tanzte, lag knutschend auf einer der Matratzen. Gabi wurde gleichzeitig von Thomas und einem älteren Typen, der mit seinem markanten Kinn und dem muskulösen Oberkörper meiner Meinung nach nur ein Schauspieler sein konnte, befummelt. Holger beschäftigte sich mit den Brüsten der bärtigen Dame im Tigerkostüm. Ben hielt Willi im Arm, der immer weinte, wenn er zu viel getrunken hatte. Markus lag auf einem der Groupies der Theatergruppe.

Da war sie, die Orgie, von der ich so lange geträumt hatte! Was für ein Glück, sagte ich zu mir, dass Caspar mich beinahe überfahren hätte.

Theo Crash überblendete den *T. Rex-Song* elegant mit *The King will come* von *Wishbone Ash*, aber das bekam ich nur am Rande mit, denn mein Interesse wurde von einem nackten Bein angezogen, das zwischen einer Turbine und einem Generator lag. Erst dachte ich, es stamme von einer Puppe aus der Dekoration, als es leicht zuckte, traf mich ein elektrischer Schlag. Ich kannte dieses Bein und die Reitgerte daneben ebenfalls.

»Zita?«

Ich bewegte mich mit wackligen Knien ein Stück in ihre Richtung und überblickte das ganze Desaster. Sie lag breitbeinig auf dem Bauch, ihr Kleid war nach oben gerutscht, sodass man ihr Höschen sah und schon halb in ihm eine Hand. Ich bremste so abrupt ab, dass ich beinahe das Gleichgewicht verlor.

»Aber …«, flüsterte ich, »das kannst du doch nicht machen.«

Von dem Kerl unter ihr war nichts außer den Beinen zu sehen und eben die Hand.

»An meinem Geburtstag!«

Ich muss gebrüllt haben, denn alle schauten zu mir, auch Zita riss den Kopf herum. Was in den Sekunden danach geschah, weiß ich nicht mehr. Ich vermute, dass ich aus dem Raum gestürzt bin, weil mein Magen rebellierte.

Meine Erinnerung setzte erst wieder ein, als ich auf dem Asphalt kniete und in einem großen Schwall etwas kotze, das wie dunkles Blut aussieht.

Aber es war nur der Wein, den ich mit Gerhard Roth getrunken hatte.

»Ich muss mich hinlegen«, sagte ich.

»Dann erfrierst du«, sagte eine Stimme, die mir bekannt vorkam.

»Nur kurz.«

Ich kippte zur Seite, aber ein Arm hielt mich fest.

»Ich kann dich nach Hause fahren, Gillitzer«, sagte die Stimme, »ich habe nicht getrunken und nicht gekifft.«

»Nein, meine Party, die Leute …«

»Die brauchen dich nicht mehr. Komm!«

Mein herumirrender Blick landete auf einer Lederhose. Da wusste ich, dass es der Trompeter Andreas war, der mir zu seinem R4 half.

Auf der kurzen Fahrt hielt er mir einen leidenschaftlichen Vortrag, aus dem ich allerdings nur einzelne Brocken herauszufischen vermochte.

»Millionenerbe … Macht euch die Erde untertan … Ende des Wachstumswahnsinns …Mensch und Tier, alle Lebewesen … Gott … Kurzer Rede, langer Sinn«, sagte Andreas, als wir endlich vor meinem Haus angekommen waren, »wir müssen handeln.«

»Auf jeden Fall, Andi, machen wir«, lallte ich.

16

»Du wolltest ein Konto eröffnen und Bacardi und Zigaretten für mich kaufen«, sagte Berti aufgebracht. »Jetzt ist es schon nach elf und du pennst immer noch.«

Ich war tot und aus meiner Leiche wuchs bestimmt kein Leben. Vor allem nicht aus meinem Kopf, der sich anfühlte, als hätte der Sandmann mir anstatt des Gehirns einen fetten Leberkäse eingepflanzt, wie den, wegen dem Sigi neulich gekotzt hatte.

»He, Pe-ter!«

Berti rüttelte an meiner Schulter.

»Ich muss dir auch noch was erzählen.«

»Bitte nichts erzählen.«

»Die Eltern haben gestern mit dem Bommer gesprochen. Er kennt deinen Sponsor.«

Mist, Caspar! Ich setzte mich mit einem Ruck auf. Der Leberkäse drückte von innen gegen meine Schläfen, als wolle er meinen Kopf sprengen.

»Ich muss beim Aufräumen helfen, Berti. Ich hab's versprochen.«

Auf der Fahrt mit dem Rad nach Allach verwandelte sich der Druck in meinem Schädel wohl wegen der plötzlichen Zufuhr von Sauerstoff in einen stechenden, danach in einen bohrenden und hämmernden Schmerz.

Black & Decker, Black & Decker, Black & Decker.

Erst als ich die Halle erreichte, befreite Caspar, der davor rauchte, mich aus der quälenden Gedankenschleife.

»Schönen, guten Morgen, Herr Gillitzer. Wie geht's uns denn heute?«

»Geht so.«

Er hielt mir die Zigarette hin.

»Bloß nicht.«

»Ist Cannabis. Gibt nichts Besseres bei einem Kater.«

»Echt?«

»Du kannst mir vertrauen.«

Ich inhalierte tief und hielt den Atem an. Kurz glaubte ich, gleich umzukippen, aber als ich die Luft langsam aus der Lunge entweichen ließ, hatte ich den Eindruck, dass der Schmerz tatsächlich ein wenig nachließ.

»Von deinen Freunden sind leider nur zwei aufgetaucht.«

»Die anderen sind wahrscheinlich noch nicht fit genug.«

»Dann müsst ihr drei euch umso mehr ins Zeug legen.«

»Ist vom Theater auch jemand da?«

Er schüttelte den Kopf.

»Das war der Deal. Ihr feiert mit und räumt dafür hinterher auf.«

»Weiß schon.«

Durch die Stahlfenster, deren Scheiben, wie ich erst jetzt bemerkte, zum Teil durch Sperrholz ersetzt worden waren, fiel ein kaltes, gnadenloses Licht in die Halle. Nichts mehr war vom Zauber der letzten Nacht übrig. Putz löste sich von den Wänden, in den Ecken blühte schwarz der Schimmel. Andreas und Thomas hatten bereits die provisorische Bar zerlegt und den Müll zu einem Haufen zusammengekehrt. Jetzt nahmen sie den verdreckten Boden in Angriff. Andreas profitierte davon, bei der Party abstinent geblieben zu sein. Er stand in der Lauge und schrubbte gut gelaunt vor sich hin pfeifend. Jedes Mal, wenn er sich bückte, baumelte sein Anhänger mit der kreuzförmigen Taube, den er aus Taizé mitgebracht hatte, vor ihm hin und her. Wenn er sich aufrichtete, verschwand er wieder in seinen Kittel. Thomas, bleich wie ein Darsteller aus einem Vampir-

Film, lieferte aus dem Maschinenraum einen Eimer mit Seifenwasser nach dem anderen. Die beiden nahmen sich kaum Zeit, mich zu begrüßen.

»Du kannst die Puppen zum Pritschenwagen auf dem Parkplatz tragen«, sagte Andreas. »Aber pass auf, die sind nur geliehen.«

Als ich die erste Schaufensterpuppe nach draußen beförderte, war Caspar verschwunden, bei der fünfzehnten und letzten kehrte er mit einer Thermobox zurück.

»Pause!«

Wir setzten uns, wie in der Nacht zuvor die Groupies, mit baumelnden Beinen auf den Rand der Bühne und ließen uns die dampfende Minestrone schmecken, die Caspar bei einem Edel-Italiener in Nymphenburg besorgt hatte. Es war eine weitere seiner Marotten, dass er immer die Sorge hatte, seine Schützlinge könnten hungern. Für sich selbst hatte er nichts mitgebracht. Er lehnte es auch ab, wenigstens zu probieren, schien aber jedem Löffel, der in unseren Mündern verschwand, traurig hinterherzuschauen. Später verriet Erik mir, dass er unter Essstörungen leide und nur hungern oder sich vollstopfen könne.

Wir sprachen über die Party, wie fantastisch die Halle dekoriert gewesen sei, über die exzentrischen und prominenten Gäste und den genialen Discjockey. Andreas und Thomas waren sich einig, noch nie auf einem besseren Fest gewesen zu sein. Ich stimmte nicht ganz so euphorisch zu, weil mir die Sache mit der fremden Hand in Zitas Slip nicht aus dem Kopf gehen wollte. Von mir aus, beschloss ich, werde ich keinen Kontakt mit ihr aufnehmen. Sie ist mir eine Erklärung schuldig, nicht ich ihr.

»Ich hätte da noch eine Frage, Caspar«, sagte Thomas und errötete. »Du hast vielleicht mitgekriegt, dass ich mit jemand anderem an so einer Tusse dran war. Wer war'n das?«

»Du kennst doch Gabi«, sagte ich.

»Ich meine den Typen. Er war plötzlich weg und Gabi hat schon bei mir angerufen, sie will den unbedingt wiedersehen. So ein Durchtrainierter war das.«

»Ach, Winnie«, sagte Caspar. »Der haut immer ab, wenn's ernst wird. Er hat Angst, er könnte aus Versehen rausfinden, wer er ist. Aber als Schauspieler ist er fantastisch. Wenn Erik sagt, er soll sich pantomimisch einen Nagel durch die Hand schlagen, macht er das so, dass du seinen Schmerz körperlich spürst. Es gibt Schauspieler, die keine eigene Identität zu haben scheinen und sich trotzdem oder gerade deswegen in die differenziertesten Charaktere verwandeln können. So einer ist Winnie.«

Ich hatte den Eindruck, dass Caspar sich gern noch länger mit uns unterhalten hätte, aber wir wollten möglichst schnell mit dem Aufräumen fertig werden. Ich sehnte mich in mein Bett zurück, Thomas musste mit seinem Großvater den Christbaum aufstellen, Andreas, der an der Katholischen Stiftungshochschule im dritten Semester Sozialpädagogik studierte, in einem Waisenhaus Kinder mit seinem Trompetenspiel beglücken. Wir brauchten noch drei Stunden, bis alles fertig aufgeräumt und die Halle wieder vollständig bestuhlt war. Meine Freunde hatten es jetzt eilig, deswegen wartete ich allein auf Caspar, der die Schaufensterpuppen zum *Kaufhaus Beck* zurückbrachte.

Ich setzte mich in die erste Reihe vor der Bühne. Inzwischen hatte ich mich so weit erholt, dass ich die gestrige Party Revue passieren lassen konnte. Sie war auf jeden Fall sehr ungezwungen gewesen. Die Gäste, die zur Feier des Theaterjubiläums gekommen waren, hatten sich jeder auf seine Weise vergnügt. Wer sich darstellen wollte, hatte seinen Auftritt bekommen, wer an einem ernsthaften Gespräch interessiert war, sich mit Gleichgesinnten in ein ruhiges Eck zurückgezogen, wer saufen wollte, hatte gesoffen. Einige, wie der Kerl, der mit Zita rumgemacht hatte, waren vermutlich auch mit dem Plan gekommen, jemanden aufzureißen. Aber sie waren in der Minderheit gewesen. Der Großteil der Leute schien, anders als meine Freunde, unter keinem sonderlich großen Druck gestanden zu haben, bei der Party unbedingt knutschen oder gar jemanden abschleppen zu müssen. Hieß das, dass sie freier waren als wir? Oder lag es nur an ihrem Alter?

»Da sitzt ja noch einer im Dunkeln«, hörte ich endlich Caspar. »Du hast doch nicht auf mich gewartet, Peter?«

»Ich wollte nicht abhauen, wenn hier nicht abgesperrt ist.«

Er sah mich schweigend an, bis ich seinem Blick auswich.

»Und jetzt gehst du heim.«

Ich nickte.

»Und feierst brav Weihnachten.«

»Morgen, ja.«

»Bist lieb zu deinen Eltern und machst die ganze verlogene Scheiße mit.«

Sein schlagartig aggressiver Ton irritierte mich. Er wusste doch gar nicht, wie wir Weihnachten feierten. Genau das hätte ich ihm sagen müssen, aber ich traute mich nicht. Immerhin hatte er meine Party gerettet.

»Wird schon nicht so schlimm werden. Ich pack's dann, Caspar.«

»Warte. Erst möchte ich noch hören, was deine Pläne sind.«

»Pläne?«

»Na ja, du bist jetzt volljährig. Was machst du mit der neuen Freiheit?«

»Können wir da, bitte, ein andermal drüber reden? Ich habe Kopfschmerzen.«

Ich machte einen Schritt Richtung Ausgang, er legte seine Hand auf meinen Arm.

»Lauf nicht davon, Peter.«

Seine Stimme wurde sanft.

»Lass mich dir wenigstens noch etwas mitgeben.«

Caspar ließ sich in einen Theatersessel sinken und drängte mich, neben ihm Platz zu nehmen. Mittlerweile war es so dunkel geworden, dass ich sein Gesicht nur noch als schwarze Fläche vor einem um eine Nuance helleren Hintergrund sah.

»Soll ich vielleicht Licht machen?«

»Vor was hast du Angst?«

»Angst? Ich habe doch keine Angst.«

Ich bin auch kein Feigling, dachte ich, auch wenn du und andere das meinen. Ich hörte Caspar unregelmäßig atmen.

»Du musst dringend deinen Vater vom Podest holen.«

»Was? Da ist er nicht mehr. Schon länger nicht mehr.«

»Ist er nicht ständig in deinem Kopf, wenn du etwas anders machst, als er es vielleicht möchte?«

»Nein.«

»Sei ehrlich. Hast du gestern bei der Party kein einziges Mal an ihn gedacht?«

Ich hatte mich, als Gerhard Roth mich als Kollegen bezeichnet hatte, gefragt, wie mein Vater das wohl finden würde. Und später, als es mir hundsmiserabel gegangen war, glaubte ich ihn zu hören. »Da willst du immer so reif und erwachsen sein und schüttest den Wein in dich rein, als wäre er Limonade.«

»Was mein Vater denkt, ist mir egal.«

Ich hatte den Verdacht, dass Caspar wissend lächelte.

Unvermittelt begann er zu erzählen. Wie seine zu alten Eltern von Anfang an panische Angst um ihn gehabt hätten. Wie sie ihn von Nannys und Chauffeuren hatten bewachen lassen und ihn vor lauter Fürsorge am liebsten in ihrer Luxusvilla eingesperrt hätten. Wie alles noch schlimmer wurde, nachdem sein älterer Bruder tragisch ums Leben gekommen sei. Wie er schließlich mit dem Mut der Verzweiflung aus diesem Gefängnis ausgebrochen und als Siebzehnjähriger mit einem Fremdenlegionär nach Marokko durchgebrannt war.

»Ich musste weit weggehen, um der Mensch zu werden, für den ich mich nicht mehr zu schämen brauchte.«

»Ich weiß, dass es gut ist, wenn man möglichst früh von zu Hause auszieht. Vor allem, wenn die Eltern einen so einengen.«

»Und?«

»Es ist nicht so leicht.«

»Woran liegt's? Am Geld?«

»Auch.«

»An was noch?«

Ich zögerte.

»Hast du Angst davor, allein nicht klarzukommen?«

»Das würde ich schon irgendwie hinkriegen.«

»Was hält dich dann davon ab, dir einen Job zu suchen und eine nette WG?«

»Eigentlich nichts.«

»Dann tu es!«

Als ich mich schließlich verabschiedete, hatte ich ihm versprochen, gleich nach den Feiertagen nach einer eigenen Bleibe Ausschau zu halten. Ich trat aus der Halle in die Nacht und fühlte mich fast so erleichtert wie als Kind, wenn ich der Enge eines Beichtstuhls entkommen war.

17

Das Weihnachtsfest feierten wir nach derselben Dramaturgie wie jedes Jahr. Es gab Wiener Würstchen und Kartoffelsalat, unsere Eltern lasen fromme Gedichte vor, Berti und ich dezent gesellschaftskritische Texte im Geiste Jesu, und Sigi begleitete Lieder wie *Es werd scho glei dumpa* mit der Zither. Unser Vater ließ es sich nicht nehmen, im den Tag über verschlossenen Wohnzimmer zu verschwinden, mit einem Glöckchen klingelnd wiederaufzutauchen und »Kinder, Kinder das Christkinderl ist gekommen« zu rufen.

Wir hielten uns brav an die Regel, zuerst die Krippe und den festlich geschmückten Baum zu bewundern und uns nicht gleich auf die Geschenke zu stürzen. Ich bekam die angekündigten Skischuhe und dazu einen großen Rucksack. Ich hatte den Verdacht, dass meine Eltern die Liebe zum Bergsport vor allem in der Hoffnung förderten, ich hätte es dabei mit bodenständigeren Menschen zu tun als in meinen üblichen Kreisen. Trotzdem freute ich mich. Eigentlich gehörte zu unserem alljährlichen Festprogramm auch ein Streit. Als mein Vater mich mit der Behauptung reizte, der ausgebürgerte Wolf Biermann sei laut Theos Informationen ein eingeschleuster Spion, war ich drauf und dran, ihm Kontra zu geben. Die Diskussion wäre wie gewohnt aus dem Ruder gelaufen. Stattdessen fragte ich mich, was für einen Sinn unsere, nach dem ewig gleichen Schema ablaufenden Auseinandersetzungen noch hatten. Mein Vater würde sich nicht davon überzeugen lassen, dass Theo eine Menge Blödsinn verzapfte, ich würde seine Paranoia vor den Russen nie ernst nehmen. Da konnten wir es auch gleich sein lassen. Meine

Mutter nutzte mein Zögern und brachte das Gespräch auf die Entführung Richard Oetkers.

»So was Furchtbares«, sagte sie, »einen unschuldigen Menschen fast umbringen, nur wegen dem blöden Geld.«

Ich glaube, in diesem Moment hatte jeder von uns, sogar Sigi, die kleine Kiste vor Augen, in die Oetker gezwängt und mit Stromschlägen gequält worden war. Da mein Vater darauf verzichtete, auch hinter diesem Verbrechen die Kommunisten zu vermuten, konnten wir Oetker gemeinsam bedauern. Sigi holte noch einmal seine Zither aus dem Koffer, unsere Mutter löschte das elektrische Licht und wir sangen – auch für Richard Oetker – im Schein der roten Kerzen am dezent geschmückten Baum (unser Vater mochte kein Lametta) *Stille Nacht, heilige Nacht.*

Am nächsten Tag lobte meine Mutter mich dafür, so friedlich geblieben zu sein.

»Da merkt man, dass du langsam erwachsen wirst.«

Ich hätte sie korrigieren können: »Mama, ich werde nicht erwachsen, ich bin es.« Stattdessen legte ich den Arm um sie und küsste sie nur leicht spöttisch auf die Wange.

Während der nächsten Tage lehnte ich sämtliche Einladungen meiner Freunde ab, es in der Silvesternacht mit ihnen krachen zu lassen. Den Jahreswechsel beging ich in der langweiligsten aller möglichen Welten, in meiner Familie. Es gab Kinderpunsch für Berti und Sigi, meiner Mutter und mir goss mein Vater ein Glas *Nymphenburger Sekt* ein. Wir stießen an: »Gutes Neues.« Ein Feuerwerk empfanden meine Eltern als Verschwendung, ihnen reichte es, sich an den Raketen und Lichtfontänen der Nachbarschaft zu ergötzen. Böller mochten beide nicht, vor allem mein Vater litt sehr mit Britta, die sich winselnd unter der Eckbank verkroch.

Ich erklärte mir meine, mich selbst irritierende psychische Verfassung damit, dass ich von den Aufregungen rund um meinen Geburtstag ausgelaugt war und vielleicht unbewusst Kräfte für die nächste Auseinandersetzung sammelte. Diese fand, weil ich meine vagen Auszugspläne lieber für mich behielt, nicht mit meinem Vater statt und hätte auf einen Außenstehenden wohl gar nicht wie ein richtiger Konflikt gewirkt. Es fiel kein lautes Wort, nichts deutete auf tiefgreifende Differenzen hin, denn der eigentliche Kampf fand in meinem Inneren statt.

Es begann damit, dass in der Nacht vom 3. auf den 4. Januar 1977 kleine Steinchen gegen meinen Rollladen flogen. Ich wusste sofort, wer sie warf, und überlegte, ob ich Zita hereinlassen sollte. Sie hatte sich seit meiner Party nicht mehr gemeldet und ich hatte gute Lust, sie mal richtig frieren zu lassen. Aber wie ich sie kannte, würde sie, bevor das passierte, zu größeren Steinen greifen. Ich zog das Rollo ein Stück hoch. Sie stand reglos vor dem Strauch, den mein Vater als Sichtschutz zum Nachbarn hatte pflanzen lassen, und machte ein Gesicht wie ein kleines Mädchen, das beim Klauen von Süßigkeiten erwischt worden ist.

Ich machte das Fenster auf.

Als sie mit ihrer Büßermiene in meinem Zimmer stand, hätte ich sie am liebsten geschüttelt und angeschrien, tat es aber nicht.

»Hi, Zita.«

»Hi, Pete.«

»Wie geht's dir?«

»Geht. Dir?«

»Auch.«

»Könntest du mich, bevor wir reden, eventuell ein bisschen aufwärmen?«

Als Heizer bin ich dir gut genug, dachte ich, aber ich sagte: »Ja, klar.«

Jetzt war es wichtig, dass der unberechenbare Teil meines Körpers nicht auf sie reagierte. Den Triumph wollte ich ihr nicht gönnen. Um meinen Trieb abzutöten, stellte ich mir die widerliche Szene auf meiner Party mit ihr und meinem unbekannten Rivalen vor.

Doch mein Schwanz war unempfindlich für negative Gefühle, sobald er Zitas Hintern spürte.

»Oh«, sagte sie, »ich hätte erwartet, dass du böse auf mich bist.«

»Bin ich auch.«

»Aber nicht der ganze Pete.«

Sie drehte ihr Gesicht zu mir und versuchte, mich zu küssen, gleichzeitig spürte ich unten ihre Hand. Ich schob sie weg.

»Zita, nicht. Wir müssen erst reden.«

»Okay. Ich fange an.«

»Bitte.«

»Wieso bist du weggerannt?«

»Hätte ich euch zuschauen sollen?«

»Ich habe dich überall gesucht, niemand wusste, wo du bist.«

»Wer war der Kerl?«

»Er heißt Boris und kümmert sich am NT um die Technik. Licht, Ton, Reparaturen und so was.«

»Toll.«

»Außerdem schreibt er Songs. Erik will vielleicht mal einen als Bühnenmusik verwenden.«

»Und jetzt bist du mit ihm zusammen.«

»Nein und ja.«

»Ich muss wissen, woran ich bin.«

»Wenn das so einfach wäre. Ich will Boris, und dich will ich nicht verlieren.«

Ich begann zu singen.

»Du kannst nicht alles haben. Das Glück, den Sonnenschein.«

»Nein, hör auf!«

Ich wusste, wie sehr sie Roy Black hasste, und sang weiter.

»Beim schönsten Regenbogen muss auch Regen sein. Auf jeder grünen Wiese siehst du auch Disteln steh'n …«

Sie hielt mir den Mund zu.

»Pete, ich habe einen Vorschlag.«

Eine Auszeit wahrscheinlich, damit sie es ohne schlechtes Gewissen mit ihrem Techniker treiben kann. Das wollte ich nicht hören, aber weitersingen passte irgendwie auch nicht.

»Könntest du dir vorstellen«, sagte Zita, »dass wir eine offene Beziehung führen?«

Auf gar keinen Fall, schrie es in mir. Ich teile dich mit keinem anderen. Da stelle ich mir bloß die ganze Zeit vor, was dieser Techniker besser kann als ich und dass er nicht so ein Feigling ist.

»He, ich habe dich was gefragt.«

Feigling. Das Wort hallte in mir wider. Jetzt konnte ich ihr zeigen, wie sehr sie mich unterschätzte. In Wahrheit war ich mutig und stark, vor allem war ich progressiv.

Zita stupste mich.

»He.«

Ich richtete mich auf.

»Finde ich gut.«

»Was?«

»So eine offene Beziehung. Wollte ich dir auch schon vorschlagen. Ich dachte nur, deine Verlustängste wären zu groß.«

Sie sah mich ungläubig an.

»Verarschst du mich?«

»Überhaupt nicht. Für mich ist das die einzige fortschrittliche Beziehungsform. Der ganze monogame Quatsch ist doch nur erfunden worden, damit die Leute den Kapitalismus am Laufen halten und ausgeschlafen zur Arbeit kommen. Mein Herz ist groß genug für mehr als einen Menschen. Meine Lust sowieso.«

Ich kam mir vor wie ein Schauspieler, der einen fremden Text aufsagt, aber ich muss überzeugend gewirkt haben, denn Zita schien sich ihrer Sache plötzlich nicht mehr sicher zu sein. Das gefiel mir. Wenn sie eine offene Beziehung wollte, sollte sie eine haben. Ich würde jede vögeln, die ich kriegte, bis sie mich anflehte, das Experiment zu beenden.

»Du meinst, wir können es riskieren?«, sagte sie mit kleiner Stimme.

»Auf jeden Fall.«

»Und machen nicht alles kaputt?«

»Wieso denn? Das bringt uns vielleicht auf eine völlig neue Stufe von Beziehung.«

»Gut, dann … dann versuchen wir's.«

In dieser Nacht blieb Zita bei mir. Sie wollte keinen Sex, dafür sei sie zu durcheinander, sagte sie. Aber nachdem sie eingeschlafen war, schmiegte sie sich so eng an mich wie schon lange nicht mehr.

18

Jetzt lebte ich also in einer offenen Beziehung und kämpfte mit den Dämonen der Eifersucht. Ständig suchten mich Bilder heim, in denen Zita nackt mit dem Techniker auf ihrer Matratze herumtobte. Ich hatte seit ihrem nächtlichen Besuch mit dem grandiosen Vorschlag nichts mehr von ihr gehört. War es ein Fehler gewesen, ihr neues Beziehungskonzept so uneingeschränkt zu begrüßen? Andererseits, hätte ich verlangt, dass sie sich zwischen mir und dem Techniker entschied, hätte er gewonnen. Ich hoffte, dass die Zeit für mich spielte. Wie ich Zita kannte, musste Boris sich bald auch außerhalb des Betts bewähren. Sie würde ihm stundenlang vorlesen, derzeit vor allem aus dem Werk Khalil Gibrans, und stinksauer werden, wenn er gähnte. Dann würde ihr einfallen, wie aufmerksam ich immer zugehört hatte und wie toll es gewesen war, mit mir Geschichten zu erfinden, die wir anderen auftischen konnten. Ich kannte niemanden, der so gut schwindelte wie Zita, sie wiederum hatte mir den Ehrentitel *Münchhausen von Untermenzing* verliehen. Auch wenn ich von diesem Boris bisher nur die Beine und eine Hand kannte, hatte ich nicht den geringsten Zweifel, dass ich ihm in Sachen Einfallsreichtum weit überlegen war. Das schien für Zita nur leider gerade keine Rolle zu spielen. Ich versuchte mir einzureden, dass es trotzdem vernünftig gewesen war, ihrem Vorschlag zuzustimmen. So hatte ich noch einen Fuß in der Tür und wir würden uns wenigstens ab und zu sehen. Wenn ich mein Leben entschlossener in die eigene Hand nahm und endlich mein ganzes Potenzial ausschöpfte, würde jeder mit mir befreundet oder zusammen sein wollen. Auch Zita. Dann würde sie es bereuen, mir einen musizierenden Theatertechniker vorgezogen zu haben.

Doch während ich mir im Geiste wie der Oberaffe im Tierpark Hellabrunn auf die Brust trommelte, baute sich die nächste Welle von Selbstzweifeln auf.

Ich hatte meinem Vater einmal tapfer die Stirn geboten und meinen Geburtstag gegen seinen ausdrücklichen Willen im Theater gefeiert. Es gelang mir öfter, mich nicht so über seine abenteuerlichen politischen Thesen zu ärgern, was zur Folge hatte, dass er mich seltener damit provozierte. Recht viel mehr hatte sich durch meine Volljährigkeit nicht verändert. Wenn ich abends wegging, fragte er nach wie vor, wohin und mit wem. Er ermahnte mich weiter, mein Zimmer aufzuräumen und regelmäßig zum Friseur zu gehen. Und ich ließ es mit mir machen. Was war los mit mir? Statt weiter zu kämpfen oder mich nach einem WG-Zimmer umzusehen, verpennte ich den halben Tag. Es war, als hätte ich mich zum Winterschlaf in eine dunkle Höhle zurückgezogen.

Meine Großmutter, die wir nicht mehr Gymnastik-Oma nannten, weil sie ihre Trimm-dich-Phase schon lange überwunden hatte, hatte mir zum Geburtstag nicht nur die üblichen hundert Mark, sondern auch einen Gutschein für ein gemeinsames Essen geschenkt. Ich hätte ihn in meiner derzeitigen Gemütslage nicht eingelöst, hätte sie nicht so gedrängt.

»Und weißt du was, Peter? Wir gehen in das neue China-Restaurant in der Sonnenstraße.«

Ich kannte keinen, der schon mal chinesisch gegessen hatte, aber mein Vater wusste aus sicherer Quelle (Theo), dass in China Hunde auf den Tisch kamen, was er für ein schlimmeres Verbrechen als Kannibalismus hielt. Da die Chinesen in Deutschland aus Tierschutzgründen auf ihr Lieblingsgericht verzichten müssten, sagte er, würden sie ihren Speisen heimlich wenigstens etwas Hundefutter beimischen, am liebsten *Chappi*. Ich fragte meine Oma, ob wir nicht einfach auf einen Schweinebraten in den *Alten Wirt* gehen könnten.

»Mein Gott, Peter, in deinem Alter freut man sich doch, wenn man was Neues kennenlernt. Aber kein Wunder bei deiner Spießerfamilie.«

Als Spießer wollte ich auf keinen Fall dastehen.

Das Restaurant hieß *Shanghai* und lag im ersten Stock mit Blick auf den Stachus. Nachdem ich den Schock, dass Quallen auf der Speisekarte standen, überwunden hatte, entschied ich mich für eine unverdächtige Ente, die zügig serviert wurde. Unter uns fuhren blaue Trambahnen vorbei. Eine von rechts. Eine von links. Nach einer Pause noch eine von links. Dann wieder eine von rechts.

»Peter! Hallo!«

Ich erschrak und drehte den Kopf zu meiner Großmutter.

»Merkst du eigentlich, dass du die ganze Zeit stumm vor dich hin starrst?«

»Ich?«

»Welche Farbe haben die Lampions? – Nicht schauen!«, fügte sie schnell hinzu.

»Äh, weiß?«

»Falsch.«

»Ich, ich habe nur die Aussicht genossen.«

»Dann schau jetzt noch mal aus dem Fenster.«

Ich verstand nicht, wieso sie das wollte, folgte ihrer Anweisung aber.

»Welche Farbe haben meine Ohrringe.«

»Deine … Ohr… Silbern?«

Ich schaute wieder zu ihr und nahm sie zum ersten Mal an diesem Abend richtig wahr, die großen, bunten Plastikohrringe, das feuerrot gefärbte Haar, den violetten Lippenstift und ihre schwarz umrandeten Augen mit dem fragenden Blick.

»Habe ich's mir doch gedacht, dass du nur körperlich anwesend bist. Wo sind deine Gedanken?«

»Meine Gedanken?«

»Du gehst zum ersten Mal in deinem Leben in ein chinesisches Restaurant, isst eine Ente, die kein bayerisches Wirtshaus so kross hinbekommt, trinkst Jasmin-Tee, den du vermutlich bis heute nicht kanntest, und glotzt nur gedankenverloren aus dem Fenster?«

»Entschuldigung.«

»Nicht Entschuldigung. Was ist los mit dir?«

Ich hätte ihr von meiner offenen Beziehung erzählen können, von meinem Vater, der nicht begreifen wollte, dass er jetzt einen erwachsenen Sohn hatte, und meiner Befürchtung, Zita und Caspar könnten recht haben, wenn sie mich für einen Angsthasen hielten. Doch obwohl es keinen Menschen gab, der mich besser verstand als meine Großmutter, konnte ich mich nicht dazu überwinden, ihr mein Herz auszuschütten. Lieber redete ich mich auf die angeblich unheimlich stressige Weihnachtszeit heraus, von der ich mich noch nicht richtig erholt hätte.

Sie betrachtete mich stumm, zog ihre Lippen nach, winkte den Kellner heran und bestellte zwei frittierte Bananen.

»Ich fürchte eher, du hast eine kleine Depression. Hatte ich übrigens kürzlich auch, als es bei Gundolf mit den Prostata-Problemen losging.«

Gundolf war eine frühe Liebe meiner Großmutter, die wieder aufgetaucht war, was bei ihr nicht nur zu einer verblüffenden Veränderung der äußeren Erscheinung, sondern auch ihrer politischen Ansichten geführt hatte.

»Oma, wirklich, ich bin nur ein bisschen erschöpft.«

»Das Erwachsensein macht dir Angst, da ziehst du dich lieber in deinen Kokon zurück.«

»Überhaupt nicht. Ich habe mich doch ewig drauf gefreut, endlich erwachsen zu werden.«

»Dann hast du zu viel erwartet und gedacht, mit der Volljährigkeit würde sich schlagartig alles ändern. Jetzt fühlst du dich genauso eingesperrt wie immer.«

»Da ist allerdings was dran.«

»Mmh, die Banane ist lecker. Probier doch mal.«

Sie redete weiter.

»Solche Übergangsphasen sind kein Spaß. Ich habe das erlebt, als ich von einer älteren Dame zur alten Schachtel wurde. Aber dann habe ich zum Glück Gundolf wiedergetroffen und lebe seitdem wunderbar damit, dass Leute wie dein Vater mich für gaga halten. Isst du deine Banane wirklich nicht?«

Ich schüttelte den Kopf und beobachtete, wie sie das klebrige Dessert in kleinen Stücken genoss und sich hinterher mehrmals zufrieden über die Lippen leckte. Als meine Großmutter aufstand, um zur Toilette zu gehen, fiel mein Blick auf ihre bloßen Füße. Sie war seit ihrer Verwandlung überzeugte Barfußgeherin und begründete das damit, dass sie so nicht nur einen intensiveren Kontakt zum Boden habe, der sie trage, sondern auch zu sich selbst. Sie hatte sogar ohne Schuhe Bergwanderungen unternommen, um das Naturerlebnis zu steigern. Das hatte ich nicht vor, doch beim Anblick ihres, für eine alte Frau ungewöhnlich festen Ganges kam mir eine andere Idee, wie ich vielleicht aus meinem schwarzen Loch herausfand.

19

Der Trompeter Andreas, der ein begeisterter Skitourengänger war, hatte schon öfter angeboten, mich mal mitzunehmen. Ich liebte das Gebirge auch im Winter, war aber nur selten abseits der Piste unterwegs, weil ich Respekt vor Lawinen hatte. Daher hatte ich seine Einladung bisher immer abgelehnt. Jetzt rief ich ihn an, um zu fragen, ob ich beim nächsten Mal mitkommen dürfe. Ich müsse dringend meine Akkus aufladen. Zu meiner Überraschung zögerte Andreas, der sich sonst sehr um meine Freundschaft bemühte.

»Wenn es nicht passt, sag es. Bist du mit einer Frau unterwegs?«

»Nein, nein, wir sind schon zu mehreren.«

»Und da störe ich?«

»Du weißt, dass ich dich immer mal dabeihaben wollte.«

»Drum rufe ich dich an.«

»Es sind nur … besondere Leute. Hm.«

Am anderen Ende der Leitung blieb es länger still. Andreas brauchte offenbar Zeit zum Nachdenken.

»Eigentlich gehörst du da auch dazu. Ja, genau. Ich hole dich am Samstag früh um sechs Uhr ab.«

»Wenn es wirklich okay ist?«

»Ist es.«

»Und, kannst du mir Tourenski und Felle leihen?«

»Das ist das geringste Problem.«

Als wir zwei Tage später auf der Autobahn einem spektakulären Morgenrot entgegenfuhren, hatte ich sein komisches Verhalten am Telefon schon vergessen. Andreas trug wie immer seine bodenlange Hose aus speckigem Hirschleder und dazu einen himmelblauen Daunenanorak, der ihn wie aufgeblasen aussehen ließ. Die nachträglich eingebauten Lautsprecher seines Radiorekorders schepperten, aber das hielt ihn nicht davon ab, inbrünstig zu seiner Kassette mit *Modernen Kirchenliedern* zu singen.

»Danke für diesen guten Morgen,
danke für jeden neuen Tag.
Danke, dass ich all meine Sorgen
auf dich werfen mag.«

Beim nächsten Lied, es hieß »Dominique, Dominique«, forderte er mich zum Mitsingen auf, ich war insgeheim froh, dass ich es nicht kannte und nur mitbrummen konnte.

Vor uns tauchte das Massiv des Wendelsteins auf. Ich erinnerte mich, dass der Untermenzinger Pfarrer es bei einem Ministrantenausflug als schlafende Jungfrau bezeichnet hatte. Mit etwas Fantasie sah man tatsächlich die Konturen eines liegenden Gesichts, des Busens und der Knie. Woher der Geistliche wusste, dass die steinerne Gestalt jungfräulich war, hatten sich auch die Älteren unter uns nicht zu fragen getraut. Andreas' Kassette war eben zu Ende, als er schwungvoll eine Ausfahrt nahm und gleich dahinter auf einen von Lkw-Reifen umgepflügten Parkplatz fuhr, neben dem hohe Holzstöße lagerten. Er stellte den Motor ab und zog eine Gletscherbrille aus der Tasche.

»Die musst du aufsetzen, Gillitzer.«

»Mach ich. Sobald wir im Schnee sind.«

»Nein, bitte jetzt.«

Seine Aufforderung war ihm sichtlich unangenehm. Ich schaute mir die Brille an, sie war von innen mit silbernem Panzerband abgeklebt.

»Was soll das? Spinnst du jetzt?«

Er machte ein unglückliches Gesicht.

»Es ist besser, wenn du nicht so genau weißt, wo wir hinfahren.«

»Ist die Tour so ein Geheimtipp?«

»Ja, genau«, sagte er erleichtert, aber es war klar, dass das nicht der Grund für seine seltsame Forderung war. Ich gab ihm die Brille zurück.

»Tut mir leid.«

»Dann muss ich dich wieder nach Hause bringen.«

»Wie bitte? Drehst du jetzt völlig durch?«

Er betrachtete mich ratlos.

»Andreas, wem soll ich von unserer Skitour erzählen?«

»Ich habe einfach Schiss, dass du dich verplapperst.«

Der Himmel hatte sich, ohne dass ich es bemerkt hatte, zugezogen und es begann große Flocken zu schneien, die auf der Kühlerhaube sofort wieder tauten.

»Wir müssen weiter, sonst kommen wir nicht mehr rauf«, sagte Andreas.

Ich hätte aussteigen sollen. Aber dazu hatte ich mich zu sehr auf die Tour gefreut.

»Gib schon her das Scheißding.«

Ich setzte die Brille auf und sah nur noch Schwärze. Zum Glück hatte ich noch meine Ohren und konnte reagieren, falls Andreas irgendeinen Blödsinn vorhatte. Wahrscheinlich ist es nur ein Scherz, dachte ich, oder eine nachträgliche Überraschung zu meinem Geburtstag.

Wir verließen den Parkplatz und fuhren, wenn ich Andreas' Abbremsen und mäßiges Gasgeben richtig deutete, durch ein Dorf. Am Ausgang beschleunigte er. Wir waren meiner Schätzung nach etwa zwanzig Minuten auf einer erst schnurgeraden, nach einer Abzweigung sehr kurvigen Landstraße unterwegs, als er abrupt bremste.

»Geht's ein bisschen sanfter, Andi, mir wird schlecht.«

»Sorry.«

Er bog nach rechts ab, nach etwa hundert Metern begann der Motor hochzudrehen. Offenbar ging es steil bergauf. Bodenwellen schüttelten uns durch. Meine Blindheit verstärkte alle anderen Wahrnehmungen.

»Wann sind wir endlich da?«

»Gleich. Ist nur sauglatt hier.«

Ich hörte, wie die Räder durchdrehten, einmal brach der Wagen aus, aber Andreas war ein guter Fahrer und fing ihn wieder ein. Schließlich wurde die Straße flacher und er ging vom Gas. Das letzte Stück rollten wir leicht bergab.

»Geschafft.«

Ich hörte ihn aufatmen und wollte die blöde Brille absetzen, aber er hielt meinen Arm fest.

»Warte. Ich muss erst die anderen informieren. Die wissen noch nicht, dass ich dich dabeihabe.«

Ich dachte nicht dran, mich an seine Anweisung zu halten, und schob, kaum dass er den Wagen verlassen hatte, die Brille hoch. Wir standen auf einem schneebedeckten Plateau, vor mir bogen sich die Äste verkrüppelter Obstbäume unter der Schneelast. Das Gebäude dahinter hatte große Sprossenfenster und einen Wintergarten. Unter dem Giebel hing ein mächtiges Hirschgeweih. Ich hörte Stimmen und kurbelte, um sie verstehen zu können, das Wagenfenster ein Stück herunter.

»Auf so eine schwachsinnige Idee kannst auch nur du kommen, Andi,« sagte ein Mann.

»Ich schwör' dir, der Gillitzer ist absolut okay.«

»Okay reicht nicht.«

»Was machen wir denn jetzt mit ihm?«, sagte eine dünne Jungenstimme, die mir irgendwie bekannt vorkam. Ich beugte mich über den Fahrersitz, aber auch von dort aus war die Sicht auf die Gruppe durch einen Schuppen versperrt.

»Ich könnte mir schon vorstellen, dass er zu uns passt«, sagte ein Mädchen, das fast wie Hetti klang. Aber sie konnte es nicht sein.

Hetti hasste Skifahren, weil ihr ehrgeiziger Vater sie immer gezwungen hatte, so lange auf der Piste zu bleiben, bis der Tagespass sich amortisiert hatte.

»Er ist schon lange nicht mehr der Typ mit dem Franz-Josef-Strauß-Plakat überm Bett.«

Ich stutzte. Es gab keine Handvoll Menschen, die über dieses dunkle Kapitel meines Lebens Bescheid wussten. Besonders gegenüber Mädchen hatte ich es tunlichst verschwiegen – bis auf zwei Ausnahmen. Die eine war Zita, die andere Hetti. Hetti, die mich entjungfert, sich dann aber für reifere Partner entschieden hatte. Hetti, die ich nicht mehr gesehen hatte, seit sie, nachdem man sie in einer Umkleide beim Knutschen mit einem Referendar erwischt hatte, von der Schule geflogen war (der Referendar war nur versetzt worden).

Ich riss die Wagentür auf und schleuderte die Brille in den Schnee.

»Hetti!«

Sie blickten mir zu fünft entgegen, als wäre ich eine Geistererscheinung: Hetti, Andreas, Rosso, der eine Weile vor unserer Schule das Kampfblatt der *Roten Schülerfront* verteilt hatte, und zwei mir unbekannte, ältere Typen mit Vollbart. Ich wollte Hetti umarmen, aber sie trat einen Schritt zurück.

»Wir reden drinnen«, sagte der größere der beiden Bärtigen.

20

Hetti ging vorneweg und ich glaube mich zu erinnern, dass sie, als wir uns zum ersten Mal küssten, nach frisch gehacktem Holz gerochen hatte. Oder war es doch Vanille gewesen? So oder so war sie mir, als wir miteinander tanzten, wie eine Fee vorgekommen, und ihre Haare schienen, obwohl die Luft im Partyraum von St. Hildegard vor allem wegen der Ausdünstungen der männlichen Pubertierenden zum Schneiden gewesen war, in einem leichten Wind zu schweben. Jetzt hingen ihre Locken eher traurig herunter und sahen aus wie mit der Gartenschere geschnitten. Ich spürte die beiden Bärtigen dicht hinter mir und hatte das unangenehme Gefühl, dass sie mich bewachten. Wir gelangten in eine holzgetäfelte Stube mit einem großen viereckigen, von schlichten Holzbänken umstandenen Tisch, einem burgunderrot bezogenen Ohrensessel und einem historischen Kachelofen, der bis zur Decke reichte. Mein Vater wäre begeistert.

Der größere Bärtige deutete auf den Sessel.

»Setz dich!«

Er trug eine Nickelbrille und sah ein bisschen John Lennon ähnlich. Bis auf die schiefen Zähne. Ich nahm Platz, die Gruppe reihte sich mir gegenüber auf einer der Bänke auf. Nur der kleinere Bärtige mit seinem pockennarbigen Gesicht blieb an der Türe stehen.

»Das kommt dir jetzt sicher seltsam vor, Peter«, sagte Rosso.

»Ehrlich gesagt, schon.«

»Es tut mir so leid, Gillitzer«, sagte Andreas. »Ich habe echt gedacht, es wäre kein Problem.«

»Jammer' nicht rum, Andi«, sagte Hetti und wandte sich mir zu. »Was meinst du, was wir hier machen?«

»Weiß nicht, ein Seminar, Einkehrtage, eine Denkwerkstatt?«

»Auf alle Fälle was, das unbedingt geheim bleiben muss.«

»Wo stehst du ideologisch?«, sagte der größere Bärtige unvermittelt.

Ideologisch? Was sollte das denn werden? Ich hatte mich drauf gefreut, mich mal wieder richtig zu spüren, beim Aufstieg zu keuchen und zu schwitzen und dann im Pulverschnee über unberührte Hänge zu wedeln.

»Verrätst du mir erst mal, wer du bist?«

»Du kannst mich John nennen«, sagte der Bärtige mit der Nickelbrille wenig überraschend.

»Und wie heißt dein Freund?«

»Das ist der Ringo.«

Wie die beiden wirklich hießen, sollte ich nie erfahren.

»Also, which side are you on?«, sagte John ungeduldig.

Andreas nickte mir aufmunternd zu.

»Na ja, ich bin auf keinen Fall konservativ und schon gar nicht rechts.«

Ringo lachte wie über einen dreckigen Witz.

»Geht's ein bisschen präziser?«, sagte John und ich hatte den Verdacht, dass er und sein Kumpel ungemütlich werden könnten, wenn ich ihnen eine Antwort schuldig blieb.

Wo sollte ich mich politisch einordnen? Die Kommunisten fand ich zu dogmatisch, Helmut Schmidt zu autoritär, FDP-ler waren meistens scheißbürgerlich. Ich hatte Sympathien für den Anarchismus, seit ich im Griechischunterricht gelernt hatte, was das Wort bedeutete. Damals hatte ich mich noch sehr von meinem Vater geknechtet gefühlt und fand die Utopie einer herrschaftsfreien Gesellschaft allein deswegen attraktiv. Theoretische Schriften hatte ich nie gelesen, nur die Geschichten von Oskar Maria Graf. So rebellisch wie er wäre ich auch gern gewesen.

Ich war mir nicht sicher, wie mein Bekenntnis bei der Runde ankommen würde, aber mit irgendetwas musste ich ja antworten.

»Ich bin, seit ich Graf gelesen habe, Anarchist.«

»Ich hab's euch gesagt, er ist total auf unserer Linie«, rief Andreas mit sich überschlagender Stimme.

Ringo zupfte sich am Bart und musterte mich misstrauisch.

»Graf. Dann kennst du die *Gruppe Tat*?«

»Klar. Aber die war von Erich Mühsam, Graf hat da nur mal vorbeigeschaut.«

Ringo wechselte Blicke mit John. Der stand mit einem Ruck auf und trat einen Schritt auf mich zu.

»Wenn eine scheiß Bank imperialistische Kriege finanziert, wie findest du das?«

»Scheiße«, sagte ich spontan.

»Und wenn einer eine Bombe in diese Bank wirft?«

»Auch scheiße, wenn Menschen gefährdet werden.«

»Und wenn der Schaden nur materiell ist?«

»Dann ...«

Andreas nickte mir verstohlen zu.

»Dann tut's einer Bank sicher nicht weh.«

»Und es ist ein Symbol«, ergänzte Hetti.

Ich stimmte, auch wenn ich Bombenlegen für eine bescheuerte Aktivität hielt, mit einem verhaltenen Nicken zu.

»Was ich gesagt habe: Er ist voll und ganz auf unserer Linie«, rief Andreas. »Keine Gewalt gegen Personen, Gewalt gegen Sachen unter Umständen schon.«

John blieb reserviert.

»Wir ziehen uns zurück. Du haust nicht ab, klar?«

Die fünf verließen hintereinander den Raum. Andreas nickte mir im Gehen beruhigend zu. Wie waren John und Ringo einzuschätzen? In den Nachrichten war zuletzt öfter von untergetauchten Terroristen die Rede gewesen, aber wenn Andreas und Hetti sich mit den beiden einließen, gehörten sie wohl eher nicht zur RAF. Rosso war harmlos, er war schon bei der *Roten Schülerfront* nur ein Befehlsempfänger gewesen. Ich zog von meinem Sessel auf die Ofenbank um und wärmte mir den Rücken. Über mir knarrten die Dielen und es wurde, der Lautstärke nach zu urteilen, intensiv diskutiert. In was für einen Haufen war ich da geraten? Ein Abenteuer war es auf jeden Fall und das unverhoffte Wiedersehen mit Hetti hellte meine Stimmung spürbar auf. Sie machte zwar einen leicht verwahrlosten Eindruck, hatte Laufmaschen in ihren grünen Strumpfhosen, auch ihr Pullover und der Wollrock waren nicht gerade sexy, aber ihre Augen waren die schönsten und geheimnisvollsten, die ich je gesehen hatte.

Deine Augen sind wie ein dunkler See, in dem ich tauchen will / Auch wenn ich's dir nicht gesteh / steht, wenn ich dich seh, mein Herz jäh still.

Als ich das geschrieben hatte, war ich als Dichter ein Anfänger gewesen und noch der Ansicht, Lyrik müsse sich unbedingt reimen. Trotzdem fand ich, hatte ich meine Gefühle recht gut zum Ausdruck gebracht. Und die waren, wenn ich in mich hineinhorchte, noch sehr lebendig. Ich stellte mir vor, wie es wäre, mit ihr abzuhauen, die nächste Jagdhütte aufzubrechen und uns in die Zeit zurückzulieben, in der sie für mich die begehrenswerteste Frau von allen gewesen war. Da ich neuerdings in einer offenen Beziehung lebte, bräuchte ich nicht mal ein schlechtes Gewissen zu haben. Leider gehörten John und Ringo zur Liga der reiferen Männer, die Hetti womöglich immer noch bevorzugte.

Endlich kamen die fünf zurück. Es war John, der das Urteil verkündete.

»Also … Andreas und Hetti verbürgen sich für dich.«

»Dann werde ich nicht exekutiert?«

Hetti verdrehte die Augen, John sprach weiter, als hätte er mich nicht gehört.

»Sie können sich sogar vorstellen, dich in unsere *Neue Gruppe Tat* aufzunehmen. Dazu musst du allerdings erst beweisen, dass du nicht nur redest, sondern auch zum Handeln bereit bist.«

»Weil Tat von tun kommt«, ergänzte Rosso mit bedeutungsvoller Miene. Fast hätte ich gelacht. Ich erkundigte mich, was für ein Beweis das denn sein solle.

»Das überlassen wir deiner Fantasie. Du weißt ja, wer der Gegner ist.«

»Verstehe.«

»Jetzt musst du leider gehen. Wir haben viel zu besprechen.«

»Ich bin hier, um mit Andi eine Skitour zu machen.«

»Dafür hat er keine Zeit«, sagte Ringo.

Andreas hatte wieder sein unglückliches Gesicht.

»Kann er mich wenigstens noch ins Tal fahren?«

»Das mache ich«, sagte Hetti schnell. »Die Sachen, die mich betreffen, können wir später bequatschen.«

Als ich nicht gleich reagierte, zupfte sie mich am Arm.

»Beeil dich, Peter, ich habe nicht ewig Zeit.«

Ich glaube, Rosso wollte noch etwas einwenden, aber da waren wir schon draußen.

21

Hetti, die den Opel ihrer Mutter geliehen hatte, bretterte den steilen, unbefestigten Weg bergab, als würden wir an einer Rallye teilnehmen. Gleichzeitig machte sie mir Vorschläge für meine »Initiation«, wie sie es nannte.

»Du könntest Stinkbomben in den Schalterraum von einer Bank schmeißen. Oder du wirfst Franz Josef Strauß eine Torte ins Gesicht.«

»Ist das nicht ziemlich kindisch?«

»Weißt du, was Spontis sind?«

»Ja, ungefähr schon.«

»Wir sind Spontis. Wir provozieren die Mächtigen mit lustvollen Aktionen, bis sie ihr wahres, faschistisches Gesicht zeigen.«

»Lustvoll klingt gut.«

»John ist genial. Du glaubst nicht, wie ich im Arsch war, bevor ich mich ihm angeschlossen habe.«

»Was macht ihr konkret?«

»Hast du mitgekriegt, dass das Kriegerdenkmal an der Dachauer Straße, auf dem immer noch so ein Nazispruch steht, mit roter Farbe beschmiert worden ist? Das waren wir.«

»Wow.«

»Dürfte ich dir gar nicht verraten.«

»Vorsicht, Hetti! Kurve!«

»Warst du immer schon so ein Schisser?«

»Ich bin kein Schisser.«

Sie grinste, weil ich wütend geworden war.

»Dann beweise es.«

»Okay. Ich möchte mit dir schlafen.«

Hetti erschrak so, dass sie auf die Bremse trat. Der Wagen brach aus und wir wären um ein Haar gegen einen Baum geprallt.

»Mann«, sagte sie, nachdem wir uns einigermaßen von dem Schrecken erholt hatten, »ich bin doch mit Rosso zusammen.«

»Ausgerechnet mit dem halben Hemd?«

»Er ist nett. Und zärtlich.«

»Klingt ja ganz toll.«

»Arsch.«

»Machst du neuerdings auf Mutter Teresa?«

»Hör auf, ich warne dich!«

»Der arme, kleine Rosso.«

»Wenn du nicht sofort die Klappe hältst, darfst du aussteigen.«

»Okay, okay, ich hab's verstanden.«

Sie fuhr jetzt langsamer und wandte den Blick nicht mehr von der Straße ab.

»Ich bringe dich zum Zug.«

»Ist mir zu teuer, ich trampe lieber.«

»Dann zur Autobahn.«

Den letzten Teil der Strecke legten wir schweigend zurück. Auf dem Parkplatz, auf dem ich mich von Andreas dazu hatte überreden lassen, die Gletscherbrille aufzusetzen, wartete Hetti darauf, dass ich ausstieg. Ich versuchte, in ihrem Gesicht zu lesen, ob sie noch sauer war, aber sie schaute durch mich hindurch.

»Hasta la victoria siempre«, sagte ich möglichst lässig zum Abschied, machte nicht ganz passend das Peace-Zeichen und schulterte meinen Rucksack.

Ich hatte mich keine fünf Meter vom Wagen entfernt, da rief Hetti meinen Namen. Ich tat so, als würde ich sie nicht hören, und ging weiter. Sie rannte mir hinterher und riss mich herum.

»Arsch«, sagte sie noch einmal, dann fielen wir uns in die Arme, küssten uns atemlos, suchten mit Händen unter unseren Pullis nackte Haut, streichelten uns und merkten nicht, dass es wieder zu schneien begann. Wir hörten erst auf, als ein Lkw-Fahrer hupte und uns mit seinen Scheinwerfern blendete. Hetti schüttelte sich den Schnee aus den Haaren und klopfte ihren Pulli aus.

»Ich muss los, sonst merken die was.«

Sie gab mir einen letzten Kuss und lief zum Opel. Bevor sie einstieg, schickte sie mir noch einen brennenden Blick.

Schon in der folgenden Nacht schleuderte ich einen Pflasterstein gegen eine Scheibe der Bank, bei der ich eigentlich mein Konto eröffnen wollte. Leider war das Glas zu dick, um zu zerspringen, nicht einmal ein kleiner Riss zeigte sich. Dafür hatte ich die Alarmanlage ausgelöst. Um kein Beweisstück mit Fingerabdrücken zu hinterlassen, hob ich den Stein auf und rannte im Heulen der Sirene davon. Ich wusste, wo in Pasing die Polizeiinspektion lag, und kannte von meinen vormittäglichen Spaziergängen als Schulschwänzer die verschwiegensten Gässchen. Die Gefahr, gefasst zu werden, war nicht groß. Mein Problem war ein anderes. Der Stein war mit einem derart lächerlichen »Plopp« von der Scheibe abgeprallt, dass ich mich wieder mal als kompletter Versager fühlte. Mein Versuch, die *Neue Gruppe Tat* und vor allem Hetti mit einer mutigen Attacke auf eine Bank, die Diktatoren, Kriege und Atomkraftwerke finanzierte, zu beeindrucken, war kläglich gescheitert. So brauchte ich mich bei ihnen nicht blicken zu lassen. Nur deswegen kam ich auf die Idee, den Stein nicht unauffällig in die Würm plumpsen zu lassen, sondern mit voller Wucht durch die Glastür eines Lottoladens zu werfen.

22

»Wie bescheuert kann man sein?«, sagte Hetti, als ich am Telefon mit meiner Tat prahlte.

»Wieso? Es war ein Angriff auf ein Symbol des kapitalistischen Systems.«

»Ein Angriff auf einen Türken, der mit Tabak, Zeitungen und Lotto mehr schlecht als recht über die Runden kommt.«

»Leute, die Lotto spielen, sind besessen vom Geld.«

»Ist es ein Wunder, wenn sie zu wenig haben?«

»Aber wenn sie Lotto spielen, bestätigen sie doch den Kapitalismus«, sagte ich kleinlaut.

»Wenn ihnen das Geld, für das sie sonst ein Leben lang schuften und sich ausbeuten lassen müssten, geschenkt wird? Lotto ist das Gegenteil von Kapitalismus.«

»Ach Mensch, ich war mir sicher, dass du meinen Anschlag super findest.«

»Deinen Anschlag. Wenn ich John davon erzähle, hält er dich für einen Idioten oder schlimmer noch für einen Klassenfeind.«

Warum hatte ich bei meiner ersten politischen Aktion ausgerechnet eine Bank mit Panzerglas erwischt? Bestimmt gab es auch Filialen mit normalen Fenstern. Dann würde ich jetzt von der *Neuen Gruppe Tat* gefeiert. Stattdessen musste ich hoffen, dass John, Ringo und Rosso nicht herausfanden, wer den bedauernswerten Türken angegriffen hatte.

»Können wir uns trotzdem mal sehen, Hetti?«

»Nein, zu riskant. Rosso ist supermisstrauisch und John hätte es am liebsten, dass wir abstinent leben.«

»Das ist nicht dein Ernst.«

»Er glaubt, Sex würde unsere revolutionäre Kraft schwächen.«

»Glaubst du das auch?«

»Konzentriere dich mal lieber drauf, eine gute Aktion zu finden. Wenn du zu unserer Gruppe gehörst, schickt John uns vielleicht mal als Team los.«

»Und dann?«

»Sehen wir weiter. Also, lass dir was einfallen.«

Sie hatte mir zumindest vage Hoffnungen gemacht, trotzdem wollte meine Kreativität einfach nicht in Gang kommen. Meine Einfälle waren entweder geklaut (Pudding-Attentat), zu fies (Entführung der Lieblingskatze der Tochter eines reaktionären Politikers) oder zu gefährlich (Bankraub, um das Geld hinterher öffentlich zu verbrennen). Als Hetti merkte, dass es mit meiner Initiation wohl noch etwas dauern würde, verschwand sie so schnell wieder aus meinem Leben, wie sie überraschend darin aufgetaucht war.

Die Winterferien waren vorbei und in meiner rein männlichen Klasse mussten erst mal Revierkämpfe ausgetragen werden. Jeder kämpfte im Rahmen seiner Möglichkeiten um Profilierung, sei es auf sportlichem, musischem, erotischem oder intellektuellem Gebiet. Nur die, die überall höchstens durchschnittlich waren oder sich dafür hielten, verweigerten sich oder machten sich unsichtbar.

Die durch Terrorismus und Radikalenerlass befeuerte Polarisierung der Gesellschaft hatte auch unser altsprachliches Gymnasium erreicht. Aber obwohl ich mich mühelos mit provokanten Meinungsäußerungen in den Vordergrund hätte spielen können, hielt ich mich aus den Diskussionen heraus. Hatten mich die jahrelangen, fruchtlosen Debatten mit meinem Vater so frustriert oder saß mir Hettis Vorwurf mangelnden Klassenbewusstseins noch in den Knochen? Vermutlich beides. Meine Zurückhaltung führte dazu, dass mich die konservativen Klassenkameraden wieder für einen der Ihren hielten. Sie erinnerten sich noch daran, wie ich als Zwölfjähriger SPD-Plakate heruntergerissen und später für die *Schüler Union* missioniert hatte. Freunde wie Markus oder Holger, die sich neuerdings auch als Spontis verstanden, bedauerten es, dass mein politisches Bewusstsein meiner sonstigen geistigen Entwicklung hinterherhinkte. Ich ließ die einen wie die anderen in ihrem Glauben. Da ich auf keinen Fall zu den Unsichtbaren gehören wollte, versuchte ich in einer Rolle Aufsehen zu erregen, die sich schon Jahre zuvor bewährt hatte. Ich stahl meinem Vater mehrere kleinformatige Notizblöcke, spitzte Bleistifte auf Stummellänge herunter und zerkaute systematisch die Enden. Wenn die anderen sich im Pausenhof die Köpfe heiß diskutierten, saß ich, demonstrativ ins Schreiben vertieft, auf einem Mäuerchen am Rande des Schulhofs. Ich schrieb auch im Schulbus und bald auch ohne Publikum, etwa während im Radio die samstäglichen Fußballreportagen liefen oder beim Gassigehen mit Britta. Innerhalb kürzester Zeit entwickelte ich eine regelrechte Schreibsucht, die mich sogar den Toilettengang, das Essen und den Schlaf als lästige Unterbrechungen empfinden ließ. Dass in den USA Jimmy Carter Präsident wurde, der Vorsitzende Richter im Baader-Meinhof-Prozess wegen Befangenheit zurücktreten musste, Brigitte Mohnhaupt aus dem Knast entlassen wurde und sogleich untertauchte oder Alice Schwarzer eine Frauenzeitschrift namens *Emma* gründete, bekam ich nur am Rande mit. Selbst die Aufregung um die Münchner Schülerdemo mit dem Motto *Bildung statt Büffeln,* die im März stattfinden sollte, ließ mich kalt.

Ich war nicht nur in einer politisch abstinenten Phase, ich ging auch auf keine Partys mehr und verzichtete weitgehend auf Alkohol. Der Sex war, seit Zita und ich unsere Beziehung neu definiert hatten, sowieso aus meinem Leben verschwunden. Dafür schrieb ich wie besessen und stellte in nur sechs Wochen mein erstes größeres Werk, *Die Unwiderstehlichen,* fertig. Mit hundertdreiundfünfzig Seiten handelte es sich zwar eher um einen Kurzroman, dafür war die Konstruktion umso anspruchsvoller. Bereits im ersten Kapitel bot ich, anstatt *eine* zur Identifikation einladende Hauptfigur einzuführen, gleich fünf unterschiedliche Biografien an, aus denen der Leser (oder noch lieber die Leserin) sich seinen Helden oder Antihelden aussuchen konnte. Außerdem sprach der Autor die Leserschaft immer wieder direkt an, war mit einem Alter Ego voller Abgründe und Selbstzweifel konfrontiert und wurde schließlich gemeinsam mit diesem von den Figuren des Romans des Identitätsdiebstahls überführt. Herzstück der *Unwiderstehlichen* war der Reisebericht eines jungen, erst seit Kurzem in München lebenden Inders für seinen Brahmanen. Er beschrieb das Leben in einer sich am Vorbild der Kommune 1 orientierenden Wohngemeinschaft, in der er irrtümlich gelandet war, mit der Akribie eines Forschungsreisenden. Da er kaum Deutsch sprach und unsere Kultur nicht kannte, deutete er die Verhaltensweisen seiner Mitbewohner fälschlich als althergebrachte Rituale und Bräuche. Diese Figur erlaubte es mir, ein Milieu zu schildern, das ich nur vom Hörensagen kannte. Im Zweifelsfall hatte nicht ich mich, sondern mein Inder sich geirrt. Nachdem ich das Wort *Ende* geschrieben hatte, schlief ich erst mal aus und tippte dann meine in winziger Schrift verfassten, handschriftlichen Aufzeichnungen mit zwei Fingern in die schwergängige *Princess 300* meiner Großmutter. Als ich mein mit Tipp-Ex und Überklebungen korrigiertes Manuskript der *Unwiderstehlichen* in Händen hielt, wurde ich von einem Glücksgefühl überschwemmt, wie ich es bis dahin nur nach dem Erreichen eines alpinen Gipfels oder manchmal beim Sex erlebt hatte. Endlich war ich ein Schriftsteller!

Wem sollte ich mein Werk als Erstem zu lesen geben? Wer würde meine Arbeit wertschätzen, mir aber auch ehrlich seine Meinung sagen. Zita? Nein. Der Gedanke, dass sie dem Techniker aus den *Unwiderstehlichen* vorlas, womöglich sogar im Bett, gefiel mir nicht. Unser Nachbar, Herr Bommer, vielleicht. Als Regisseur hatte er die Kompetenz, einen Text zu beurteilen, andererseits dachte er manchmal so ums Eck, dass ich befürchtete, durch ihn nur verunsichert zu werden. Blieb Caspar Curtius, der mich bei unserer ersten Begegnung gefragt hatte, ob er mal was von mir lesen dürfe. Damals war ich von meinen Gedichten selbst so wenig überzeugt gewesen, dass ich lieber abgelehnt hatte. Nun glaubte ich, etwas vorweisen zu können, für das ich mich nicht zu schämen brauchte.

23

Auf der kurzen Strecke zu Caspars Haus versuchte ich mir seine Reaktion auf die *Unwiderstehlichen* auszumalen. Würde er sie als »verheißungsvollen Beginn einer literarischen Karriere« werten, als »teilweise schon recht überzeugend«, nur als »nette Fingerübung« oder gar »überambitioniert und missglückt«? Kaum hatte ich die Grundstücksgrenze überschritten, verließ mich der Mut und ich wäre am liebsten umgekehrt. Doch Caspar hatte mich schon entdeckt.

»Du traust dich noch hierher?«

»Ja, ich ...«

»Du hast echt Nerven.«

»Was habe ich denn gemacht?«

»Meinst du, ich habe nicht gemerkt, dass du mir aus dem Weg gehst?«

»Das stimmt nicht. Ich habe nur die ganze Zeit geschrieben. Einen Roman. Deswegen habe ich mich nicht gemeldet.«

»Warum gibst du nicht zu, dass du Angst vor mir hast.«

»Angst? Wegen was denn?«

Er seufzte.

»Dann komm schon rein.«

Ich presste den Umschlag mit meinem Manuskript, den er nicht bemerkt zu haben schien, fester gegen meine Brust und folgte ihm.

Das Ritual war dasselbe wie bei meinen ersten beiden Besuchen. Caspar bereitete schweigend Tee zu und ließ mich auf seinem riesigen Sofa warten. Ich legte mein Werk neben mich und schaute mich um. Auf dem Fernseher, der mit einem schwarzem Tuch abgedeckt war, stand eine brennende Kerze, die Yuccapalme war vertrocknet. Auf dem Boden vor den Regalen stapelten sich hauptsächlich antiquarische Bücher. Außerdem waren die asiatischen Drucke umgedreht, dass man nur ihre leeren Rückseiten sah.

Caspar stellte das Tablett auf dem Couchtisch ab.

»Ich hoffe, du magst Assamtee.«

»Bestimmt.«

»Gerhard Roth hat mir für dich seinen *Großen Horizont* geschickt.«

»Wirklich? Ist ja nett.«

»Ich finde das Buch nur nicht mehr. Wahrscheinlich hat die Putzfrau es sich geliehen.«

»Sie bringt es doch sicher zurück, wenn sie es gelesen hat.«

Er nickte abwesend und betrachtete mich wie der Inder aus den *Unwiderstehlichen* seine Mitbewohner, aufmerksam und kalt. Sein Blick fiel auf den Umschlag.

»Was von dir?«

Ich nickte und kam mir vor wie der Streber aus der ersten Bank.

»Mein erster Roman. Du hast ja gesagt, ich soll dir mal was zeigen.«

»Habe ich das? Okay, lass liegen.«

Ich hatte erwartet, dass er mich nach dem Inhalt fragen würde oder wie es mir mit dem Schreiben ergangen sei. Insgeheim hatte ich mir gewünscht, er würde mich auffordern, ihm eine Passage vorzulesen. Auch wenn er selbst nicht mehr schrieb, musste er sich doch noch dran erinnern, wie sehr man sich als junger Schriftsteller nach Resonanz sehnte. Aber Caspar musterte mich nur wieder mit diesem Forscherblick.

»Du wohnst immer noch zu Hause, stimmt's?«

Seine Frage traf mich unvorbereitet und ich geriet ins Stammeln.

»Ja, schon, aber ich habe gerade auch fast keinen Stress mehr mit meinen Eltern.«

»Dann ist ja alles gut. Mir fällt zwar kein Schriftsteller ein, der bei Mama und Papa lebt, aber dann bist du halt der erste.«

Sein Sarkasmus ärgerte mich.

»Wieso findest du es eigentlich so wichtig, dass ich von daheim ausziehe?«

»Ich dachte, du findest es wichtig.«

»Auf Dauer schon, aber es ist nicht so leicht, einen Job zu finden, der sich mit der Schule vereinbaren lässt.«

»Vielleicht habe ich ja einen für dich.«

Er lächelte auf eine Weise, die ich bei einer Frau als verführerisch empfunden hätte.

»Wie? Was für einen?«

»Erik hat mir gerade erst gesagt, dass er an seinem Theater noch jemanden bräuchte.«

»Für was?«

»Für den Einlass … für hinter der Bühne, für alles.«

Ich hatte den Eindruck, dass Caspar nicht wusste, um welche Aufgaben es sich genau handelte, aber er war schon auf dem Weg zur Treppe, um Erik von seinem Büro im ersten Stock aus anzurufen.

Mitarbeiter am NT, das wär's. Vielleicht entdecken sie mich sogar als Schauspieler oder noch besser, führen ein Stück von mir auf. Ich hatte zwar noch nie fürs Theater geschrieben, aber von der Epik zur Dramatik war es vielleicht kein so großer Schritt.

Da fiel mein Blick auf das Telefon, das zwischen den Bücherstapeln auf dem Boden stand. Wieso hatte Caspar nicht von hier aus angerufen? Sollte ich etwas nicht hören? Musste er Erik erst überzeugen, dass ein Achtzehnjähriger für den Job geeignet war? Oder stimmte es womöglich gar nicht, dass das Theater jemanden suchte?

»Du bist engagiert«, rief Caspar und kam mit ausgebreiteten Armen auf mich zu. Er drückte mich an sich und mir fiel auf, dass seine Muskeln seltsam schlaff waren, als würde er jede sportliche Betätigung konsequent vermeiden.

»Glückwunsch, Peter. Das wird dir den Schub geben, den du brauchst. Du wirst allerdings auch gefordert werden, das muss dir klar sein.«

»Ich mag's, wenn ich gefordert werde.«

Er umarmte mich noch einmal.

»Wann soll ich denn bei Erik vorbeischauen?«

»So bald wie möglich.«

Der Handschlag, mit dem Erik mich am nächsten Nachmittag begrüßte, besiegelte gleichzeitig mein Engagement. Ich fragte erstaunt, ob ich ihm denn gar nichts über mich erzählen solle.

»Ich denke, das Wichtigste hat Caspar mir schon gesagt.«

»Er weiß ja kaum was über mich.«

»Er hat einen super Riecher. Das reicht mir.«

Am nächsten Tag zahlte ich bei der Bank, an deren Panzerglas ich gescheitert war, hundert Mark auf das Konto der *Neuen Theatergenossenschaft* ein. Damit war ich offiziell *Genosse*, ein Titel, der in den Ohren meines Vaters fast so schlimm klang wie *Nazi*.

»Woher hattest du denn das Geld?«

»Hat der Curtius mir geliehen.«

»Peter, ich kann es nur wiederholen: Lass dich nicht mit diesem Mann ein.«

»Was ist denn mit *diesem Mann?*«

»Das können wir dir nicht sagen.«

Die Stimme meiner Mutter vibrierte wie immer, wenn sie ihre Emotionen nur mit Mühe unter Kontrolle halten konnte.

»Es gibt Leute, die ihn näher kennen«, sagte mein Vater.

»Theo wieder.«

»Unser Nachbar«, sagte meine Mutter.

»Gertraud!«, fuhr mein Vater sie an.

»Was macht Caspar denn so Schlimmes?«

Meine Eltern sahen sich an.

»Er ist reich«, sagte meine Mutter.

»Dafür kann er ja wohl nichts.«

»Und die Menschen sind für ihn nur ein Spielzeug.«

Meine Mutter war den Tränen nahe.

»Dir kann man auch gar nichts anvertrauen«, sagte mein Vater.

»Soll ich unseren Sohn ins Unglück rennen lassen?«

»Wenn er es anders nicht begreift.«

»Was bist du denn für ein Vater?«

Über sich selbst erschrocken, verstummten beide schlagartig. Ich war sauer.

»Es ist ja nett von euch, dass ihr so um mich besorgt seid, aber erstens bin ich erwachsen, und zweitens arbeite ich nicht für Caspar, sondern für das Theater.«

»Sein Theater«, sagte meine Mutter und presste die Lippen zusammen, um nicht zu schluchzen. Mein Vater nahm sie in den Arm, wozu er sich vor Zeugen noch seltener hinreißen ließ als zu einem Ehestreit.

24

Meine erste Aufgabe am NT – alle nannten es *das* NT, obwohl es doch *die* Genossenschaft hieß – war es, Fäden zu entwirren. Das Dreipersonenstück, bei dem ich mehr als zwei Stunden lang in einem nur zur Bühne hin offenen, engen Kasten sitzen sollte, hieß *Große Vögel, kleine Vögel.* Erik war gerade dabei, mich einzuweisen, da unterbrach uns Franzi, die Schauspielerin, mit der Zita am Einlass zu meiner Geburtstagsparty gefochten hatte. Die Kollegen hätten Redebedarf. Erik teilte mir noch schnell mit, dass es sich bei der Produktion um eine freie Interpretation des gleichnamigen Films von Pier Paolo Pasolini handele, und folgte ihr in die Garderobe.

»Alles Weitere erklärt dir Boris.«

Boris. In meiner Begeisterung über den Job am NT hatte ich völlig verdrängt, dass ich es dort zwangsläufig auch mit ihm zu tun bekommen würde. Mit dem Techniker, der daran schuld war, dass meine lange so angenehm geschlossene Beziehung nun eine offene war, was in der Praxis bedeutete, dass Zita sich kaum noch bei mir meldete und, wenn ich sie mit einem Besuch überraschte, eher abweisend reagierte.

Zu meinem Befremden begrüßte Boris mich wie ein lang vermisstes Familienmitglied. Er küsste mich mit seinen fleischigen Lippen so leidenschaftlich auf die Backe, dass ich mich fragte, ob er die offene Beziehung zwischen Zita und mir missverstanden habe und meinte, sie würde sich auch auf ihn und mich erstrecken.

»Ich finde das so toll, Peter«, sagte er, »dass du jetzt zu unserer Company gehörst. Ist auch praktischer für unsere Freundin. Wenn sie mal vorbeischaut, trifft sie automatisch uns beide.«

»Ich glaube nicht, dass Zita sich bei mir so freut.«

»Aber klar. Sie liebt uns beide.«

»Das ist doch vorbei.«

»Überhaupt nicht! Du kannst dir nicht vorstellen, wie sie von dir schwärmt, von deinen Ideen und deiner Sensibilität.«

»Komm, verarschen kann ich mich selber.«

»Du musst auch irre gut im Bett sein.«

»Dann will sie dich eifersüchtig machen.«

Er lachte.

»Da kann sie sich lange bemühen. In meiner DNA fehlt das Eifersuchtsgen komplett.«

Dafür besaß ich es offenbar in doppelter Ausführung, was ich mir aber auf keinen Fall anmerken lassen wollte. Mein Rivale strahlte mich unbekümmert an und legte den Arm um mich.

»Wir werden eine Menge Spaß miteinander haben, Peter.«

Tatsächlich hielt der Spaß sich nicht nur wegen meiner Eifersucht erst einmal in Grenzen. Obwohl Boris mir meine einzige Aufgabe während des Stücks mit bewundernswerter Geduld ein ums andere Mal vorführte, gelang es mir partout nicht, sie nachzuahmen. Ich saß während unserer Probe bereits im Kasten und wartete darauf, dass Boris mit dem Ruf »L'uccello è morto!« auf mich zustürmte. Mit dem *Uccello* war die Marionette eines Raben gemeint. Boris bremste knapp vor mir ab und drückte mir das Spielkreuz, das er absichtlich zwischen die Fäden gedreht hatte, in die Hand. Bei ihm sah es ganz einfach aus, ein paar Drehungen, schon hing der Rabe wieder entspannt am Kreuz. Ich hingegen machte das Kuddelmuddel jedes Mal schlimmer. Nach unzähligen missglückten Versuchen war ich so verzweifelt, dass ich Erik meine Kündigung erklären wollte. Offenbar war ich zu blöd fürs Theater.

Da überraschte mein Gehirn mich mit einer Assoziationskette. Ich hörte meinen Vater aus dem *Münchner Merkur* vorlesen: *Sex-Theater in Allach. Zurecht fordert der Rektor der örtlichen Volksschule*

Ermittlungen wegen Erregung öffentlichen Ärgernisses. Vom Rektor sprang ich zu meiner Erstklasslehrerin, die mich, den Linkshänder, unter Beschimpfungen (»linke Hand, böse Hand«) auf rechts umgepolt und damit meine lebenslange Unfähigkeit, rechts und links zu unterscheiden, ausgelöst hatte.

»Ich weiß es, Boris. Ich weiß es! Ich muss es einfach andersrum denken.«

Boris sah nicht so aus, als hätte er mich verstanden, räumte mir aber eine weitere Chance ein.

»L'uccello è morto!« Er hielt mir das Spielkreuz mit den verdrehten Fäden hin.

Links ist rechts, rechts ist links, sagte ich zu mir, links ist rechts, rechts ist …

Es funktionierte. Boris war so erleichtert, dass er mir mit dem Ausruf »Ich hab's gewusst, super!« den nächsten feuchten Kuss auf die Wange drückte.

Die Schauspieler hatten ihren Redebedarf befriedigt und erschienen zu dritt auf der Bühne, um mich als neuen Genossen zu begrüßen. Die Person, die bei der Party mit einer künstlichen Schlange um den Hals herumstolziert war und von der ich gern gewusst hätte, ob sie ein Mann oder eine Frau war, stellte sich als Alex vor, was mir nicht weiterhalf. Er oder sie hatte einen kleinen Busen, aber den hatten auch manche Männer, und seine oder ihre weite Hose verriet nicht, was sich darin versteckte. Trotz meiner Neugier hätte ich es niemals gewagt, nach seinem oder ihrem Geschlecht zu fragen, und sagte nur: »Wir kennen uns ja schon.«

»Das glaube ich nicht«, sagte er oder sie und klimperte mit künstlichen Wimpern.

Franzi lächelte vielsagend, als wüsste sie, dass ich Zita inzwischen mit Boris teilen musste.

»Und ich bin der Winnie«, sagte der Schauspieler, der an meinem Geburtstag zusammen mit Thomas an Gabi herumgefummelt hatte. So martialisch er mit seinen, fast das Shirt sprengenden Muskeln wirkte, so scheu blickte er zu Boden. *Winnie, der immer abhaut, wenn's ernst wird*, fiel mir Caspars Charakterisierung ein. Ich hätte gern erfahren, ob Gabi ihn noch verfolgte, wollte ihn aber nicht noch verlegener machen.

Auf der Bühne zeigte Winnie dann sein anderes Gesicht. Er spielte Totò, den Vater, als rasenden Wahnsinnigen und sorgte, wenn er auf seinen hohen Stelzen das Publikum teilte wie Moses das Rote Meer, für Panik. Angeblich hatte er aus Versehen mal einen Zuschauerschenkel durchbohrt. Aber das war, wie ich bald erfuhr, nur einer der von Erik erfundenen Skandale, mit denen er sein Theater bekannt zu machen versuchte. Alex spielte Ninetto, den Sohn Totòs, als eitlen Melancholiker, der sich in seinem Weltschmerz suhlte. Franzi hatte die Parterrenummer, sie huschte ohne Stelzen mit dem sprechenden Raben über die Bühne, tauchte da und dort überraschend im Zuschauerraum auf und krächzte ihre Sätze.

Das alles sollte ich in seiner Gesamtheit allerdings erst später sehen, als Boris anbot, einmal meine Aufgabe zu übernehmen, und Erik an seiner Stelle für die Licht- und Toneffekte sorgte. Bei meiner Premiere und während der weiteren Abende sah und hörte ich nur Fragmente.

»Der Mond, der Mond, der Mond«, skandierte Winnie, »leg dich bloß mit dem nicht an, dem Mond, dem Mond, dem Mond.«

»Wieso nicht?«, hauchte Alex. »Wieso denn nicht, liebes Papilein?«

»Wieso, wieso? Weil er sauer wird. Warte besser auf die Flut.«

»Oh, die Flut. Ich liebe die Flut.«

»Text!«, flüsterte Erik, aber Winnie ließ Alex keine Zeit für eine Korrektur.

»Hast du nie den Dreck gesehen, den das Meer anspült? Plastik, Scheißhaufen, Kadaver. Mal überlegt, wer hinter der Flut steckt?«

»Das ist der Mond«, krächzte Franzi und spazierte mit der Krähe an mir vorbei. Fast schon außerhalb meines Blickfelds sah ich, wie sie die Marionette einen kühnen Überschlag machen ließ.

»Mist«, zischte sie.

Es folgte mein Stichwort.

»L'uccello è morto!«

Ich streckte Franzi die Hände entgegen, griff nach dem Spielkreuz und entwirrte die Fäden, als hätte ich in meinem Leben nie etwas anderes gemacht. Franzi warf mir einen anerkennenden Blick zu und wiederholte, schon irgendwo hinter mir, »das ist der Mond«.

Ich war stolz auf mich, blieb aber weiter hoch konzentriert. Ich kümmerte mich nicht um die Holzbeine mit ihren flatternden Hosen, die vor mir tänzelten und stampften, dass die Bühne wackelte, und ließ den Text wie einen fernen, nicht enden wollenden Güterzug an mir vorbeirauschen. Mein Bewusstsein war auf ein einziges Wort gerichtet. Sobald es *Uccello* hörte, ließ es meine Hände nach vorne schnellen und mit sicherem Griff zupacken. Ich machte nicht einen Fehler, obwohl Franzi die Fäden der Marionette immer wieder verhedderte. Bald kam mir der Verdacht, dass sie sich absichtlich ungeschickt anstellte, um ihren groß aufspielenden Kollegen wenigstens für ein paar Sekunden die Show zu stehlen. Jedenfalls grinste sie, wenn sie auf mich zustürzte, mit jedem Mal dreckiger. Das Stück näherte sich allmählich dem Höhepunkt, bei dem Totò und Ninetto dem nervigen Raben den Hals umdrehen.

Was bin ich bloß für ein Glückspilz, dachte ich, einen besseren Job hätte ich nicht finden können. Ich war unsichtbar, obwohl ich im Zentrum saß, und unverzichtbar zugleich. Theoretisch hatte ich sogar die Macht, die Aufführung zu stoppen. Wenn ich die verwirrten Fäden mit Absicht noch mehr verdrehte, war der Rabe aus dem Spiel und Totò und Ninetto würden vergeblich auf ihr Stichwort warten. In meinem Überschwang entfuhr mir ein Kichern, ich hielt erschrocken die Luft an. Dabei muss es passiert sein. Ich hatte bereits zu Beginn des Stücks, als die Scheinwerfer aufflammten, die wie winzige weiße Fliegen in der Luft tanzenden Partikel bemerkt.

Jetzt hatte ich wohl eine größere Staubflocke eingeatmet, die sich in meinem Rachen nah am Gaumenzäpfchen festsetzte und mich zu kitzeln begann. Ich räusperte mich so leise wie möglich, sammelte Spucke und presste sie den Hals hinunter, aber es half nichts, der Reiz wurde immer stärker. Den ersten Huster konnte ich noch unterdrücken, doch beim zweiten tauchte Franzi mit dem Uccello-Ruf vor mir auf und ich verlor, beim Versuch zuzugreifen, die Kontrolle über meine Stimmritze. Die gestaute Luft entlud sich in einem mörderischen Kehllaut. Im Publikum wurde es totenstill. Einen Moment lang fühlte ich mich erlöst, da baute sich in meinem Hals die nächste Druckwelle auf. Ich versuchte, sie mit Gewalt zurückzudrängen, und glaubte zu ersticken. Ich musste aus der verdammten Kiste raus. Sofort. Franzi starrte mich ungläubig an, als ich ihr und dem Raben entgegenkletterte. Sie vermutete wohl, dass ich das Stück irrtümlich für beendet hielt, und schob mich mit ihrer freien Hand auf meinen Platz zurück.

»Nein«, schrie ich verzweifelt, »ich halt's nicht mehr aus.«

Ich versuchte, mich mit aller Kraft an ihr vorbeizudrängeln, sie ließ den Raben fallen und drückte mit beiden Händen gegen meinen Kopf. Es war ein Schieben, Drängen und Pressen zweier gleich starker Kräfte, das erst endete, als das Publikum johlend zu applaudieren anfing. Franzi war kurz abgelenkt und ich konnte an ihr vorbeischlüpfen. Erst da merkte ich, dass sich der Hustenreiz während unseres Handgemenges verflüchtigt hatte. Vor Scham wie gelähmt, stand ich im Scheinwerferlicht und ließ den Applaus über mich ergehen. Mir fiel nichts Besseres ein, als mich zu verbeugen. Das war es dann, dachte ich, schon wieder gescheitert. Irgendein neidischer Gott will nicht, dass du glücklich wirst.

Die Zuschauer waren offenbar überzeugt, dass *Große Vögel, kleine Vögel* nach dem Kampf zwischen Franzi und mir zu Ende war, und hörten nicht auf zu klatschen. Als Profis wollten Alex und Winnie sich den verdienten Beifall nicht entgehen lassen, sie hakten sich links und rechts bei mir unter und verbeugten sich mit mir. Franzi nahm die Ovationen gemeinsam mit dem Raben entgegen.

»Was bist du bloß für ein Dummkopf«, flüsterte Alex mir zu.

Ich zählte nicht mit, wie oft Erik uns auf die Bühne schickte, weil ich wie betäubt war. Nachdem die letzten Zuschauer gegangen waren, verabschiedete ich mich von meinen Kollegen.

»War echt schön«, sagte ich. »Danke.«

»Wo willst du hin?«, rief Erik, der noch mit begeisterten Besuchern gesprochen hatte. »Darauf müssen wir anstoßen.«

»Dass ich's verkackt habe?«, sagte ich.

»Dass wir ab jetzt deinen Schluss spielen. Er ist genial. Deus ex machina, der Entwirrer aus der Kiste, Zerstörung der Illusion. Da hätte ich mal selber draufkommen sollen.«

Ich konnte es kaum glauben, aber er meinte es ehrlich. Gab es neben dem neidischen Gott, der mir kein Glück gönnte, noch einen zweiten, der die Dinge gegen alle Wahrscheinlichkeit zum Guten wendete? Einen, der lachte, während sein Konkurrent geiferte. Erik schenkte mir ein Glas Sekt ein, nahm es mir aus der Hand und goss es mir über den Kopf. Danach durfte ich mit allen anstoßen. Wegen der überwältigenden Zustimmung des Publikums wehrten sich auch Alex und Winnie nicht gegen den veränderten Schluss, schlugen aber jeweils eine »nicht so wichtige Replik« des Kollegen vor, die ich mit meinem Auftauchen aus der Kiste unterbrechen sollte. Zuletzt entschied Erik, dass ich dann zum ersten Mal husten sollte, wenn Totò und Ninetto den Raben einkreisten, um ihn abzumurksen. Leider stellte ich mich bei den Proben für die Szene ähnlich ungeschickt an wie anfangs als Entwirrer und verpasste zuverlässig meinen Einsatz. Diesmal konnte ich mich auch nicht mit meiner Rechts-links-Störung rausreden, aber die Truppe half mir mit einer Mischung aus gutem Zureden und Appellen an meine Intelligenz, die Blockade zu überwinden. Als mein Auftritt endlich saß, war ich wie befreit.

25

Das NT wurde zum Dreh- und Angelpunkt meines Lebens. Egal, ob ich in der Schule oder bei den Hausaufgaben saß oder Liegestützen machte, um meine Kondition nicht zu verlieren, meine Gedanken wanderten ständig zur letzten Probe oder nächsten Aufführung. Nachmittags konnte ich es kaum erwarten, nach Allach aufzubrechen. Oft hatte ich bereits eine halbe Stunde gewartet, wenn die anderen eintrafen. Ich wollte meine Sache perfekt machen, an der Kasse genauso wie bei meinem Kurzauftritt in *Große Vögel, kleine Vögel* oder als Helfer beim Kostümwechsel. Dieses Amt wurde mir bei unserer nächsten Produktion übertragen, es sollte sich als besonders anspruchsvoll erweisen.

Obwohl das NT im sechsten Jahr seines Bestehens erfolgreicher war als je zuvor, wirkte Erik immer häufiger unzufrieden. Die Schauspieler rätselten über die Ursache, Franzi und Winnie vermuteten sie im privaten Bereich.

»Oder Caspar droht mal wieder, uns den Geldhahn zuzudrehen«, sagte Alex. »Gott, ich könnte euch Geschichten erzählen. Der arme Erik. Aber ich bin ja ein diskreter Mensch.«

Den wahren Grund für die schlechte Laune unseres Regisseurs erfuhren wir nach einer Vorstellung, die uns alle frustriert hatte. Ein evangelischer Pastor hatte das gesamte Kartenkontingent für ein Seniorenstift aufgekauft. Seinem Bericht zufolge waren die Alten bereits in dem Bus gesessen, der sie nach Allach bringen sollte, als sich, von einer der hinteren Reihen ausgehend, das nicht totzukriegende Gerücht verbreitete, im NT würden obszöne Stücke aufgeführt.

Die Folge war, dass die meisten wieder ausstiegen und wir vor gerade mal fünf Zuschauern spielten, drei Senioren, dem Pastor und einer alten Dame. Ihr verdankten wir das einzige, traurige Highlight des Abends, sie hatte »Ausziehen!« gerufen.

»Es wird Zeit, dass wir die scheiß Vögel endlich absetzen«, sagte Erik hinterher.

»Nein! Wieso denn? Das war kein normaler Abend. Das Stück ist unser Hit«, riefen Alex und Winnie durcheinander. Franzi, die mit ihrer Rolle als Rabe nie hundertprozentig glücklich gewesen war, beteiligte sich nicht am Protest ihrer Kollegen und erkundigte sich sachlich bei Erik, was ihm an den Vögeln nicht mehr gefiel.

»Mich langweilt die Inszenierung schon länger. Ich bin irgendwie durch mit der Commedia dell'Arte und möchte was Neues ausprobieren.

»Und hast du schon eine Idee?«

Erik feixte.

»Jawohl, und man wird uns für absolut größenwahnsinnig halten.«

Jetzt waren alle gespannt.

»Ich möchte, dass wir diesmal nicht mit einem dramatischen Text arbeiten, sondern mit dem Echo, das ein Roman in uns hervorruft.«

»Entschuldigung, das verstehe ich nicht.«

Ich spürte, wie mir das Blut in den Kopf stieg. Erik hatte mich in letzter Zeit öfter aufgefordert, mich auch künstlerisch »einzubringen«.

»Improvisatioooon, Baby«, sang Alex.

»Ach so.«

»Ich möchte auf jeden Fall weiter mit Stelzen arbeiten«, sagte Winnie, »egal, was wir spielen.«

»Weil deine einen halben Meter höher sind als meine und jeder zu dir aufschaut«, sagte Alex giftig.

Winnie senkte den Blick.

»Ich fühle mich einfach wohler, wenn ich etwas Distanz zum Publikum habe.«

»Lustige Einstellung in einem Theater, zu dessen Prinzipien das Überspielen der Rampe gehört«, sagte Erik.

»Ja, ja«, leierte Franzi, »die Kunst muss unter die Menschen gehen und alle mitnehmen, auch die Minderbemittelten.«

»Bist du anderer Meinung?«

»Nein, aber ich sag's dir gleich, Erik, noch einmal krieche ich nicht mit so einer blöden Marionette am Boden rum.«

»Und ich ziehe mich auf keinen Fall aus«, sagte Alex und tat so, als wäre sie oder er unheimlich verlegen.

»Ich spiele sieben Instrumente«, sagte Franzi, »sieben! Können wir nicht mal damit was machen?«

»Wenn der Lautsprecher schweigt, wenn dem Regisseur keine Geräusche einfallen und ein Engel durchs Zimmer geht, dann muss der Musiker einspringen«, sagte Erik.

»Wenn dann Saxofon«, sagte Alex, »Saxofon ist so sinnlich.«

»An welchen Roman denkst du überhaupt?«, sagte Winnie zu Erik.

»An *Hundert Jahre Einsamkeit*.«

Für einen für NT-Verhältnisse erstaunlich langen Moment machte sich Stille breit.

»Aber …«, sagte Franzi, »das ist ein Riesenschinken.«

»Und die Handlung«, sagte ich, »erstreckt sich, glaube ich, über hundert Jahre.«

Das war mein zweiter dummer Beitrag. Erik überhörte ihn gnädig.

»Und es sind unheimlich viele Figuren.«

Franzi schien das Buch als Einzige außer Erik gelesen zu haben. »Wie sollen wir das machen?«

»Zu uns stößt demnächst noch ein Freigänger. Hat Caspar sich gewünscht.«

»Und Caspars Wünsche sind uns Befehl.«

Ich wunderte mich über Alex' sarkastischen Ton.

»Hoffentlich ist es wenigstens ein richtig böser Bube.«

»Er sitzt wegen Mitgliedschaft in einer terroristischen Vereinigung, hat sich aber schon länger von der RAF distanziert.«

Alle machten große Augen und wollten erfahren, ob es sich um einen bekannten Namen handle. Erik schüttelte den Kopf. Frederik sei, soviel er wisse, nie eine große Nummer gewesen, eher ein Schöngeist, der da in was reingeraten sei.

»Mit ihm sind wir immer noch nur vier«, sagte Franzi.

Ich wartete darauf, dass jemand sie korrigierte und »fünf« rief und ich vielleicht wieder eine kleine Rolle übernehmen durfte. Aber Erik meinte, vier Schauspieler würden reichen. In dem Roman tauchten zwar tatsächlich unfassbar viele Figuren auf, aber da könne man zahlreiche streichen, außerdem habe das NT seit dem *Liebeskonzil* ja Erfahrung mit Kostümwechseln.

»Erinnere mich bloß nicht an den Schweinkram«, sagte Alex und richtete die Augen wie eine fromme Nonne zum Himmel.

»Was schaust du denn so traurig, Peter?«, sagte Erik. Du stehst diesmal an der Front.«

»Auf der Bühne?«

»Die Front ist diesmal hinter der Bühne.«

Der Satz »Du stehst an der Front« fiel mir während der kommenden Wochen noch häufig ein, wenn Alex, Winnie, Franzi oder Frederik ohne oder mit Stelzen auf mich zuliefen und »schnell, schnell!« mit meiner Hilfe aus einer Klamotte raus- und in die nächste reinschlüpften. Da die Mehrzahl der Figuren in *Hundert Jahre Einsamkeit* denselben Namen trug – es gab in vier verschiedenen Epochen eine schwer zu überblickende Menge an Aurelianos, José Arcadios, Ursulas, Remedios und Amarantas –, wussten die Schauspieler nur dank der Kostüme, wen sie gerade darstellten. Bei den ersten Trockenübungen war es zu einem solchen Durcheinander gekommen, dass Erik entschieden hatte, von Anfang an mit

Uniformen, Wallekleidern, Lederwesten, Korsetts, Ballonhosen und Fellmänteln zu proben. Leider hatte er nicht daran gedacht, für Kleidung aus atmungsintensivem Material zu sorgen. Die sich dank der Kreativität aller Beteiligten nach und nach herauskristallisierende Bühnenfassung schöpfte weniger aus den magischen als aus den erotischen und kriegerischen Aspekten des Jahrhundertromans. Entsprechend körperintensiv waren die Proben und dann die Vorstellungen. Vor allem Frederik, der im Knast zu weitgehender Bewegungslosigkeit verdammt war, lief, wenn ich ihm seinen Turban abnahm, der Schweiß in Strömen übers Gesicht, und seinen weißen Hosen aus grober Lammwolle entstieg ein Geruch, der mir den Atem raubte. Ich benötigte mehrere Proben, bis ich dafür eine Bezeichnung gefunden hatte. Es war ein *eingesperrter* Geruch, der sich meiner Vermutung nach nicht erst in der Haft entwickelt, sondern sich dort nur intensiviert hatte. Frederik war blass und dünn, erinnerte an einen zerzausten Mäusebussard und war die Ratlosigkeit in Person. Ihm wurden, vielleicht weil er sich strikt weigerte, Auskünfte über seine Aktivitäten als Terrorist zu geben, ausschließlich die Rollen der Verlierer und Opfer zugeteilt.

Franzi roch völlig anders. Wenn sie die Arme hob, damit ich ihr Korsett schnüren konnte, entstieg ihren stark behaarten Achselhöhlen ein Geruch nach sommerlicher Viehweide, der mit jedem Kostümwechsel ein wenig strenger wurde. Winnies individuelle Note setzte sich aus zwei gegensätzlichen Gerüchen zusammen, dem vor sich hin modernder Gemüseabfälle und dem eines Lagerfeuers, in dem trockenes Laubholz verbrannt wurde. Leider verflüchtigte sich die angenehme, zweite Note auch bei ihm mit zunehmender physischer Belastung. Nur Alex roch, egal, wie sehr er oder sie sich verausgabte, immer nach Erdbeeren. Erst nach frischen, später nach etwas reiferen. Er oder sie kam im Gegensatz zu den anderen grundsätzlich parfümiert zur Arbeit. Dafür war ich sehr dankbar, denn *Hundert Jahre Einsamkeit* bedeutete für mich *Hundert Mal Luft anhalten.* Mein Ablaufplan mit den Kostümwechseln umfasste zuletzt tatsächlich annähernd hundert Positionen. Am größten war die Herausforderung, wenn mehrere Schauspieler gleichzeitig in den schmalen Raum hinter der Bühne gelaufen oder gestelzt kamen und ihr »Schnell, schnell!« flüsterten. Das lag weniger an der Logistik – ich hatte stets alle Kostüme bereitliegen – als an der Olfaktorik. Wenn Winnies alter Kohlrabi sich mit Erdbeeren und Viehmist mischte, war ich jedes Mal dem Erbrechen nahe. Für die Generalprobe und die Premiere, die für zusätzlichen Schweiß sorgten, bereitete ich heimlich einen Kotzkübel vor, den ich dann glücklicherweise doch nicht benötigte.

Hundert Jahre Einsamkeit wurde von der Kritik verrissen, die Erik, wie er es sich gewünscht hatte, Größenwahn vorwarf. Die Zuschauer hingegen waren von den akrobatischen Leistungen der Truppe und der neunzigminütigen Action ohne Atempause begeistert. Als sich auch noch herumsprach, dass ein waschechter Terrorist mitspielte, war jeder Abend ausverkauft.

26

Auch wenn ich mich bis zur letzten Aufführung nicht an die Ausdünstungen der Schauspieler gewöhnen konnte, genoss ich gemeinsam mit ihnen den nach jeder Vorstellung aufbrandenden, lang anhaltenden Jubel des Publikums. Dazu kam die Freude darüber, dass das NT zuverlässig und gut zahlte. Bis dahin hatte ich nie mehr als zweihundert Mark besessen, mir ständig Geld leihen müssen, nun waren es bereits mehr als fünfhundert. Obwohl ich wie alle halbwegs vernünftigen Leute in meiner Umgebung eher ein Kapitalismus-Gegner war, musste ich mir eingestehen, dass Geld unter gewissen Umständen auch Freiheit bedeuten konnte. In meinem Fall Freiheit gegenüber meinem Vater. Seit er mich finanziell nicht mehr unter Druck setzen konnte, wurde ich ihm gegenüber immer gelassener. Ich ärgerte mich kaum noch über seine Kontrollbemühungen, betrachtete seine Verbote nur noch als Ratschläge und seine Ratschläge als Meinungen, die ich teilen konnte oder auch nicht. Je weniger aggressiv ich mich gegen ihn abgrenzte, umso entspannter wurde auch er. Möglicherweise lag es auch nicht am Geld allein und er hatte tatsächlich begonnen, seine Vaterrolle zu überdenken. Jedenfalls konnten wir wieder gemeinsam lachen und er erzählte mir zum ersten Mal von seiner entbehrungsreichen Kindheit im München der Zwanzigerjahre, aber auch von der romantischen Liebesgeschichte mit meiner Mutter Mitte der Fünfziger. Mir entging nicht, dass er die Zeit dazwischen übersprang, aber ich musste den Finger nicht mehr zwanghaft in jede Wunde legen. Ich philosophierte mit ihm sogar über seine Werte, die meinen mit einem Mal gar nicht mehr so sehr zu widersprechen schienen, über Nächstenliebe, die ich Solidarität nannte, oder über Recht und Ordnung, die ich großzügig unter dem Begriff Gerechtigkeit zusammenfasste. Ich glaube, wir genossen beide die ungewohnte Harmonie zwischen uns und meine Mutter war selig.

In meinem Überschwang lud ich meine Eltern zum ersten Mal überhaupt zum Essen ein. Das Geld hatte ich ja. Sie sträubten sich wie nicht anders erwartet gegen einen Besuch im *China Restaurant Shanghai* und schlugen als Alternative ein im Graßlfinger Moos gelegenes Wirtshaus vor. Als sie sich dort über die Speisekarte beugten, forderte ich sie auf, ausnahmsweise nicht auf den Preis zu achten. Ich ging mit gutem Beispiel voran und bestellte mir eine Gänsekeule, die mein Vater mir höchstens an Kirchweih oder Weihnachten erlaubte. Daraufhin entschied er sich, demonstrativ bescheiden, für das deutlich günstigere Bauerngröstl. Meine Mutter schloss sich ihm an, obwohl ich sie drängte, doch den Rehrücken zu nehmen.

»Den liebst du doch so.«

»Den spare ich mir für besondere Gelegenheiten auf.«

»Ist heute keine besondere Gelegenheit?«

»Schon, aber ich habe nicht so viel Hunger.«

Wir hatten fast aufgegessen, als meine Mutter entdeckte, dass die Leute am Nachbartisch ihr Lieblingsessen genossen. Wenn ich ihre verstohlenen Blicke richtig deutete, reute sie die Loyalität ihrem Mann gegenüber nun doch. Vielleicht unterlief ihr deswegen der Fehler, das seit unserer letzten Auseinandersetzung konsequent beschwiegene Thema Curtius anzuschneiden.

»Und euer Gönner, kommt der oft ins Theater?«

Ich schluckte ein Stück Fleisch hinunter.

»Du meinst Caspar.«

»Hm.«

»Nicht so oft. Bei *Hundert Jahre Einsamkeit* war er nicht mal in der Premiere. Inzwischen hat er sich das Stück dann doch angeschaut.«

»Ist er mit dir zufrieden?«

»Ich glaube schon. Aber das spielt keine Rolle, weil mich Erik angestellt hat, nicht er.«

»Soso«, sagte mein Vater und setzte sein ironisches Lächeln auf. Damit trieb er meinen Blutdruck leider immer noch in die Höhe.

»Was soll das heißen: Soso?«

»Soso heißt soso.«

»Soso heißt gar nichts oder willst du sagen, dass Erik nicht autonom ist?«

»Autonom ist was anderes.«

»Papa, unsere Zuschauerzahlen gehen durch die Decke, in zwei, drei Jahren muss Caspar vielleicht gar kein Geld mehr zuschießen.«

»Das bezweifeln einige Leute.«

»Du immer mit deinen Leuten. Warum rückt ihr nicht endlich damit raus, was ihr gegen Caspar habt?«

Meine Mutter schaute hilflos zu meinem Vater. Der drückte den Rücken durch und stellte von seinem üblichen Bariton auf Bassstimme um.

»Ich hoffe, du merkst irgendwann von selbst, auf was für einen Menschen du dich da eingelassen hast.«

»Was passt dir nicht an ihm?«

Meine Mutter wimmerte.

»Wie bin ich bloß auf dieses Thema gekommen? Ich bin so dumm. Es gibt so viele schöne Dinge, über die wir reden könnten.«

»Ist er ein Hochstapler? Ist er kriminell? Pervers?«

Mein Vater legte mir die Hand auf den Arm.

»Lass es gut sein, Peter.«

»Hat er eine ansteckende Krankheit? War sein Vater ein Nazi? Ist die Familie deswegen so reich?«

Seine maskenhaft gewordene Miene signalisierte mir, dass er mich auf Granit beißen lassen würde, egal wie lange ich ihn bearbeitete.

»Tja, dann herzlichen Dank für das offene Gespräch.«

Damit war die angenehm friedliche Phase zwischen uns auch schon wieder vorbei. Ich ließ mir doch nicht von meinen biederen Eltern einen spannenden Menschen wie Caspar madigmachen.

»Wie wär's, wenn wir noch mal in die Karte schauen?«, flötete meine Mutter. »Die machen hier wunderbare Mehlspeisen. Spendierst du uns noch Apfelküchерl, Peter?«

»Einladung ist Einladung«, sagte ich missmutig.

Meinen Eltern wäre mit Sicherheit der Appetit vergangen, hätten sie gewusst, dass ihre Verdruckstheit mich so reizte, dass ich beschloss, Caspar nach längerer Zeit mal wieder zu besuchen.

Als die Tür der Italiener-Villa sich öffnete, wedelte ich stolz mit einem Hundertmarkschein, ließ ihn aber erschrocken wieder sinken. Caspar sah entsetzlich aus, er war totenbleich, hatte schwarze Augenringe, die Haare klebten ihm am Kopf.

»Was willst du?«, sagte er gequält.

»Nur meine Schulden bezahlen.«

»Schon gut.«

Er schob meine Hand mit dem Geld weg und wollte sich zurückziehen.

»Caspar, warte! Bist du krank? Kann ich irgendwas für dich tun?«

Er drehte sich wieder um und sah mich an, als begreife er erst in dem Augenblick, wer vor ihm stand.

»Vielleicht.«

Sein Gang war langsam und schwer. Ich folgte ihm ins Wohnzimmer, wo er sich aufs Sofa fallen ließ und in eine Decke hüllte.

»Soll heute mal ich den Tee machen, Caspar?«

»Ich hasse Tee.«

»Seit wann denn? Wir trinken doch immer Tee.«

Er antwortete nicht.

Ich setzte mich ihm gegenüber auf einen Stuhl und bemerkte,

dass der Fernseher und die vertrocknete Yuccapalme verschwunden waren.

»Falls du mich nur besuchst, um zu hören, wie ich deinen Roman finde, kannst du gleich wieder gehen.«

»Ich wollte dir wirklich nur dein Geld zurückgeben.«

Das war nicht ganz ehrlich, natürlich hatte ich gehofft, dass er etwas zu den *Unwiderstehlichen* sagen würde. Aber so wie er drauf war, verzichtete ich lieber auf sein Urteil. Caspar schwieg quälend lange, dann sagte er unvermittelt: »Hundert Jahre Einsamkeit.«

»Hat dir die Aufführung gefallen?«

»Was meinst du, warum ich hinterher so schnell abgehauen bin?«

Er geriet alle paar Wörter ins Stocken, als falle es ihm schwer, seine Gedanken zu formulieren.

»Zu viele Leute?«

»Das war eine Sportveranstaltung, kein Theater. Ich frage mich, wieso ich noch Geld in den Laden stecke.«

Diese Bemerkung machte mich nervös. Noch waren wir nicht so weit, dass wir auf seine Unterstützung verzichten konnten. Fiel sie aus, war ich meinem Job los und von Neuem finanziell von meinem Vater abhängig.

»Wir hatten gestern wieder acht Vorhänge, die Zuschauer sind begeistert.«

»Das sind sie im Fußballstadion auch – wenn sie gewinnen. Deswegen sponsere ich noch lange nicht den FC Bayern. Fühlst du dich wenigstens einigermaßen wohl am NT?«

»Total. Ich lerne wahnsinnig viel und die Kollegen sind unheimlich nett.«

»Schön für dich.«

Das sagte er in einem Ton, als hätte er in seinem Leben noch nie einen sympathischen Kollegen gehabt. Sein Zustand machte mich ratlos. Durfte ich fragen, was mit ihm los war? Wartete er vielleicht sogar darauf?

»Komm doch mal näher, Peter, und schau mich nicht an, als wäre ich ein exotisches Tier.«

Ich setzte mich zu ihm aufs Sofa, allerdings ans andere Ende.

»Näher. Ich kann heute nicht so laut reden.«

Ich rückte ein Stück an ihn heran.

»Ich habe diese Durchhänger manchmal. Daran musst du dich gewöhnen, wenn du mit mir befreundet sein willst.«

Er machte wieder eine lange Pause.

»Möchtest du das überhaupt?«

»Ja, klar.«

Meine uneingeschränkte Zustimmung überraschte mich selbst. Tatsächlich hatte ich erhebliche Zweifel, ob eine Freundschaft mit einem doppelt so alten Menschen überhaupt möglich war, noch dazu mit einem so gebildeten wie Caspar. Ich konnte viel von ihm lernen, keine Frage. Aber was erwartete er von mir, von einem Jungen, der noch kaum aus München rausgekommen war und zugegeben wenig Ahnung vom Leben hatte? Ich besaß höchstens mehr Energie als er, vor allem wenn er so fertig war wie heute. Ich hatte noch Träume und freute mich auf ein abenteuerliches Leben. Ihn hingegen umwehte oft ein Hauch von Resignation.

Er richtete sich stöhnend auf und stützte sich auf die Ellenbogen.

»Ich bin kein einfacher Freund, das musst du wissen, aber ich habe meine Qualitäten. Ich bin treu und großzügig. Und ich liebe die Kreativen so sehr, dass ich ihnen alles verzeihe – alles außer Verrat.«

Mir war dieses Gespräch unangenehm. Warum bemühte er sich so um mich, pries sich geradezu an?

»Siehst du die Skulptur da im Eck, Peter?«

Er deutete auf eine schlanke, etwa einen Meter hohe Bronze. Sie war mir, da sie versteckt zwischen dem hintersten Regal und dem Panoramafenster stand, bei meinen vorherigen Besuchen nicht aufgefallen. Ihre Form und Symmetrie erinnerten an die Tintenkleckse beim Rorschachtest, über den ich mal einen Artikel im *Deutschen Ärzteblatt* meiner Eltern gelesen hatte.

»Hässlich, stimmt's?«

»Nein, interessant«, sagte ich.

»Das klingt ja noch schlimmer. Habe ich verbrochen.«

»Wow.«

»Die eine Seite steht für mich, die andere für meinen Bruder. Vor drei Tagen hätte er Geburtstag gehabt. Er wäre fünfzig geworden, aber für mich ist er immer noch achtzehn, wie damals, als er mit seinem Spider weggefahren und nie mehr zurückgekommen ist.

Das war die Erklärung. Er trauerte um seinen verstorbenen Bruder.

Jetzt fing Caspar auch noch leise zu schluchzen an.

Ich überlegte, mit welcher Ausrede ich mich, ohne ihn vor den Kopf zu stoßen, verabschieden konnte. Da flüsterte er etwas, von dem ich erst glaubte, ich hätte es mir nur eingebildet. Aber er wiederholte es.

»Kannst du mich kurz in den Arm nehmen, Peter? Ich falle sonst aus der Welt.«

Ich sollte Caspar Curtius, den Millionärserben und großen Kulturförderer, trösten, als wäre er ein kleines Kind? Ich? Das konnte nicht sein Ernst sein.

Ich bemerkte, dass er nach meiner Hand tastete, wollte sie noch zurückziehen, da hatte er sie schon gepackt. Ich hätte mich mühelos befreien können. Warum machte ich es nicht?

»Löffelchen«, sagte Caspar wie ein Mädchen, das nicht knutschen, sondern nur kuscheln will.

Aber er war kein Mädchen. Er war ein Mann und sein massiger Körper fühlte sich fremd an. Als er auch noch zufrieden grunzte, machte ich einen Buckel, um wenigstens ein paar Zentimeter Abstand zwischen meinem Bauch und seinem Hintern zu schaffen.

»Nicht loslassen«, bettelte er, »noch ein bisschen.«

Ich hielt ihn widerwillig noch fast zehn Minuten lang fest und es fühlte sich an wie eine Stunde. Ich hörte das Ticken einer Uhr, das Summen eines Trafos, Stimmen, die auf das Haus zukamen und sich von ihm entfernten, und den notorischen Hund, der immer irgendwo bellt.

»Klaus«, sagte Caspar.

Mein Lachen war eher ein Hüsteln.

»Nein, Peter.«

»So hat er geheißen, mein Bruder.«

Unvermittelt warf er sich herum und bedeckte mein Gesicht mit Küssen.

»Du bist so lieb, danke, danke.«

»Caspar, das möchte ich nicht.«

Er schien mich nicht zu hören und machte mit seinen stürmischen Küssen weiter. Als er mir die Zunge durch meine zusammengepressten Lippen in den Mund schieben wollte, stieß ich ihn mit beiden Händen von mir weg.

»Hör auf!«

Ich sprang auf und wich zurück. Er sah mich an, als würde er aus einem Traum erwachen.

»Entschuldige. Entschuldige bitte, Peter. Aber heute hätte ich es wirklich getan. Die Tabletten liegen schon auf meinem Nachttisch.«

Kapläne, Pfarrer, Religionslehrer und vor allem meine Eltern hatten es mir ins Hirn eingraviert: Man darf sich nicht drücken, wenn es jemandem schlecht geht, man muss helfen.

»Caspar«, sagte ich, »so einen Blödsinn machst du nicht, versprochen?«

»Weil du ab jetzt auf mich aufpasst, stimmt's?«

Das war der eine Satz zu viel. Ich war doch nicht sein Vater oder seine Mutter.

»Nein, Caspar, nein, das kann ich nicht. Das … will ich auch nicht.«

Ich stürzte zur Tür, als würde er mich verfolgen. Als ich mich, schon an der Gartentür, kurz umblickte, sah ich ihn durch das Panoramafenster auf seinem moosgrünen Sofa sitzen. Er musste meinen Blick gespürt haben, denn er hob leicht die Hand zum Gruß und lächelte traurig.

27

Ich war so aufgewühlt, dass ich in der folgenden Nacht kein Auge zutat. Meine Gedanken rasten. Hatte Caspar mir meine Geburtstagsparty nur deswegen ermöglicht, mir Gerhard Roth vorgestellt, mich am Theater untergebracht, weil er auf mich stand? Hatte Erik womöglich gar keinen zusätzlichen Mitarbeiter einstellen wollen und war dazu genötigt worden? Kam mein Honorar nicht aus der Theaterkasse, sogar direkt von Caspar? Riet er mir nur so dringend, von zu Hause auszuziehen, damit er sich ungestört an mich ranmachen konnte? Fand er mich vielleicht überhaupt nicht talentiert, sondern nur sexy? Der Gedanke war so demütigend, dass ich hätte schreien können.

Jetzt war auch klar, warum meine Eltern mich händeringend gewarnt hatten – vermutlich hatte Herr Bommer, der sich in der Kulturszene gut auskannte, ihnen verraten, was mit Caspar los war. Aber in ihrer Verklemmtheit hatten sie es nicht geschafft, auch nur ein einziges Mal das Wort »schwul« auszusprechen. Mein Vater ließ zwar gern abfällige Bemerkungen über *warme Brüder* fallen, aber sie bezogen sich selten auf konkrete Personen. Es war typisch für ihn, dass er bei dem Toten, der halb nackt bei den Allacher Kiesbergen gefunden worden war, sofort einen homosexuellen Hintergrund vermutet hatte. Und dass er an dieser Hypothese festhielt, obwohl es inzwischen Indizien gab, dass der Täter, nachdem er den Mann erschlagen hatte, eine falsche Spur gelegt hatte. Als ich hingegen ein einziges Mal gewagt hatte, einen Priester, der sich am Altar auffallend geziert benahm, als »unerlöste Prinzessin« zu bezeichnen, hatte er getobt.

Ich trank ein Glas heiße Milch, danach konnte ich zwar immer noch nicht einschlafen, beruhigte mich aber ein wenig. Ich sagte mir, dass meine Eltern selbst mit einer frühzeitigen und expliziten Warnung vor Caspars Homosexualität nichts verhindert hätten. Mir war es egal, mit wem er Sex hatte. Ich hätte ihn, auch wenn ich gewusst hätte, dass er Männer mochte, näher kennenlernen wollen. Weil er anders war als die Leute, die ich kannte, und mir Zutritt zu einer Welt verschaffte, zu der ich unbedingt gehören wollte.

Allerdings wollte ich auf keinen Fall der sein, der darüber wachte, dass er sich nichts antat.

»Weil du ab jetzt auf mich aufpasst, stimmt's?«

Wie konnte er so etwas von mir erwarten? Ich hatte genug mit mir selbst zu tun. Das würde ich Caspar, wenn ich ihn das nächste Mal traf, deutlich sagen. Jetzt musste ich erst mal meiner Verunsicherung Herr werden. Wie war er bloß auf die Idee gekommen, ich könnte Sex mit ihm haben wollen?

Ich war ein normaler Mann. Ich stand auf Frauen und nur auf Frauen. Ich hatte eine Freundin, die er bei meinem Geburtstag kennengelernt hatte. Ich schaute auf der Straße Frauen hinterher, nicht Männern, und ich würde nie mit einem Kerl flirten. Das musste Caspar doch erkannt haben. Wieso hatte er es ignoriert? War es möglich, dass ich, ohne es zu merken, missverständliche Signale ausgesandt hatte? Der Gedanke beunruhigte mich.

Es begann zu dämmern, vor meinem Fenster zeterten die Amseln, Nachbarn zogen klappernd die Rollos hoch, Herr Pokorny von der polizeilichen Verkehrsüberwachung ließ wie immer, ehe er zur Arbeit losfuhr, den Motor aufheulen und mich überfiel eine unbändige Sehnsucht nach einer Frau. Ich war regelrecht besessen von der Vorstellung, mir meine Heterosexualität auf schnellstem Wege beweisen zu müssen.

Zita hatte zwar länger nichts von sich hören lassen, aber auch nicht Schluss gemacht. Gleich nach der Schule rief ich bei ihr an.

»Hi, ich bin Sabine, wie kann ich dir helfen?«

Ich kannte keine Sabine, aber bei Wegners waren ständig irgendwelche Leute zu Gast.

»Ist Felicitas da?«

»Welche Felicitas denn?«

»Zita.«

»Ach so. Die ist mit ihrer Mutter weggefahren.«

»Wohin?«

»Weiß ich nicht.«

»Haben sie gesagt, wann sie wiederkommen?«

»Nee.«

»Alles klar, vielen Dank.«

Ich wäre am liebsten nach Gräfelfing geradelt, hätte mich in Zitas Bett gelegt und dort auf sie gewartet. Aber ohne mich würde am NT alles zusammenbrechen. Die Logistik beim Kostümwechsel war so kompliziert, dass kurzfristig niemand für mich einspringen konnte. Tauchte ich nicht zur gewohnten Uhrzeit auf, würde Erik die Aufführung wohl oder übel absagen müssen. Das konnte ich ihm und den anderen Genossen nicht antun.

Es ist nur ein Tag, beschwor ich mich, solange hältst du noch durch. Wenn du Zita morgen ehrlich sagst, dass du sofort wissen musst, ob du ein richtiger Mann bist, wird sie mit dir schlafen. Schon aus Freundschaft. Und dann ist alles wieder gut.

Es wurde unsere mit Abstand schwächste Vorstellung, was nicht allein daran lag, dass meine Gedanken immer wieder abschweiften und ich gleich drei Mal die falschen Klamotten bereitlegte. Seltsamerweise unterliefen auch Boris am Lichtpult ungewohnt viele Fehler und die Schauspieler ärgerten sich so, immer wieder im Halbdunkel agieren zu müssen, dass ihre Konzentration litt. Winnie trat mit seinen Stelzen auf den Fuß eines Zuschauers, der in lautes Geheul ausbrach und von Erik verarztet werden musste. Der sonst so textsichere Frederik hatte einen Hänger nach dem anderen und

Alex boxte mich, als ich ihm oder ihr eine goldene Robe anstatt eines Pelzmantels hinhielt, so wütend zur Seite, dass ich von hinten gegen das Bühnenbild krachte. Nach der Aufführung wollte ich mich schnell verdrücken, aber Boris bat mich, ihm beim Austausch eines defekten Lautsprechers zu helfen.

»Was war denn heute mit euch beiden los«, fragte Franzi, die anders als der Rest der Truppe einigermaßen locker geblieben war.

»Ich weiß es auch nicht.«

Alex erklärte aufgebracht, unter solchen Bedingungen könne er oder sie nicht arbeiten. Frederik murmelte etwas von »Sabotage«, und der immer um Perfektion bemühte Winnie suchte in seiner Verzweiflung nach dem Apfelkorn, den Erik ihm zu Beginn der Proben abgenommen hatte. Ich entschuldigte mich bei jedem Einzelnen und gelobte, so etwas werde nicht noch mal vorkommen. Auch Boris gab sich geknickt, doch sobald wir allein waren, kam er freudestrahlend auf mich zu.

»Peter.«

Sein plötzlicher Stimmungswandel verwirrte mich.

»Peter, Peter, Peter.«

Ehe ich mich's versah, hatte er mich in den Schwitzkasten genommen und schüttelte mich.

»Spinnst du? Was soll das?«

»Sorry.«

Er nahm meine Hände in seine und schaute mir in die Augen.

»Peter.«

Mir schwante Schreckliches. Hatte sich der nächste Mann in mich verliebt?

»Ich hätte es früher merken müssen, aber ich war wie vernagelt.«

Ich wartete beklommen auf eine Erklärung, die hoffentlich keine Liebeserklärung war.

»Auf einmal durfte ich Zitas Brüste nicht mehr anfassen, obwohl es ihr angeblich noch nie einer so gut besorgt hat wie ich.«

»Ich glaube, das möchte ich nicht hören, Boris.«

»Warte. Dann ist mir ihr Blick aufgefallen. Er war so verschleiert, du weißt schon, wie nach einem Orgasmus. Aber ohne dass wir gepoppt haben. Vor zwei Wochen hat sie dann zum ersten Mal gekotzt.«

Das durfte nicht wahr sein. Boris hatte Zita geschwängert. So ein Idiot. Sie war achtzehn und hatte immer gesagt, dass sie frühestens mit dreißig Mutter werden wolle, wenn überhaupt. Mir war klar, was als Nächstes kommen musste. Boris würde mir erklären, dass sie als Eltern leider keine offene Beziehung mehr mit mir führen konnten, um sich ganz auf ihr Baby konzentrieren zu können.

»Verstehe«, sagte ich, obwohl Boris die bittere Wahrheit noch gar nicht ausgesprochen hatte. Er lächelte versonnen.

»Jetzt werden wir also Vater.«

»Du meinst, Vater und Mutter.«

»Vater und Vater. Du und ich. Zita hat mit uns beiden geschlafen.

»Was? Aber mit mir nur noch einmal, an meinem Geburtstag. Und nur ganz kurz.«

Fünfunddreißig Sekunden, dachte ich.

»Kurz kann auch zu lang sein.«

Mir wurde schlecht. Vor meinem inneren Auge sabberten und kotzten Babys, ich verbrannte mir an Fläschchen die Finger, eine vollgeschissene Windel glitt mir aus der Hand und landete auf meinem schönen Flokati.

»Boris, dafür bin ich zu jung. Viel zu jung. Ich kann so was nicht.«

»Ich auch nicht, aber zu zweit kriegen wir es hin. Den eigentlichen Job hat sowieso die Mutter und Zita macht das bestimmt prima.«

»Kann man da nicht so einen Bluttest machen, mit dem man rauskriegt, wer wirklich der Vater ist?«

Er schüttelte enttäuscht den Kopf.

»Das finde ich jetzt echt unsolidarisch von dir.«

»Boris, ich habe noch so viele Pläne. Mit einem Baby kann ich die alle vergessen.«

»Die kannst du aber noch mehr vergessen, wenn sich bei dem Test rausstellt, dass du der Vater bist. Überleg mal, mein Angebot ist total fair. Wenn wir uns beide zur Vaterschaft bekennen, kann jeder von uns der Dumme sein, aber genauso das Gegenteil.«

Das klang plausibel. Bei meinem Glück wollte ich nicht ausschließen, dass ausgerechnet meine Spermien sich zu Zitas Eizelle durchgeschlagen hatten. Wenn es so schnell ging, wie ich an jenem verhängnisvollen 22. 12., war womöglich mehr Druck dahinter als bei einem wie Boris, der garantiert rammelte, bis die Spermien total erschöpft waren.

Ich seufzte tief und Boris' Miene hellte sich auf.

»Schau mal, Babys können auch süß sein. Wenn sie so mit ihren Händchen rudern oder einen zum ersten Mal anlächeln. Er machte es vor, was selten dämlich aussah.

»Wer drauf steht. Wäre Zita denn mit so einer Doppellösung einverstanden?«

»Das ist das Problem.«

»Wie? Über was reden wir dann?«

»Hey, entspann dich! Zita weiß ja noch nicht mal, dass ich gecheckt habe, dass sie schwanger ist.«

Ich glaubte, nicht recht zu hören. Dann war alles reine Spekulation. Ihre glänzenden Augen und ihr Kotzen konnten genauso gut von einem Infekt herrühren. Und dass Boris sie nicht mehr an ihren Brüsten herumfummeln ließ, war vielleicht ein erstes Anzeichen dafür, dass sie ihn satthatte und innerlich wieder auf dem Weg zurück zu mir war.

»Ich rede mit ihr.«

»Genau das wollte ich vorschlagen, Peter. Du kennst ihre empfindlichen Seiten besser als ich.«

»Auf jeden Fall.«

»Versuche, ihr möglichst sensibel beizubringen, dass zwei Väter besser sind als keiner.«

»Mache ich.«

»Danke. Danke.«

Im Überschwang küsste er mich mit seinen feuchten Lippen auf den Mund und ich hatte Mühe, meinen Ekel zu verbergen.

28

»Spionierst du mir nach, oder was?«, sagte Zita, als ich sie vor der Praxis ihrer Frauenärztin abfing.

»Nein, überhaupt nicht. Ich weiß von deiner Mutter, dass du hier einen Termin hast.«

»Die Frau kann einfach nicht die Klappe halten.«

»Zita, wir haben länger nicht mehr miteinander geredet.«

»Und?«

»Hast du Zeit für einen Spaziergang?«

Sie stöhnte genervt, begleitete mich dann aber doch in den Stadtpark, dessen Wege aufgrund der Regenfälle der letzten Tage Matschpisten geworden waren. Während wir schweigsam die tiefsten Pfützen umkurvten, versuchte ich von der Seite her an ihrem Gesicht abzulesen, ob Boris mit seiner Vermutung recht hatte. Zitas meist leicht geöffnete Lippen waren geschlossen, ihre Augen und die Nasenspitze leicht gerötet. Hatte sie Schnupfen? Oder doch eher geweint?

»Ist alles okay mit dir, Zita?«

Sie lachte höhnisch.

»Das siehst du doch.«

»Nicht, oder?«

Sie blieb an einer Parkbank stehen.

»Was willst du, Pete?«

Ich schluckte.

»Also, es ist so, dass Boris …«

»Was?«

»Er vermutet, dass du schwanger bist.«

Sie starrte mich an. Sollte ihr Blick, wie von Boris beschrieben, wirklich verschleiert gewesen sein, war das jetzt einem zornigen Funkeln gewichen.

»Und er schickt dich, um rauszufinden, ob es stimmt.«

»Ich habe es angeboten. Ich kenne dich ja viel länger als er.«

»Boris ist ein Idiot.«

Die Aussage gefiel mir.

»Er ist tatsächlich nicht der Hellste, glaube ich.«

»Nein, ich bin nicht schwanger, Pete. Scheiße.«

»Dann ist ja alles gut.«

»Gar nichts ist gut.«

Sie setzte sich.

»Vorsicht, nass!«

»Was?«

»Die Bank.«

»Scheißegal.«

Ich wartete darauf, dass sie sich erklärte. Als sie sich in Schweigen hüllte, setzte ich mich neben sie und ertrug es geduldig, dass die Feuchtigkeit erst meine Jeans und dann die Unterhose durchdrang. Als Kälteschauer über meinen Rücken zu laufen begannen, nahm ich mit einem »Ach, Zita« ihre Hand. Sie entzog sie mir und begann so leise zu sprechen, dass ich mich anstrengen musste, um sie zu verstehen.

»Ich habe die Pille vergessen. Kannst du dir vorstellen, was für ein Schock es war, als ich gemerkt habe, dass ich schwanger bin?«

Ich nickte heftig.

»Ich wollte doch noch kein Baby.«

»Warum hast du mir denn nichts gesagt?«

»Als hättest ausgerechnet du mir einen Rat geben können. Ich habe mich meiner Mutter anvertraut. Sie hat mir gestanden, dass sie nach meiner und Anselms Geburt zwei Mal abgetrieben hat. In Holland. Weil sie befürchtete, ein drittes Kind würde das Ende ihrer Karriere als Künstlerin bedeuten. Als sie dann doch nicht so berühmt wurde wie erhofft, hätte sie gern noch eines bekommen, aber dann hat es nicht mehr geklappt. Ich war trotz dieser Geschichte fest entschlossen, das Baby wegmachen zu lassen, und meine Mutter hat mich auch nicht umzustimmen versucht. Aber dann ...«

Zita schluchzte auf.

»Dann?«, wiederholte ich vorsichtig.

»Ich habe Blutungen bekommen und es ist abgegangen. Und jetzt fühlt es sich an, als hätte ich es umgebracht, weil ich es nicht wollte.«

»Aber nein.«

Ich nahm sanft ihren Kopf und zog ihn an meine Brust. Zita weinte in den Pulli, den sie mir mal gestrickt hatte. Ich zweifelte nicht mehr daran, dass sie zu mir zurückkehren würde. Blöderweise fielen mir in dem Moment Caspar und die Sache mit meiner Männlichkeit ein und ich machte einen verhängnisvollen Fehler.

»Darf ich dich was fragen, Zita?«

Sie schniefte.

»Das Kind ... denkst du, es war eher von Boris oder von mir?«

Sie riss sich von mir los, sprang auf und schrie mich an.

»Was? Was sagst du da?«

Meine gestammelte Entschuldigung kam zu spät.

»Wenn Boris ein Idiot ist, dann bist du ein Arschloch. In der ganzen Zeit, in der wir zusammen waren, hast du kein einziges Mal angeboten, dich auch mal um die Verhütung zu kümmern.«

»Ich bin halt nicht so geschickt mit dem Gummi. Außerdem fühlt es sich nicht gut an.«

Mein nächster Fehler.

»Es fühlt sich nicht gut an? Weißt du, wie es sich anfühlt, wenn einem wegen der scheiß Pille keine Jeans mehr passt, man ständig Kopfschmerzen hat und grundlos traurig ist?«

»Ich habe immer gesagt, frag deine Ärztin, ob es eine gibt, die du besser verträgst.«

»Weil Verhütung Weibersache ist. Sind ja nicht die Männer, die schwanger werden.«

»So habe ich das nicht gemeint.«

»Von wegen. Und jetzt ist dein größtes Problem, ob der blutige Zellklumpen, den ich in meiner Unterhose gefunden habe, von dir oder Boris stammt.«

»Es war blöd von mir, das zu fragen.«

»Es war nur ehrlich. Euch geht's doch beiden immer nur um den Sex.«

»Das stimmt nicht. Ich …«

Sie ließ mich nicht ausreden.

»Und wenn es dann leider mal einschlägt, müsst ihr unbedingt wissen, wer seinen tollen Samen weitergegeben hat. Ihr seid so widerlich.«

»Zita, jetzt komm doch noch mal her.«

Ich ging mit ausgebreiteten Armen auf sie zu, sie wich zurück.

»Fass mich bloß nicht an, sonst trete ich dir so in die Eier, dass sich das Thema für dich ein für alle Mal erledigt hat.«

Sie wandte sich mit einer schroffen Bewegung ab und rannte quer durch alle Pfützen davon. Einmal blieb sie noch stehen.

»Ich will nichts mehr von dir hören. Von Boris auch nicht. Haut ab aus meinem Leben!«

Damit verschwand sie hinter den Bäumen.

29

Boris reagierte erstaunlich gelassen, als ich ihm gestand, dass ich mit meiner Mission gescheitert war und Zita uns beide nicht mehr sehen wolle.

»Beziehungen haben ein Verfallsdatum, auch die offenen. Und ehrlich gesagt, Zita hat mir zu viel gequasselt. Dieses dauernde Ich-mag-dies-nicht und Ich-mag-es-nur-so ist erotisch nicht gerade der Bringer.«

Als er hörte, dass das Thema Vaterschaft sich von selbst erledigt hatte, konnte er seine Erleichterung nicht verhehlen.

»Mensch, darauf müssen wir aber demnächst einen heben.«

»Zita war ziemlich fertig.«

»Ich will ja nicht mit ihr feiern. Aber uns beiden ist eine Menge erspart geblieben, findest du nicht?«

»Das mit dem Baby wäre bestimmt stressig geworden.«

»Es wäre die Hölle gewesen, auch mit zwei Vätern. Aber danke noch mal, dass du das mit mir durchgezogen hättest.«

»Bitte.«

Wir stießen dann doch nicht auf Zitas Abgang an, weil es sogar Boris herzlos vorgekommen wäre. Außerdem forderte uns am NT ein Magen-Darm-Virus heraus, den Frederik aus dem Knast eingeschleppt hatte. Jeden Tag fiel ein anderes Ensemblemitglied aus, Erik musste das Stück permanent umschreiben und ganze Passagen streichen. Zuletzt wurden auch er, Boris und ich krank und wir sagten drei Vorstellungen ab.

Nachdem alle wieder gesund waren, bekam *Hundert Jahre Einsamkeit* einen neuen Schub. Die Schauspieler waren wieder so engagiert wie bei den ersten Vorstellungen, Boris und ich arbeiteten fehlerfrei. Der Infekt, stellte Erik erfreut fest, habe sich wohl in jeder Hinsicht kathartisch ausgewirkt. Nach einer besonders gefeierten Aufführung, in deren präzise choreografierter Schlusspassage Frederik wie üblich von Winnie verprügelt und durch Franzi gerettet worden war, beobachtete ich, wie unser Freigänger gedankenverloren vor einem der großen Sprossenfenster stand und in die Nacht starrte. Ich nahm an, dass er seine Zelle vor Augen hatte, in die er wie nach jeder Aufführung gleich würde zurückkehren müssen. Für ihn war unser Theater nur eine Illusion der Freiheit, die Wirklichkeit war das Gefängnis. Ich sprach selten länger mit Frederik, weil er uns von Anfang an deutlich gemacht hatte, dass ihm private Unterhaltungen unangenehm waren. Andererseits wollte ich nicht, dass er meinte, ich würde ihn nicht mögen.

»Du warst heute super«, sagte ich und stellte mich neben ihn. Er schaute weiter aus dem Fenster, begann aber zu reden.

»Jetzt hungern sie wieder.«

Ich verstand nicht, was er damit sagen wollte. Dass die Kollegen sich nach der Darmreinigung durch das Virus mit einer Diät kasteiten, hielt ich für unwahrscheinlich. Meinte er vielleicht, dass unsere treuesten Fans schon nach dem nächsten Stück hungerten?

»Zum vierten Mal. Sie werden noch alle sterben.«

Ich wollte »Wer denn?« sagen, da sprach er schon weiter.

»Ich bin ja zum Glück in einem normalen Knast gelandet. Sonst könnte ich mich dem Gruppendruck sicher nicht widersetzen.«

»Frederik, kommst du?«, rief Erik. »Wir müssen los.«

»Bis morgen, Peter. Und sei mir nicht böse, wenn ich nicht jedes Mal gewaschen komme. Die Duschen im Knast sind extrem ekelhaft.«

Erst als ich an diesem 29. 3. 1977 wie gewohnt vor dem Einschlafen noch Radionachrichten hörte, begriff ich, dass Frederik über die in Stuttgart-Stammheim einsitzenden Terroristen gesprochen hatte.

Sie waren erneut in den Hungerstreik getreten, um gegen die Haftbedingungen zu protestieren. Ich war alles andere als ein Sympathisant der RAF. Leute, die glaubten, Mord sei ein legitimes Mittel, um politische Ziele durchzusetzen, waren für mich nicht besser als die Faschisten. Gleichzeitig hielt ich es für gut möglich, dass der Staat sich an den gefangen genommenen Terroristen rächte und sie systematisch fertigzumachen versuchte – bis die Probleme mit ihnen sich vielleicht von selbst regelten. Ich schaltete das Radio aus und löschte das Licht, da erschien vor meinem inneren Auge – wie in meiner Kindheit die Muttergottes – die Anarchistin Bettina. Ich war noch keine vierzehn Jahre alt gewesen, als ich sie an der unserem Gymnasium gegenübergelegenen Pädagogischen Hochschule kennengelernt hatte. Auf meinem Weg zur Mensa, wo ich mir heimlich ein Weißbier hatte holen wollen, geriet ich in eine illegale Besetzung der Aula und wurde versehentlich gemeinsam mit Bettina von der Polizei zur erkennungsdienstlichen Behandlung mitgenommen. Es war nur eine kurze Begegnung gewesen, aber sie hatte sich mir eingeprägt – vor allem Bettinas, mit einem fröhlichen Lachen verknüpfter Satz »Es gibt nichts Geileres als Widerstand«. Später entdeckte ich sie auf Plakaten, mit denen nach *Anarchistischen Gewalttätern* gefahndet wurde, und erschrak, wie fertig sie aussah. Ich erfuhr nie, ob sie gefasst worden war, vermutete es aber. Den Radionachrichten zufolge wollten sich auch Gefangene aus dem Dunstkreis der RAF dem Hungerstreik der *Stammheimer* anschließen. Ich stellte mir vor, wie Bettina dünner und dünner wurde, bis von der lebenslustigen Frau, der ich begegnet war, nur noch ein Gerippe übrig blieb.

Mit diesem Bild kam die Erleuchtung.

Seit meinem ideologisch fragwürdigen Anschlag auf den Lottoladen, hatte ich keine Idee mehr für meine *Initiation* gehabt. Nun glaubte ich endlich zu wissen, wie ich mir die Mitgliedschaft in der *Neuen Gruppe Tat* verdienen konnte.

Am nächsten Abend stellte ich mich erneut zu Frederik ans Fenster. Diesmal schwieg er und seufzte nur zwei, drei Mal tief.

»Bettina Helsdorf.«

Er fuhr herum und starrte mich an.

»Bettina von der ALM. Also nicht von einer mit Kühen, sondern der A-El-Em, der Anarchistischen Liga München.«

Frederiks Miene wurde so finster, dass ich zum ersten Mal den Terroristen in ihm zu sehen glaubte.

»Was willst du?«

»Ich kenne sie.«

»Von den Fahndungsplakaten.«

Ich schüttelte den Kopf.

»Wir sind zusammen festgenommen worden. 1972 war das.«

»Erzähl keinen Mist. Damals warst du noch ein Kind.«

»Ich muss wissen, ob sie im Knast ist. Und falls ja, in welchem?«

»Frag die Polizei.«

»Ich mache mir Sorgen um sie. Weil jetzt doch alle hungern und sie so … so besonders war.«

Frederik stöhnte genervt.

»Ich weiß, du möchtest mal Schriftsteller werden, Peter, aber da musst du dir bessere Geschichten einfallen lassen.«

»Kommst du?«, rief Erik.

Frederik wandte sich zum Ausgang. Ich hielt ihn am Arm fest.

»Ihr Hund hieß Bakunin.«

Einen Augenblick lang dachte ich, sein Herz sei stehen geblieben. Er stand mit offenem Mund da, seine Pupillen verengten sich.

»Bakunin.«

»Ja, so ein großer, lieber.«

Erik rief wieder nach Frederik.

»Angeblich sitzt sie in Aichach und es geht ihr schlecht«, flüsterte er. »Aber frag mich so was nie wieder.«

»Versprochen.«

Mehr musste ich für meinen Plan nicht wissen.

30

Mein zweites Treffen mit der *Neuen Gruppe Tat* fand etwas weniger klandestin im *Luisengarten* statt. Ich kannte die Gaststätte in der historischen Pasinger Villenkolonie gut. Hier hatte ich schon als Kind mit meinem Vater und Berti einen Lichtbildervortrag über *Die einsame Schönheit des Gran Sasso* besucht. Hier traf sich unsere Band, um Songtexte zu schreiben und vom musikalischen Durchbruch zu träumen.

Andreas erwartete mich im Biergarten und lotste mich direkt in den Nebenraum der Kneipe, in der sich seit der Erbauung im Jahr 1893 bis auf die Elektrifizierung kaum etwas verändert zu haben schien. Hetti, Rosso, Ringo und John waren schon länger da und löffelten alle Leberspätzlesuppe. Ich glaubte mich zu erinnern, dass Hetti Leber hasste, aber egal. Alle tranken Spezi. Anscheinend verpflichtete John seine Leute auch zur Alkoholabstinenz.

Ich war entschlossen, mir diesmal nicht den Schneid abkaufen zu lassen. Deshalb reagierte ich, als John mich mit süffisantem Lächeln aufforderte, meine angekündigte »Tat« zu präsentieren, mit einem Angriff.

»Woher weiß ich überhaupt, ob ich euch vertrauen kann?«

Ich sah, dass Ringo schief grinste, und trat einen Schritt auf ihn zu.

»Du zum Beispiel könntest ein Spitzel sein.«

»He, dir geht's wohl zu gut.«

»Das ist keine Antwort.«

Ich beobachtete, wie der zur Unterwürfigkeit neigende Andreas verlegen mit dem Daumennagel seiner Rechten die Nägel der Linken reinigte. Bei Hetti hingegen glaubte ich zu sehen, dass ihr mein selbstbewusster Auftritt gefiel.

Ringo war entrüstet.

»Weißt du, warum ich auf dem Bau schufte? Weil ich wegen meiner Rolle bei der Roten Schülerfront auf kein bayerisches Gymnasium mehr gehen durfte.«

Rosso nickte eifrig.

»Das kann ich bestätigen.«

»Auch bei der Roten Schülerfront gibt's Spitzel.«

»Du hast recht, Peter«, sagte John, der sich nicht aus der Ruhe bringen ließ, »es gibt keine Sicherheit. Jeder von uns könnte ein Verräter sein, sogar ich.«

»Du meinst, gleiches Risiko für alle?«

»Genau. Wenn dir das nicht gefällt, gehst du am besten gleich wieder. Wenn du einen Arsch in der Hose hast, sag, was du vorhast.«

Ich setzte mich auf einen leeren Stuhl neben Hetti.

»Könnte ich erst noch eine Suppe haben?«

»Nimm meine«, sagte Hetti.

Sie hatte die Leberspätzle kaum angerührt.

»Wofür habe ich mit euch eigentlich über die Hungerkatastrophe in Somalia geredet?«, sagte John.

Aber sie hatte den Teller schon zu mir geschoben. Die Brühe war kalt, aber das war egal. Es ging mir nur darum, die Gruppe auf die Folter zu spannen. Ich schlürfte genießerisch, bis sogar John unruhig wurde.

»Können wir jetzt endlich deinen Plan hören?«

Ich legte den Löffel neben den Teller.

»Sagt euch der Name Bettina Helsdorf was?«

John und Ringo schauten sich an und zuckten die Achseln. Rosso und Andreas schüttelten den Kopf.

»Meinst du die Bettina, mit der du verhaftet worden bist?«, sagte Hetti.

Ich hätte sie küssen können. Das war mehr, als ich mir erhofft hatte. In Wirklichkeit hatte die Pasinger Polizei damals schnell erkannt, dass ich kein radikaler Student war. Da die Brillenträger der Inspektion größtenteils Patienten meines Vaters waren, hatte man mich mit freundlichen Grüßen an den Herrn Doktor nach Hause geschickt.

»Bettina von der Anarchistischen Liga München«, sagte ich.

John kniff die Augen zusammen, er schien sich dunkel zu erinnern.

»Helsdorf. Stand die nicht mal auf einem Fahndungsplakat?«

»Genau. Sie wurde bei einer Razzia in einer WG aufgegriffen und kam ins Krankenhaus, weil ein Polizist ihr bei dem Einsatz die Schulter gebrochen hat.«

Das war frei erfunden, aber gut, fand ich.

»Scheißbullen«, sagte Ringo.

»Dann ist sie zu früh in den Knast überstellt worden, wo man den Bruch nicht anständig versorgt hat. Seither kann sie ihren Arm kaum noch bewegen.«

Als erfahrener Schwindler wusste ich, dass Lügengeschichten überzeugender wirkten, wenn man unwichtige Details einstreute.

»Ist sie Links- oder Rechtshänderin?«, sagte Andreas.

Und, wenn man Wissenslücken zugab.

»Das kann ich dir leider nicht sagen.

»Diese Dreckschweine«, sagte Ringo.

John, der eindeutig schlauer war als Ringo, Andreas oder Rosso, fixierte mich.

»Woher hast du die Infos? So was steht doch nicht in der Zeitung.«

»Von einem Typen, der Kontakt zu ihr hat. Mehr darf ich dazu nicht sagen.«

John lachte höhnisch, aber ich meinte auch eine leichte Verunsicherung zu hören und machte mit meiner Geschichte weiter.

»Jetzt hat Bettina sich dem Hungerstreik der Stammheimer angeschlossen und der Typ macht sich große Sorgen, weil sie sowieso schon so im Arsch ist.«

»Du glaubst doch nicht, dass du sie da rausholen kannst«, sagte Andreas und bekam vor Aufregung rote Flecken im Gesicht.

»Natürlich nicht. Darum kümmern sich andere. Ich soll nur die Lage vor Ort checken. Was meinst du, John, reicht das für meine *Initiation*?«

Es wurde still im Raum.

»Woher wissen wir, dass du keinen Scheiß erzählst«, sagte er nach einer auffällig langen Pause. Prompt zweifelten auch Rosso und Ringo. Hetti traute mir sowieso jeden Bluff zu.

»Ihr könnt euch gern selbst überzeugen.«

»Wie denn?«, sagte Rosso.

»Ich habe keinen Führerschein, einer von euch müsste mich fahren.«

Rat suchende Blicke richteten sich auf John.

»Wo sitzt diese Bettina?«

»Im Frauenknast Aichach.«

»Ich kann das übernehmen«, sagte Hetti in einem Ton, als würde sie sich opfern.

John schüttelte den Kopf.

»Wenn, macht das Andreas.«

»Wieso ich?«

Seine Stimme vibrierte leicht.

»Du hast das richtige Auto.«

»Das ist nicht dein Ernst, John«, sagte Hetti, »Der R4 ist ein typisches Linken-Auto.«

»Eben.«

»Wie?«

»Die meisten Spontis würden, wenn die Bullen nicht auf sie aufmerksam werden sollen, einen spießigen Opel wie den deiner Mutter wählen – und gerade deswegen auffallen. Wir nehmen für so eine heikle Mission absichtlich ein unkonventionelles Fahrzeug, einen Hippie-Bus oder eben einen R4.«

»Damit die Bullen denken, so dreist werden die nicht sein?«

»You got it, Ringo.«

Mir leuchtete diese Logik nicht ganz ein, aber das sagte ich lieber nicht.

John wollte wissen, wann ich zuletzt mit meinem Informanten gesprochen hatte.

»Vor zwei Tagen.«

»Dann lassen wir besser ein wenig Zeit vergehen, bevor ihr nach Aichach fahrt.«

»Wieso?«

»Falls es eine Falle ist. Du hast selbst gesagt, Peter, jeder kann ein Spitzel sein.«

»Der Typ garantiert nicht.«

Er grinste spöttisch.

»Sicher ist sicher.«

31

An einem der nächsten Tage ließ der Direktor meines Gymnasiums sich bei meinem Vater eine neue Brille anmessen. Manches wäre anders gekommen, hätte er seine Sorge wegen meiner sich auffallend verschlechternden schulischen Leistungen nicht anlässlich dieses Arztbesuchs geäußert, sondern auf korrektem Weg in einem Gespräch mit mir, dem volljährigen Schüler. So aber setzte der Pädagoge ungewollt eine fatale Kettenreaktion in Gang.

Ich hatte nicht warten wollen, bis Caspars Putzfrau Gerhard Roths Roman *Der große Horizont* zurückgab, und ihn mir in der Bibliothek geliehen. Mit dem Buch und einer Packung Salzletten machte ich es mir auf dem Wohnzimmersofa bequem. Schon auf der ersten Seite fand ich einen sehr interessanten Satz.

Seine Beziehung zu Frauen war zwiespältig: Er interessierte sich für sie, aber sobald er länger mit ihnen zusammen war, empfand er sie als Belastung.

Mein Vater kam herein, setzte sich, ohne etwas zu sagen, in seinen Sessel und begann in einer Fachzeitschrift zu blättern. Da ich beim Abendessen wegen einer Probe mit *Herr Brumml* gefehlt hatte, begrüßte ich ihn besonders freundlich.

»Hallo, Papa.«

Er knurrte, ohne den Kopf zu heben.

»Ich will dich nicht vom Lesen abhalten.«

Er starrte weiter in sein Journal. Offenbar hatte er Mühe, seine Gefühle zu kontrollieren, denn seine Kiefer mahlten wie bei einem Wiederkäuer.

»Stimmt was nicht?«

»Mathematik 5, Chemie 5, Physik 5.«

»Woher hast du das denn?«

Er schüttelte störrisch den Kopf.

»Papa, das ist nur ein Zwischenstand. Ich gebe schon rechtzeitig wieder Gas.«

»Gas gibst du erst mal gar nicht.«

»Wie bitte?«

»Bei was gibt man Gas?«

»Beim Autofahren.«

»Richtig.«

Mir drängte sich ein ungeheuerlicher Verdacht auf. Aber das konnte nicht sein. Mein Vater mochte viele Fehler haben, seine Versprechen hielt er.

»Du willst doch nicht sagen …«

Er unterbrach mich.

»Wir verschieben deinen Führerschein bis nach dem Abitur.«

»Was? Bis zum Abi ist es noch über ein Jahr.«

»Wenn du dein Wort nicht hältst …«

»*Ich* halte mein Wort nicht? Ich?«

»Wir haben ausgemacht, dass wir dich mit der Schule in Ruhe lassen, solange du deine Pflichten ernst nimmst.«

»Das mache ich doch.«

»Mit solchen Noten?«

»Die haben nichts zu bedeuten. In Physik zum Beispiel bin ich heute ausgefragt worden und stehe schon wieder auf einer Vier – glaube ich.«

»Wir brauchen das nicht länger zu diskutieren. Unsere Entscheidung steht fest.«

Ich hätte schreien können. In meiner Fantasie saß ich spätestens in den Sommerferien am Steuer, neben mir Hetti oder eine andere tolle Frau, die ich noch nicht kannte. Die Scheiben waren heruntergekurbelt, warmer, italienischer Wind wirbelte unsere Haare durcheinander, wir hörten Adriano Celentano und aßen während der Fahrt Pizza.

»Das ist so fies. Absolut fies.«

Er blickte mich betrübt an.

»Peter, ich möchte doch nur, dass du mal ein glücklicher Mensch wirst.«

»Dann lass mich den scheiß Führerschein machen.«

»Deswegen versuche ich, dich vor den größten Fehlern zu bewahren.«

»Vor welchen denn?«

»Ein höherer Schulabschluss ist nun mal die Voraussetzung für ein erfolgreiches Berufsleben.«

Er redete, als hätte er sich den Text vorher aufgeschrieben.

»Da dein Traum, später mal von der Schriftstellerei zu leben, sich als unrealistisch erweisen könnte, ist es umso wichtiger, dass du dein Abitur schaffst. Alles andere wäre …«

»Was?«

»Eine Katastrophe.«

»Ach ja? Ein Leben ohne Abitur ist eine Katastrophe. Dann sind deine Freunde, die keines haben, für dich … minderwertig.«

Ich merkte, dass ich mich verrannte, Bildungsdünkel konnte ich meinem Vater wirklich nicht vorwerfen. Unter seinen Freunden waren genauso Handwerker wie Akademiker. Aber das war egal, Hauptsache er begriff, wie maßlos enttäuscht ich von ihm war.

»Weißt du, was für mich eine Katastrophe ist, Papa?«

»Was?«

»Wenn ein Vater, der ständig was von christlichen Werten faselt, seinen Sohn so bescheißt.«

»Jetzt beruhige dich mal.«

»Ich beruhige mich überhaupt nicht! Wenn du mir den Führerschein nicht zahlst, ist das eine Kriegserklärung.«

Wir starrten uns feindselig an. Alles, was sich in letzter Zeit zwischen uns trotz mancher Rückschritte zum Positiven entwickelt hatte, schien auf einen Schlag Makulatur zu sein.

Da tauchte meine Mutter mit betretener Miene an der Tür auf.

»Wir haben Besuch.«

Sie wandte sich um und bat – ich glaubte meinen Augen nicht zu trauen – Caspar herein. Er lächelte charmant und deutete eine Verbeugung an.

»Guten Abend, Herr Doktor, entschuldigen Sie bitte die späte Störung. Hi, Peter.«

»Grüß Gott«, sagte mein Vater und es klang, als würde Gott mit drei Ts geschrieben.

Caspar ließ ungeniert den Blick schweifen – vom mächtigen Wohnzimmerschrank in Nussbaumfurnier über die aus einem alten Bauernschrank geschnittenen, in verschnörkelte Goldrahmen eingepassten Heiligenbilder, den altdeutschen Sekretär mit dem Spitzendeckchen und die ausladende Couchgarnitur bis zum leicht verschlissenen Perserteppich. Ich erkannte Spott in seinem Blick, was mich an einem anderen Tag geärgert hätte. Jetzt freute ich mich, dass ihn der eigenartige Geschmack meiner Eltern belustigte.

»Helfen Sie mir«, sagte mein Vater. »Ihr Name war Kurz, richtig?«

»Curtius. Wie der bekannte Romanist.«

»Ein Verwandter?«

»Weitläufig.«

»Darf ich Ihnen etwas anbieten, Herr Curtius?«, sagte meine Mutter.

»Vielen Dank. Ich wollte eigentlich nur Ihren Sohn sprechen. Aber vielleicht interessiert es Sie auch.«

»Ja, freilich. Nehmen Sie doch Platz. Ein Bier wenigstens?«

Caspar schüttelte freundlich den Kopf.

»Es geht um einen Wochenend-Job.«

»Einen Job, aha«, sagte mein Vater und ich wunderte mich, wie flüssig und beinahe englisch klingend ihm das Wort über die Lippen kam.

»Sie haben unserem Peter ja freundlicherweise schon die spannende Aufgabe am Theater verschafft«, sagte meine Mutter. »Da hätten wir längst mal vorbeischauen müssen, aber die Praxis hält uns so in Atem.«

»Was für einen Job denn, Caspar? Du weißt, dass ich abends immer Vorstellung habe.«

»Erik sagt, da findet er eine Lösung. Ich soll für eine Stiftung das vielleicht letzte große Interview mit einem bedeutenden Sozialpsychologen führen.«

Er wandte sich an meine Eltern.

»Der Name Erich Fromm sagt Ihnen sicher etwas.«

Meine Mutter erstarrte, mein Vater nickte verhalten, als hätte er den Namen schon mal gehört.

»Die Kunst des Liebens«, warf ich ein.

»Richtig«, sagte mein Vater.

»Ich arbeite nur gelegentlich journalistisch«, sagte Caspar, der meiner Vermutung nach grundsätzlich nur gelegentlich arbeitete. »Aber da mein alter Herr Erich Fromm gut kannte und sehr schätzte, konnte ich nicht Nein sagen.«

»Wie kann unser Peter Ihnen da denn helfen?«, sagte meine Mutter.

»Ich brauche einen Assistenten.«

»Einen Assistenten.«

Ihr Echo verriet Erleichterung über die seriöse Aufgabenbeschreibung.

»Jemanden, der aufpasst, dass das Tonband wirklich läuft, die interessantesten Zitate notiert und mich darauf hinweist, wenn ich im Eifer des Gefechts wichtige Fragen vergesse. Außerdem bin ich extrem unbegabt beim Lesen von Straßenkarten.«

»Wo lebt dieser Herr Freud denn?«, fragte mein Vater.

»Beppo.«

Meine Mutter schüttelte tadelnd den Kopf.

»Dann halt Fried.«

»Fromm, Beppo. Fromm.«

»Sag ich doch.«

Caspar schmunzelte.

»In Locarno.«

Immerhin wusste mein Vater, dass der Ort im Tessin lag, und meine Mutter konnte die Bemerkung beisteuern, dass die Natur dort sicher schon viel weiter sei als bei uns.

»Wir würden nächste Woche, Freitag Nachmittag, losfahren und Samstag Nacht, spätestens Sonntag Nachmittag zurückkommen, damit Ihr Sohn keinen Unterricht versäumt.«

Meine Eltern sahen sich an.

»Das klingt … spannend«, sagte meine Mutter.

»Auf alle Fälle«, sagte mein Vater.

In mir stieg erneut der Zorn hoch. Sie hatten mich händeringend vor Caspar gewarnt, kaum stand er vor ihnen, verhielten sie sich wie die letzten Schleimer. Noch mehr ärgerte es mich, dass sie meinten, für mich entscheiden zu können. Der Job war verlockend, aber zwei Tage mit ihm alleine? Das stellte ich mir anstrengend vor. Andererseits, durfte ich mir die Chance, Erich Fromm kennenzulernen, entgehen lassen? *Die Kunst des Liebens* war in meinem Umfeld fast noch populärer als Hermann Hesse, und jedes Mädchen, mit dem ich näher zu tun gehabt hatte, hatte irgendwann etwas aus dem Buch zitiert. Mit meiner Bekanntschaft mit dem großen Lehrmeister der Liebe würde ich überall Eindruck machen, auch bei Hetti.

Was aber, wenn Caspar mich wieder anbaggerte? Unwahrscheinlich. Er musste begriffen haben, dass er bei mir keine Chance hatte. Und wenn er einen dieser Depri-Anfälle hatte? So was wollte ich auf keinen Fall noch mal erleben und mit ihm womöglich irgendwo in der Schweiz festsitzen. Ich war unschlüssig, da schob Caspar etwas hinterher.

»Ach ja, ehe ich's vergesse: Diese Stiftung zahlt recht ordentlich. Für die Assistenz sind fünfhundert Mark plus Spesen, plus Unterkunft kalkuliert.«

Mir blieb die Spucke weg. Fünfhundert Mark! Damit konnte ich zusammen mit meinen Ersparnissen den Führerschein selbst bezahlen. Ich blickte in das konsternierte Gesicht meines Vaters.

»Ich mach's«, sagte ich und konnte mir ein triumphierendes Grinsen nicht verkneifen.

32

Am Abend vor der Fahrt in die Schweiz packte ich zwei Unterhosen, zwei T-Shirts, zwei Paar Socken, meinen am wenigsten ausgeleierten Pulli und eine frische Zahnbürste in meine rote Puma-Sporttasche. Meine Mutter tauchte zweimal an der Tür auf, um mich zu überzeugen, dass man einen berühmten Menschen wie Erich Fromm nicht in Turnschuhen besuchen dürfe. Statt ihrer versuchte sie, mir meine schwarzen Halbschuhe mit den peinlichen Nähten aufzudrängen.

»Mama, bevor ich die anziehe, bleibe ich lieber zu Hause. Aber ich kann noch meine Clarks mitnehmen, wenn es dich beruhigt.«

»Um Gottes willen, mit denen schaust du ja aus wie ein Kameltreiber. Leih dir doch die Haferlschuhe von deinem Bruder.«

»Damit man gleich sieht, dass ich aus Untermenzing komme?«

»Dafür braucht man sich nicht zu schämen.«

»Tu ich auch nicht. Aber die sind höllisch unbequem.«

»Dein Vater trägt beim Volkstanz stundenlang Haferlschuhe und beschwert sich nie.«

»Ach, Mama. Meinst du wirklich, ein Mann wie Erich Fromm beurteilt mich nach meinen Schuhen?«

»Unbewusst spielt so was immer eine Rolle. Jetzt hast du schon die langen Haare.«

»Die habe ich erst vor drei oder vier Tagen gewaschen.«

Sie seufzte und hielt mir wieder die Halbschuhe hin. Wir hätten noch länger diskutiert, hätte nicht jemand von außen gegen mein Rollo geklopft.

»Wer besucht dich denn so spät noch?«

Ich zuckte die Achseln.

»Deine Freundin?«

»Sicher nicht. Wir haben uns getrennt.«

»Du gehst nicht mehr mit Zita? Warum denn?«

Es klopfte wieder.

»Mama, kannst du mich jetzt bitte allein lassen?«

Sie schaute unentschlossen zwischen mir und dem Fenster hin und her.

»Ich bin achtzehn, da ist Damenbesuch erlaubt.«

»Ich weiß schon.«

Sie ging rückwärts aus dem Raum und schaffte es, weil ich bereits das Rollo hochzog, unbemerkt die Halbschuhe neben meine Sporttasche zu stellen.

Vor dem Fenster stand Andreas.

»Es geht los, Gillitzer.«

»Was?«

»Wir fahren zur Almhirtin.«

»Almhirtin?«

Er beugte sich zu mir und flüsterte.

»Wer war bei der ALM?«

»Ach so, Bettina.«

»Pst! Wir sollen sie ab jetzt nur noch *Almhirtin* nennen. Also beeil dich.«

»Heute nicht, Andi. Ich fahre morgen in die Schweiz.«

»John hat gesagt, wir sollen es heute durchziehen.«

»Dann muss er sich eben mal gedulden.«

»Er war so schon misstrauisch. Willst du, dass er denkt, du hättest dir die ganze Geschichte nur ausgedacht?«

»Wir machen's nächste Woche, Andi, gleich am Montag. Heute muss ich noch was lesen.«

Caspar hatte mir zwei Bücher in den Briefkasten gesteckt, *Die Kunst des Liebens* und *Anatomie der menschlichen Destruktivität*. Angesichts des zweiten Titels hatte ich mich gefragt, ob er mich nicht überschätzte.

»Gillitzer, in zwei Stunden bist du wieder zu Hause. Dann kannst du immer noch lesen.«

Damit hatte er zweifellos recht. Ich hatte noch die ganze Nacht Zeit, weil mein Reisefieber mich sowieso nicht schlafen lassen würde.

»Ich soll dir auch was von Hetti ausrichten.«

»Was?«

Er machte ein geheimnisvolles Gesicht.

»Andi, du nervst. Was denn?«

»Dass sie dir viel Glück wünscht.«

Fünf Minuten später saß ich im R4. Hetti, daran zweifelte ich keine Sekunde, hatte mir über Andreas eine Botschaft zukommen lassen, die viel mehr bedeutete, als die unverbindliche Floskel vermuten ließ. »Viel Glück« hieß: »Bring die Sache in Aichach hinter dich, damit du bei uns aufgenommen wirst und wir uns endlich unverdächtig sehen können.«

Andreas wollte ausschließen, dass die Polizei ihn wegen »Behinderung des Verkehrsflusses« anhielt. Deswegen holte er, auch wenn es ihm sichtlich widerstrebte, das Maximum aus dem Motor heraus. Die Tacho-Nadel zitterte zwischen 115 und 120 km/h, aber seiner Meinung nach war die Anzeige falsch und wir fuhren mindestens zehn Kilometer schneller. Wie in der Nacht, als er mich von meiner Geburtstagsparty nach Hause gebracht hatte, redete er wie ein Wasserfall. Er war kein großer Leser, aber ein Buch hatte ihn tief beeindruckt und er kam immer wieder darauf zu sprechen. Die Untersuchung des *Club of Rome* über die *Grenzen des Wachstums* bewegte noch fünf Jahre nach ihrer Veröffentlichung nicht nur ihn. Sie sorgte auch an meiner Schule nach wie vor für Diskussionsstoff. Da ich das Buch nicht gelesen hatte, schlug ich mich eher intuitiv auf die Seite derjenigen, die eine entschiedene Absage an den Konsumismus forderten. In Wahrheit beunruhigten mich die in der Studie prognostizierten, düsteren Zukunftsaussichten nicht besonders. Ich war zu sehr mit mir selbst beschäftigt und hatte außerdem den Verdacht, dass meine Sehnsucht nach Grenzüberschreitungen dem Aufruf des *Club of Rome* zum Verzicht widersprach – auch wenn die Exzesse, die mir vorschwebten, wohl eher keine nicht zu ersetzenden Ressourcen verbrauchten.

»Jetzt«, rief Andreas, »wir müssen jetzt handeln, die Überbevölkerung jetzt stoppen, jetzt weltweit den Energieverbrauch begrenzen.«

Er klang wie ein Prediger, kein Wunder, so oft wie er in die Kirche ging.

»Jetzt …«, hob er wie ein Wiedergänger Abraham a Sancta Claras erneut an.

»Jetzt müssen wir erst mal einen Frauenknast auskundschaften, Andi.«

Andreas verstummte und bat mich dann, ihn nicht bei John anzuschwärzen. Der sehe den *Club of Rome* leider kritisch, weil er sich vor der Systemfrage drücke.

»Aber, vielleicht müssen wir den Kapitalismus ja gar nicht komplett abschaffen. Wenn es uns gelingt, Ökologie und Ökonomie zu versöhnen …«

»Stopp«, sagte ich. »Du kennst noch nicht mal meinen Plan.«

»Stimmt, entschuldige.«

»Ich schlage vor, dass wir erst mal unauffällig am Gefängnis vorbeifahren und den Wagen im nächsten Wohnviertel parken.«

Er nickte.

»Von dort aus gehen wir zu Fuß einmal um die ganze Anlage herum.«

»Und wenn uns jemand fragt, was wir da suchen?«

»Hast du deinen Alpenvereinsausweis dabei?«

»Immer. Im Handschuhfach.«

»Nimm ihn mit. Wir machen eine Nachtwanderung.«

»Ohne Rucksäcke?«

»Stimmt. Dann einen Orientierungslauf.«

»Was ist unser Ziel?«

»Keine Ahnung. Augsburg.«

»Ganz schön weit.«

»Wir sind doch sportlich. Wichtig ist, dass wir uns alles genau merken. Wie hoch die Mauer ist, wo die Wachtürme sind und wo die Kameras. Gibt es Feuerleitern oder Hinweise auf ein Lüftungssystem usw.«

Kürzlich war der Hollywoodstreifen *Flucht von Alcatraz* mit Clint Eastwood im Fernsehen wiederholt worden, und ich hätte dank dieser Inspiration ein komplettes Fluchtszenario für Bettina entwerfen können. Aber ich beherrschte mich, um Andreas' Gutgläubigkeit nicht zu sehr zu strapazieren. Er fragte, ob er sich Notizen machen solle.

»Spinnst du? Du willst doch nicht, dass sie im Fall einer Festnahme bei uns Beweise finden.«

»Stimmt. Wir machen das aber schon zusammen, oder?«

Ich wiegte den Kopf, obwohl ich so wenig wie er Lust hatte, nachts allein um ein Gefängnis herumzuschleichen.

»Gibt es überhaupt Orientierungsläufe für Teams, Andi?«

»Bestimmt.«

»Gut.«

Wir ließen das Auto hinter einem etwa dreihundert Meter vom Torgebäude der Anlage entfernten Reihenhaus stehen und trabten von Norden her auf die Gefängnismauer zu.

»Links- oder rechtsrum, Gillitzer?«

Ich entschied mich wie immer, wenn ich als verkappter Linkshänder die Wahl hatte, gegen den Uhrzeigersinn. Da auf den Wegen rund um den Gefängniskomplex Laternen brannten und ihn in mattes Licht tauchten, konnten wir ihn problemlos ausspähen.

»Noch ein Turm«, sagte Andreas, »ich glaube, das war der letzte auf dieser Seite. Was kommt da? Bäume? Haben die einen eigenen Park für die Knackis?«

»Ich glaube eher, das ist ein Friedhof. Ja, schau, da ist ein Schild.«

»O Gott, stell dir vor, da hat eine lebenslänglich und muss die ganze Zeit auf den Friedhof schauen, auf dem sie mal eingegraben wird. Hat die Almhirtin lebenslänglich?«

Ich nickte, obwohl ich Frederik nicht gefragt hatte, zu wie vielen Jahren Bettina Helsdorf verurteilt worden war.

»Ich glaube, da geht's nicht weiter, Gillitzer.«

»Dann drehen wir um.«

»Warte kurz.«

Ich werde nie verstehen, wieso manche Männer ihrem Harndrang in den heikelsten Situationen gedankenlos nachgeben. Und noch weniger, wieso sie glauben, unbedingt gegen ein Objekt pinkeln zu müssen, gegen einen Baum oder in Andreas' Fall eine Mauer. Ich wollte ihn noch warnen, da trat er schon, den Latz seiner Lederhose öffnend, ein paar Schritte nach vorne. Einen Augenblick später stand er im gleißenden Licht eines Scheinwerfers. Anstatt sofort kehrtzumachen und abzuhauen, war sein vorrangigstes Anliegen, seinen hell beleuchteten Pimmel wieder einzupacken. Vor lauter Aufregung gelang es ihm nicht, die Hornknöpfe durch die engen Lederlöcher zu drücken.

»Jetzt komm schon, Andi! Willst du, dass dir ein Wärter hilft?«

»Gleich hab ich's.«

Von wegen. Ich rannte ohne ihn los und war erleichtert, als ich ihn nach einer Weile hinter mir keuchen hörte.

»Meinst du, die haben mich gesehen?«

»Was denn sonst? Jetzt können sie dich anhand deines Schniedels identifizieren.«

»O Mann, ich bin so blöd.«

Ich widersprach ihm nicht. Andererseits, was konnte man uns schon anlasten. Die geplante Befreiung Bettinas war reine Fiktion, ein nächtlicher Spaziergang nicht verboten und das Urinieren gegen eine staatliche Einrichtung höchstens ein Kavaliersdelikt.

»Gillitzer!«

Andreas hielt mich am Arm fest. Da sah ich das Polizeiauto auch, das quer hinter dem R4 stand. Wir machten auf der Stelle kehrt und verdrückten uns hinter eine Garage.

»Jetzt haben sie uns«, flüsterte Andreas panisch. »Scheiße, Scheiße, Scheiße. Wieso habe ich den Quatsch bloß mitgemacht?«

Ich war nahe daran, ebenfalls die Nerven zu verlieren. In dem Fahrzeug waren schemenhaft zwei Männer zu erkennen. Was machten sie hier? Hatten sie Andreas' Wagen fotografiert, überprüften sie womöglich gerade das Kennzeichen oder aßen sie nur ihre Brotzeit? Bevor ich mir ein genaueres Bild machen konnte, flammten die Rückleuchten des Streifenwagens auf und er entfernte sich gespenstisch langsam. Als er endlich in der Dunkelheit verschwunden war, fing Andreas fast an zu heulen und ich hatte mein Sweatshirt durchgeschwitzt.

Auf der Rückfahrt nach München redeten wir lange kein Wort. Dann verständigten wir uns auf eine Version unseres Abenteuers, in der keine Polizei aufgetaucht war und Andreas auch nicht gegen die Mauer gepinkelt hatte. Dafür wollte er eine Skizze des Gefängnisses anfertigen, die zeigen sollte, wie erfolgreich unsere Spähaktion gewesen war.

33

Als ich am nächsten Tag mit Caspar an der Ausfahrt Aichach-Friedberg vorbeifuhr, konnte ich schon wieder lachen. Er schaute fragend zu mir.

»Ich habe mich nur gerade an was erinnert.«

Ich hatte den aufgeschlagenen Shell-Atlas auf den Knien, um ihn rechtzeitig darauf aufmerksam machen zu können, wenn wir die A8 verlassen mussten. Darunter lagen *Die Kunst des Liebens* mit meinen Notizen und die *Anatomie der menschlichen Destruktivität,* an der ich wie befürchtet gescheitert war. Durfte ich das zugeben? Ich musste es sogar. Den Inhalt eines solchen Werkes konnte selbst ein geübter Schwindler wie ich unmöglich erfinden.

»Äh, Caspar …«

Er blickte wieder zu mir, was mich nervös machte, weil er so schon kein besonders aufmerksamer Fahrer war und immer wieder leicht auf die Nachbarspur geriet. Zum Glück fuhr er nicht schnell.

»Ich habe blöderweise nur eines von den zwei Büchern geschafft. Die Zeit war zu kurz.«

»Kein Problem. Wir brauchen nur ein paar Einstiegsfragen, der Rest ergibt sich von selbst.«

»Hast du alles von Erich Fromm gelesen?«

»Überflogen.«

»Was könnten das für Fragen sein?«

Er zuckte die Achseln.

»Was möchtest du denn von einem Mann wie ihm wissen?«

Ich überlegte. Zita hatte mir zuletzt vorgeworfen, ich würde mich selbst nicht genügend lieben und könne mich deswegen beim Sex nicht richtig fallen lassen.

»Ob man Liebe und Sex überhaupt lernen kann, vielleicht.«

»Sehr gut. Die Frage kannst du ihm gern stellen.«

Ich glaubte nicht recht zu hören.

»Ich? Ich bin doch nur der Assistent.«

»So eng sehe ich das nicht. Es kann allerdings passieren, dass nur ich als Interviewer genannt werde.«

»Klar.«

Mein Herz hatte wie verrückt zu schlagen begonnen. Während Caspar ausführlich von seinem ersten Interview mit dem mir unbekannten Schweizer Künstler Daniel Spoerri und dessen Eat-Art erzählte und darüber auf die Unterschiede zwischen italienischen, französischen und spanischen Weinen zu sprechen kam, konnte ich nicht aufhören, mir Fragen für den nächsten Tag auszudenken. Ich war davon so absorbiert, dass wir die Abfahrt verpassten.

»Du nimmst deinen Job aber schon ernst?«, sagte Caspar mit leichtem Tadel. Er ahnte nicht, wie ernst ich ihn nahm. Morgen würde ich ihn und vielleicht sogar Erich Fromm mit meinen Fragen verblüffen.

Während Caspar sich über die »elend lange Fahrt« beschwerte, verging sie für mich wie im Flug. Wobei ich die Landschaft, durch die wir fuhren, kaum wahrnahm. Richtig anwesend war ich erst wieder, als ich mit meiner roten Sporttasche über der Schulter hinter Caspar ins Foyer des *Grand Hotel Locarno* trat.

»Wahnsinn«, sagte ich, »der Kronleuchter ist ja riesiger als die in Schloss Nymphenburg.«

»Oh, du kannst doch sprechen. Etwas unterhaltsamer hätte ich mir deine Gesellschaft schon vorgestellt.«

»Tut mir leid, ich habe letzte Nacht kaum geschlafen.«

»Ich hoffe, du hast noch Kraft für eine gemeinsame Mahlzeit.«

Die Ironie war unüberhörbar.

»Sei bitte nicht sauer, Caspar.«

Er nickte nachsichtig.

»Dann checken wir mal ein, machen uns kurz frisch und gehen dann schön essen.«

»Habe ich ein eigenes Zimmer?«

»Was denkst du denn? Meinst du, ich will, dass du mich schnarchen hörst?«

Als ich in mein Zimmer trat, fühlte ich mich in einen Sissi-Film versetzt. Auf beiden Seiten des hohen Fensters hingen geraffte, bronzefarbene Brokatvorhänge, auf dem französischen Bett lag eine goldbestickte Decke aus nachtblauem Stoff, darauf ein Stapel unterschiedlich großer Kissen. Es gehörte zu den eisernen Regeln meines Elternhauses, sich nicht mit Kleidern ins Bett zu legen, genau deswegen schlüpfte ich übermütig in Jeans und Sweatshirt unter die Decke. Sie stellte sich als eher kratzig heraus, dafür war das, was ich für die Matratze hielt, weich wie ein Federbett. Ich hatte mit meiner Familie immer nur in Pensionen übernachtet, wo Tagesdecken so wenig zur Ausstattung gehörten wie eine Auswahl mehrerer Kissen. Um später nicht im Sitzen schlafen zu müssen, warf ich das größte auf den Boden – auch wenn ich mir nicht sicher war, ob man in einem edlen Etablissement wie dem *Grand Hotel Locarno* überhaupt etwas am vorbereiteten Bett verändern durfte.

Schon bei meinem ersten Auslandsaufenthalt als Sprachschüler in Worthing hatte ich den Eindruck gewonnen, dass meine Eltern mich nicht genügend auf das Leben außerhalb des Münchner Westens vorbereitet hatten. Das bestätigte sich im großzügigen Bad. Neben der Toilette gab es eine weitere, ähnlich geformte Schüssel. Ich drehte am mit einem F versehenen Schmetterlingsgriff und stellte fest, dass aus dem Hahn in der Mitte kaltes Wasser sprudelte. Folglich bedeutete das C auf dem anderen Griff warm. Aber was war die Funktion dieses Keramikbeckens? Wer sich die Füße waschen wollte, konnte das auch in der Badewanne tun oder, wenn er so beweglich war wie ich, im Waschbecken. Mir fiel wieder ein, dass ich mich frisch machen sollte, eine Formulierung, die ich in meiner Familie noch nie gehört hatte. Ich war sowieso schon völlig aufgekratzt, frischer konnte ich kaum werden, also inspizierte ich weiter mein Zimmer und entdeckte in der kleinen Kommode einen Kühlschrank mit einer reichen Auswahl an Getränken, Nüssen und Schokolade.

Hier wird den Gästen ja echt was geboten, dachte ich, verputzte die Schweizer Schokolade und eine Packung Mandeln, trank ein Fläschchen Weißwein und kippte einen kleinen Bourbon und einen Gin hinterher. Erst dann fiel mir die Preisliste an der Innenseite der Tür auf. Mein erster Schreck wich der Empörung. Ich wusste, was Spirituosen im Pasinger Getränkemarkt kosteten, eine Unverschämtheit, den Hotelgästen ein Vielfaches abzuknöpfen. Entschlossen füllte ich die von mir geleerten Flaschen mit Wasser auf und stellte sie in den Kühlschrank zurück. Da klopfte es schon an der Tür.

»Bist du so weit?«

Caspar führte mich zu einer kleinen Trattoria in der Altstadt, die er, wie er erzählte, beim Besuch des Filmfestivals Locarno entdeckt hatte.

»Da wirst du dich wohlfühlen.«

Während ich die Speisekarte studierte, fragte ich mich, wie er auf die Idee kam, mir könne ein Gewölbe mit Kupfertöpfen, Heugabeln und verrosteten Bügeleisen an der Wand besonders zusagen. Hielt er mich für so provinziell? Dabei hatte ich ihn wohlweislich nicht nach dem Geheimnis der zweiten Kloschüssel gefragt.

»Für mich bitte Spaghetti Bolognese«, sagte ich, als ein älterer Kellner mit Schnauzbart an unseren Tisch trat.

Caspar winkte lachend ab.

»Un momento, per favore, wir sind noch nicht so weit.«

Der Kellner nickte und zog sich zurück.

»Hast du dir die Karte überhaupt richtig angesehen, Peter?«

»Ich liebe Spaghetti Bolognese.«

»Das glaube ich dir, aber willst du nicht die Cozze al vino bianco probieren?«

Ich schüttelte entschieden den Kopf.

»Oder die Strozzapreti al Ragù di Salsiccia?«

»Was ist das?«

»Das sind auch Nudeln. Wörtlich heißt das Priesterwürger mit Wurstsauce.«

»Ich weiß nicht.«

»Außerdem sind das nur die Primi. Hinterher gibt's noch Fisch oder Fleisch und danach eine Tiramisu oder Panna Cotta. Dazu trinken wir den besten Bianco, den sie haben.«

Ich erinnerte mich, dass Erik von Caspars Essstörung gesprochen hatte. Tatsächlich probierte er, nachdem er trotz meines Protests mehrere Vor-, Haupt- und Nachspeisen bestellt hatte, nur da und dort und schaute lieber zu, wie ich mir den Magen vollschlug. Ich musste mir eingestehen, dass mir gerade die Speisen, von deren Existenz ich noch nie gehört hatte, besonders gut schmeckten. Ossobuco alla Milanese zum Beispiel oder Fritto misto di mare.

»Ich glaube, Schweizer Essen ist jetzt mein Lieblingsessen.«

Caspar lachte und wollte mir Wein nachschenken. Da ich damit rechnete, dass er noch das morgige Interview besprechen wolle, und mir schon schummrig war, hielt ich meine Hand übers Glas. Er schaute mir herausfordernd in die Augen und goss langsam Wein über meine Finger, bis ich die Hand zurückzog.

»Hey, was soll das?«

»Nicht böse sein«, sagte er. »Ist so über mich gekommen, ich musste dich ein bisschen ärgern.«

»Wieso?«

Er schaute mich mit unangenehm waidwundem Blick an.

»Was denkst du, warum ich dich mitgenommen habe?«

»Weil du einen Assistenten gebraucht hast.«

»Weil ich mal zwei ganze Tage mit dir zusammen sein wollte. Fern von allem, verstehst du?«

Ich spürte, wie mir flau wurde, und rieb hektisch mit der Serviette an meiner vom Wein klebrigen Hand herum. War es doch ein Fehler gewesen, sein Jobangebot anzunehmen? Oder wollte Caspar mich, wenn er mich schon förderte, nur besser kennenlernen?

»Verstehst du das?«, sagte er noch einmal.

»Ein Tapetenwechsel ist immer gut. Ich bin sogar mal von daheim ausgerissen – mit meiner Freundin.«

Ich sagte absichtlich »meine Freundin«, auch wenn ich nicht mehr mit Zita zusammen war, und setzte noch einen drauf.

»Wenn man so was macht, ist auch der Sex viel besser.«

»Wenn die Eltern weit weg sind.«

Er zwinkerte mir zu. Der Kellner spendierte uns seinen angeblich besten Grappa und ich traute mich nicht, abzulehnen.

»Auf uns«, sagte Caspar und hielt mir sein Glas hin.

Ich stieß mit ihm an und beschloss, ihm ein für alle Mal klarzumachen, dass ich, so leid es mir tat, nicht schwul war.

»Eigentlich«, log ich, »habe ich sogar zwei Freundinnen. Eine reicht mir nicht, weil ich so oft Lust auf Sex habe, aber auch, weil Frauen so unterschiedlich sein können. Hetti ist eine total Sanfte, die lange, fantasievolle Vorspiele mag.«

Was redete ich da? Aber ich hatte zu viel getrunken, um mich noch bremsen zu können.

»Bei Zita muss es gleich zur Sache gehen. Je nachdem, mit welcher von beiden ich zusammen bin, werde ich ein völlig anderer Mensch. Es ist eine irre Erfahrung, zu erleben, was für unterschiedliche Seiten man in sich hat.«

»Da wirst du noch viel mehr entdecken.«

Diese Bemerkung gefiel mir nicht.

»Ja, außer vielleicht meine schwule Seite. Die habe ich nämlich nicht.«

Endlich hatte ich es ausgesprochen und atmete innerlich auf. Aber Caspar lächelte überlegen, als wisse er es besser.

Inzwischen hatte ich einen ganz heißen Kopf, was am vielen Alkohol, aber auch an dem verwirrenden Gespräch lag. Ich muss länger schweigend vor mich hin gestarrt haben, denn Caspar erkundigte sich besorgt, ob es mir nicht gut gehe.

»Doch, aber es war ein langer Tag.«

»Dann bringe ich dich mal ins Bett.«

Wie betrunken ich war, merkte ich erst, als ich aufstand. Ich war so unsicher auf den Beinen, dass ich auf dem Nachhauseweg den Boden fixieren musste, um nicht zu stolpern. Caspar bemerkte es und legte den Arm um mich.

»Komm, so geht's besser.«

Im Hotel angekommen, war es mir peinlich, wie der letzte Säufer durchs Foyer geführt zu werden, aber Caspar ließ mich nicht los und brachte mich bis vor die Zimmertür.

»Da sind wir«, sagte er.

Er wartete, bis ich den Schlüssel ins Schloss gefummelt hatte.

»Wir sehen uns morgen beim Frühstück, Peter. Ist halb zehn okay für dich?«

Ich hatte zumindest mit einer Andeutung gerechnet, dass er mich gern begleiten würde, und war darauf vorbereitet, ihn notfalls aus dem Zimmer schieben zu müssen, aber er wünschte mir nur freundlich eine gute Nacht und zog sich zurück. Hatte ich seine Anspielungen missverstanden und mir alles nur eingebildet?

34

Ich wachte mit Kopfschmerzen auf und ärgerte mich, dass ich mich am Abend vor meinem ersten Einsatz als Assistent so wenig im Griff gehabt hatte. Kurz vor halb zehn Uhr rief ich im Nachbarzimmer an und erklärte Caspar, ich sei vom gestrigen Essen noch so satt, dass ich das Frühstück lieber ausfallen lassen würde. Nachdem ich lange heiß und kalt geduscht hatte, fühlte ich mich ein wenig besser. Ich wechselte die Wäsche und zog, obwohl ich mir schrecklich spießig vorkam, die Halbschuhe an. Ich hatte sie, um mir weitere Diskussionen mit meiner Mutter zu ersparen, doch auf die Reise mitgenommen. Bis Caspar eine halbe Stunde später zum Aufbruch rief, vertiefte ich mich noch einmal in die *Kunst des Liebens.* Im Kapitel *Erotische Liebe* hatte ich eine Stelle angestrichen, die mir besonders interessant erschienen war. Vielleicht ergab sich ja die Gelegenheit, Erich Fromm zu bitten, sie mir näher zu erläutern.

Die sexuelle Begierde kann auch durch die Angst des Alleinseins, durch den Wunsch zu erobern oder sich erobern zu lassen, durch Eitelkeit, durch den Wunsch zu verletzen oder gar zu zerstören … ausgelöst werden.

Caspar holte mich mit einer großen Tüte voller Croissants ab.

»Zwei mit Marmelade-, zwei mit Vanille-, zwei mit Schokofüllung, falls du doch Hunger bekommst. Ich habe uns ein Taxi bestellt, damit wir nicht wegen der Parkplatzsuche in Stress geraten. Es wartet schon unten.«

Wir hätten auch zu Fuß gehen können, Erich Fromm wohnte vielleicht einen Kilometer vom Hotel entfernt in Muralto. Aber

Caspar wollte die kurze Fahrt nutzen, um seine Unterlagen noch einmal durchzusehen. Nachdem er am Vortag keinen Gedanken an das Interview verschwendet zu haben schien, war er an diesem Morgen hoch konzentriert. Der Taxifahrer stand schon einige Minuten vor dem Mietshaus unseres Interviewpartners, als Caspar realisierte, dass er bezahlen und aussteigen musste. Als wir mit dem Lift in den sechsten Stock fuhren, sprach er kein Wort und ich wagte es nicht, ihn zu stören. Zu meiner Überraschung hing neben der Tür des weltberühmten Psychologen ein ganz normales Namensschild. Fromm. Caspar klingelte. Nach einer Weile tauchte eine stattliche, ältere Dame auf. Sie sprach Englisch und bat uns, wenn ich sie richtig verstand, in einer Stunde wiederzukommen. Ihrem Mann gehe es heute nicht so gut. Caspar reagierte verständnisvoll und wir fuhren wieder nach unten.

»Er hat seit Jahren Herzprobleme«, sagte er. »Ein Wunder, dass er noch lebt.«

Wir wurden noch ein weiteres Mal weggeschickt, beim dritten Anlauf aber vorgelassen. Ich hatte in der Zwischenzeit drei der sechs Croissants vertilgt und mir von Caspar das Aufnahmegerät erklären lassen.

Erich Fromm saß inmitten seiner Bücher zusammengesunken in einem Ledersessel und schien zu schlafen. Er trug eine blaue Wolljacke, darunter ein einfaches weißes T-Shirt, schwarze Hosen und Halbschuhe, die meinen verblüffend ähnelten. Als er uns bemerkte, richtete er sich auf. Caspar reichte ihm die Hand. Er tätschelte sie und bedankte sich dafür, dass er den langen Weg aus München auf sich genommen habe.

»Verraten Sie mir, wer Sie sind?«, wandte er sich an mich.

»Entschuldigung, Peter Gillitzer. Ich helfe Caspar nur.«

»Was heißt nur? Helfen kann enorm wichtig sein.«

Seine Augen blitzten vor Freundlichkeit.

»Peter neigt zum Understatement. Er ist ein sehr begabter Autor.«

Obwohl ich den Verdacht hatte, dass Caspar meinen Roman nach wie vor nicht gelesen hatte, glühten meine Wangen vor Stolz. Ich starrte verlegen auf den Rekorder, den er auf einen niedrigen Tisch zwischen uns und Erich Fromm gestellt hatte.

»Ich glaube, er hat auch einige Fragen an Sie.«

Zu meinem Schrecken drückte er die Aufnahmetaste.

»Bitte, Peter.«

Mir stockte der Atem.

»Was?«, stammelte ich. »Nein, ich …«

»Sie müssen keine Angst haben«, sagte Erich Fromm mit sanfter Stimme, »selbst wenn Sie keine Zeile von mir gelesen haben sollten.«

»Doch, das habe ich. *Die Kunst des Liebens*.«

»Dann möchte ich etwas von Ihnen wissen, Herr Gillitzer. Ich habe dieses Buch vor über zwanzig Jahren geschrieben. Empfinden Sie als junger Mensch es noch als zeitgemäß?«

»Total. Auch alle meine Freunde und Freundinnen sind begeistert.«

»Und Sie haben wirklich keine konkrete Frage?«

Caspar nickte mir auffordernd zu, doch ich hatte vor Aufregung alles vergessen, was ich mir zurechtgelegt hatte. Ich wäre am liebsten in den Erdboden versunken. Erich Fromm bemerkte es und entschuldigte sich, mich in Verlegenheit gebracht zu haben.

»Dann ist Ihre Rolle die des aufmerksamen Zuhörers«, sagte er. »Sollte ich den Faden verlieren, machen Sie mich bitte darauf aufmerksam.«

Ich nickte dankbar. Während der nächsten eineinhalb Stunden sprach er in geschliffenen Sätzen über die Liebe, über Haben und Sein, das Unglück der Menschen, die Dummheit und die Gier, aber auch über seine Kindheit und Emigration.

Ich bewunderte ihn maßlos, war aber auch erstaunt, wie klug und einfühlsam Caspar vorging. Er baute geschickt Brücken von einem zum nächsten Thema, schien über alle Bereiche gut informiert zu sein und steuerte, wenn sein Gegenüber zwischendurch eine Erholungspause zu benötigen schien, kleine Scherze und Anekdoten aus seinem eigenen Leben bei. Zuletzt fragte er Fromm, wie er die Zukunftsaussichten der Menschheit einschätze.

»Wenn wir so weitermachen«, sagte der, »wenn wir nur konsumieren, unseren Nachkommen nichts lassen, nichts als eine zerstörte, verarmte und vergiftete Welt, wenn die Menschen weiter nicht am Leben hängen, sondern nur am Profit und an der Macht, dann wird das mit Notwendigkeit zum Krieg, zur atomischen Katastrophe führen.«

Das wenn Andreas hören könnte, dachte ich und übersah beinahe, dass ich eine neue Kassette einlegen musste. Durch meine plötzliche Hektik unterbrach ich das Gespräch. Fromm sah mich an und es war, als streichelte mich sein Blick.

»Haben Sie jetzt vielleicht doch auch etwas auf dem Herzen?«

Da gab ich mir einen Ruck und stellte ihm eine Frage, die mir spontan einfiel.

»Wie ist es eigentlich für Ihre Frau, mit jemandem zusammen zu sein, der sich so gut mit der Liebe auskennt? Hat sie nicht dauernd Angst, was falsch zu machen?«

Er lachte herzlich.

»Meine Frau ist nicht so leicht zu verunsichern. Außerdem gibt es immer noch einen Unterschied zwischen einem Buch und dem Leben. Haben Sie noch so eine interessante Frage in petto, Herr Gillitzer?«

»Ja.«

Mir war jetzt doch eine meiner vorbereiteten Fragen eingefallen.

»Wenn die Liebe eine Kunst ist, muss es doch auch Menschen geben, die dafür kein Talent haben, wie manche unmusikalisch sind oder zu wenig Fantasie für das Schreiben haben. Was sagen Sie denen?«

Leider hörte ich nach dieser Frage nur noch meine eigene Gedankenschleife.

»Du hast dich getraut! Du hast Erich Fromm etwas so Intelligentes gefragt, dass er seit fünf Minuten darauf antwortet. Er will dir seine Theorie genau auseinandersetzen. Er nimmt dich ernst.«

Als wir uns nach fast drei Stunden verabschiedeten, hatte ich das Gefühl, etwas Großes erlebt zu haben. Caspar war ebenfalls begeistert und umarmte mich überschwänglich.

»Wie du den Titel seines Buchs infrage gestellt hast, das war große Klasse. Damit steigen wir ein.«

»Wie?«

»Schau nicht so. Ich sage absichtlich *wir*, weil ich darauf bestehen werde, dass du als Autor genannt wirst.«

»Wegen zwei Fragen?«

»Autor ist Autor. Und nächstes Mal bist du mutiger.«

»Nächstes Mal?«

Er schmunzelte und blieb mir die Antwort schuldig.

Inzwischen war es fünf Uhr nachmittags. Wenn wir gleich losfuhren, würden wir nach meiner Schätzung vor Mitternacht in München sein und sparten uns eine weitere Übernachtung in dem teuren Hotel. Caspar reagierte enttäuscht, als ich ihm den Vorschlag unterbreitete. Wir müssten unseren Erfolg doch feiern. Außerdem sei er zu müde, um noch so lange zu fahren. Wenn ich mal den Führerschein hätte und wir uns abwechseln könnten, wäre das etwas anderes.

»Jetzt machen wir uns frisch, Peter, und dann gibt's Austern und Champagner.«

»Austern. Die leben noch, oder? Können wir nicht wieder in die Trattoria von gestern gehen?«

»Du hast recht. Austern und Champagner, was für ein albernes Klischee. Luxus ist das, worauf wir Lust haben.«

Er hielt mir die Hand hin, ich schlug ein.

Beim Essen in der Trattoria hatte Caspar anders als am Vortag großen Appetit. Er bestellte sich dreimal hintereinander einen Teller mit Käse-Sandwiches, die hier *Mozzarella in Carrozza* hießen, und trank doppelt so schnell und viel wie ich.

»Pass auf«, sagte er, mit einem widerspenstigen Käsefaden kämpfend, der zwischen dem Toast und seinen Lippen länger und länger wurde, bis er ihn mit Daumen und Zeigefinger kappte. »Das heute war nur der Anfang. Während der gute Herr Fromm etwas ausschweifend auf deine kluge Frage nach den für die Liebe Minderbegabten geantwortet hat, habe ich mir gedacht, wieso machen wir so was nicht öfter? Wir besuchen zusammen interessante Menschen und sprechen mit ihnen. Wen möchtest du als Nächsten kennenlernen?«

Ich schluckte. Meinte er das ernst?

»Schau nicht schon wieder so skeptisch.«

Er zeichnete Buchstaben in die Luft, als sähe er das Cover schon vor sich.

»Peter Gillitzer, Caspar Curtius. Große Geister zu großen Fragen der Zeit. Also, mit wem fangen wir an?«

Caspar hatte Beziehungen zur Verlagswelt, das wusste ich, eine Veröffentlichung war also nicht unrealistisch. Außerdem schien er zahlreiche prominente Schriftsteller und Intellektuelle persönlich zu kennen. Nur, was sollte mein Beitrag zu so einem Projekt sein? Ich war ein Schüler, ich schrieb Texte für eine Amateurband, meinen Romanversuch hatte bislang kein Mensch gelesen.

»Du fragst dich, wieso ich das mit dir machen möchte, Peter.«

Manchmal war es richtig unheimlich, wie Caspar meine Gedanken lesen konnte.

»Ganz einfach, du hast den frischen Blick. Für mich verschwinden diese Menschen hinter all den Kritiken und Porträts, die ich über sie gelesen habe. Ich wäre nie auf die Idee gekommen, Fromm zu fragen, ob er seine Frau nervt, wenn er ihr Vorträge über die Liebe hält.«

»So habe ich das nicht gesagt.«

»Aber so ähnlich.«

Der Kellner kam noch einmal mit der Speisekarte an den Tisch. Ich war nach einer Insalata caprese und einer Forelle aus dem Lago Maggiore so satt, dass ich auf das Dessert verzichtete. Caspar bestellte, angeblich nur, um den Mann nicht zu frustrieren, nach seinem Käse-Exzess noch ein Tiramisu.

»Kennst du Berlin?«

Ich schüttelte den Kopf.

»Ich habe da eine Wohnung aus meiner Erbschaft. Wir könnten eine Woche bleiben und interessante Leute treffen, nicht nur Schriftsteller wie Frisch und Grass, sondern auch einen Peter Stein oder Egon Bahr.«

»Ich gehe noch zur Schule, Caspar.«

»Dann legen wir die Tour auf ein Wochenende. Freitag bis Montag. Einen Tag wirst du ja wohl blaumachen können.«

»Ich habe einen Job.«

»Kein Problem, da rede ich mit Erik.«

»Ich lebe vom NT.«

Er stöhnte genervt.

»Hör bitte damit auf.«

Er zog seine Brieftasche aus dem Sakko, fischte einen Scheck heraus und setzte seine Unterschrift darunter.

»Die Summe kannst du selbst eintragen. Nimm dir, was du brauchst, am besten gleich für ein Jahr. Und danach reden wir nie wieder über das Drecksgeld, einverstanden?«

Er schob mir den Scheck über den Tisch, ich schob ihn zurück.

»Das möchte ich nicht.«

»Peter, sei nicht so piefig. Da höre ich doch deine Eltern. *Bleib immer bescheiden. Nimm nie was von fremden Männern an. Schon gar nicht von einem Typen wie Curtius.*«

»Ich lasse mich nicht kaufen! Von niemandem.«

Ich war selbst erstaunt, wie entschieden ich das ausgesprochen hatte. Caspar zeigte sich beeindruckt.

»Verstehe. Du hast recht. Wir bleiben bei der bisherigen Regelung. Ich zahl dir fünfhundert pro Interview.«

»Du hast gesagt, das Geld kriege ich von einer Stiftung.«

»Dieses Mal. Ich meinte, zukünftig.«

Während er weiter potenzielle Gesprächspartner aufzählte und Reisen nach Hamburg, Wien, Paris und Rom vorschlug und seine jeweiligen Lieblingshotels beschrieb, kehrte mein Blick immer wieder zu dem Stück Papier mit seinem Namen zurück, das vor dem Teller mit dem weitgehend verspeisten Dessert lag. Caspar würde es wahrscheinlich nicht mal merken, wenn ich mir nicht tausend oder zweitausend, sondern zehntausend Mark von seiner Bank holte, aber mein Leben würde sich von Grund auf verändern. Ich könnte sofort von zu Hause ausziehen, was mir nach dem letzten Zusammenstoß mit meinem Vater die einzig vernünftige Konsequenz zu sein schien, und die Miete gleich für ein Jahr im Voraus bezahlen. Der Preis für die Befreiung aus der Abhängigkeit von meinen Eltern wäre allerdings, dass ich in eine neue Abhängigkeit geriet. Ich wäre Caspar moralisch verpflichtet und seinen Stimmungsschwankungen ausgeliefert. Bei meinem Vater wusste ich wenigstens, wie ich mich am besten wehrte. Caspar kannte ich dafür viel zu wenig. Er hatte mir nur erzählt, dass er sehr behütet aufgewachsen und irgendwann ausgebrochen war. Und er hatte seinen Bruder verloren, dem ich, wie er mir inzwischen anvertraut hatte, ähnelte. Der Gedanke, dass er womöglich glaubte, ich könne ihm diesen Klaus zumindest teilweise ersetzen, machte mir Angst. Auch deswegen war ich froh, den Scheck abgelehnt zu haben. Als wir gingen, hätte Caspar ihn liegen gelassen, hätte ich ihn nicht darauf aufmerksam gemacht. Er zerriss ihn mit genervter Miene und hängte sich bei mir ein.

»Ja, war ein Fehler, ich weiß. Gut, dass du mir eine vor den Latz geknallt hast.«

»So brutal habe ich's auch nicht gemeint.«

»Peter, ich bin doch froh, wenn du dich mal nicht kleinmachst – nicht vor anderen und nicht vor dir selbst. Aber das geht nur, wenn du damit aufhörst, dich ängstlich an deiner kleinen Untermenzinger Welt festzuklammern.«

Er sprach mit schwerer Zunge, aber was er sagte, traf mich.

Ich wollte ihm entgegnen, dass keiner seine Herkunft von einem Tag auf den anderen ablegen könne wie ein zu eng gewordenes Hemd. Caspar ließ mich nicht zu Wort kommen.

»Wenn du das nicht schaffst, werde besser kein Schriftsteller, sondern Bank- oder Versicherungsangestellter.«

Er war laut geworden und ich fragte ihn, wieso er sich so aufrege.

»Weil mir Idiot dein Schicksal am Herzen liegt. Ich kann nicht dabei zuschauen, wie du deine Talente aus Angst vor dem Leben brachliegen lässt.«

»Ich bin achtzehn, Caspar.«

»Na und? In dem Alter stellt man die entscheidenden Weichen.«

Wir traten ins Foyer des *Grand Hotel* und ich wollte beim Portier, der im Stehen geschlafen zu haben schien, unsere beiden Schlüssel holen.

»Buenasera, Signor Gillitzer. Sie haben bedauerlicherweise versäumt, Ihr Zimmer zu räumen.«

Er stellte meine rote Sporttasche auf die Empfangstheke.

»Wir haben uns erlaubt, das für Sie zu übernehmen.«

»Ich dachte, das Zimmer habe ich bis morgen.«

Er schob seine Brille nach oben und blätterte in einem großen Buch.

»Zimmer 222. Hier. Eine Nacht, tut mir leid.«

Caspar, der am Lift auf mich gewartet hatte, näherte sich uns.

»Was dauert das denn so lange?«

»Ich muss aus meinem Zimmer raus.«

»Wie bitte? Ich habe zwei Zimmer für zwei Nächte gebucht.«

»Entschuldigen Sie, Herr Curtius, aber zwei Nächte stehen hier nur hinter Ihrem Doppelzimmer.«

»Dann korrigieren Sie das«, sagte Caspar in autoritärem Ton.

»Bedauere, das kann ich nicht.«

»Wieso denn? Ist das Zimmer schon wieder belegt?«

»Ja, leider.«

»Dann sorgen Sie bitte für Ersatz. Aber schnell, wir sind müde.«

Der Portier machte ein betrübtes Gesicht.

»Wir haben an diesem Wochenende mehrere Konferenzen und Hochzeiten und sind bis aufs letzte Zimmer ausgebucht.«

»Das ist ja unglaublich. Wissen Sie, wie oft ich schon in Ihrem Hause zu Gast war?«

»Herr Curtius, bitte. Ich kann auch kein Zimmer herbeizaubern.«

Caspar blickte auf die Uhr.

»Um die Zeit kriegen wir doch nirgendwo anders mehr was.«

Der Portier hob hilflos die Schultern. Seine Stimme wurde noch leiser.

»Entschuldigung, Sie haben ein Doppelzimmer. Und sind zwei Männer.«

»Danke für den Hinweis, haben wir noch gar nicht bemerkt«, sagte Caspar und sah mich fragend an.

Mir war die Vorstellung, mit ihm in einem Zimmer zu übernachten, unangenehm, aber offensichtlich hatte ich keine andere Wahl.

»Ist ja nur für eine Nacht«, sagte ich.

Ich hatte Freunde, die behaupteten, ich würde meine »katholische Verklemmtheit« nie überwinden. Vor allem Markus machte es großen Spaß, mich in Verlegenheit zu bringen. Wenn ich bei ihm übernachtete und Zähne putzte, konnte ich damit rechnen, dass er auftauchte, um neben mir zu pinkeln oder gar zu kacken. Caspar stellte sich zu meiner Erleichterung als sehr diskreter Zimmergenosse heraus. Nachdem wir das Doppelbett auseinandergeschoben hatten, ließ er mir den Vortritt im Bad und wartete, bis ich fertig war. Während ich mangels eines Schlafanzugs in Unterhosen schlief, trug er einen weinroten Seidenpyjama. Er entschuldigte sich im Vorhinein, dass er, weil er zu viel getrunken habe, möglicherweise schnarchen werde. In dem Fall solle ich ihn einfach anstupsen, das helfe. Wir wünschten uns eine gute Nacht, und bald hörte ich an seiner Atmung, dass er eingeschlafen war. Erst dann konnte ich mich auch entspannen.

35

Es geschah wie von selbst. Wie bei unserem ersten Mal waren wir auf der kleinen Insel im See. Ich lag mit Hetti nackt in der Sonne und wir genossen die Wärme auf der Haut. Später schien der Vollmond durchs Zeltdach. Hetti streichelte mich zärtlich. Irgendwann spürte ich, dass ich in ihr war. Sie war es, die den Rhythmus vorgab. Ich kam wieder zu schnell, trotzdem war ich glücklich. Aber sie machte weiter, immer weiter. Bis es wehzutun begann.

»Pause, bitte!«

Ich wachte von meiner eigenen Stimme auf und sah Caspar zwischen meinen Beinen.

»Scheiße! Was tust du da?«

Ich schrie so laut, dass er zurückwich.

»Das, was du gewollt hast.«

»Ich? Ganz sicher nicht.«

Ich weiß nicht, ob er wirklich verlegen war oder nur so tat.

»Jedenfalls hast du keinen Widerstand geleistet.«

»Ich habe geschlafen!«

»Deine Angst hat geschlafen, dein Schwanz hat sich gefreut.«

Ich ertrug es nicht, dass er zu meinem Schwanz »Schwanz« sagte. So durfte nur ich ihn nennen und das Mädchen, mit dem ich zusammen war. Ich zog die Unterhose hoch und sprang aus dem Bett. Ich wollte weg, bloß weg. Wütend raffte ich in der Dunkelheit meine Klamotten zusammen.

»Scheiße, wo sind die verdammten Socken.«

Caspar beobachtete mich schweigend.

»Geht's auch ein bisschen weniger theatralisch?«

Ich blieb stehen. Am liebsten hätte ich mich auf ihn gestürzt und ihn verprügelt.

»Du bist so ein Schwein. Wieso nimmst du für so was keinen Schwulen?«

»Ich mag Schwule nicht besonders.«

»Du bist doch selbst schwul.«

»Vielleicht ist das der Grund.«

Er senkte den Kopf, als erwartete er, dass ich ihn bedauerte.

»Caspar, das war eine Vergewaltigung.«

»Wieso hast du dann meinen Namen gerufen?«

»Ich? Garantiert nicht.«

»Ich bin davon aufgewacht.«

»Okay, vielleicht hast du geschnarcht.«

»Und wieso kriegst du eine Erektion, wenn ich schnarche?«

»Ich habe öfter Erektionen, die nichts bedeuten.«

Er lachte und ich wurde noch zorniger.

Endlich war ich angezogen.

»Wo ist hier der Bahnhof?«

»Um die Zeit fährt doch kein Zug.«

Caspar stand auf und trat näher.

»Peter, jetzt krieg dich mal wieder ein.«

»Fass mich bloß nicht an!«

»Weißt du, wie viele Männer in deinem Alter Erfahrungen mit dem eigenen Geschlecht machen? Das ist völlig normal. Hinterher suchen sie sich eine Frau, haben Kinder und lästern über Schwule.«

»Ich gehe jetzt.«

»Darf ich fragen, womit du den Zug bezahlen willst? Die Bahn ist teuer in der Schweiz.«

»Dann trampe ich eben.«

»Kann ich dir wenigstens ein bisschen Geld mitgeben?«

Ich schüttelte den Kopf, warf meine Zahnbürste in die Sporttasche und ging.

Ich weiß nicht, ob es an meinen langen Haaren lag oder ob Schweizer grundsätzlich keine Fremden mitnahmen, jedenfalls stand ich fünf Stunden später immer noch an der Ortsausfahrt von Locarno. Der erste Wagen, der hielt, war ein Buckelvolvo. Caspar kurbelte die Scheibe herunter.

»Ich kenne hier in der Nähe ein nettes Frühstückscafé.«

»Lass mich in Ruhe.«

»Peter, wie lang willst du hier noch stehen? Jetzt komm schon.«

Ich schüttelte den Kopf und versuchte, das Loch in meinem Magen nicht zu spüren.

»He, ich bin kein Monster. Ich komme dir schon nicht mehr zu nahe, wenn du es so furchtbar findest.«

»Ich will auch nicht drüber reden. Kein Wort, sonst steige ich sofort wieder aus.«

»Gut, ich versprech's.«

Er drückte die Beifahrertür auf.

In dem heimeligen, von einer älteren Dame betriebenen Café bemühte ich mich, mir nicht anmerken zu lassen, wie sehr ich den heißen Kaffee genoss. Ich ließ mich auch zu keinem zweiten Nusshörnchen überreden, obwohl ich große Lust darauf gehabt hätte. Caspar hielt sich an die Abmachung, mich nicht mit den Ereignissen der letzten Nacht zu konfrontieren. Mir wurde übel, wenn ich nur daran dachte. Warum hatte mein Warnsystem so versagt? Ich hatte an sich einen eher leichten Schlaf und wachte auf, sobald jemand das Zimmer betrat. Konnte es sein, dass mein Unbewusstes kein Problem damit hatte, wenn statt einer Frau ein Mann an mir herummachte? Der Gedanke war so verstörend, dass ich ihn sofort wieder beiseiteschob.

Caspar bemerkte vorsichtig, er habe noch eine Idee für unseren Interviewband, ob ich sie hören wolle. Ich schüttelte den Kopf.

»Heißt das, du möchtest nicht mehr mit mir arbeiten?«

»Auf keinen Fall. Was denkst du denn?«

Er seufzte tief.

»Dann bring ich dich jetzt nach Hause.«

Zu meiner Überraschung gelang es Caspar, während der ganzen Fahrt nach München nicht ein Mal das Wort an mich zu richten. Selbst wenn ich ihn anhand der Straßenkarte auf Abzweigungen hinwies, bedankte er sich nur mit einem stummen Nicken. Erst vor meinem Elternhaus brach er sein Schweigen.

»Ich möchte dir nur noch sagen, dass ich unsere Reise und die Arbeit mit dir sehr genossen habe – bis zu dem unglücklichen Vorfall. Und dass ich inständig hoffe, dass du unsere Freundschaft nicht für immer begräbst.«

Ich stieg wortlos aus.

36

Im Haus war es ungewöhnlich still. Ich vermutete, dass meine Brüder bei Freunden waren und meine Eltern meine Großmutter besuchten. Hertha hatte sonntags frei. Britta bewachte seit einigen Tagen im hintersten Eck des Gartens eine alte Sandale. Sie war, wie schon so oft, scheinschwanger und hielt diese für ihren Nachwuchs. Ich ließ meine Tasche fallen und suchte in der Küche nach etwas Essbarem. Mit einem Becher Erdbeerjoghurt setzte ich mich auf den *Klettermax* vor dem Fenster. Vor dem Nachbarhaus seifte Herr Bommer seinen orangefarbenen DAF ein, spritzte ihn mit dem Gartenschlauch ab und polierte ihn mit einem zitronengelben Badetuch.

Er hatte vor Caspar gewarnt.

Hatte er womöglich dieselbe unangenehme Erfahrung mit ihm gemacht wie ich? Nein, so wahllos war Caspar nicht. Herr Bommer war alt, wahrscheinlich schon fünfzig, und kämpfte anders als ich mit Gewichtsproblemen und, wie er meiner Mutter anvertraut hatte, Energielosigkeit. Vielleicht redete er auch nur schlecht über Caspar, weil der mal seine künstlerische Arbeit kritisiert oder ihm die finanzielle Unterstützung für ein Projekt verweigert hatte.

»Die Menschen sind für den Herrn Curtius nur ein Spielzeug«, hatte er zu meiner Mutter gesagt.

Das hatte sich in der Nacht im Grand Hotel bestätigt. Gleichzeitig konnte ich nicht leugnen, dass Caspar eine Menge für mich getan hatte. Dank ihm hatte ich einen gut bezahlten Job in einem Avantgarde-Theater und lernte fast jeden Tag etwas Neues über Schauspiel und Regie. Er hatte mich dem österreichischen Schriftsteller Gerhard Roth vorgestellt und mich in Erich Fromms Wohnung mitgenommen. Er wollte mir bei der notwendigen Ablösung von meinen Eltern helfen. Aber, wenn ich mehr für ihn war als nur ein Spielzeug, was war ich dann? Alles in mir sträubte sich dagegen, den Gedanken zu Ende zu denken, aber er ließ sich nicht vertreiben.

»Er liebt dich«, sagte meine innere Stimme.

»Er hat mich benutzt.«

»Er wollte dir nur zeigen, wie sehr er dich begehrt.«

»Ich will nicht, dass mich ein Mann begehrt.«

»Schmeichelt es dir gar nicht, dass jemand wie er auf dich steht?«

Ich war froh, dass ein Geräusch an der Haustür mein Selbstgespräch unterbrach.

Ich hörte gedämpft die Stimmen meiner Eltern. Jetzt ziehen sie auf dem Treppenabsatz zum Keller ihre Schuhe aus, dachte ich, wobei mein Vater erst den rechten, dann den linken Fuß auf die nächsthöhere Stufe stellt, während meine Mutter sich mühelos bückt. Jetzt verstauen sie ihre Schuhe im Schränkchen und schlüpfen in ihre Pantoffeln. Er in braune, sie in dunkelblaue. Jetzt kommen sie in den Flur, wo erst er seine gefütterte Joppe, dann sie ihren Mantel in den Garderobenschrank hängt.

Alles war wie immer und dennoch war nach der Nacht im Grand Hotel nichts mehr wie zuvor.

»Ich weiß einfach nicht, was wir machen sollen«, sagte mein Vater.

»Wir müssen jemand finden, der uns hilft«, sagte meine Mutter.

»Und wenn wir an den Falschen geraten?«

»Rede doch mal mit Theo.«

»Ich habe Angst, er könnte neidisch werden. An so was sind schon Freundschaften zerbrochen.«

»Dann frag einen Bundesbruder, einen, der Geld hat.«

»Gute Idee. Mein Gott, Traudi, ich wünschte, das wäre uns erspart geblieben.«

»Geh, andere würden aus Dankbarkeit nach Altötting pilgern.«

»Über was redet ihr?«

Sie zuckten zusammen, sie den Bruchteil einer Sekunde früher als er.

»Peter, du bist wieder da!«

Meine Mutter stürzte sich auf mich, als hätten wir uns jahrelang nicht gesehen, und schloss mich in ihre Arme.

»Ist alles gut gegangen?«

»Wieso wollt ihr nach Altötting pilgern?«

»Es geht um eine Patientin«, sagte mein Vater. »Du weißt, dass wir da zur Verschwiegenheit verpflichtet sind.«

»Aber mit einem Bundesbruder kannst du über sie reden.«

Das war wieder mal typisch. Irgendetwas belastete sie offenbar sehr, aber sie kamen nicht auf die Idee, dass auch ich ihnen vielleicht einen Rat geben könnte. Weil sie mich nach wie vor nicht für ebenbürtig hielten. Mir fiel ein, dass mein Vater und ich uns offiziell noch im Kriegszustand befanden, das kam mir, da ich meinen Führerschein nun selbst bezahlen konnte, dann doch etwas übertrieben vor.

»Jetzt erzähl doch mal, wie es war«, sagte meine Mutter und lotste mich ins Esszimmer. Mein Vater folgte uns mit der Thermoskanne, in der er den beim Frühstück übrig gebliebenen Tee den Tag über warm zu halten pflegte.

»Für drei Tässchen müsste es gerade noch reichen.«

Ich lehnte ab. Meine Mutter trank wegen ihrer Schlafstörungen nachmittags prinzipiell keinen Tee.

»Also, was für ein Mensch ist dieser Erich Fromm?«

»Er ist unheimlich höflich und gibt einem das Gefühl, dass man genauso viel wert ist wie er.«

»Wie sympathisch. Sicher ist er auch sehr gebildet.«

»Unglaublich gebildet.«

»Ein Jude halt«, sagte mein Vater.

Ich war versucht zu fragen, wie gebildet denn seine jüdische Tante und Cousine gewesen seien, über deren Schicksal nach ihrer

Deportation er nichts wusste. Dann würde er wie jedes Mal, wenn das Gespräch auf seine »angeheiratete jüdische Verwandtschaft« kam, das Zimmer unter einem Vorwand verlassen. Aber damit hätte ich mir nur die Vorwürfe meiner Mutter eingehandelt. Ich wisse doch, dass er über diese Geschichte nicht reden wolle, weil er sich so furchtbar damit quäle. Also beherrschte ich mich, das Wochenende war aufreibend genug gewesen.

»Ein Sozialist ist er auch, sagt Theo.«

Ich überhörte seine Bemerkung. Meine Mutter pirschte sich weiter an das an, was sie in Wirklichkeit interessierte.

»War der Herr Curtius denn zufrieden mit dem Interview?«

»Ich glaube schon.«

»Mit dir auch?«

Ich nickte und rang mir ein Lächeln ab, damit sie nicht merkten, wie sehr mich die Ereignisse in Locarno belasteten.

»Du hast deine Sache bestimmt toll gemacht. Hat er dich denn gut behandelt?«

»Er hat mich zweimal zu einem leckeren Essen eingeladen und wir haben in einem Luxushotel gewohnt.«

»In einem Zimmer«, sagte mein Vater und es klang eher wie eine Feststellung als eine Frage.

»Nein, natürlich nicht. Ich bekomme doch Spesen.«

»Für ein Luxushotel?«

»Den Rest hat Caspar draufgelegt, du weißt ja, er ist reich.«

Mein Vater musterte mich und ich bemühte mich, seinem Blick standzuhalten.

»Dass er ein bisschen seltsam ist, dein Herr Curtius, merkst du aber schon?«

Schwul meinst du, dachte ich, sagte aber: »Inwiefern seltsam?«

»Na ja, allein wie … gespreizt er redet.«

»Er ist halt ein Intellektueller.«

»Dann bin ich lieber keiner, wenn man da so affektiert sein muss.«

»Affektiert ist übertrieben, Beppo, aber ich finde schon auch, dass er komisch lacht, eher wie ein Bub als ein Erwachsener.«

Jetzt platzte mir doch der Kragen.

»Und wer in seinem Alter noch wie ein Bub lacht, lockt junge Männer in sein Zimmer. Zum Spielen, oder was? Wollt ihr das sagen?«

Meine Mutter fuhr zusammen, als hätte jemand einen Stein durchs Fenster geworfen, und wechselte augenblicklich in ihren Klageton.

»Das ist jetzt nicht fair, Peter. So haben wir das nicht gemeint.«

»Von wegen.«

»Wirklich nicht. Gell, Beppo?«

Mein Vater schüttelte wenig überzeugend den Kopf. Für einen quälend langen Augenblick sagte keiner mehr etwas und ich hatte den Eindruck einer gläsernen Wand zwischen meinen Eltern und mir. Die hätte ich mit einer klaren Aussage durchbrechen können.

Okay, ihr habt recht: Wir haben in einem Zimmer übernachtet und er hat sich im Schlaf über mich hergemacht.

Was wären die Folgen gewesen? Meine Mutter hätte wahrscheinlich zu weinen begonnen, mein Vater mich mit erhobenem Zeigefinger daran erinnert, dass er von Anfang an vor Caspar gewarnt habe. Womöglich hätte er mir sogar vorgeworfen, selbst an meinem Unglück schuld zu sein, weil ich mich nicht eindeutig verhalten hätte. Ich hörte ihn schon.

»Da brauchst du dich nicht zu wundern. Eine Frau, die im zu kurzen Minirock durch die Nacht läuft, muss auch damit rechnen, dass sie vergewaltigt wird.«

Vielleicht hätte er aus Mitleid mit mir auch auf eine Opferschelte verzichtet. In jedem Fall hätte ich meinen Eltern versprechen müssen, beim Theater zu kündigen und den Kontakt mit Caspar vollständig abzubrechen. Danach hätten sie kein Wort mehr über ihn verloren, mich aber wie vor meiner Volljährigkeit unauffällig überwacht und jedes Mal, wenn ich das Haus verließ, gefragt, wohin ich ging und mit wem ich mich traf.

Um mir das alles zu ersparen, entschuldigte ich mich wider besseres Wissen.

»Tut mir leid, wenn ich euch missverstanden habe. Aber jetzt muss ich unbedingt noch was für die Schule tun. Wir haben morgen Mathe und langsam wird es ernst.«

»Das ist doch mal ein Wort«, sagte mein Vater. Er war so erleichtert, sich nicht länger mit dem unangenehmen Thema beschäftigen zu müssen, dass er mir schon fast wieder leidtat.

37

Es war einige Jahre her, dass der Mathematiklehrer meinen Eltern in seiner Sprechstunde erklärt hatte, meine geistigen Fähigkeiten seien zu begrenzt für den Besuch eines Gymnasiums. Ich war damals sehr stolz auf meinen Vater gewesen, weil er mich verteidigt und seinerseits die Befähigung des Mannes für den Lehrerberuf infrage gestellt hatte. Der rächte sich, indem er sich seither in jeder zweiten Unterrichtsstunde vor der versammelten Klasse über meine Begriffsstutzigkeit lustig machte. Bald hielt ich mich selbst für zu blöd, um die einfachsten Gleichungen zu lösen. Trotzdem stand Jahr für Jahr eine Vier in meinem Zeugnis – dank tätiger Unterstützung durch meine Banknachbarn.

Weil die Abiturprüfung im Fach Mathematik bereits in der zwölften Klasse abgelegt werden musste, hatte ich mir kürzlich in der Pasinger *Buchhandlung Fiebig* einen Band mit den Aufgaben der letzten Jahrgänge samt Lösungsschlüssel erworben. Beim Überfliegen der ersten Seiten gewann ich den Eindruck, dass 1976 ein Jahr mit besonders hohen Ansprüchen gewesen war, und blätterte weiter. 1975 schien noch schwieriger gewesen zu sein, und '74 und '73 kamen mir geradezu inhuman vor. Offenbar handelte es sich bei den für die Reifeprüfung zuständigen Beamten im Kultusministerium um einen besonders hartherzigen Menschentyp. Da die bekannt strengen Sicherheitsmaßnahmen während der Prüfung das Abschauen unmöglich machten, würde ich mit einer Sechs durchfallen und konnte das Hauptabitur im folgenden Jahr vergessen. Dabei hätte ich in Latein und Altgriechisch glänzen und Deutsch mit einer passablen Note abschließen können – wenn ich bei der vergleichenden Textanalyse nicht aus Übermut eine Fantasieerzählung schrieb. Ich spürte, wie in mir alte Mordgelüste gegen den Lehrer aufflammten, dem ich die Verkümmerung meines für die Mathematik zuständigen Gehirnareals anlastete.

Es war Jakob, mein Bandkollege bei *Herr Brumml*, der mich beruhigte.

»Ich habe den Scheiß nie verstanden, du wirst ihn nie verstehen. Aber das musst du auch nicht. Es reicht, wenn du die Lösungswege auswendig lernst. Nach dem Abi kannst du Mathe für den Rest deines Lebens vergessen.«

Ich hatte im Alter von zehn, elf, vielleicht auch noch zwölf Jahren zeitweilig vor dem Einschlafen Rosenkranz gebetet. Damals glaubte ich, dass es gerade die quälend langweilige Wiederholung derselben Wörter wäre, die mich vor allen Gefahren und Versuchungen beschützte.

Nun paukte ich im selben Stil wie damals.

F Klammer auf x Klammer zu ist gleich Klammer auf eins minus x hoch zwei Klammer zu mal e hoch minus x. Finden Sie die Extremalstellen! Allein das Wort. Weiter. F Strich Klammer auf x Klammer zu ist gleich 0. *F Strich Klammer auf x Klammer zu ist gleich minus Klammer auf eins minus x hoch zwei Klammer zu e hoch minus x minus 2 xe hoch minus x. Ist gleich Klammer auf x hoch zwei minus 2x minus 1 Klammer zu e hoch minus x ist gleich* 0 … *und so weiter und so weiter und in der Stunde unseres Todes. Amen.*

Ich versuchte mir vor allem die einfachen Aufgaben eines Jahrgangs einzubläuen, wobei ich nicht beurteilen konnte, welche das sein sollten, weil alle so rätselhaft wie Hieroglyphen waren. Trotzdem betete ich meinen mathematischen Rosenkranz nicht nur am Schreibtisch, sondern auch auf der Toilette und sogar während der olfaktorisch herausfordernden Kostümwechsel bei *Hundert Jahre Einsamkeit*. Der angenehme Nebeneffekt dieses stupiden Dauertrainings war, dass ich mich immer seltener an den Vorfall im Grand Hotel erinnerte. Das ließ mich unvorsichtig werden, und so lief ich beim Ausführen von Britta in einer Seitenstraße unweit seines Hauses Caspar in die Arme.

»Hey, du. Wie geht's dir?«

Es hätte nicht viel gefehlt und ich hätte mit *f Strich Klammer auf x Klammer zu ist gleich* 0 geantwortet. Stattdessen sagte ich: »Passt schon.«

Er betrachtete mich.

»Du schaust nicht sehr glücklich aus.«

»Ich muss irrsinnig viel lernen. Fürs Mathe-Abi.«

»Ach, du Ärmster. Sehen wir uns danach mal wieder?«

Zu meiner eigenen Überraschung sagte ich: »Mal schauen«, und Caspar versprach, mir die Daumen zu drücken. Ich war schon ein Stück von ihm entfernt, da rief er mir hinterher.

»Peter, du kriegst noch dein Geld. Komm, ich geb's dir schnell.«

Ich konnte spüren, wie mein Herz zu flattern begann.

»Danke, das hat Zeit.«

»Und dein Führerschein?«

»Den habe ich verschoben.«

»Aber du meldest dich?«

»Mache ich.«

So froh ich war, ihn abgeschüttelt zu haben, so sehr ärgerte ich mich, wieder mal feige gewesen zu sein. Was hätte passieren sollen, wenn ich ihm in sein Haus gefolgt wäre, um das Geld einzusacken? Ich hätte mich, selbst wenn Caspar mir an die Wäsche zu gehen versuchte, doch wehren können.

Es ging auf Mitternacht zu. Ich lag im Bett, hörte zum zweiten Mal Michael Rothers Album *Flammende Herzen* und betete dazu *e hoch minus x größer* 0 *daraus folgt x hoch* 2 *minus* 2 *x minus eins ist gleich …*

Vor dem Haus quäkte eine Hupe, die nur zu einem R4 gehören konnte. Ich hatte zwar gerade keine große Lust auf subversive Aktionen, war aber dankbar für jede Ablenkung.

»Aus, Äpfel, Amen.«

Schnell schlüpfte ich in meine Kleider und verließ das Zimmer übers Fenster.

Zu meiner Überraschung saß nicht Andreas, sondern Hetti am Steuer des Wagens. Sie ließ mir kaum Zeit zum Einsteigen und drückte sofort aufs Gas.

»Vorsicht, nicht so schnell! Das ist eine Wohnstraße. Und du hast das Licht vergessen.«

Sie schaltete es achselzuckend an.

»Was machen wir?«

»Wir besuchen die Almhirtin.«

»Noch mal?«

»John sagt, wir müssen mehr über den Knast wissen. Wann Schichtwechsel ist, zum Beispiel. Wir sollen versuchen, einen Wärter ausfindig zu machen, und ihn aushorchen.«

»Wie stellt er sich das vor?«

»Er meint, es gibt sicher ein Café oder eine Kneipe, wo die Leute nach der Arbeit hingehen.«

»Was ist mit Andreas? Wieso fährt nicht er?«

»Er sagt, er muss erst mal das Urteil in Stammheim verdauen.«

»Wir sind doch nicht die RAF. Wir bringen keinen um, im Gegenteil. Wir retten ein Menschenleben, wenn wir Bettina befreien, bevor sie sich zu Tode hungert.«

»Hat John ihm auch erklärt.«

Ich sah Andreas vor mir, wie er an der Knastmauer im grellen Licht verzweifelt seinen Hosenladen zuzuknöpfen versuchte.

»Vielleicht ist es ja auch eine Ausrede.«

»Kann sein. Na ja, Rosso hat keinen Führerschein, John und Ringo müssen vorsichtig sein, weil die Bullen sie schon auf dem Kieker haben. Bin nur ich übrig geblieben.«

Ich fragte mich, ob ihr Augenzwinkern eher verschwörerisch oder verführerisch gemeint war. Sie schob eine Kassette in den Radiorekorder. Eine Italienerin sang mit einer Stimme, die nach schwerer Halsentzündung oder durchsoffener Nacht klang, einen melancholischen Song. Hetti, die mir schon vor Jahren von Rom vorgeschwärmt hatte und, wenn die Gerüchte stimmten, eine Affäre mit einem verheirateten Kellner aus dem *Eiscafé Venezia* in der Leopoldstraße gehabt hatte, kannte den Text auswendig und sprach einzelne Sätze inbrünstig mit.

»Ti avevo solo chiesto di toccarmi.«

»Was heißt das?«

»Was wollen wir überhaupt in Aichach?«

»Ehrlich? Quatsch.«

»Gli dicevo io: Accarezzami.«

»Und das?«

»Komm, wir drehen um und fahren nach Italien.«

»Das wäre schön.«

»Aber?«

»Ich muss lernen, wir schreiben bald Mathe-Abi.«

»Spießer.«

»Hetti, wenn ich das schaffe, bin ich wieder ein Stück freier. Dann wird's auch leichter für mich, von zu Hause auszuziehen.«

»Wieso willst du das eigentlich unbedingt?«

»Na, um endlich mein eigenes Ding machen zu können.«

»Zu Hause schaffst du das nicht?«

Ich schüttelte den Kopf.

»Du kennst doch meine Eltern.«

»Mit denen kannst du nicht reden?«

»Habe ich schon hundertmal. Sie checken es einfach nicht. Du bist doch auch ausgezogen.«

»Das hatte andere Gründe.«

Sie verstummte und sah plötzlich sehr traurig aus.

»Hetti, wir fahren in den Sommerferien nach Italien, okay?«

»Wenn ich noch so lange auf dich warte.«

Sie regelte die Lautstärke hoch.

»Tacere, accarezzami e basta.«

»Tacere« hieß schweigen, das wusste ich. Ich betrachtete Hetti verstohlen von der Seite. Erst jetzt fiel mir auf, dass ihre Haare kürzer waren als bei unserer letzten Begegnung und sie sich für ihre Verhältnisse schön gemacht hatte. Sie trug Jeans statt des groben Wollrocks und einen weiten, weinroten Angora-Pulli. Ihre Augen glänzten in der Dunkelheit und ihre schmalen Hände lagen entspannt auf dem Lenkrad.

Wenn ich noch so lange auf dich warte … Noch so lange, hallte es in mir wider. Das bedeutet doch, dass sie jetzt gerade auf mich wartet. Ging es ihr vielleicht sogar um mehr als um Sex? Der Vorschlag, zusammen nach Italien zu fahren, könnte ein Hinweis sein. Aber sie hat doch einen Freund. Sie hat nur gesagt, dass Rosso nicht Auto fahren kann. Das kann ich auch nicht. Noch nicht. Hat sie mit ihm Schluss gemacht? Wegen mir?

Mir wurde heiß. Hetti und ich, das wäre der Traum. Die Zeit, dass sie auf reifere Männer ausweichen musste wie nach unserem ersten Versuch, war definitiv vorbei. Ich war durch Zitas Schule gegangen und konnte es kaum erwarten, Hetti zu zeigen, was ich alles gelernt hatte. Nicht nur auf erotischem Gebiet.

»Durch mich bist du ein beziehungsfähiges Wesen geworden«, hatte Zita, noch kurz bevor sie unsere Beziehung für Boris geöffnet hatte, gesagt.

Wir waren inzwischen von der Autobahn abgebogen.

»Was wackelst du denn so mit dem Bein, Peter?«

»Bist du nicht nervös?«

»Nö, wieso?«

»Wir könnten geschnappt werden.«

»Um Gottes willen, dann versäumst du dein Mathe-Abi.«

Sie kicherte. »Du willst das doch nicht ernsthaft durchziehen, Peter?«

»Was?«

»Na, spionieren und einen Wärter anquatschen.«

»Nicht?«

»Wenn wir mal Zeit für uns haben.«

»Und die Befreiung von Bettina?«

»Die Almhirtin sitzt in München, in Stadelheim.«

»Was? Woher weißt du das?«

»Von einem Anwalt, mit dem ich mal was hatte.«

Mit einem Anwalt auch noch, dachte ich.

»Wieso schickt John uns dann nach Aichach?«

»Weil ich die Info für mich behalten habe.«

Bevor ich diese Neuigkeiten verarbeiten konnte, bremste Hetti scharf ab und bog von der Landstraße in einen Feldweg ein. Ihr Ziel war eine Anhöhe mit einer kleinen Kapelle.

»Von da oben müssten wir einen Wahnsinnsblick haben, wenn die Sonne aufgeht.«

»Willst du hier schlafen? Mitten in der Pampa?«

»Wer redet denn von schlafen?«

Hetti stellte den Motor ab, griff hinter sich auf die Rückbank und hielt mir eine Weinflasche hin.

»Do you remember?«

»Lacryma Christi, klar. Den hast du damals auf unseren Ausflug mitgenommen.«

»Weil du so verklemmt warst.«

»So schlimm?«

Sie hob spöttisch grinsend die Schultern.

»Hast du auch einen Öffner?«

Hetti warf mir einen geringschätzigen Blick zu. Offenbar erwartete sie von einem reifen Mann auch einen starken Daumen. Als ich den Korken in die Flasche zu drücken begann, stöhnte sie auf.

»Che crucco che sei.«

»Was heißt denn das schon wieder?«

»Es gibt immer einen Weg ohne Gewalt.«

Sie zückte ein Feuerzeug und hielt die Flamme an den Flaschenhals.

»Meinst du, das Glas zerspringt irgendwann?«

»Zum Glück musst du dein Abi nicht in Physik machen. Der Wein erwärmt sich und dehnt sich aus, ist doch klar, der Sauerstoff im Hals genauso … Aua.«

Ihre Zunge schnellte wie bei einer Eidechse aus dem Mund und saugte an ihrem Daumen.

»Mach mal du weiter. Aber verbrenn dich nicht.«

Wir wechselten uns noch zweimal ab. Als ich schon nicht mehr daran glaubte, dass der Korken sich jemals bewegen würde, hob er sich wie von Geisterhand ein Stück aus der Flasche. Hetti nahm ihn kurz entschlossen zwischen die Zähne und zog ihn heraus. Sie schnüffelte an ihm, nickte zufrieden und überließ mir den ersten Schluck. Kaum dass der schwere Wein meine Geschmacksknospen berührte, war die Erinnerung an unser erstes Mal wieder da. Hettis Lippen umschlossen den Flaschenhals und schienen an ihm zu saugen. Kein Wunder, dass sich in meiner Hose etwas zu regen begann. Als sie die Flasche absetzte, war sie fast leer.

»Hey, nicht schlecht.«

»Keine Sorge. Eine Träne habe ich noch.«

Sie griff nach hinten, gab mir die Flasche und das Feuerzeug und das Spiel begann von vorne. Nachdem sie auch die zweite Flasche zur Hälfte geleert hatte, war das freche Lächeln aus ihrem Gesicht verschwunden.

»Jetzt würdest du gern vögeln, stimmt's?«

»Wenn du mich so fragst.«

»Du meinst, was sollen wir sonst machen. Man kann mit Frauen auch reden, Peter.«

»Das weiß ich doch. Besser als mit den meisten Männern.«

»Okay. Beweise es mir.«

Das Wort »beweise« war das erste, dass sie leicht verwaschen aussprach. Offenbar hatte der Alkohol ihr Gehirn erreicht und begann seine Wirkung zu entfalten.

»Erzähle mir was.«

Mir machte die plötzliche Programmänderung zu schaffen, sodass mir nicht gleich etwas einfiel. Aber Hetti hatte schon wieder vergessen, dass sie eine Probe meiner Kommunikationsfähigkeit gefordert hatte, und redete einfach an meiner Stelle.

»Du hast so'n scheiß Glück mit deinen Eltern.«

»Ich? Ausgerechnet.«

»Ja, du.«

»Weißt du nicht mehr, was für einen Terror mein Vater manchmal macht?«

»Kommt jetzt wieder die Armer-Peter-Nummer? Er liebt dich wenigstens.«

»Wieso geht er dann nicht mehr auf meine Bedürfnisse ein?«

»Scheiß Bedürfnisse. Er will dich beschützen und …«

Ich wartete darauf, dass sie den Satz beendete. Stattdessen starrte sie mich an, als würde sie mich mit einem Mal nicht mehr kennen. Dann sank ihr Kopf auf meine Schulter und sie rülpste. Damit begann sich auch die Notlage in meiner Hose zu beruhigen.

»Mein Papa …«

Ich wartete. Lange.

»Was ist mit deinem Papa, Hetti?«

»Mein Papa, er macht nie Terror, nie.«

Jetzt begann sie auch noch zu schluchzen.

»Ist doch gut, oder?«

»Gut?«

Sie fuhr hoch und starrte mich wütend an.

»Gut?«

»Ja, schon.«

Sie nahm meine Hand und führte sie sich unter ihren Pulli. Sie trug kein Unterhemd und keinen BH, ihre Haut war warm und klebte ein klein wenig.

»Spürst du das?«

Ich brummte zustimmend und merkte, dass es bei mir schon wieder losging.

»Was spürst du?«

Ich wollte auf keinen Fall verklemmt wirken, deswegen sagte ich freiheraus die Wahrheit.

»Einen kleinen, festen Busen.«

»Was?«

Sie riss meine Hand unter ihrem Pulli hervor.

»Das spürst du?«

»Ja, schon.«

»Ihr checkt es einfach nicht.«

»Wer ihr?«

»Ihr Typen.«

»Hetti, dein Busen ist wunderschön.«

Sie hielt sich die Ohren zu und sang: »Lalalalala.«

»Hetti!«

Sie sang weiter.

»Hetti, bitte! Ich sag nie mehr was über deinen Busen. Ich habe ihn auch gar nicht richtig gespürt.«

»Lalalalala, lalalalala.«

Ich war ratlos. Was sollte ich mit ihr machen? Sie aus dem Auto ziehen und ihr den Finger in den Hals stecken, damit sie erbrach und der Alkohol sie nicht komplett durchdrehen ließ? Oder einfach gehen und sie singen lassen? Nein, zu riskant. Besser schrie ich sie an.

»Hetti, verdammt! Hör auf, sonst …«

Sie ließ die Hände sinken und sah mich voller Verachtung an.

»Sonst was?«

»Nichts. Gar nichts.«

»Hast du es wirklich nicht gespürt?«

»Was denn, verdammt?«

»Mein Herzklopfen. Das bekomme ich jedes Mal, wenn ich von meinem Papa rede. Kannst du mich jetzt endlich mal festhalten?«

Ich konnte mich nicht erinnern, dass sie mich dazu schon aufgefordert hatte, und öffnete bereitwillig meine Arme. Hetti schmiegte sich an mich und begann zu erzählen. Ich verstand höchstens die

Hälfte, weil sie schon sehr lallte und auch noch in meinen Pulli sprach, den Rest musste ich mir zusammenreimen.

Ihr Vater, ein Arzt, den meiner wegen dessen angeblich linker Gesinnung verachtete, hatte eine Affäre gehabt, von der so ziemlich jeder wusste, außer seiner Frau.

»Pasienten«, hörte ich Hettis gedämpfte Stimme.

»Sogar die Patienten? Ist ja übel. Du auch.«

»Mmmm.«

Die Geschichte war aufgeflogen, weil eine Nachbarin sich verplappert hatte. Anders als erwartet, bereute Hettis Vater nicht. Er erklärte, seine Ehe sei schon länger zerrüttet gewesen, und zog aus. In den Monaten danach bestach er seine Tochter mit gemeinsamen Städtereisen nach Florenz, Rom, Neapel.

»Immer nach Italien?«

Hetti schniefte.

»Wir sin beie soo iaoi … iao …«

Ich nahm an, dass das Vokalgemurmel »italophil« heißen sollte, war mir aber nicht sicher.

Hetti genoss die Zeit mit ihrem Vater und erlebte ihn wieder als den gut gelaunten, interessierten Mann, der er lange gewesen war. Doch dann begann das eigentliche Drama. Sie meinte zu spüren, dass das Interesse ihres Vaters an ihr nachließ. Verzweifelt drängte sie auf mehr gemeinsame Unternehmungen, bis er ihr gestand, dass seine neue Frau ihm nach jedem Treffen eine heftige Szene mache. Er wolle seine neue Beziehung aber nicht aufs Spiel setzen und bitte Hetti um Geduld. Nach dieser Aussprache sahen die beiden sich deutlich seltener und schließlich nur noch einmal im halben Jahr. Hettis Vater schien es egal zu sein, dass sie vom Gymnasium geworfen wurde, sich an keiner neuen Schule anmeldete und in der WG, in die sie vor ihrer depressiven Mutter geflohen war, das Saufen anfing. Vor ihrem bislang letzten Treffen hatte sie wochenlang betteln müssen, bis er sich mit ihr in einem Café traf. Dort hatte er sich mit einer faulen Ausrede schnell wieder verdrückt. Überwältigt von dieser Erinnerung schluchzte Hetti auf und warf ihren Kopf zurück. Deswegen verstand ich ihre nächsten Sätze besser.

»Er hat nicht nur meine Mama verlassen, sondern auch mich. Und weissu, was am schlimmsten ist, Peter? Ich kann den Arsch nich vergessen. Ich sage mir jeden Tag, er isses nicht wert, gleichseitig wünsch ich mir, dass er irgendwann vor 'er Tür steht und sagt, wie leid es ihm tut.«

Sie warf sich wieder auf mich und weinte. Ich gebe zu, meine nächsten Gedanken waren der Dramatik ihrer Geschichte nicht angemessen. Ich fragte mich, ob Hertha meinen Pulli, den Hetti gerade vollrotzte, in die Waschmaschine stecken könne oder mit der Hand waschen müsse. Oder ob das eine Zumutung wäre und ich es besser selbst machen sollte. Als Hetti nur noch wimmerte und schließlich ganz verstummte, kehrte mein Mitgefühl zurück. Ich streichelte ihren auf meinem Schoß liegenden Kopf und bemühte mich um eine möglichst sanfte Stimme.

»Es muss wahnsinnig wehtun, vom eigenen Vater so aufs Abstellgleis geschoben zu werden.«

Hetti gab einen kläglichen Ton von sich.

»Aber wahrscheinlich muss er erst mal in seinem neuen Leben ankommen. Dann wird er seiner Geliebten schon klarmachen, dass …«

»Lampe.«

»Bitte? Ach so, Schlampe. Dass es lächerlich ist, wenn sie auf seine Tochter eifersüchtig ist.«

»Ich will ihn nie mehr sehen. Nie mehr.«

»Hetti, nein. Wir sind jetzt erwachsen, wir können uns nicht mehr wie bockige Kinder verhalten. Unsere Väter sind keine Heiligen. Wieso sollen sie nicht auch mal Mist bauen?«

Hetti war eingeschlafen. Ich versuchte, sie vorsichtig auf ihren Sitz zu hieven, aber ihr Kopf, der mir schwerer vorkam als ein gewöhnlicher menschlicher Schädel, sank immer wieder auf meinen

Schoß zurück und drückte mich in das durchgesessene Polster von Andreas' R4.

Wir können uns nicht mehr wie bockige Kinder verhalten, hörte ich mich sagen. Galt mein Appell auch für mich? Ich betrachtete meinen Vater schon lange nicht mehr als unfehlbar, aber es wäre bestimmt kein Schaden, wenn ich noch etwas nachsichtiger mit ihm wäre.

Im Wagen wurde es langsam unangenehm kühl.

38

Als endlich der erste Lichtschein am Himmel erschien, stellte ich das Radio an. Es liefen die Frühnachrichten. Die norwegische Regierung hatte noch einmal bestätigt, dass das Leck auf der Bohrinsel *Bravo* definitiv geschlossen und damit eine drohende Umweltkatastrophe abgewendet worden sei.

»Peter, mach das aus.«

»Ich muss nach Hause, Hetti.«

»Wieso denn?«

»Es ist schon nach sechs.«

»Sechs? Ist ja unmenschlich.«

Sie streckte sich stöhnend und versetzte mir einen Kinnhaken.

»Aua. Ich habe Schule. Der Mathelehrer macht heute mit uns ein Probe-Abi.«

»Du immer mit deiner scheiß Schule.«

Ihr säuerlicher Atem ließ mich zurückweichen, aber meiner roch mit Sicherheit nicht besser.

»Habe ich einen Brand, Peter.«

»Wir besorgen uns an einer Tankstelle Wasser.«

»Aber, ich kann nicht ...«

»Still!«

Ich drehte das Radio lauter, um wenigstens das Ende der Meldung mitzubekommen, die ich mit halbem Ohr gehört hatte. Offenbar gab es im Fall des halb nackten Toten von der Hitler-Autobahn ein Geständnis.

»Laut Aussage eines der beiden Männer ahnten sie nicht, dass sich auf der anderen Seite des Kiesberges eine Person befand. Ihr

Modellflugzeug sei wegen einer starken Windböe außer Kontrolle geraten. Auf die Frage, wieso sie dem Toten die Hose ausgezogen hätten, erklärten die Täter, das hätten sie nicht. Inzwischen schließt die Staatsanwaltschaft es nicht mehr aus, dass das Opfer die Hose selbst vollständig heruntergelassen haben könnte, wie manche älteren Männer es zum Urinieren täten, und dabei von dem fast drei Kilo schweren Modellsegler tödlich getroffen wurde.«

Hetti stellte das Radio ab.

»Ich habe so einen dicken Kopf. Wieso hast du mir den Wein nicht weggenommen?«

»Da hätte ich dich hören wollen.«

»O Mann, ich trinke nie mehr einen Tropfen.«

Sie stieg ächzend aus und ging neben dem R4 zum Pinkeln in die Hocke.

»Magst nicht du fahren, Peter?«

»Ich habe doch keinen Führerschein.«

»Na und?«

»Ich bin noch nie gefahren. Höchstens mal Gokart oder Autoscooter.«

»Dann weißt du ja schon mal, wie man lenkt.«

Sie stöhnte wieder und presste die Daumen an ihre Schläfen. »Den Rest erkläre ich dir. Wir nehmen auch nur Landstraßen, okay?«

Ich schüttelte entschieden den Kopf.

»Tut mir leid.«

»Dann lass mich noch ein Stündchen schlafen.«

»Ich muss um acht in der Schule sein. Unbedingt.«

»Ich habe noch jede Menge Restalkohol in der Birne. Du willst doch nicht, dass ich gegen den nächsten Baum fahre.«

Ich weiß nicht mehr genau, wieso ich mich schließlich doch überreden ließ. War es mein fester Vorsatz, vor dem Abitur keine einzige Mathematikstunde mehr zu versäumen, Hettis Versprechen, mich spätestens am Ortseingang von München abzulösen, oder wollte ich nur nicht als Angsthase oder noch schlimmer als Spießer dastehen, der sich von bürokratischen Belanglosigkeiten wie einem Führerscheindokument verunsichern ließ?

Hetti erklärte mir mehrmals die Funktion der Pedale und die rätselhafte Revolverschaltung des R4, die immerhin den Vorteil hatte, dass ich, wenn ich die Position eines Ganges finden wollte, kaum von der Straße wegschauen musste.

»Jetzt geh mal in den Leerlauf.«

»Wo ist denn der Leerlauf?«

»Zieh den Hebel bis zur Mitte zurück. Stopp! Immer mit Kupplung!«

»Wo war die noch mal, rechts oder links?«

»Links.«

»Ich habe blöderweise eine Rechts-links-Schwäche.«

»Links ist da, wo ich nicht bin.«

»Ah, das hilft mir.«

Ich zog den Hebel heraus und landete im zweiten Gang, schob ihn zurück, war wieder im ersten und schaffte es erst beim dritten Versuch in den Leerlauf.

»Jetzt beweg das Ding mal ein bisschen hin und her. Wie fühlt es sich an?«

»Irgendwie locker. Ist es kaputt?«

»So muss es im Leerlauf sein. Jetzt leg mal den dritten Gang ein. Schau auf den Hebel. Wo ist er?«

»Links oben, nein rechts.«

»Kupplung!«

Ich versuchte, den Hebel nach rechts oben zu schieben, landete aber wieder im ersten Gang. Und gleich drauf noch mal.

Hetti stöhnte.

»Ich weiß, ich stelle mich saublöd an.«

»Nein, mir ist nur schlecht. Du musst bei allen Gängen über die Mitte gehen. Schau noch mal auf die Zeichnung.«

Sie erklärte es mir wieder und wieder, seufzte und jammerte zwischendurch wegen ihrer Kopfschmerzen und verlor beinahe die Geduld, als mir der Wagen, weil ich die Kupplung regelmäßig zu schnell kommen ließ, immer wieder mit einem Hüpfer abstarb. Das passierte mir auch noch auf der Fahrt, da ich bei unvorhergesehenen Bremsmanövern gern die Kupplung vergaß.

Ich weiß nicht, wie ich es bis nach München geschafft habe, da mich entgegenkommende oder, schlimmer noch, überholende Fahrzeuge in Panik versetzten und es mit meinen Lenk-Fähigkeiten trotz des Gokart-Trainings nicht weit her war. Als wir am Ortsschild von München endlich Plätze tauschten, war ich mit den Nerven fertig und davon überzeugt, dass ich meine Chancen bei Hetti durch meinen »Känguru-Fahrstil«, wie sie ihn nannte, ein für alle Mal verspielt hatte. Ich hatte aufs Peinlichste demonstriert, was für ein Tölpel ich war. Tatsächlich war ihre Verabschiedung, als sie mich an einer Bushaltestelle aussteigen ließ, eher kühl.

»Ciao, Peter, und danke fürs Fahren.«

»Ciao. Was erzählen wir John?«

»Das lass mal meine Sache sein.«

»Eines wollte ich dir noch sagen.«

Sie sah mich mit ihrem an diesem Morgen ungewohnt verschatteten Blick an.

»Gib nicht auf bei deinem Vater, Hetti.«

Sie nickte unsicher und gab Gas.

39

Ich hatte es pünktlich zum Mathematikunterricht in die Schule geschafft und verblüfft festgestellt, dass ich zumindest das erste Viertel des Probe-Abiturs weitgehend fehlerfrei bewältigte. Zwar behaupteten die Einser-Schüler, diese Aufgaben seien bewusst simpel, damit die »ganz Blöden« bei den anspruchsvolleren die Klasse nicht mit ihrem Gejammere ablenkten. Ich war trotzdem glücklich und beschloss, mit meinen mathematischen Gebeten fleißig weiterzumachen. Meine Erleichterung war so groß, dass ich sogar meinen Eltern, die ich eigentlich konsequent aus allen schulischen Angelegenheiten heraushielt, von meinem Erfolg berichten wollte. Ich brachte Britta gerade einen Knochen als abendliches Schmankerl in den Garten, als ich sie im Wohnzimmer auftauchen sah. Offenbar kamen sie von einem Besuch zurück, denn meine Mutter trug ihr Kostüm mit der Silberbrosche, mein Vater sein Trachtenjackett. Dann geschah etwas Überraschendes. Sie nahmen sich in die Arme.

Nur kurz, mein Vater, der ja eine Abneigung gegen Umarmungen hatte, löste sich gleich wieder von meiner Mutter. Er stand mit hängenden Schultern da und schüttelte immer wieder den Kopf. Sie näherte sich ihm erneut, streichelte seine Wange und redete beruhigend auf ihn ein. Daraufhin ließ er sich in seinen Sessel fallen. Sie fuhr ihm durchs Haar, was er geschehen ließ, obwohl er es normalerweise nicht tolerierte, dass jemand Unordnung in seine kunstvoll mit Brisk geformten Wellen brachte. Was war los mit ihm? War jemand gestorben? Hatte er eine niederschmetternde, medizinische Diagnose erhalten? Ich wusste nichts von einem Arzttermin, aber den hätte er mir, sollte er ernsthaft krank sein, auch verheimlicht. Hatte ein Patient gedroht, ihn wegen eines Kunstfehlers zu verklagen (laut Eigenauskunft machte er keine Fehler, was streitlustige Patienten womöglich anders sahen)? Oder hatte Theo ihn mit einer seiner politischen Analysen in die Verzweiflung getrieben?

»Die DDR, das musst du wissen, Beppo, pumpt gigantische Summen in den Terrorismus. Dazu lanciert sie geschickt Falschmeldungen über die angebliche Ermordung der Meinhof und die Isolationsfolter der sogenannten politischen Gefangenen. Ziel ist es, dass wir unsere, in großen Teilen bereits fehlgeleitete Jugend noch ganz verlieren. Auch du, mein Lieber, kannst nicht sicher sein, ob dein Sohn nicht insgeheim mit diesen Kriminellen sympathisiert oder sich ihnen sogar schon angeschlossen hat. Wenn du denkst, er probt mit seiner Band, ist er womöglich als Kurier zwischen untergetauchten Terroristen unterwegs oder baut für sie Bomben.«

Etwas in der Art. Theo war jede Bosheit zuzutrauen.

Meine Mutter hockte inzwischen vor meinem Vater und tätschelte sein Knie. Er fuhr ihr etwas steif mit dem Handrücken über die Wange.

Die Szene rührte mich und erst jetzt glaubte ich zu verstehen, was Hetti gemeint hatte, als sie sagte, ich hätte ein »scheiß Glück« mit meinen Eltern. Die beiden waren nach fast zwanzig Jahren nicht nur immer noch verheiratet, sondern ein unzertrennliches Paar. Meistens gingen sie nicht nur fair, sondern friedlich und humorvoll miteinander um.

»Halt«, sagte ich zu mir, »jetzt läufst du in die Kitschfalle. Hast du vergessen, wie dein Vater sich manchmal auf Kosten deiner Mutter amüsiert, ihr das Wort abschneidet, wenn sie sich zu politischen Themen äußert, und sie ihm, auch wenn sie anderer Meinung ist, stets zähneknirschend recht gibt? Wie er die Praxis als Bühne und sich als Held in einem Medizin-Schauspiel betrachtet und sie, obwohl ebenfalls Ärztin, als Nebendarstellerin behandelt?«

»Das mag ja alles stimmen«, antwortete ich mir, »trotzdem bin ich heilfroh, dass sie sich so gut verstehen und mein Vater uns nie verlassen hat.«

»Und dich weiter gängeln kann.«

»Stell dir mal vor, er wäre wie der Vater von Hetti ausgezogen. Meine Mutter würde mir so leidtun, dass ich wahrscheinlich noch mit dreißig bei ihr wohnen würde.«

In dem Moment wurde mein Vater, obwohl es inzwischen fast dunkel war, auf mich aufmerksam. Er sagte etwas zu meiner Mutter, sie stand auf und winkte mich ins Haus.

»Schön, dass du da bist, Peter. Heute haben wir nämlich was Besonderes zum Abendessen. Räucherlachs von einer Patientin.«

Ich konnte sehen, wie sehr beide sich mühten, ihre Mienen aufzuhellen.

»Was ist los mit dir, Papa?«

Meine Mutter bedeutete meinem Vater mit einem leichten Nicken, dass es an ihm lag, mir zu antworten.

»Was soll mit mir los sein?«

»Mit dir stimmt doch was nicht.«

»Das wünschst du dir wohl.«

»Wieso soll ich mir das wünschen?«

»Beppo«, griff meine Mutter ein, »wir freuen uns doch, wenn der Peter sich für uns interessiert.«

»Mir geht's gut, danke.«

»Hör auf mit dem Theater, Papa, sag mir die Wahrheit.«

»Die willst du doch gar nicht hören.«

»Hätte ich dich dann gefragt?«

»Nur kurz: Wollt ihr den Lachs nur mit Brot dazu oder lieber mit Nudeln?«

»Vollkornbrot«, sagte ich, »Nudeln«, mein Vater.

Ich glaubte zu sehen, wie sein Gehirn arbeitete. Seine Miene hellte sich auf, offenbar hatte er einen Weg gefunden, sein Geheimnis für sich zu behalten.

»Mir geht's nicht so gut, Peter, das hast du ganz richtig erkannt. Aber du könntest dein Teil dazu beitragen, dass es mir besser geht.«

Meine Mutter sah ihn erstaunt an.

»Seit deinem Geburtstag benimmst du dich hier doch nur noch wie ein Gast.«

»Das stimmt nicht.«

»Wann hast du Hertha zuletzt beim Abspülen geholfen oder deine Wäsche mal selber gewaschen? Wann hast du mich gefragt, ob du mir vielleicht beim Holzhacken helfen kannst?«

»Ich mag es halt nicht, wenn du immer so einheizt, dass wir in einer Sauna sitzen.«

»Wie lange ist es her, dass du unser Auto gewaschen hast?«

»Das kann ich Sigi nicht wegnehmen, er freut sich immer so, wenn er es machen darf.«

»Wann hast du uns das letzte Mal zu einem Großeinkauf begleitet und hinterher im Vorratskeller beim Einräumen geholfen?«

»Da mache ich doch jedes Mal alles falsch, weil ihr so präzise Vorstellungen habt, wo was stehen muss.«

»Aber seine Schuhe putzt er jetzt manchmal selber«, versuchte meine Mutter die Vorwürfe meines Vaters abzumildern.

»Ist ja großartig. Der Herr putzt seine Schuhe selber.«

»Wann putzt denn du deine Schuhe?«

»Werd nicht unverschämt! Ich arbeite jeden Tag hart, damit du überhaupt Schuhe besitzt.«

»Soll ich jetzt vor dir auf die Knie fallen?«

Spätestens da hatte sich meine Rührung, im Gegensatz zu Hetti einen anwesenden Vater zu haben, wieder verflüchtigt.

Ich war auf ihn zugegangen und hatte ihm mein Mitgefühl gezeigt, er hatte, um nicht ehrlich sein zu müssen, mit einem Angriff reagiert. Wie konnte ich da nachsichtig sein?

Wir aßen den geschenkten Lachs auf Wunsch meiner Brüder mit Pfanni-Kartoffelbrei als Beilage, da fiel mir noch etwas zu meinen

Beobachtungen durch das Wohnzimmerfenster ein. Schon als ich meine Eltern nach meiner Rückkehr aus dem Tessin belauschte, hatten sie seltsam überfordert geklungen.

»Ich weiß nicht, wie wir das schaffen sollen«, hatte mein Vater geklagt.

»Wir müssen jemand finden, der uns hilft«, war der Vorschlag meiner Mutter gewesen. War es möglich, dass sie ihr damaliges Problem immer noch mit sich herumtrugen? Was war es, was sie so belastete?

Mein kleiner Bruder Sigi riss mich aus meinen Gedanken.

»Darf der Peter mit Essen spielen?«

»Das darf niemand«, sagte meine Mutter.

»Aber er macht es, schau!«

Ich hatte geistesabwesend meinen Brei mit der Gabel platt gedrückt und eine kurvige Linie durch die Masse gezogen. So mochte auf einer Landkarte die Straße zwischen Aichach und München aussehen, die ich in aller Frühe ohne jegliche Fahrpraxis bewältigt hatte. In Markt Indersdorf hatte ich beinahe ein parkendes Fahrzeug touchiert und aufgeben wollen, in der Nähe von Altomünster um ein Haar einen Fuchs überfahren, bei der Fahrt durch Dachau war mir der Wagen an vier Ampeln insgesamt fünf Mal abgestorben. Ich konnte mich nicht erinnern, jemals so Blut und Wasser geschwitzt zu haben.

Als Sigi sich erneut über mich beschwerte, weil ich in den Brei das Symbol mit der Anordnung der fünf Gänge des R4 zeichnete, stand mein Entschluss fest. Ich würde sofort nach dem Mathe-Abitur mit dem Fahrunterricht beginnen. Bevor ich mich dafür anmeldete, musste ich mir nur noch mein Geld holen.

40

Caspar lief mir schon in der Einfahrt entgegen. Er trug eine Art Judo-Anzug aus schwarzem Satin und fuchtelte aufgeregt mit den Armen.

»Peter, nett, dass du vorbeischaust, aber heute passt es leider gar nicht. Ich habe Besuch, Hubert. Er ist gerade erst von einer Fernreise zurückgekommen und hat schlimmen Jetlag.«

»Einen was?«

»Heute Abend hat er blöderweise noch einen wichtigen Hörfunktermin. Live! Ich musste ihm versprechen, seinen Schlaf wie ein Zerberus zu bewachen.«

»Ich habe nicht vor, ihn zu wecken, ich wollte nur mein Honorar abholen.«

»Dein … ach, natürlich. Komm kurz rein. Aber sei bitte, bitte leise.«

Er hielt mir die Tür auf, wir traten in den Hausflur.

»Du kennst Hubert Fichte, den Schriftsteller und Ethnologen? Er war auch bei der Party im NT.«

»Ich glaube, er hat mich angesprochen, aber da war ich schon zu besoffen.«

»Nicht so laut!«, zischte er. »Für mich gehört er zu den faszinierendsten Autoren überhaupt. Ihm verdanke ich tiefe Einblicke in fremde Milieus und Welten, seine Texte beschäftigen sich mit Huren und Zuhältern auf St. Pauli, dem Ledermann, der mit siebzehn einen Raubmord begangen hat, mit haitianischen Voodoo-Priestern.«

Die letzten Wörter hauchte er nur und erinnerte selbst an einen Priester im Beichtstuhl.

»Und er ist ein Freund, ein echter Freund, der Einzige, der immer für mich da ist.«

Er machte eine Pause, sog Luft ein.

»Vor allem, wenn ich meinen Bruder mal wieder schrecklich vermisse.«

Er presste die Lippen zusammen, als müsse er gleich weinen, und wandte sich zur Treppe. Davor schlüpfte er aus seinen Schuhen, um möglichst lautlos nach oben zu gelangen.

Als Caspar zurückkehrte, wollte er mir sechs Hunderter in die Hand drücken.

»Wir haben fünfhundert ausgemacht.«

»Pst.«

»Ich kann nicht noch leiser flüstern.«

»Der Rest ist für die Spesen.«

»Du hast doch alles bezahlt.«

»Jetzt ziere dich nicht, komm.«

Er versuchte, mir die Scheine in die Hosentasche zu schieben. Ich nahm sie ihm aus der Hand, steckte sie selbst ein und wollte gehen. Da packte er mich am Arm.

»Warte.«

Er zwinkerte mir schelmisch zu.

Wage es nicht, dachte ich und ballte im Geist schon die Fäuste. Aber meine Sorge, Caspar könne versuchen, mir an die Wäsche zu gehen, war unbegründet. Er nahm seine Rolle als Zerberus sehr ernst und würde, solange sein Freund schlief, auf keinen Fall das Risiko eingehen, dass ich mich lautstark zur Wehr setzte.

»Ich habe noch eine Geschichte für dich. Hubert hat sie von einem Aufenthalt in Brasilien mitgebracht. Ich kann nicht versprechen, dass sie sich wirklich genau so zugetragen hat, aber das ist nicht so wichtig.«

Ich lehnte mich mit einer Schulter gegen die Wand und bemühte mich um die richtige Mischung aus Interesse und Distanz.

»Hubert war in Begleitung seiner Gefährtin, der Fotografin Leonore Mau, in Bahia, um den Candomblé zu erforschen«, begann Caspar mit gesenkter Stimme.

»Was ist das?«

»Eine Naturreligion, die afrikanische Sklaven ins Land gebracht haben. Um zu verstehen, was jetzt kommt, musst du wissen, dass Hubert schwul ist. Vielleicht auch bisexuell.«

Wieso wunderte mich das nicht? Wahrscheinlich erzählte er mir gleich, wie sein Freund im Rahmen seiner ethnologischen Forschungen einem Jungen einen geblasen hat und wie dankbar der ihm hinterher war – im Gegensatz zu mir.

»Da liegt es nahe, dass er die Bedeutung der Homosexualität in anderen Kulturen und Religionen untersucht. Genießt sie irgendwo einen anderen Stellenwert als bei uns? Gibt es Riten, bei denen sie als natürlich empfunden wird?«

Das kann schon sein, dachte ich, trotzdem möchte ich vorher gefragt werden.

»Tatsächlich erhielt er in Bahia einen Hinweis auf eine bestimmte Gruppe, die sich angeblich zu Masturbationsritualen traf. Der Informant verriet ihm sogar den Ort des nächsten Treffens.«

»Hat er ihn gefunden?«

Caspar lächelte vielsagend.

»Mitten im Amazonasdschungel. Er und Leonore entdeckten in einer Lichtung etwa ein Dutzend junger Männer, die ihre Hemden abgelegt hatten und einen Kreis bildeten. Um das Ritual nicht zu stören, schlichen die beiden Ethnologen sich vorsichtig an. Sie fanden Deckung hinter einem Holzstoß, nahe genug, um mit dem Teleobjektiv fotografieren zu können. Die schweißnassen Muskeln der schwarzen Männer glänzten in der Mittagssonne, Trinkflaschen wurde herumgereicht. Hubert vermutete, dass es sich um eine enthemmende Substanz handelte.

Die Männer steckten die Köpfe zusammen, redeten, lachten, einer sang ein Lied, in das die anderen mit einstimmten.«

Caspar war jetzt so von seiner Geschichte gefesselt, dass er sie meinem Eindruck nach kräftig ausschmückte. Das ging so weit, dass er die Dialoge zwischen dem Schriftsteller und der Fotografin mit verstellter Stimme nachahmte.

»›Jetzt, Leonore, jetzt beginnen sie.‹

In der Lichtung machten erneut Flaschen die Runde.

›Ich will keine Kunst, Leonore nur die pure Dokumentation.‹

›Entspann dich, Hubert.‹

Als der Erste, ein etwa sechzehnjähriger Junge, seine Hose öffnete, hielten die beiden Europäer den Atem an. Aber er ging nur zu einem Baum, um zu pinkeln.

›Vorher Blase entleeren, klar.‹

Sie warteten. Nichts Aufregendes geschah, bis einer ein Batterieradio anstellte. Jetzt kam Bewegung in die Gruppe, zwei der Männer nahmen sich bei den Händen und tanzten. Hubert bewegte den Kopf im Rhythmus der Bässe.

›Elvis?‹

Leonore war verwirrt.

›Kannst du mir sagen, was Elvis Presley bei diesem Ritual zu suchen hat? Chuck Berry würde ich verstehen, aber Elvis.‹

›Candomblé grenzt nicht aus, Candomblé nimmt alles in sich auf – wie eine riesige Vagina.‹

Inzwischen hatten die Tänzer die Lust verloren und machten es sich wie die anderen auf Baumstämmen bequem. Die Lichtung war von hohen Urwaldbäumen beschattet, Hubert und Leonore hingegen waren der Sonne schutzlos ausgeliefert. Es wurde immer heißer. Nichts passierte. Hubert bat Leonore, trotzdem weiter zu fotografieren.

›Wir müssen alles festhalten, auch diese Phase im Ritual.‹

Sie fand, es lohne sich nicht, dafür Filme zu verschwenden. Stinknormale Waldarbeiter in der Mittagspause würden nicht anders aussehen.

›Lass uns aufhören, Hubert. Das wird heute nichts mehr.‹

›Sie haben doch schon angefangen.‹

›Und vergessen, wie es weitergeht.‹

›Das kann nicht sein. Es ist in ihre Körper eingeschrieben. Vielleicht brauchen sie nur einen Anstoß. Ja, das ist es.‹

Ehe Leonore reagieren konnte, stand er auf, entledigte sich seiner Kleidung und schritt nackt bis auf die Unterhose auf die Männer zu.

›Ich animiere sie!‹

Er kreiste mit dem Becken, zuckte ekstatisch und stieß spitze Schreie aus.«

»Seinen Pimmel hat er aber nicht rausgeholt«, fragte ich.

»Doch. Hubert meinte, er habe sich buchstäblich wund gerieben.«

»Und die Männer?«

»Haben ihn eine Weile ungläubig angestarrt. Dann sind sie in Gelächter ausgebrochen und konnten gar nicht mehr aufhören.«

»Weil er ihr Ritual nicht verstanden hat?«

»Weil es sich tatsächlich um stinknormale Waldarbeiter in der Mittagspause handelte.«

Ich musste prusten und hielt mir schnell die Hand vor den Mund.

»Ist diese Geschichte nicht wunderbar, Peter? Du musst dir das bildhaft vorstellen, der bärtige, weiße Mann, der wild masturbierend auf die unschuldigen, jungen Schwarzen zugeht.«

Da bemerkte ich, dass Caspars Hose sich im Schritt beulte. Ich versuchte mir einzureden, dass ihn der Gedanke an seinen wichsenden Freund Hubert erregte. Aber sein lauernder Blick verriet etwas anderes. Er wollte mich mit der Geschichte, wie sein Freund die jungen Männer, animieren. Wenn er schon aus Rücksicht auf Huberts Schlaf die Finger von mir lassen musste, sollte ich wenigstens eine homoerotische Fantasie nach Hause mitnehmen.

Was dann geschah, fühlte sich an, als würde ich von einer fremden Macht gesteuert. Ich drängte Caspar gegen den Türstock und fixierte ihn mit meinem Blick.

»Peter, was …?«

In seinen Augen spiegelte sich Angst. Das gefiel mir. Ich überrumpelte ihn mit einem Griff in seine Hose, packte seinen Schwanz und konnte spüren, dass er wie unter einem Stromschlag zusammenzuckte.

»Bitte nicht. Wir wecken Hubert.«

Er versuchte, sich mir zu entwinden, aber ich ließ ihn nicht los und stierte ihn weiter an. Mir war bewusst, dass ich grob war, aber ich wollte ihm Schmerzen zufügen. Caspar schüttelte verzweifelt den Kopf, wimmerte und fiepte.

»Nicht. Bitte, Peter, hör auf.«

Ich machte weiter. Er begann zu stöhnen und keuchen, zwang sich aber weiter, so leise wie möglich zu sein. An seinem Hals traten die Adern hervor, seine Stirn war schweißnass. Er sah aus, als würde er im nächsten Moment kollabieren. Als er meinen Mund suchte, um mich zu küssen, hörte ich auf.

Caspar beobachtete mit ungläubigem Staunen, wie ich, ohne eine Miene zu verziehen, meine Hand an seiner Hose abwischte.

»Was war das denn jetzt?«

»Die Revanche«, sagte ich kühl, »und das Ende. Du kannst Erik gern sagen, dass er mich rauswerfen soll. Ciao Caspar!«

Auf dem Gehsteig vor der Tür tastete ich nach den Hundertmarkscheinen. Sie waren noch da.

Es dauerte eine Weile, bis ich wieder klar denken konnte. »Was war das denn jetzt?«

Das fragte ich mich auch. Hatte ich gerade einen schwulen Mann, der mich begehrte, dadurch loszuwerden versucht, dass ich etwas Schwules mit ihm machte? Das war doch absurd. Oder war ich doch ein bisschen schwul?

Ich rief so laut »Nein!«, dass die alte Frau Meister, an deren Garten ich gerade vorbeiging, erschrocken in ihr Haus flüchtete. Nein, sagte ich noch mal zu mir. Weil es nicht um den Sex gegangen war, sondern darum, die Kontrolle zurückzugewinnen. Ich hatte Caspar mit seinen eigenen Mitteln geschlagen – und hoffte, für immer.

In der Allacher Fahrschule, zu der ich nach einer kurzen Trinkpause daheim geradelt war, stellte sich heraus, dass ich mir mit dem Besuch bei Caspar auch hätte Zeit lassen können.

»Ihr meint wohl alle, die Lehrer wachsen auf den Bäumen«, sagte eine Frau. Sie hieß Weinberger wie die Fahrschule und war demzufolge die Ehefrau oder Schwester des Inhabers.

»Hier spielt die Musik, Bubi.«

Sie zeigte auf ihre Augen. Ich hatte ihren mächtigen Busen wohl etwas zu lange angestarrt.

»Entschuldigung. Und Sie haben wirklich gar keine freien Termine?«

»Doch, aber erst wieder ab der zweiten Septemberwoche.«

»Ich habe das Geld schon dabei, Frau Weinberger.«

Ich hielt ihr die Scheine hin.

»Ich könnte für zehn oder meinetwegen fünfzehn Stunden im Voraus bezahlen.«

»Schau an, der kleine Krösus. Davon kann ich mir auch keinen Fahrlehrer backen. Ihr seid einfach zu viele. Der 58er-Jahrgang ist eine Katastrophe.«

»Meinen Sie, ich komme irgendwo anders, zum Beispiel in Nymphenburg, eher dran?«

»Als Untermenzinger …«

»Fast Obermenzinger.«

»Arrogant ist er auch noch … willst du doch nicht in Nymphenburg fahren lernen. Abgesehen davon sind die Wartezeiten da noch länger.«

War das glaubwürdig? Ich vermutete, dass in einem ärmeren Stadtbezirk wie Allach in den Fünfzigerjahren mehr Nachwuchs gezeugt worden war als im wohlhabenden Nymphenburg. Andererseits benötigten Kinder reicherer Leute (zu denen ich mich wegen der bescheidenen Lebensweise meiner Eltern nie zählte) vermutlich mehr Fahrstunden. Weil sie verwöhnt waren.

»Wenn du es dir noch lange überlegst, sind die freien Termine im September auch weg.«

Sie schob mir ein Formular hin, ich füllte es aus und beglich die Anzahlung.

»Dann wirst du am 12. September um 16 Uhr bei dir zu Hause abgeholt. Solltest du nicht da sein, berechne ich dir die Stunde trotzdem.«

»Ich bin auf jeden Fall da. Ich will ja unbedingt, so schnell wie möglich, richtig fahren lernen.«

Beim Wort »richtig« schaute sie mich streng an.

»Komm nicht auf die dumme Idee, vorher heimlich zu üben. Da gewöhnst du dir nur lauter falsche Sachen an und es dauert wochenlang, sie dir wieder auszutreiben. Verstanden?«

»Verstanden.«

41

Die Erinnerung an mein Mathe-Abitur ist seltsam fragmentarisch, was vor allem daran liegen dürfte, dass sie von regelmäßig wiederkehrenden Albträumen überschrieben wird. Am häufigsten komme ich so spät an der Schule an, dass die anderen Prüflinge schon gegangen sind, oder ich habe alle wichtigen Utensilien, Stifte, Radiergummi, das Geodreieck und den Taschenrechner, zu Hause vergessen. Oft wird auch das Blatt mit den Aufgaben genau an der Stelle, auf die ich den Blick richte, unleserlich. Nach *Bilde eine Ableitung von* … folgt eine weiße Stelle oder noch gemeiner ein Fettfleck, obwohl ich meine Hände morgens gewaschen habe und essen während der Prüfung strengstens verboten ist. Manchmal werde ich beim Spicken erwischt, was unmöglich ist, da der nächste Klassenkamerad in meinem Traum zwanzig oder sogar fünfzig Meter von mir entfernt sitzt. Unter Hohngelächter von allen Seiten werde ich von meinem Mathematiklehrer wie ein Verbrecher abgeführt.

»Denk dir nichts, Gillitzer, du wärst sowieso durchgefallen. Da hilft auch kein Beten.«

In den gemeinsten Versionen wache ich schweißgebadet und schreiend auf. In ihnen verwandelt das Papier mit den Aufgaben sich in eine Qualle, die erst die Schulbank verätzt, dann meine Hände. Da ich vor Angst gelähmt bin, muss ich hilflos zuschauen, bis nur noch die Knochen übrig bleiben. Oder die anwesenden Lehrer werden zu Raubtieren, gern zu Hyänen, aus deren Maul blutiger Sabber tropft, oder zu Krokodilen, zwischen deren spitzen Zähnen noch Reste anderer Schüler mit Mathematikschwäche erkennbar sind.

Trotz dieser Horrorszenen ist mir im Gedächtnis geblieben, dass ich vor der Prüfung mit einem Pulk anderer Schüler und Schülerinnen etwa fünfzehn Minuten lang vor den verschlossenen Türen der Turnhalle auf Einlass wartete – und vor Angst wie betäubt war. Klassenkameraden mit guten oder sehr guten Vornoten wie Markus versuchten mir Mut zu machen, ich verstand kaum, was sie sagten, und konnte höchstens stumm nicken. Das Einzige, was ich deutlich spürte, war ein Luftballon in meinem Magen, der sich immer mehr aufblähte. Am besten kotze ich gleich, dachte ich, dann verliere ich während der Prüfung keine wertvollen Minuten oder, schlimmer noch, schaffe es nicht mehr rechtzeitig zum Klo. Aber was, wenn genau dann die Türen geöffnet werden und bis ich zurück bin, schon wieder verschlossen sind?

»Verspätete Prüflinge bleiben konsequent draußen«, hatte unser Mathematiklehrer angekündigt, »egal was für herzzerreißende Gründe einer vorbringt.«

Dabei hatte er mich fixiert, als wäre ich einer, der sich in den Monaten zuvor mit besonders einfallsreichen Entschuldigungen vom Unterricht gedrückt hätte.

Da wurden wir auch schon eingelassen. Mir fiel auf, wie lautlos drei Klassen sich über die weite Halle verteilten. Keiner machte dem anderen einen Platz streitig, alle hatten ihre Gespräche eingestellt. Ich entschied mich für den Fall der Fälle für eine Bank in der Nähe einer Türe. Zur Überwachung der Prüfung waren vier Lehrer eingeteilt, drei wurden nach einer Dreiviertelstunde abgelöst, ein einziger aus dem Kollegium war während der gesamten Zeit anwesend. Es handelte sich ausgerechnet um meinen Mathematiklehrer. Das Quartett der Wächter stimmte seine Gänge so ab, dass immer zwei eine Hälfte der Halle aus unterschiedlichen Positionen im Blick hatten. Das kam mir übertrieben vor, aufgrund des Abstands zwischen den Bänken hätte auch der weitsichtigste Prüfling auf dem Papier des nächsten Nachbarn nichts erkennen können. Aber es gab ja noch den *Unterschleif*, wie es offiziell hieß, mittels kleiner

Zettel in BHs, Schuhen, Unterhosen und die mit Kugelschreiber auf Arme und Bäuche gekritzelten, wohl höchstens magisch wirksamen Erinnerungshilfen. Andere Schüler in meiner Reihe mögen keine große Benachteiligung wahrgenommen haben, ich fühlte mich erheblich gestört. Das lag daran, dass der Mathematiklehrer, »der linkische Kerl«, wie mein Vater ihn nach ihrer einzigen Begegnung genannt hatte, wie ein Soldat bei der Parade neben mir auf und ab schritt. Offensichtlich wollte er so die Bedeutung seines Amts unterstreichen. Ich beschwor meine Kämpferseele. Zeig es ihm. Gib ihm keine Chance, dich durchfallen zu lassen. Lass dich von dem Sadisten nicht einschüchtern. Als mich sein spöttischer Blick traf, gelang es mir, souverän zurückzulächeln. Oder nicht? Ich weiß es nicht mehr. Ich weiß auch nicht mehr, wie lange die Prüfung dauerte, noch, wie viele Aufgaben ich bearbeiten konnte, nur dass ich hinterher einigen meiner Mitschüler zum *Schweizer Hof* hinterherstolperte.

Das erste Bier auf nüchternen Magen betäubte den Prüfungsschmerz einigermaßen, beim zweiten begann ich mich in eine Welt ohne Zahlen wegzuträumen. Wie schön wäre sie doch. Es gäbe keinen Wettbewerb mehr um schneller, höher, reicher. Ohne Zahlen würde auch der Kapitalismus nicht mehr funktionieren. Meine Mitschüler diskutierten über die Abituraufgaben und ärgerten sich, wenn ihnen jetzt die Lösungswege einfielen, auf die sie während der Prüfung nicht gekommen waren. Zwei gerieten in Streit, weil jeder von seinem Ergebnis überzeugt war.

»Du hast noch gar nichts gesagt, Gillitzer. Wie ist es denn dir ergangen?«

Es war der neben mir sitzende Thomas, der mich aus meinen Gedanken riss.

»Du hast es schon auch gepackt, oder?«

»Weiß nicht.«

»Die ersten Aufgaben waren doch super easy, oder?«

Er wollte mir freundschaftlich gegen den Arm boxen, aber daraus wurde, weil seine Feinmotorik wegen des Alkoholkonsums bereits eingeschränkt war, ein Magenschwinger. Und zwar einer mit Folgen. Ich konnte nicht mehr antworten, ich musste die Hand gegen den Mund pressen. Hastig drängte ich mich an ihm vorbei.

»Gillitzer? Wo willst du hin?«

Ich rannte beinahe eine Kellnerin mit einem Tablett voller Biergläser über den Haufen, umkurvte den Wirtshaus-Bernhardiner, riss die Tür mit dem Symbol des Pinkelbuben auf, fand eine leere Box und kotzte alles aus mir heraus, was mir geduldige, verzweifelnde und ein feindseliger Mathematiklehrer in zehn Jahren beigebracht hatten. Übrig blieben nur die in den ersten zwei Klassen erlernten natürlichen Zahlen bis hundert.

Als ich die Toilette in jeder Hinsicht erleichtert verließ, stand Andreas vor mir.

»Hab ich's mir doch gedacht, dass ich dich hier finde.«

»Du darfst mir gratulieren, es ist vorbei. Für immer.«

»Glückwunsch. Ich soll dich holen, John will mit dir reden.«

»Heute?«

»Es ist wichtig.«

»Heute ist gar nichts wichtig, Andi, heute wird gefeiert.«

Er sah mich übertrieben flehend an.

»Bitte, Gillitzer.«

Ich ließ ihn stehen.

»Heute fällt die Revolution aus«, rief ich. »Aichach muss warten.«

Als ich mich noch einmal grinsend nach Andreas umblickte, sah ich sein erschrockenes Gesicht. Da schrie ich mit Absicht noch einmal: »Aichach fällt aus!«

Sogar der stoische Bernhardiner schien jetzt verwirrt zu sein.

42

Am nächsten Tag wachte ich erst gegen zwölf Uhr aus einem traumlosen Koma auf. Als ich noch leicht tapsig in der Küche auftauchte, informierte Hertha mich, dass Erik am Vortag zweimal angerufen und nach mir gefragt habe. Mir fiel siedend heiß ein, dass meine Auszeit am Theater, die ich mir für die Abi-Vorbereitung genommen hatte, mit der Prüfung enden sollte. Ich griff sofort zum Telefon, um mich zu entschuldigen. Sicher hatte ich für eine Riesenaufregung gesorgt und Erik hatte bei den Kostümwechseln in letzter Sekunde für mich einspringen müssen.

»Guten Morgen, Erik, oder besser gesagt, Mittag. Ich weiß auch nicht, wie mir das passieren konnte. Doch, eigentlich weiß ich es schon, aber …«

Er unterbrach mich.

»Ganz ruhig, Peter. Was ist dein Problem?«

»Ich sollte gestern doch wieder anfangen.«

»Nein, solltest du nicht.«

»Verstehe, dann bin ich entlassen.«

Caspar hatte, wie nach unserer letzten Begegnung nicht anders zu erwarten, also Ernst gemacht.

»Kann es sein, dass du ein bisschen länger gefeiert hast?«

»Ja, sonst hätte ich euch nie vergessen. Aber das ist ja jetzt auch egal.«

»Ich habe dich zu erreichen versucht.«

»Ich weiß.«

»Mit einer guten Nachricht. Die Stadt hat die Förderung für uns erhöht. Ich habe mit Caspar gesprochen und er ist der Ansicht, dass wir auch bei deinem Honorar was drauflegen sollten.«

»Drauflegen.«

Zum Glück stand neben dem Tisch mit dem Telefon ein Stuhl.

»Peter, bist du noch da?«

»Hm.«

»Du fängst ja heute wieder an, da kannst du gleich den Vertrag für die nächste Spielzeit unterschreiben.«

»Ich fange heute wieder an«, sagte ich und es klang weder wie eine Frage noch wie eine Feststellung.

»So haben wir's ausgemacht: sobald du die Prüfung hinter dir hast. Oder brauchst du noch einen Tag?«

»Nein, nein, ich freue mich. Total.«

Ich freute mich wirklich. Vor allem auf die Kollegen.

Boris war der Erste aus der Truppe, auf den ich im Theater traf. Seine Begrüßung war herzlich wie eh und je.

»Du hast mir gefehlt, mein Lieber.«

»War's arg stressig ohne mich?«

Er schüttelte den Kopf.

»Ich hätte nur manchmal gern mit jemand von Mann zu Mann geredet.«

Er erschrak wegen eines Geräuschs hinter der Bühne und legte den Finger auf die Lippen.

»Ist schon jemand von den Schauspielern da?«

Er schüttelte den Kopf.

Da sah ich sie. Sie kam in dem Fellmantel, der unter allen Kostümen die Gerüche am nachhaltigsten speicherte, auf mich zu und lächelte spöttisch.

»Da schaust du, was, Pete?«

Ich wartete einige Sekunden mit der Antwort, sonst hätte ich gestottert. Aber auch dann klang mein »Zita« noch zittrig.

»Zu deiner Info: Ich habe sämtliche Klamotten einmal durchgewaschen. Das Teil hier hat nicht in die Waschmaschine gepasst, aber es gibt ja Badewannen. Dass du nicht erstickt bist bei dem Job, ist ein Wunder.«

»Was … was machst du hier?«

»Ich dachte, das hätte ich dir gerade erklärt.«

»Die Wäsche?«

»Das ist wieder mal typisch. Der Mann nennt sich Requisiteur, wenn die Frau im selben Job zusätzlich wäscht, ist sie eine Wäscherin.«

»Du hast jetzt meinen Job?«

»Und trotzdem habt ihr ständig Panik, eine Frau könnte euch was wegnehmen. Nein, Pete, ich habe nur ausgeholfen.«

»Aber Boris und du, ihr wart doch …?«

»Er hat begriffen, dass er sich wie ein Macho-Arschloch verhalten hat, und sich entschuldigt.«

Boris nickte eifrig. Ich überlegte, ob ich das auch tun solle, aber so auf Bestellung würde Zita es mir nicht abnehmen.

»Dann seid ihr jetzt wieder zusammen?«

Sie schüttelte den Kopf.

»So weit geht meine Leidensfähigkeit auch wieder nicht. Ich lasse euch jetzt mal in Ruhe arbeiten. Kann übrigens sein, dass beim Waschen das eine oder andere Kostüm ein bisschen eingegangen ist. Macht es gut, ihr zwei Helden.«

Sie küsste Boris auf die Wange, fuhr mir im Vorbeigehen durch die Haare und schwebte davon.

»Schon eine tolle Frau«, sagte ich.

»Aber kompliziert«, sagte Boris. »Sie hat übrigens alle Kostüme neu geordnet, angeblich war dein System nicht praktikabel.«

Der Fellmantel, schoss es mir durch den Kopf und ich lief Zita hinterher. Vor der Halle holte ich sie ein.

»Zita.«

Sie wandte sich zu mir um und lächelte sanft.

»Willst du dich auch entschuldigen?«

»Ich bräuchte den Mantel.«

»Schade.«

»Natürlich ist mir auch klar, dass es blöd von mir war …«

»Lass es, Pete. Nicht auf Bestellung.«

Sie wollte weitergehen, ich trat ihr in den Weg.

»Wir waren so lange zusammen.«

»Kommt jetzt der große Rührteig?«

Sie bewegte die Hand, als würde sie eine besonders zähe Masse mit dem Löffel bearbeiten.

»Nein, aber …«

Ich seufzte, so tief ich konnte, und blickte ihr treuherzig in die Augen.

»Hör auf mit dem Dackelblick!«

»Ich kann nicht anders.«

Jetzt seufzte auch sie.

»Komm schon her, du Blödmann.«

Sie zog mich in ihre Arme und drückte mich. Fest und lange.

»War keine so schlechte Zeit im Großen und Ganzen.«

»Das finde ich auch. Lass uns das nicht vergessen, Zita.«

»Einverstanden.«

Sie küsste mich auf den Mund und entwand sich mir sanft. Ich war glücklich. Unsere Geschichte war nicht mehr gewaltsam abgerissen, sie hatte ein Ende, mit dem ich leben konnte.

»Dann irgendwann«, sagte sie.

Ich hüstelte.

»Der Mantel.«

Sie zog ihn lachend aus und gab ihn mir.

Ich brauchte zwei Vorstellungen, um mich an die neuen Ideen zu gewöhnen, die Erik und die Schauspieler während meiner Abwesenheit in die Aufführung von *Hundert Jahre Einsamkeit* eingebaut hatten.

»Sonst wären wir an der Routine erstickt«, erklärte Alex.

Ich erkannte, dass Zita die Kostüme zu Recht in eine neue Ordnung gebracht hatte, und übernahm sie. Am dritten Abend hatte ich meine alte Sicherheit fast zurückgewonnen, machte keine größeren Fehler mehr und wurde von den Schauspielern gelobt. Was für ein Glück, dass ich den Job nicht verloren hatte und sogar noch länger am NT arbeiten durfte.

Das Einzige, was mich beunruhigte, war Eriks Ankündigung, Caspar würde an einem der nächsten Tage bei einer Vorstellung vorbeischauen. Er wolle sehen, ob ihm die neue Version des Stücks besser gefalle als die alte.

Wie sollte ich reagieren, wenn ich ihm gegenüberstand? So tun, als hätte es die Szene in seinem Hausflur nie gegeben? Musste ich mich dafür bedanken, dass er sich für eine Lohnerhöhung für mich eingesetzt hatte? Hatte er das, was ich mit ihm gemacht hatte, denn nicht als Demütigung empfunden? Oder wollte er mir zeigen, dass es egal war, wie ich mich verhielt, und immer er derjenige bleiben würde, der unsere Beziehung definierte?

Ich wusste es nicht. Ich wusste nur, dass ich mich von ihm nicht länger manipulieren lassen durfte.

43

»John und die anderen wären gerade bei mir«, sagte Andreas, der offenbar schon länger vor dem Theater auf mich gewartet hatte. »Sie würden sich sehr freuen, dich zu sehen.«

Ich war müde und wollte ihn auf ein andermal vertrösten, da fiel mir Hetti ein. Wenn ich mich nach unserer letzten Begegnung zu lange nicht blicken ließ, glaubte sie womöglich, ich hätte das Interesse an ihr verloren.

»Aber nicht lang.«

Andreas hielt mir merkwürdigerweise wie ein devoter Chauffeur die Tür seines R4 auf und ich stieg ein. Schon auf den ersten Metern spürte ich die Nachwirkungen meiner aufregenden, letzten Autofahrt. Ich konnte den Schalthebel nicht aus den Augen lassen und kommentierte im Geiste jeden Gangwechsel.

Andreas, der nicht ahnen konnte, was in meinem Kopf vorging, bemerkte nur, dass meine Füße zappelten.

»Du musst nicht nervös sein, Peter. Alle freuen sich auf dich. Sehr sogar.«

Ich verriet ihm nicht, dass ich bremste, kuppelte und Gas gab. Hetti war sicher schlau genug gewesen, die besonderen Umstände unserer Rückkehr nach München für sich zu behalten.

Das Gewächshaus gehörte zu einer nach dem Tod des Inhabers aufgegebenen Gärtnerei. Es war das kleinste in einer Reihe von fünf oder sechs weiteren und Andreas durfte es so lange nutzen, bis eine Lösung für einen seit Jahren tobenden Erbstreit gefunden war. Er zahlte eine geringe Miete, sollte dafür aber Präsenz zeigen, um zu verhindern, dass die Jugendlichen einer angrenzenden Siedlung auf das Gelände vordrangen, Scheiben einwarfen und ehemalige Anbauflächen mit ihren Bonanza-Rädern umpflügten. Auf der anderen Seite der ehemaligen Gärtnerei ging die Stadtlandschaft in Brachland über, ein Quetschwerk mit einer Kiesgrube war ebenfalls nicht mehr in Betrieb. Andreas parkte den Wagen in einer Schneise zwischen verwilderten Beeten und Sträuchern und führte mich zu seiner Unterkunft. Die Verglasung war mit den Jahren fast blind geworden, so dass das Licht einiger im Inneren brennender Kerzen nur als matter Schimmer nach außen drang.

»Nachts schalte ich das Aggregat immer aus«, erklärte Andreas, »um Diesel zu sparen.«

»Bist du hier nicht ans Stromnetz angeschlossen?«

»Nicht mehr. Auch nicht an die Kanalisation.«

Er ließ mir mit einer Geste den Vortritt. Ich öffnete die Tür und sah die Mitglieder der *Neuen Gruppe Tat* wie am letzten Verkaufstag vergessene Kübelbäume im Halbdunkel stehen. Als sie mich entdeckten, kam Bewegung in sie. Hetti eilte auf mich zu und umarmte mich.

»Wie schön, dass du gekommen bist«, sagte sie.

John drückte mir zur Begrüßung so kräftig die Hand, dass ich aufschrie.

»Saludos compañero.«

Ringo hob wie ein alter Kommunist die Faust. Rosso ahmte es beflissen nach.

»Wo bin ich denn hier gelandet? Ich dachte, ihr seid Spontis, Anarchos?«

»Wir«, sagte John und wiederholte das Wort bedeutungsvoll.

»Du gehörst jetzt zu uns.«

Hetti warf mir einen komplizenhaften Blick zu.

»Im Übrigen war unser Anarchismus immer schon sozialistisch«, sagte John, »kein Stirner …«

»Der Einzige und sein Eigentum«, kommentierte Rosso wie der Streber aus der ersten Bank.

» … sondern Kropotkin und Bakunin.«

»Aha. Ihr wollt wahrscheinlich wissen, wie ich die Sache in Aichach einschätze. Was hat Hetti denn schon erzählt?«

John winkte ab.

»Lass uns das Ganze stoppen. Zu riskant.«

»Wie? Ich dachte, ich muss euch was beweisen.«

»Das hast du doch längst. Komm, mach es dir erst mal bequem. Du bist bestimmt müde von der Arbeit.«

Wie auf Befehl schob Andreas sein Bett in die Mitte des Raums, die eisernen Füße schabten kreischend über den Betonboden. Ringo holte für alle Kissen aus einer Truhe, Rosso zog eine Thermosflasche mit Tee und Plastikbecher aus seinem Rucksack hervor und Hetti hatte Bananenkuchen gebacken.

Ich fragte mich, was sie vorhatten. John bestand darauf, dass ich mich nicht auf den Boden, sondern mit Hetti an meiner Seite auf das bequemere Bett setzte. Nachdem alle einen Platz gefunden hatten, Tee und Kuchen verteilt waren, zeigte John mir mit wichtiger Miene das Polaroidfoto eines heruntergekommenen Gehöfts.

»Was siehst du, Gillitzer?«

Ich hob die Schultern.

»Einen Bauernhof.«

»Was noch?«

»Einen Stall, einen Misthaufen. Ein Häuschen …«

»Der ideale Ort für einen Freihof.«

Seine Stimme vibrierte vor Pathos.

»Freihof wie Freistadt«, sagte Hetti. »Von der Freistadt Christiania hast du sicher schon gehört.«

Ich glaubte mich zu erinnern, dass es irgendwo in Schweden oder Dänemark eine selbstverwaltete Siedlung mit diesem Namen gab, und nickte. John stand auf, entfaltete einen Zettel und räusperte sich.

»Wenn wir nicht aus der Geschichte lernen, wird sie uns hinwegfegen. Das Zitat ist übrigens von mir.«

Er hatte allen Ernstes eine Rede vorbereitet.

Bitte nicht. Ich hatte wirklich einen anstrengenden Abend hinter mir.

»Was aber lehren uns die Ereignisse dieses Jahres? Der Hungerstreik der Gefangenen …«

»Das harte Urteil gegen Baader, Ensslin und Raspe«, sagte Rosso.

»Der tödliche Anschlag auf Buback, seinen Fahrer und den Bullen. Sie lehren uns, dass die direkte Konfrontation mit dem System …«

»Zu viele Opfer fordert, auf beiden Seiten.«

»Kannst du mal die Klappe halten, Rosso?«

»Tschuldigung.«

»Sie lehren uns vor allem, dass die Zeit für einen Systemwechsel noch nicht reif ist. Aber …«

Er machte eine Pause.

»Was für viele Genossen eine bittere Erkenntnis bedeutet, ist für uns Anarchisten eine Chance. Weil wir kreativer und flexibler sind als die dogmatischen Gruppen. Wir glauben auch nicht an den Marsch durch die Institutionen, der zwangsläufig in Selbstverleugnung und Verbürgerlichung endet.«

»Sondern …«, sagte Hetti und strahlte. Sie wusste offenbar schon, auf was John hinauswollte.

»Wir gründen lieber eine extraterritoriale Kolonie der Freiheit.«

»Unseren Freihof«, sagte Andreas mit dem andächtigen Lächeln, das ich noch aus der Zeit kannte, als wir als Ministranten gemeinsam am Altar gestanden hatten.

Da auch Hetti begeistert zu sein schien, hielt ich es für angebracht, mich beeindruckt zu zeigen, und erkundigte mich nur vorsichtig, welche Art Freiheit in der Kolonie denn praktiziert werden sollte.

»Wir werden uns Stück für Stück von allen staatlichen Strukturen abkoppeln, um irgendwann vollständig autark zu sein«, sagte John.

»Wir bauen unser eigenes Gemüse an und halten Hühner«, sagte Andreas, was ihm einen geringschätzigen Blick Ringos einbrachte. Der verstand unter Freiheit vor allem, dass er morgens nicht mehr so elend früh zur Arbeit am Bau ausrücken musste.

»Freiheit bedeutet aber auch«, sagte Hetti, »dass unsere Türen allen Menschen mit alternativen Lebenskonzepten offen stehen, nicht kommerziellen Künstlern, untergetauchten Totalverweigerern, minderjährigen Ausreißern …«

»Linkskatholiken und radikalen Umweltschützern«, ergänzte Andreas die Liste.

»Natürlich gibt es für alle, die wollen, auch freien Sex«, sagte Rosso errötend, was ich als Hinweis deutete, dass zwischen ihm und Hetti nichts oder nicht mehr viel lief.

»Das klingt … toll«, sagte ich.

»Ich wusste es, Peter, ein Freihof ist genau dein Ding.«

Hetti schlang ihre Arme um mich und küsste mich. Ich sah, dass Rosso die Lippen aufeinanderpresste, und entwand mich ihr.

»Was sind das denn für Leute, die ihren Hof für so ein Experiment vermieten? Das könnte erst mal ziemlich chaotisch werden, oder?«

Ich bemerkte den schnellen Blickwechsel unter ihnen, der offenbar klären sollte, wer als Nächster sprach. Es war John, wer sonst.

»Wir reden nicht von mieten, Peter.«

Mit einem Mal richteten sich alle Augen auf mich.

»Wir würden gern kaufen. Sämtliche Gebäude und fünfzehn Hektar Wald, Wiesen und Felder sind für schlappe sechshunderttausend zu haben. Für die Renovierung kommen höchstens noch mal hunderttausend dazu, da wir so viel wie möglich in Eigenregie machen wollen. Was hältst du davon?«

Als ich nicht gleich antwortete, kniete er sich vor mich hin und blickte mir eindringlich in die Augen.

»Sag, Peter!«

»Öh, ich habe keine Ahnung, was so was normalerweise kostet. Wo liegt der Hof denn?«

»Bei Rötz im Bayerischen Wald«, sagte Andreas. »Ist ein Paradies da.«

»Rötz? Gibt's da nicht ein Rockfestival?«

»Ganz genau«, sagte Hetti. »Da könnten wir hinfahren, du und ich, und Leute suchen, die uns bei der Renovierung helfen.«

»Zum Hof gehört auch ein Austragshäuschen«, sagte John, der immer noch vor mir kniete. »Ich wollte ursprünglich, dass da Andi mit einer Ausreißer-WG reingeht, aber die anderen haben zurecht gesagt, das musst du entscheiden.«

»Ich? Wieso denn ich?«

»Du bist unser Schriftsteller«, sagte Hetti, »wenn du es als Schreibklause brauchst, kriegst du es.«

Ich fragte mich, ob Rosso etwas in den Tee gemischt hatte, so seltsam wie sie sich verhielten. Wenn ich mich nicht sehr täuschte, besaßen sie nicht annähernd das Geld, um sich so eine Immobilie leisten zu können. Und eine Bank, die eine anarchistische Kommune finanzierte, gab es bestimmt nicht.

»Darf ich was zu eurer Idee sagen, ohne dass ihr beleidigt seid?«

»Aber klar!«

»Kommt euch das Ganze nicht ein bisschen, wie soll ich sagen …«

»Utopisch?«, soufflierte John.

»Ja genau, utopisch vor.«

»Das wäre es auch ohne dich, Pete«, sagte Hetti und der Rest der Gruppe stimmte ihr zu.

Ohne mich? Wieso denn ohne mich? Ich schaute von einem zum anderen und entdeckte in allen Augen dasselbe Leuchten. Sie wirkten wie Kinder kurz vor der Bescherung.

»Wieso glaubt ihr, dass ausgerechnet ich euch helfen kann?«

»Du bist doch immer noch gegen den Kapitalismus, oder?«, sagte John.

»Schon. Aber ich habe nur ein paar Hundert Mark auf dem Konto.«

»Noch«, sagte Hetti.

Ich verstand nicht, was sie damit sagen wollte, bot aber spontan eine Spende für den Freihof an.

»Zweihundert könnte ich zur Not lockermachen.«

»Nur zweihunderttausend?«, sagte Rosso.

»Witzbold.«

Damit kippte die Stimmung. Ringo musterte mich finster, John schüttelte enttäuscht den Kopf.

»Der Fetisch Geld. Sobald das ins Spiel kommt, sind alle Ideale vergessen.«

»Okay, zweihundertfünfzig. Ich kann auch meine Oma fragen, ob sie noch einen Hunderter drauflegt. Der gefällt so eine Idee sicher.«

»Ich habe immer gewusst, dass er ein Arschloch ist«, sagte Rosso.

»Wie bitte?«

Das konnte ich mir nicht bieten lassen, schon gar nicht vor Hetti. Ich sprang auf und packte ihn bei den Schultern.

»Dir geht's wohl zu gut.«

Rosso, der ebenfalls nicht als Feigling dastehen wollte, wiederholte sein »Arschloch«, wenn auch leiser.

»Sag das noch mal«, schrie ich, obwohl er es schon zweimal gesagt hatte. Da wir beide keine Übung als Schläger hatten, wussten wir an diesem Punkt nicht weiter. Ich schüttelte Rosso ein wenig, er zupfte an meinem Pullover. Zu meiner Erleichterung trennte Hetti uns beherzt.

»Hey, kommt mal runter, ihr zwei.«

»Ich war von Anfang an dagegen, ihn so zu überfallen«, sagte Andreas mit einer Stimme, als würde er gleich weinen. »Wir haben viel zu wenig drüber nachgedacht, was es für ihn bedeutet.«

»Soz.Päd.-Gesülze«, murmelte Ringo.

In dem Moment glaubte ich, sie durchschaut zu haben. Es geht um Caspar, sagte ich mir, ja klar. Sie wissen, wie reich er ist und dass er das NT fördert und mich auch. Jetzt erwarten sie allen Ernstes, dass ich für sie bei ihm bettle.

Ich merkte, wie der Zorn in mir hochstieg. Begriffen sie denn nicht, was sie da verlangten? Wenn Caspar mir zuliebe ihren komischen Freihof sponsorte, würde ich ihm zu ewiger Dankbarkeit verpflichtet sein. Was er sich darunter vorstellte, wusste ich nur zu gut. Und sie konnten es zumindest ahnen.

Ich sah Hettis lauernden Blick. Schreibklause im Freihof, lächerlich. Sobald das Geld geflossen wäre, hätte John mich in den Hühnerstall abgeschoben. Er, Ringo und Rosso benutzten mich doch nur. Und meine Freunde, Hetti und Andreas, ließen sich von ihnen einspannen. Wie konnten sie mich nur so verraten? Es kam mir vor, als würde mein Kopf mit jedem dieser Gedanken ein Grad heißer, bis er fast zu platzen schien.

»Vergesst es!«, schrie es aus mir heraus.

Es wurde sehr still, so still, dass ich überdeutlich hörte, wie Rosso Luft durch die Nase sog.

»Scheiß Kapitalist«, zischte er.

»Ich? *Ihr* sabbert doch vor lauter Geldgier. Wisst ihr was? Ihr könnt mich gernhaben! Alle! Holt euch einen runter auf eurem Freihof.«

Ich stieß Rosso zur Seite und stürzte, ehe jemand reagieren konnte, aus dem Gewächshaus. Hinter mir hörte ich Hetti rufen.

»Peter, jetzt warte doch mal.«

Nichts hätte mich in diesem Moment aufhalten können.

Ich rannte am alten Quetschwerk entlang, bekam bald Seitenstechen, ging ein Stück, atmete in den Bauch, wie ich es im Sportunterricht gelernt hatte, hetzte weiter. Dunkle Wolken verdeckten den Mond, es begann zu regnen. Ich wich trotzig keiner Pfütze aus, bald klebten meine Hosen wie feuchte Putzlumpen an meinen Beinen. Ich würde mindestens eine Stunde nach Hause brauchen, wenn nicht zwei. Wahrscheinlich fing ich mir auch noch eine Erkältung ein bei dem Dreckswetter. Warum bloß war ich mit Andreas mitgefahren? Um Hetti zu sehen natürlich. Schön blöd von mir. Sie war es nicht wert.

Ich lief etwa eine halbe Stunde, meine durchweichten Schuhe begannen mir die Fersen aufzuscheuern. An einer Kreuzung zwischen einem Billigmarkt und einem Reifenhandel stellte ich fest, dass ich die Orientierung verloren hatte. Ich drehte mich einmal um die eigene Achse, in der Hoffnung, irgendeinen Hinweis oder einen Menschen zu finden, der mir helfen konnte. Nichts. Niemand. Es war, als wäre ich in einer fremden, verlassenen Stadt gelandet. Was sollte ich tun? Nach einer Telefonzelle suchen und zu Hause anrufen, was sonst. Meine Mutter würde, wenn sie von meiner Notlage hörte, einen Mantel über den Schlafanzug ziehen und ins Auto steigen, um mich zu holen. Es gab nur einen Fehler an dem Plan: Ich hatte Frederik meine letzten Münzen für Zigaretten gegeben. Resigniert setzte ich mich auf eine Leitplanke.

Nur kurz ausruhen, dann suche ich nach einer Bushaltestelle und warte dort, bis es hell wird.

Es begann wieder stärker zu regnen, dazu wehte mir in Wellen ein Geruch nach Kloake ins Gesicht. Als in der Ferne die Scheinwerfer eines Fahrzeugs auftauchten, sprang ich auf und rannte winkend auf die Straße. Der Fahrer blendete ab, ich erkannte den R4.

Ach, Andreas. Wider Willen war ich gerührt. Am Steuer saß Hetti. Sie kurbelte die Scheibe herunter.

»Was hast du denn vor? Willst du nach Großlappen, zur Mülldeponie? Puh, stinkt's hier. Komm schnell rein.«

Sei jetzt bloß nicht zu freundlich, sagte meine innere Stimme. Wenn sie so lange nach dir gesucht hat, hat sie ein richtig schlechtes Gewissen. Das solltest du ihr ruhig noch ein wenig lassen.

»Auf was wartest du, Peter?«

Ich schüttelte unwillig den Kopf.

»Hey, es tut mir leid, das war echt nicht okay.«

Der Regen peitschte mir ins Gesicht, die Kleidung hing mir klatschnass am Körper und ich schlotterte.

Schlottern ist nicht gut, dachte ich, es wirkt schwach. Und für schwach wollte ich nie mehr gehalten werden.

»Und du meinst es wirklich ehrlich?«

Sie nickte und kurbelte schon das Fenster hoch. Anders als erwartet, begann sie nicht sofort mit einer wortreichen Erklärung, sondern starrte auf die Regentropfen, die auf der im Scheinwerferlicht glänzenden Straße zerplatzten. Da ich keine Veranlassung sah, als Erster das Wort zu ergreifen, saßen wir minutenlang schweigend nebeneinander.

»Ich hätte es eigentlich vorher mit dir allein besprechen wollen«, begann Hetti endlich.

»Das hätte auch nicht viel geändert.«

»Doch, sicher. Aber, das ist so eine Wahnsinnsgeschichte, da konnte ich einfach den Mund nicht halten. Und Rosso hat natürlich sofort alles weitergetratscht.«

»Was für eine Geschichte denn?«

»Peter, langsam ist es gut.«

»Ich habe keine Ahnung, wovon du sprichst.«

»Von der Erbsache natürlich.«

»Erbsache? Geht's um die Gärtnerei?«

»Mann, jetzt hör auf. Ich weiß es von meinem Vater, der sich tatsächlich herabgelassen hat, mich zu treffen.«

»Was denn?«

»Die alte Sinner war auch seine Patientin. Leider war sie in ihn nicht ganz so verliebt wie in deinen Vater«, fügte sie mokant hinzu.

»Sinner? Nie gehört.«

Hetti zog eine Braue nach oben.

»Echt?«

»Wenn ich's dir sage.«

Sie musterte mich misstrauisch.

»Hetti, ich habe keine Ahnung, wovon du redest.«

»Scheiße.«

Ihr Gesicht wurde weich, ihre Augen bekamen einen feuchten Glanz.

»Dann haben wir dir ja total unrecht getan.«

»Den Eindruck habe ich allerdings auch.«

»Dein Alter hat dir das tatsächlich verschwiegen?«

Ich nickte, obwohl ich nicht wusste, was.

»Wir waren uns sicher, dass du uns verarschst.«

»Kannst du mir endlich verraten, um was es geht?«

Sie holte tief Atem und begann ihren Bericht mit dem unvermeidlichen »Also«. Was ich dann hörte, machte mich sprachlos. Ich hing an ihren Lippen und unterbrach sie kein einziges Mal. Dafür sorgten zwei Polizisten, die hinter uns hielten, um Hettis Führerschein und die Fahrzeugpapiere zu überprüfen. Aber da hatte ich das Wichtigste schon erfahren und verstanden, wie es zu der absurden Situation in Andreas' Gewächshaus gekommen war.

»Können Sie uns erklären, was Sie hier mitten in der Nacht machen«, sagte der jüngere der Polizisten, der den Tick hatte, nach jedem zweiten oder dritten Satz kurz die Unterlippe über die Oberlippe zu stülpen, als wolle er überprüfen, ob sein rotblonder Schnauzbart noch da war.

»Muss ich das?«, sagte Hetti.

»Fräulein«, sagte der Ältere jovial, »was sind Sie denn so unfreundlich? Wenn Sie nur geschmust haben, drücken wir vielleicht ein Auge zu.«

»Wir schmusen, wo wir wollen«, sagte ich, um Hetti zu demonstrieren, dass ich mich von Bullen nicht einschüchtern ließ.

»Zehn Mark«, sagte der Jüngere.

»Für schmusen? Das ist ja lächerlich.«

»Für den Verstoß gegen die Straßenverkehrsordnung. Sie stehen mit zwei Reifen auf dem Gehweg«, sagte der Ältere.

»Um die Zeit ist hier kein Schwein unterwegs!«

»Sie machen die Sache nicht besser, wenn Sie laut werden, junger Mann. Jetzt sind wir schon bei zwanzig Mark. Dabei haben wir uns noch nicht mal den Wagen angeschaut.«

Sie ließen uns aussteigen. Der Jüngere beugte sich ins Wageninnere, hob die Fußmatten hoch, schaute unter die Sitze, ins Handschuhfach und war sichtlich enttäuscht, dass er keine Drogen fand. Ich hoffte, dass den beiden bald der Spaß vergehen würde. Die Gär-Gase des Großlappener Müllbergs waren selbst für mich, der ich durch die Kostümwechsel im NT einiges gewohnt war, kaum auszuhalten. Aber die Polizisten waren erstaunlich unempfindlich und ließen uns noch die Motorhaube und die Heckklappe öffnen. Leider stellte sich bei einem Blick in den Verbandskasten heraus, dass er bis auf das Dreieckstuch und schmutzstarrende Latexhandschuhe, die Andreas offensichtlich für einen Reifenwechsel verwendet hatte, leer war.

»Wir richten dem Halter aus, dass er einen neuen kaufen soll«, versprach Hetti eilfertig. Offenbar ertrug sie den Gestank nicht länger.

»Er muss ihn innerhalb von vierundzwanzig Stunden auf der Inspektion vorzeigen«, sagte der Jüngere.

»Alles klar, macht er.«

»Und er soll vierzig Mark mitbringen«, sagte der Ältere.

»Jetzt schon vierzig?«

»Junger Mann, wie wär's, wenn Sie mal unsere Großzügigkeit anerkennen würden?«

Die Polizisten warteten allen Ernstes darauf, dass ich mich bedankte. Als sie begriffen, dass ich nicht daran dachte, zogen sie sich missmutig zurück.

»Weißt du, was ich mir in solchen Situationen wünsche?«, sagte Hetti, als wir wieder im R4 saßen. »Dass mal ich die Polizistin bin und Typen wie die so richtig fertigmachen kann. Pervers, oder?«

»Irgendwie schon.«

Sie lachte und startete den Motor.

Erster Gang links oben, Kupplung langsam kommen lassen, leicht Gas geben.

»Hast du schon eine Idee, wie du deine Eltern dazu bringst, möglichst subito was von der Kohle rüberzuschieben?«

Ich schüttelte den Kopf.

44

Bei unserem nächsten Familienessen, es war ein Frühstück, hielt ich wie Peter Falk als Inspektor Columbo unauffällig nach Indizien Ausschau. Es gab weder Champagner noch Kaviar, sondern wie immer Tee und Kakao, Erdbeermarmelade, Langnese-Honig, Leberkäse und den weißen Presssack, vor dem es mich so ekelte.

»Dein Curtius war da«, sagte mein Vater, griff zum Messer und köpfte sein Frühstücksei mit einem einzigen Hieb. Sigi jubelte.

»Super, Papa!«

»Bitte nicht so laut«, sagte meine Mutter.

»Du sollst bei ihm vorbeischauen, er hätte noch mal einen Job für dich.«

»Macht doch mal ein Interview mit dem Müller oder dem Beckenbauer«, schlug Sigi vor. »Die sind super.«

»Wieso spielen die Bayern dann so schlecht?«, sagte Berti.

»Die spielen nicht schlecht.«

»0:5 gegen Hamburg, 1:6 gegen Saarbrücken.«

»Das war der Schiedsrichter«, schrie Sigi.

»Kinder, ich habe Migräne.«

»Dann nimm endlich dein Medikament, Traudi.«

»Habe ich doch längst.«

Sie kämpfte mit den Tränen, was allen unangenehm war und kurz für betretene Stille sorgte.

»Wem sein Ei soll ich noch köpfen?«, erlöste uns unser Vater.

Sigi hob den Finger und er wiederholte sein Kunststück.

Ich war mir nicht sicher, ob meine Mutter schniefte oder schnüffelte, da sprang sie schon auf und rannte mit einem gequälten »O nein!« in die Küche. Nach einer Weile kehrte sie mit einer Platte Zwetschgendatschi zurück. Er war an den Rändern angebrannt, der Puderzucker hatte sich zu einer Uhu-artigen Masse verdichtet, die halbierten Früchte erinnerten an verfaulte Innereien.

»Bloß wegen dem blöden Medikament«, jammerte meine Mutter. »Ich habe völlig vergessen, dass ich den Datschi zum Auftauen in den Ofen geschoben habe.«

»Wäh«, sagte Sigi und Berti tat so, als würde er sich vor Ekel schütteln. Das war ein Fehler, denn nun bestand mein Vater darauf, dass jeder ein Stück aß.

»In diesem Haus«, sagte er, »lassen wir nichts verkommen.«

Verbrannter Kuchen? Kunsthonig? Presssack? Das sollte eine Millionärsfamilie sein?

Irgendetwas stimmte nicht mit der Geschichte, die Hetti von ihrem Vater gehört hatte. Er hatte die ominöse Frau Sinner als vereinsamte, depressive Greisin beschrieben, die keine Frühmesse ausließ und ihre Ärzte, darunter auch ihn, mit permanenten Besuchen nervte. Aus medizinischer Sicht habe man nichts mehr für sie tun können, es sei absehbar gewesen, dass sie an Altersschwäche sterben würde. Irgendwann sei sie dann nicht mehr aufgetaucht und er habe angenommen, sie sei nicht mehr am Leben. In Wirklichkeit habe sie einen Arzt gefunden, der es offenbar geschafft habe, sie aufzuheitern – den Kollegen Gillitzer.

»Angeblich soll dein Vater regelrecht mit ihr geflirtet haben. Kannst du dir das vorstellen?«, hatte Hetti mich gefragt.

»Das ist eine seiner Spezialitäten.«

Ich hatte öfter erlebt, wie mein Vater uralten Frauen Komplimente machte. Er bezeichnete sie als Jugendfreundinnen, auch wenn sie vierzig Jahre älter waren als er, lobte ihre Kleidung und Frisuren und ermahnte sie, jungen Männern nicht zu sehr den Kopf zu verdrehen. Meine Vermutung war, dass er sich für dieses Spiel bewusst Frauen aussuchte, bei denen meine Mutter keinen Grund zur

Eifersucht hatte. So konnte er seine Qualitäten als Verführer demonstrieren und erntete gleichzeitig ihre Dankbarkeit, weil er sie nie bei Frauen einsetzte, die eine ernsthafte Konkurrenz für sie gewesen wären. Ich hatte beobachtet, wie manche dieser Greisinnen sich in seiner Gegenwart in verliebte, junge Mädchen verwandelten. Das musste er auch bei Frau Sinner erreicht haben, sonst hätte sie ihr Vermögen wie geplant der Kirche und nicht ihm vermacht.

»Es sind drei oder vier große Mietshäuser in der Münchner Innenstadt mit insgesamt circa fünfzig Wohnungen«, hatte Hetti berichtet, »dazu ein Haufen Geld.«

Nachdem Hetti mich nach Hause gebracht hatte, war ich trotz aller Erschöpfung die halbe Nacht wach gelegen. In meinem Kopfkino hatte ich mich schon als Besitzer eines Autos, selbstverständlich eines R4, gesehen und lebte in meiner eigenen, WG-tauglichen Wohnung. Sie lag fußläufig zum *Randstein,* der Kneipe, in der ich Stammgast werden wollte, oder zum *Alten Ofen*, wo es die besten Fleischpflanzerl der Stadt gab. Vorausgesetzt ich hatte Mathe bestanden, würde ich nächstes Jahr auf jeden Fall noch mein Abitur machen, damit meine Freunde nicht dachten, als Millionär wäre ich zu abgehoben für einen gewöhnlichen Abschluss. Schon einen Tag später würde ich ins Auto steigen, nach Rom tuckern und mich dort erst mal vom Schulstress erholen. Nach einer kurzen Eingewöhnungsphase würde ich zu schreiben beginnen. Zu meinem Glück musste ich anders als die meisten Kollegen nicht von meinen Büchern leben. Die Anforderungen des Marktes waren mir genauso egal wie die Literaturkritik. Mir ging es allein um die Kunst. Als wohlhabender Schriftsteller war ich auch für die Frauen interessanter, ich konnte mir aussuchen, ob ich lieber mit einer glutäugigen Sardin, einer morbiden Adeligen aus der Toskana oder einer römischen Revolutionärin zusammen sein wollte. Mein Leben wird ein einziger Traum werden, hatte ich gedacht.

Und jetzt die Ernüchterung: verbrannter Kuchen, Kunsthonig, Presssack. Hatte Hettis Vater übertrieben, weil er auf meinen neidisch war und ihn als Erbschleicher hinstellen wollte? Beschränkte die Erbschaft sich womöglich auf nur ein Haus und das war eine Bruchbude? Oder hatte die Patientin sich im letzten Moment anders entschieden. Mein Vater konnte sehr charmant sein, ebenso oft übertrieb er und ihm rutschten Sprüche raus, die niemand außer ihm witzig fand. Es war vorstellbar, dass er die alte Frau Sinner übermütig gefragt hatte: »Gehen wir zu dir oder zu mir?« und damit alles zunichtegemacht hatte.

Ich fand meine Eltern im Gartenpavillon. Mein Vater las die *Vertraulichen Mitteilungen*, meine Mutter schrieb trotz ihrer Kopfschmerzen Rechnungen.

»Was quälst du dich denn so, Mama? Das musst du doch nicht mehr, jetzt wo ihr reich seid.«

Die beiden blickten gleichzeitig auf.

»Reich? Wir?«, sagte mein Vater.

»Es gibt Gerüchte.«

»Latrinenparolen.«

Trotz seiner vermutlich traumatischen Kriegserfahrungen verfiel er gelegentlich in die Soldatensprache dieser Zeit.

»Der Name Sinner sagt dir nichts?«

Meine Mutter schaute erschrocken zu meinem Vater, er blieb ruhig.

»Du weißt, wie schlecht ich mit Namen bin, Peter.«

»Sie soll euch drei oder vier Mietshäuser vererbt haben, dazu eine Menge Geld.«

Mein Vater presste die Lippen aufeinander und schüttelte sehr langsam den Kopf.

»Beppo, ich glaube, wir müssen …«

»Wir müssen gar nichts, Traudi.«

»Ich möchte aber nicht, dass du ihn anlügst.«

»Ich habe doch noch gar nichts gesagt. Von wem hast du das, Peter?«

»Von Hetti.«

»Hetti? Gern hätt' i, hab aber net dürfen?«

Das war ein typischer Witz aus der Rubrik *nur Beppo Gillitzer findet ihn witzig.*

»Hetti ist die Tochter vom Kollegen Kurz«, flüsterte meine Mutter ihm zu.

»Vom roten Kurz? Von dem Kommunisten?«

»Er ist in der SPD, Papa.«

»Eben. Und der tratscht das rum?«

»Deswegen sage ich ja: Du musst den Peter aufklären, Beppo.«

Mein Vater brummte unwillig und richtete sich auf.

»Es waren nicht drei oder vier, sondern zehn Mietshäuser und über fünf Millionen Mark.«

Mir wurde schwindlig. Das bedeutete, dass wir keine normalen, sondern Multimillionäre waren, vielleicht sogar reichere als Caspar Curtius. Wir konnten allein von den Mieteinnahmen und Zinsen leben. Meine Eltern mussten nie mehr arbeiten, ich und meine Brüder genauso wenig. Wir konnten uns alles leisten, was wir haben wollten. Selbstverständlich würden wir großzügig spenden, für Obdachlose, Arme, Kranke. Meinetwegen auch für den Freihof. Mein Vater musste ja nicht wissen, dass es sich um ein anarchistisches Projekt handelte.

»Zehn Mietshäuser, Wahnsinn«, stammelte ich.

»Und der Papa hat es wirklich nicht drauf angelegt bei der Frau Sinner. Ich glaube ja, dass sie schon sehr sklerotisch war und deswegen so verliebt in ihn.«

»Du meinst, mich finden nur Frauen nett, bei denen schon der Kalk rieselt?«

»Nein, so habe ich das nicht gemeint.«

Meine Mutter massierte ihre Schläfen mit den Daumen.

»Ist auch wurscht«, sagte mein Vater. »Ich habe das Erbe natürlich abgelehnt.«

Es war ein Gefühl, als hätte er bei mir die Pausentaste gedrückt, mein Atem stockte, mein Herz stand still und in meinem Gehirn hallte nur ein Wort wider.

»Abgelehnt?«

»Abgelehnt«, sagte mein Vater und grinste zufrieden wie nach dem Genuss eines sehr guten und trotzdem günstigen Schweinebratens.

»Warum denn?«

»Was hätten wir mit dem vielen Geld machen sollen?«, sagte meine Mutter.

»Über hundertfünfzig Mieter, stell dir das mal vor. Wir hätten bloß Scherereien gehabt, Schäden, Beschwerden, Klagen.«

»Gibt's nicht Hausverwaltungen, die so was für einen regeln?«

Mein Vater betrachtete mich kopfschüttelnd.

»Ein bisschen erstaunt bin ich jetzt schon.«

»Wieso?«

»Ich hätte angenommen, mit deinen politischen Ansichten stündest du aufseiten der Mieter.«

»Natürlich. Aber ihr wärt ja sicher besonders mieterfreundliche Eigentümer.«

»Wir haben doch alles, Peter«, sagte meine Mutter mit sanfter Stimme. »Wir sind zufrieden, das ist das Entscheidende.«

»Es hätte unser Leben zu sehr verändert und alle wären neidisch auf uns gewesen.«

»Wir haben es uns nicht leicht gemacht, gell Beppo?«

Er stimmte ihr zu.

»Wenn die Häuser für euch so ein Problem waren, warum habt ihr nicht das Geld genommen? Oder wenigstens einen Teil davon.«

»So wie du jetzt reagierst, bin ich noch überzeugter, dass unsere Entscheidung richtig war.«

»Wie reagiere ich denn, Papa?«

Er zuckte spöttisch lächelnd die Achseln.

»Die Habgier ist eine Sucht«, sagte meine Mutter, »wer viel hat, will immer noch mehr.«

»Die Habgier ist eine von den sieben Todsünden.«

»Ihr mit eurem scheiß Katholizismus.«

»Wie bitte?«

Mein Vater drückte sich von der Bank hoch.

»Jetzt verziehst du dich mal besser, bevor es ein Unglück gibt.«

Ich hatte lange nicht mehr so ein wildes Funkeln in seinen Augen gesehen.

»Tut mir leid, das habe ich nicht so gemeint.«

»Schon recht. Wir haben alles besprochen.«

Mein Vater verschwand wieder hinter seiner Zeitschrift und ich hielt es für klüger, mich mit einem entschuldigenden Blick in Richtung meiner Mutter zu trollen.

Nach diesem Gespräch war ich so durcheinander, dass ich mir keinen besseren Rat wusste, als Britta aus ihrer Hütte zu holen. An anderen Tagen machte sie mich mit dem sturen Ablauf ihres Gassi-Gangs verrückt, jetzt hoffte ich, genau dadurch meinen aus dem Takt geratenen inneren Rhythmus wiederzufinden.

Britta zerrte verlässlich das erste Mal an der Leine, wenn sie an unserer Briefkastensäule schnüffeln wollte, als Nächstes widmete sie sich einem Zaunpfosten beim Nachbarn Bommer. Es folgten Strommast Nummer 1–3, an dem niedrigen, in der Siedlung als »Scheißeberg« bekannten, mit Unkraut überwucherten Erdwall vor dem Getreidefeld pinkelte sie. Ihr großes Geschäft sparte sie sich für dieselbe Stelle bei der Rückkehr auf. Im weiteren Verlauf ging sie noch drei Mal in die Hocke und schnüffelte an schätzungsweise dreißig Hausecken, Baumstämmen und Laternenmasten. Da mal mehr, mal weniger Fahrzeuge entlang unserer Route geparkt waren, zeigte sie sich bei den Autoreifen flexibel, ließ aber höchstens jeden zweiten aus. Wir waren schon wieder auf dem Rückweg, als ich endlich etwas ruhiger wurde. Nach zehn weiteren Schnüffel-Stationen gelang es mir zum ersten Mal, die Szene im Gartenpavillon aus einer gewissen Distanz zu betrachten. Als die Hündin mich zu einer Säule lotste, von der aus ein kitschiger Löwe die »Villa Protz«, wie mein Vater das neobarocke Gebäude nannte, bewachte, musste ich plötzlich schmunzeln.

Der Rollentausch war einfach zu komisch. Mein Vater, der den Kapitalismus stets als bestes aller möglichen Systeme verteidigte, hatte sich in der Praxis als Antikapitalist erwiesen, die antikapitalistischen Kämpfer aus der *Neuen Gruppe Tat* hingegen hatten ihre Verachtung für die Reichen sofort über den Haufen geworfen, als sie den Ruf des Geldes vernahmen. Gut, sie hatten nicht vorgehabt, sich persönlich zu bereichern, sie wollten eine gesellschaftliche Utopie verwirklichen, trotzdem hatte ich in ihren Augen eine verräterische Gier entdeckt. Die allerdings hatte auch mich erfasst, so ungern ich mir das eingestand.

Leute, die auf Rosen gebettet sind, verraten sich dadurch, dass sie immerzu über Dornen jammern. Diese Weisheit einer französischen Schriftstellerin zitierte meine Großmutter gern. Sie würde mir, wenn ich mich wegen der entgangenen Erbschaft beklagte, entgegenhalten, dass verwöhnte Jungmillionäre selten gute Bücher schrieben. Für die Literatur müsse man kämpfen und leiden.

Meine Eltern hatten mich möglicherweise nicht nur vor schlechten Texten bewahrt. John und seine Leute wären nicht die Letzten gewesen, die erwarteten, dass ich sie großzügig unterstützte. Sobald mein Reichtum publik geworden wäre, hätte sich auch meine Band gemeldet. Ben träumte schon lange von einem echten Rickenbacker-Bass und Kerouac- und Ginsberg-Originalausgaben, Willi brauchte dringend neue Becken und eine Therapie wegen seiner Heulkrämpfe, Jakob würde mich beknien, dass wir mit unseren Songs endlich ins Studio gingen – egal, ob wir uns dort blamierten. Die arrogantesten Leute aus der Schule würden mir plötzlich schmeicheln, die berechnendsten Mädchen mit mir ins Bett gehen wollen. Darauf konnte ich gut verzichten. Meine Eltern hatten womöglich eine ziemlich kluge Entscheidung getroffen. Und sie hatten es sich nicht leicht gemacht. Wenn ich meine Beobachtungen richtig deutete, hatten sie wochenlang mit sich gerungen. Eigentlich verdienten sie Bewunderung. Ich war allerdings noch nicht so weit, dass ich ihnen das hätte sagen können.

Britta und ich hatten den zweiten Besuch am Scheißeberg hinter uns und näherten uns meinem Elternhaus, da kreuzte Caspar mit seinem Volvo unseren Weg. Britta schnüffelte ihm hinterher, ich zog sie weiter und tat so, als hätte ich ihn nicht bemerkt. Ich hörte, dass er wendete. Wenig später hatte er mich eingeholt. Er fuhr im Schritttempo neben mir her und machte mir Zeichen. Ich versuchte weiter, ihn zu ignorieren, da beschleunigte er, bremste scharf vor uns ab und stieg aus. Britta bellte empört. Sie mochte es nicht, wenn ihr jemand den Weg versperrte.

»Hi, Peter, wie geht's?«

»Geht.«

»Ich habe einen spannenden Interview-Partner für uns aufgetan. Einen linken Verleger.«

»Ich habe keine Zeit, tut mir leid.«

»Wir könnten ihn in der Toskana besuchen.«

Ich schüttelte den Kopf und ließ ihn stehen.

»Peter«, hörte ich ihn noch rufen. Es klang jämmerlich.

45

Ein Tennisball krachte in unregelmäßigen Abständen gegen meine Tür. Ich lag auf dem Flokati und dachte an Zita und Hetti. Das Telefon klingelte. Ich hörte, dass Berti, der ungeachtet des Verbots meiner Eltern mit Sigi im Flur kickte, abhob.

»Hier bei Dr. Gillitzer … Peter, Telefon für dich!«

Ich rappelte mich hoch.

»Wer ist es denn?«, flüsterte ich.

»Dichter? Kann das sein?«

»Ein Dichter? Und wie heißt er?«

»Ja, Dichter halt. Glaube ich jedenfalls.«

Ich hob den Hörer ans Ohr.

»Hallo?«

»Fichte hier. Wir haben uns kurz bei deiner Geburtstagsparty gesehen«, sagte eine hochdeutsche, sehr gebildet klingende Stimme.

Hubert Fichte. *Der* Hubert Fichte!

»Und ein zweites Mal beinahe. Als ich mich bei unserem gemeinsamen Freund vom Jetlag erholt habe.«

Mir wurde heiß und kalt. Caspar hatte ihm doch hoffentlich nicht verraten, was ich mit ihm angestellt hatte.

»Ich mache mir Sorgen, Peter.«

Erst da fiel mir auf, dass meine Brüder mit neugierigen Gesichtern vor mir standen. Ich hielt die Sprechmuschel zu.

»Hey, zischt mal ab ihr.«

»Um Caspar. Es geht ihm schlecht«, sagte Hubert Fichte.

»Los, in den Spiel-, ich meine, den Partykeller!«

Ich nahm die Hand von der Sprechmuschel.

»Ist er krank?«

»Wer ist krank?«, sagte Sigi.

»Seine Seele«, sagte Hubert Fichte.

Ich deckte die Sprechmuschel wieder ab.

»Ihr dürft hier nicht kicken, das wisst ihr.«

»Bist du noch da, Peter?«

»Ich verpetze euch bei den Eltern.«

»Dann verpetzen wir dich auch«, sagte Sigi.

»Peter?«

»Ja. Entschuldigung, Herr Fichte.«

Ich ballte die Faust in Richtung meiner Brüder und formte mit den Lippen lautlos ein *Ich bringe euch um*. Sigi streckte mir die Zunge raus, aber Berti begriff, dass mit mir gerade nicht zu spaßen war, packte ihn und führte ihn ab.

»So am Boden zerstört habe ich ihn noch selten erlebt.«

Mir fiel ein, wie Caspar mir vom Unfall seines Bruders erzählt hatte. Wie er geweint und gebettelt hatte, dass ich ihn im Arm hielt.

»Gut, dass Sie sich um ihn kümmern, Herr Fichte. Er hat gesagt, Sie sind sein einziger echter Freund.«

»Ich bin leider in Hamburg. Außerdem, fürchte ich, bin es diesmal nicht ich, der ihm helfen kann.«

»Ich auch nicht«, entfuhr es mir, »dazu kenne ich ihn viel zu wenig. Außerdem bin ich erst achtzehn.«

»Ich weiß.«

Er schwieg länger.

»Caspar hat mir erzählt, was in Locarno passiert ist.«

Ach, du Scheiße, dachte ich. Aber Hubert Fichte war ein Intellektueller, mit ihm konnte ich offen reden.

»Finden Sie nicht auch, dass so was nicht geht?«

»Es war nicht klug von ihm.«

»Nicht klug? Er hat genau gewusst, dass ich nicht schwul bin.«

Ich hörte Sigi kichern.

»Schwul! Der Peter hat schwul gesagt.«

Ich stürzte zur Tür, riss sie auf, holte aus. Zuschlagen musste ich nicht, weil Sigi wie der Blitz die Treppe in den Keller hinuntersauste, wo Berti ihn in Empfang nahm.

Als ich den Hörer wieder ans Ohr drückte, sagte Hubert Fichte, er habe gerade auflegen wollen.

»Ich habe nur schnell … den Herd ausschalten müssen.«

»Soll ich dich später noch mal anrufen?«

Wenn meine Eltern zu Hause sind? Bloß nicht.

»Nein, passt schon.«

»Du hast vermutlich Kleists Marquise von O… gelesen.«

Von Kleist hatten wir in der Schule nur den *Zerbrochenen Krug* durchgenommen, aber ich wollte mir keine Blöße geben.

»Mmh, ist aber schon eine Weile her.«

»Caspar meinte, für ihn sei es eine quasi-literarische Situation gewesen, du die Marquise, er der Graf F…«

Ich verstand nicht, was er mir damit sagen wollte, aber mir war ein wichtiger Gedanke gekommen. Wenn Caspar nicht übertrieben hatte, telefonierte ich gerade mit einem der bedeutendsten deutschen Schriftsteller und er redete mit mir über Literatur. Es musste mir unbedingt gelingen, das Gespräch vom alten Kleist auf einen zeitgenössischen Schriftsteller zu lenken – auf mich.

»Wie sicher bist du dir, dass du nicht schwul bist, Peter?«

Das kam so unvermittelt, dass mir einen Augenblick lang die Luft wegblieb.

»Bitte? Ja, absolut. Ich war immer nur mit Mädchen zusammen.«

»Wie kannst du es dann wissen? Stellst du dir manchmal einen Mann vor, wenn du masturbierst?«

Dann würde ich keinen hochbringen, dachte ich, aber ich wollte ihn nicht beleidigen und sagte nur: »Nie.«

»Interessiert es dich nicht, wie es sich anfühlt?«

»Ehrlich gesagt, nein. Ich stehe wirklich nur auf Frauen.«

»Du schreibst doch.«

Das war meine Chance.

»Ja, und ich habe schon einen Roman fertig. *Die Unwiderstehlichen*. Wollen Sie ihn lesen?«

»Das habe ich schon, Peter. Er lag bei Caspar auf dem Couchtisch.«

»Und, wie fin…?«

Ich verschluckte mich vor Aufregung.

»Finden Sie ihn?«

»Du kannst zweifellos schreiben.«

Ich kann schreiben, jubilierte ich innerlich. Hubert Fichte sagt, dass ich schreiben kann. Schreiben.

»Ich war aber auch befremdet.«

»Befremdet?«

»Weil es sich ein wenig so las, als würdest du das Leben lieber aus sicherem Abstand betrachten.«

Ich wollte ihm erklären, dass das die Perspektive meines Inders sei, aber er redete schon weiter.

»Es könnte sein, dass das Beste an unserem Leben die Tatsache ist, dass es uns Material für eine Erzählung liefert. Sollte das zutreffen, müssten wir die geschützten Räume doch verlassen und das Fremde suchen – in den anderen und in uns. Aus dir könnte durchaus ein Schriftsteller werden, Peter, aber nicht, wenn du vor dem Unbekannten davonläufst.«

Ich hörte, dass er tief Luft holte, wie um für den entscheidenden Satz Anlauf zu nehmen.

»Dieses Unbekannte könnte zum Beispiel deine Bisexualität sein, gegen die du dich so wehrst.«

Hubert Fichte beeindruckte mich mit seiner Fähigkeit, druckreif zu formulieren, und bisher hatte alles sehr überzeugend geklungen, jetzt ärgerte ich mich.

»Auf die Idee, dass ich mich nur gegen Caspar wehre, sind Sie nicht gekommen? Und dass ich ihn vielleicht einfach nicht genug mag.«

Hubert Fichte schwieg und ich war ein bisschen stolz, ihn ins Grübeln gebracht zu haben.

»Ich habe nichts gegen Schwule, Herr Fichte. Für mich wäre es überhaupt kein Problem, schwul zu sein.«

Ich merkte selbst, wie platt das klang, zumal es nicht ganz der Wahrheit entsprach.

»Dann«, sagte Hubert Fichte nach einer lange Pause, »solltest du es vielleicht mal mit jemandem versuchen, den du magst.«

Seine Stimme klang mit einem Mal müde und traurig. Er hatte mich angerufen, um zwischen seinem Freund und mir zu vermitteln. Nun musste er einsehen, dass er damit gescheitert war.

Jemand schloss die Haustüre auf. Hertha war für ein paar Tage bei ihrer Familie auf dem Land. Es konnten also nur meine Eltern sein.

»Ich muss aufhören«, sagte ich, »meine Eltern …«

»Verstehe. Adieu, Peter.«

Der Hörer lag kaum auf der Gabel, als sich die Tür öffnete und meine Eltern mit prall gefüllten Tüten aus dem Grosso Markt in den Flur traten. Als meine Mutter mich sah, ließ sie alles fallen und kam mit ausgebreiteten Armen auf mich zu.

»Herzlichen Glückwunsch, Peter!«

Sie drückte mich.

»Ich freue mich so.«

»Gut gemacht, Bursch«, sagte mein Vater, während er seine Jacke in den Garderobenschrank hängte.

Ich ging im Geiste die wichtigsten Ereignisse der letzten Tage durch und kam zum Ergebnis, dass ich nirgendwo Außerordentliches geleistet hatte. Außer bei meiner ersten Autofahrt, aber von der konnten meine Eltern nichts wissen und wenn, würden sie mir nicht gratulieren.

Meine Mutter wollte mich gar nicht mehr loslassen und streichelte mir über die Wange, als wäre ich wieder ihr kleines Peterle.

»Jetzt hat es sich doch gelohnt, siehst du.«

»Ein seltsamer Heiliger ist das«, sagte mein Vater. »Er hat sich allen Ernstes hinter einem Regal versteckt, als er uns bemerkt hat.«

Caspar? Nein, der war eher der Käfer- oder Dallmayr-, nicht der Grosso-Typ. Welche seltsamen Bekannten und Freunde hatte ich noch? Andreas. Der war meinen Eltern so oft im Gottesdienst begegnet, dass er sich nicht vor ihnen verstecken würde. Frederik war das schon eher zuzutrauen, aber er schied aus, weil meine Eltern, die nach wie vor keine Theatervorstellung besucht hatten, ihn gar nicht kannten.

»Dann war er aber doch ganz freundlich«, sagte meine Mutter.

»Ich glaube ja, er ist heilfroh, dass er dich bald nicht mehr sehen muss.«

Mein Vater grinste. Da wusste ich es.

»Was glaubst du, wie froh ich erst bin. Und er hat euch tatsächlich verraten, dass ich es gepackt habe?«

»Die Note kriegt ihr erst morgen«, sagte meine Mutter.

»Ich weiß. Wahnsinn.«

Diesmal nahm ich sie in die Arme und tanzte mit ihr durch den Flur. Sie kicherte wie ein junges Mädchen und summte zum Walzerschritt eine Melodie. *An der schönen blauen Donau*, dachte ich, bis mein Vater leicht knödelnd mitsang.

»Wiener Blut, Wiener Blut, voller Schwung, voller Schmiss, voller Glut. Wiener Blut …«

Ich wurde von Glücksgefühlen überschwemmt. In solchen Momenten musste ich meine verrückten Eltern einfach lieb haben.

»Wir kommen zum Gillitzer Peter«, sagte der Mathematiklehrer, der uns einzeln aufrief. »Hat erstaunlicherweise auch bestanden. Mit einer Drei. Einer schlechten.«

Meine Klassenkameraden applaudierten und johlten. Thomas schlug mir so auf den Rücken, dass mir die Frühstücksflocken hochkamen, Markus verwuschelte mir die Haare, Meinhard, der sonst keinen Hang zur Blasphemie hatte, segnete mich milde lächelnd.

»Ego te absolvo.«

Dass meine Klasse sich so mit mir freute, passte dem Lehrer nicht und er konnte es sich nicht verkneifen, nach einem »Ruhe! Ruhe jetzt!« darauf hinzuweisen, dass die Aufgaben in diesem Jahr nach Einschätzung aller Kollegen für eine Reifeprüfung zu einfach gewesen seien.

»Sie haben keine Ahnung, wie scheißegal mir das ist.«

Für diese Bemerkung erntete ich erneut stürmischen Applaus.

»Wir kommen jetzt zu den guten und sehr guten Noten«, schrie der Lehrer, aber das hörte ich kaum noch. Ich war wie betäubt und sagte mir nur immer wieder: Es ist vorbei, du hast es hinter dir. Für immer.

46

Sofort nach Unterrichtsschluss pilgerte die Klasse geschlossen zum *Schweizer Hof.* Alle freuten sich, dass keiner durchgefallen war, die Einser-Schüler spendierten Weißbier, die Zweier-Schüler schlossen sich an und alimentierten gemeinsam mit ihnen ein großes Besäufnis. Da ich abends noch Dienst im Theater hatte, entschied ich mich, jede zweite Runde zu überspringen – und schaffte es erstaunlicherweise. Ich kam nur so betrunken in Allach an, dass ich es überspielen konnte und die Bühnentreppe fast elegant meisterte. Nur Alex, der oder die mir vierzig Mark als Bonus für die letzten ausverkauften Abende auszahlte, merkte, dass etwas mit mir nicht stimmte.

»Hast du Sorgen, Peter?«

»Nein, wieso?«

»Ich habe das Gefühl, du bist nicht ganz da.«

»Ich bin total da.«

Beim Wort »total« fiel mir auf, dass meine Zunge noch schwer war, und ich beschloss, die verbale Kommunikation auf das Nötigste zu beschränken.

»Du musst mir sagen, wenn es dir nicht gut geht.«

»Mach ich.«

Ich sah, dass er auf die beiden Zwanziger schielte, die ich in meiner Hand vergessen hatte, und stopfte sie schnell in die Hosentasche.

»Du kannst mir vertrauen, das weißt du.«

»Weiß ich.«

»Wenn du Probleme mit Caspar hast …«

»Habe ich nicht, danke!«

»Alles klar. Dann an die Arbeit!«

Uniform 1 für Winnie, für Franzi das Oma-Kleid, das Korsett für Alex, die Ballonhose für Frederik, drüber den Fellmantel, Baskenmütze, Schiffchen, Borsalino, Uniform 2, Lederweste, Tropenhelm, Uniform 3.

Ich beherrschte den Ablauf längst wieder wie im Schlaf, allerdings verzichtete ich an diesem Abend sicherheitshalber darauf, zusätzlich zu meiner Aufgabe als Garderobier zu soufflieren. So textsicher fühlte ich mich dann doch nicht. In Eriks überarbeiteter Inszenierung von *Hundert Jahre Einsamkeit* gab es auch längere Passagen ohne Kostümwechsel und ich nutzte die Zeit, um über mein Gespräch mit Hubert Fichte nachzudenken.

Wenn du bis jetzt nur mit Mädchen gevögelt hast, kannst du doch gar nicht wissen, ob du nicht vielleicht bisexuell bist, hatte er sinngemäß gesagt. Und wenn du noch länger so ein Schisser bist, wird aus deinem Leben nie ein spannender Roman werden. Er hatte mir geraten, es mal mit einem anderen Mann als Caspar zu versuchen – mit einem, den ich mochte. Aber ich wollte ja keine schwule Beziehung, ich wollte höchstens rausfinden, ob ich eventuell nicht zu hundert Prozent heterosexuell war, sondern nur zu neunzig oder im Extremfall zu achtzig. Dafür, sagte ich mir, gibt es doch einen besseren Weg: anonymen Sex. Der ist objektiver, weil da keine Gefühle im Spiel sind.

An einem normalen Tag hätte ich die S-Bahn zum Marienplatz genommen und wäre den Rest der Strecke gegangen, aber mit dem Mathe-Abitur in der Tasche, fand ich, durfte ich es schon mal krachen lassen.

»Zum Haus der Kunst, bitte«, sagte ich zu dem Taxifahrer, den ich über die Rufsäule am Allacher Bahnhof bestellt hatte.

»Gibt's da heute Nacht noch eine Ausstellung oder eine Performance?«

Er musterte mich über den Rückspiegel, zündete sich eine filterlose Gauloise an und fuhr los. Ich war so aufgeregt, dass ich ihn, obwohl ich fast nie rauchte, um eine Zigarette anschnorrte.

»Habt ihr eigentlich keine Angst mehr?«

Ich hatte den Rauch zu tief eingesogen und musste husten.

»Angst?«

»Bis vor zwei, drei Jahren war das doch noch verboten, zumindest wenn einer keine einundzwanzig war.«

»Was denn?«

Er zwinkerte mir zu. War es möglich, dass er mich für einen Homosexuellen hielt, nur weil ich um elf Uhr nachts zum Haus der Kunst wollte? Sah ich vielleicht so aus?

»Verdient man gut in dem Geschäft? Dann finanziere ich mein Studium künftig so.«

Er lachte und strich sich eine Haarsträhne hinters Ohr.

»Bei euch gibt's keine Zuhälter, oder? Das macht die Sache natürlich lukrativer.«

Ich konnte es nicht fassen: Er glaubte, ich wäre ein Stricher!

Da die Biere und Schnäpse aus dem *Schweizer Hof* mein Denken nach wie vor leicht verlangsamten, brauchte ich einen Moment, um die passende Antwort zu finden. Ich verwarf »Du spinnst wohl, du Arsch?« und »Wenn du Stricher werden willst, darfst du nicht so scheiße aussehen« und entschied mich für eine zivilisierte Version.

»Ich habe keine Ahnung, wovon du redest. Ist es neuerdings verboten, wenn ein Achtzehnjähriger bei seiner Freundin übernachtet?«

»Oh, sorry. Ich habe in letzter Zeit öfter Gäste zur Rue de Galopp fahren müssen, da dachte ich …«

»Falsch gedacht.«

Den Rest der Strecke schwiegen wir. Ich ließ mich fast bis zur Isar bringen, in meiner Vorstellung wohnte meine Freundin in der Sternstraße. Als das Taxi außer Sichtweite war, überquerte ich die vierspurige, um diese Uhrzeit nur schwach frequentierte Prinzregentenstraße und lief am finsteren Gebirge des Bayerischen Nationalmuseums vorbei.

Hinter dem Haus der Kunst, hatte mein Vater gesagt. Das konnte überall sein, je nach Perspektive. Da er grundsätzlich von Untermenzing aus auf die Welt blickte, nahm ich an, dass der Schwulentreff sich im Englischen Garten zwischen dem Eisbach und den Trambahngleisen der Lerchenfeldstraße befand. Ich wählte einen breiten, schwach beleuchteten Weg in den Park. Caspars Gedicht fiel mir ein.

Ich such dich hinterm Kunsthaus, bin Jäger und Beute zugleich.

Hoffentlich war bei ihm gerade Schonzeit und ich traf ihn nicht. Ich hörte Stimmen und hielt auf sie zu. An einer öffentlichen Toilette standen einige Männer herum. Ein Paar verschwand in dem Häuschen, ein einzelner Mann kam heraus. Ich zögerte. War ich wirklich bereit für mein Experiment? Noch nicht ganz, sagte ich zu mir und lief weiter. Jemand rief mir hinterher, ich tat so, als würde ich es nicht hören.

Wenn du so feige bist, hättest du dir das Geld für das Taxi sparen können. Oder bist du doch ein Angsthase? Um mir meinen Mut zu beweisen, wählte ich einen Trampelpfad in ein verwildertes Wäldchen. Es dauerte eine Weile, bis meine Augen sich an die Dunkelheit gewöhnt hatten, da sah ich sie. Überall, hinter Bäumen und Gebüsch: Männer. Mal zwei, mal drei. Sie standen dicht beieinander. Einer kniete vor einem anderen. Die meisten waren in Bewegung, umkreisten sich, lockten, zogen sich zurück, trafen sich wieder, steckten die Köpfe zusammen, trennten sich oder suchten gemeinsam Deckung hinter einem Busch. Von allen Seiten war Gemurmel zu hören, da und dort stöhnte oder schrie sogar jemand.

Mir wurde flau im Magen.

Ich hätte nicht hierherkommen dürfen. Es war ein Fehler.

Da hatte mich schon jemand ins Visier genommen. Was sollte ich tun, wenn er mir nicht gefiel oder etwas von mir verlangte, was ich nicht mochte? Wie waren hier die Regeln? Durfte man Nein sagen, Vorlieben und Abneigungen äußern? Ich nahm es an, sonst wäre das kurze Getuschel, nach dem viele wieder auseinanderstrebten, sinnlos.

Der Mann war etwas kleiner als ich, höchstens zwei, drei Jahre älter, hatte ein breites Gesicht und längeres, dunkel gelocktes Haar. Ich fragte mich, ob er mein Typ war. Hatte ich überhaupt einen Typ und falls ja, welchen? Gefielen mir größere Männer besser? Oder blonde? Darüber hatte ich mir nie Gedanken gemacht.

Du ziehst es jetzt durch, ermahnte ich mich, dann hast du es hinter dir und weißt, was Sache ist. Er kam schief grinsend auf mich zu, was wohl verführerisch wirken sollte. Als er nur noch zwei Meter entfernt war, wich ich instinktiv zurück.

»Stimmt was nicht?«

»Nein, doch, ich wollte eigentlich nur schauen.«

»Schauen?«

»Na ja, vielleicht auch … mehr.«

»Du bist das erste Mal hier, oder?«

Ich nickte.

»Willst es mal ausprobieren?«

»So ungefähr.«

»Hast du Geld?«

»Geld? Acht Mark noch. Ich bin mit dem Taxi gekommen.«

»Schade.«

Er machte kehrt, rief mir noch zu, dass ich auf mich aufpassen solle, und verschwand in der Dunkelheit. War das ein Stricher gewesen? Ja, wahrscheinlich. Vielleicht ist das die Lösung, schoss es mir durch den Kopf. Ich zahle dafür und darf bestimmen, was wir machen und vor allem, was wir nicht machen. Genau, dachte ich, nächstes Mal fahre ich mit der S-Bahn und hebe mein Geld für einen Stricher auf. Da sah ich im Augenwinkel eine Bewegung. Ein älterer Mann war hinter einem Gewirr von Zweigen hervorgetreten und starrte mich an. Erst auf den zweiten Blick bemerkte ich, dass er masturbierte. Er nickte mir auffordernd zu. Spinnst du, dachte ich, du könntest mein Vater sein und hast einen Bauch. Ich schüttelte den Kopf und ging schnell weiter.

An das, was dann passierte, erinnere ich mich nur bruchstückhaft. Sie waren zu zweit und tauchten wie aus dem Nichts auf. Ich weiß noch, dass ich sie für Biker hielt, weil sie Lederjacken trugen.

»Na, du kleine Sau«, sagte der Kleinere der beiden und packte mich am Arm.

»Entschuldigung, ich wollte gerade gehen.«

Der Größere, der mich um einen halben Kopf überragte, versperrte mir den Weg. Als ich seine Hand zwischen den Beinen spürte, wurde ich panisch.

»Bitte nicht. Das ist ein Missverständnis. Ich habe mich verlaufen.«

Er lachte höhnisch.

»Verlaufen, so.«

Ich versuchte zu entwischen, da drehte der Kleinere mir die Hand auf den Rücken. Vor Schmerz schrie ich laut auf. Der Größere machte sich ungerührt an meinem Gürtel zu schaffen. In meiner Verzweiflung trat ich nach ihm, erwischte ihn aber nicht richtig. Ich schrie, so laut ich konnte, um Hilfe, spürte, dass mein Kopf nach unten gedrückt wurde, sah ein Fläschchen vor mir. Ein Geruch nach alten Socken stieg mir in die Nase. Seltsamerweise meldete sich in dem Augenblick mein altes mathematisches Gebet zu Wort und formte sich zu einer Gedankenschleife: »f Klammer auf x Klammer zu ist gleich Klammer auf eins minus x Quadrat Klammer zu mal e hoch minus x, e hoch minus x größer 0, eins minus x Quadrat ist gleich 0, x ist gleich plus minus eins. Jetzt und in der Stunde unseres Todes. Amen.«

Ich weiß bis heute nicht, was sie wirklich mit mir machten, einige in meinem Gedächtnis gespeicherte Bilder sind wohl eher Ausdruck meiner Angst vor dem, was hätte passieren können. Vermutlich dauerte es nicht länger als zwei, drei Minuten, bis jemand mir zu Hilfe kam und die beiden Männer flohen.

»Bist du okay?«, sagte eine Stimme über mir.

Ich saß benommen da und hatte im ersten Moment Mühe, den Kopf zu heben. Der Stricher und der ältere Mann beugten sich mit besorgten Mienen über mich. Hinter ihnen standen im Halbdunkel weitere Männer. Ich schloss den Gürtel und rappelte mich hoch.

»Junge, Junge«, sagte der Stricher, »ich habe dich doch gewarnt.«

»Soll ich dich irgendwo hinbringen?«, sagte der ältere Mann.

Ich schüttelte den Kopf.

»Er kann bei uns übernachten«, hörte ich eine Stimme. »Wir haben ein Gästezimmer.«

»Ich will heim.«

Ich bahnte mir den Weg zwischen den Männern hindurch, die sich erkundigten, ob es mir wirklich gut gehe, ob sie mich begleiten sollten oder ob ich Geld für ein Taxi benötige.

»Keine Sorge, wir kriegen die Typen«, rief einer mir hinterher.

Für die Strecke nach Hause brauchte ich fast zweieinhalb Stunden, aber das Laufen in der Nachtluft tat mir gut. Erst fuhren meine Gedanken noch Karussell. Wie war ich bloß auf die Idee gekommen? Wofür wollte ich rausfinden, ob es in mir einen schwulen Anteil gab? Mein Leben war okay, ohne dass ich es wusste. Hatte ich mich so geschmeichelt gefühlt, dass Hubert Fichte sich überhaupt mit mir abgab, und mich deswegen in was reinquatschen lassen? Nein, das war ungerecht, er hatte ja nicht gesagt: »Los, geh auf die Rue de Galopp und schau mal, was passiert.« Warum hatte ich mich nicht vorab bei jemandem informiert, der sich dort auskannte? Aber wer hätte das sein sollen? Außer Caspar kannte ich keinen Schwulen, jedenfalls keinen, der zugab, einer zu sein. Wenn meine Eltern wüssten, was ich gerade erlebt hatte, sie würden durchdrehen. Mein Vater vor allem. Aber hätte er das Thema nicht immer so tabuisiert, wäre es mir vielleicht gar nicht in den Sinn gekommen, mir mal selbst ein Bild machen zu wollen. Stopp, ermahnte ich mich, damit musst du endlich aufhören! Du bist jetzt erwachsen, du kannst nicht für jeden Blödsinn deinem Vater die Schuld geben.

Nach einer Stunde Fußmarsch hatte ich mich einigermaßen beruhigt. War es wirklich so ein großer Fehler gewesen, mich hinter dem Haus der Kunst umzusehen? Was war schon Schlimmes passiert? Mein Arm und mein Nacken schmerzten ein bisschen, das war alles. Als wie eine Fata Morgana Schloss Nymphenburg in mattem Laternengelb vor mir auftauchte, hatte sich meine Haltung zu dem Vorfall im Englischen Garten weiter verändert. Bestimmt, sagte ich mir, hat keiner deiner Klassenkameraden und Freunde jemals so etwas Aufregendes erlebt. Mit so einem Abenteuer wird deine bisher eher unspannende Biografie endlich interessanter.

»Es könnte sein, dass das Beste an unserem Leben die Tatsache ist, dass es Material für eine Erzählung liefert«, hatte Hubert Fichte gesagt. Ich nahm mir vor, mein Erlebnis zu Hause sofort aufzuschreiben, um keine Einzelheit zu vergessen. Oder sollte ich die *Unwiderstehlichen* überarbeiten und meinen ahnungslosen Inder in den Englischen Garten schicken? Das war eine geniale Idee – fand ich.

Jahre später, als die Szene im Englischen Garten immer mal wieder in meinen Albträumen auftauchte, fragte ich mich, ob ich mich möglicherweise zu schnell von der Begeisterung über einen Vorfall mit literarischem Potenzial hatte forttragen lassen. Vielleicht wäre es besser gewesen, den Schrecken darüber, dass zwei deutlich ältere und kräftigere Männer mir brutal ihren Willen aufzuzwingen versucht hatten, nicht so schnell positiv umzudeuten.

47

Ich sammelte die von den Schauspielern achtlos liegen gelassenen oder über Stuhllehnen geworfenen Kostüme zusammen und hängte sie in der Ordnung auf, die am nächsten Abend einen reibungslosen Ablauf garantierte. Da tauchte Alex, der oder die sich gerade schon verabschiedet hatte, noch einmal auf.

»Ich möchte dir nicht die Laune verderben, Peter, aber ich muss dir noch was sagen.«

»Was denn?«

»Caspar hat mich angerufen, um sich zu entschuldigen, dass er es noch nicht wieder zu uns geschafft hat. In Wahrheit wollte er wissen, wie es dir geht und was du so treibst. Ich habe mich geweigert, für ihn zu spionieren.«

»Danke.«

»Rede mal besser Tacheles mit ihm, sonst wirst du ihn nicht mehr los.«

»Du magst ihn nicht besonders, oder?«

Alex hob die Schultern und lächelte gequält.

»Sagen wir so: Es gibt Seiten an ihm, die ich hasse.«

»Welche?«

»Seine Herrschsucht vor allem.«

»Besonders autoritär finde ich ihn eigentlich nicht.«

»Ich meine es anders. Er will die Menschen, die er anziehend findet, beherrschen. Sobald er dich am Haken hat, stellt er dich so lange infrage, bis du nicht mehr weißt, wer du bist – um dich dann gnädig zu retten.«

»Das klingt so, als hättest du es selbst erlebt.«

Alex seufzte tief und schwieg. Offenbar wollte er oder sie darüber nicht reden.

»Wieso macht er das? Weil er von seinen Eltern eingesperrt wurde? Weil er denkt, alle wären nur auf sein Geld scharf? Weil er seinen Bruder verloren hat?«

»Seinen Bruder?«

Alex lachte höhnisch.

»Er hat keinen Bruder, Peter.«

»Ich weiß, er ist gestorben.«

»Er hat nie einen gehabt.«

»Das ist nicht wahr.«

»Doch. Ist eine alte Nummer von ihm.«

Ich sah Caspar wieder vor mir auf dem Sofa liegen, seine kindliche Bedürftigkeit, die bodenlose Verzweiflung.

»Er wollte sich umbringen.«

»Ja, damit hat er schon öfter gedroht.«

»Das soll gespielt gewesen sein?«

»Nein, in solchen Momenten geht es ihm wirklich schlecht. Und weil er sich nicht vorstellen kann, dass man ihn um seiner selbst willen liebt, erzählt er diese Geschichten.«

»Ich hab's nicht geschafft, ihm zu helfen. Ich habe so ein schlechtes Gewissen gehabt deswegen.«

»Genau das wollte er erreichen.«

In meinen plötzlichen Tränen floss alles zusammen, Scham, Selbstmitleid, Wut. Ich konnte gar nicht mehr aufhören zu weinen. Als Alex meinen Kopf sanft an seine oder ihre Brust drückte, schluchzte ich auf. Aber es tat gut. Richtig gut.

»Schnell, schnell, wir müssen hier weg!«

Andreas winkte so aufgeregt, als müsse er mich aus einem brennenden Haus holen.

Es war kurz vor sieben Uhr morgens und er hatte so lange leicht gegen das Rollo geklopft, bis ich das Geräusch nicht mehr in meine

Träume einbauen konnte. Da wir seit fünf Tagen Schulferien hatten und die *Neue Theatergenossenschaft* ebenfalls in die Sommerpause gegangen war, hatte ich bis weit nach Mitternacht mit *Herr Brumml* geprobt. Ben, unser lyrischer Bassist, hatte Texte, in denen es um die Farbe Blau ging, zum Vertonen mitgebracht. *Die blaue Nacht ist sanft* von Georg Trakl und *Gedicht* von Rolf Dieter Brinkmann mit den Zeilen *Wer hat gesagt, daß sowas Leben ist? Ich gehe in ein anderes Blau.*

Wir hatten lange diskutiert, ob wir die Gedichte ins Bayerische übertragen sollten, damit sie nicht so pathetisch klangen. Nachdem ich mit gepresster Bluesstimme »I geh in a anders Blau« gesungen hatte, war die Entscheidung einstimmig für Werktreue gefallen.

»Jetzt mach schon! Wo ist dein Rucksack? Du brauchst Klamotten für mindestens zwei Wochen.«

»Hä? Was ist denn passiert?«

»Später. Im Auto.«

Ich hatte nicht den Eindruck, dass er Spaß machte. Ich kannte seinen religiösen Fimmel und seine meiner Ansicht nach übertriebene Sorge um die Umwelt, Anzeichen von Verfolgungswahn hatte ich bei ihm bisher nicht festgestellt.

»Wenn wir nicht für eine Weile untertauchen, sagt John, riskieren wir es, im Knast zu landen. Nach dem Ponto-Mord ist keiner mehr sicher.«

»Was haben wir damit zu tun?«

»Peter, bitte. Es ist ernst, verdammt ernst.«

Da war ich mir nicht so sicher. Ich hatte schon länger den Verdacht, dass in der *Neuen Gruppe Tat* gern große Pläne geschmiedet, diese aber nur selten umgesetzt wurden. Jetzt schürte John womöglich nur Panik, um drohenden Auflösungstendenzen entgegenzusteuern. Andererseits war es nicht auszuschließen, dass wir wie viele, eher harmlose, linke Gruppen ins Visier der immer hysterischer agierenden Polizei gerieten.«

»Wohin sollen wir denn abhauen?«

Andreas machte eine konspirative Miene und hauchte so leise ein Wort, dass ich nur »o« verstand.

»Jetzt komm, wer soll dich hören?«

»Rom«, sagte er um eine Nuance lauter.

Rom klang gut.

»Kommt Hetti auch mit?«

Er schüttelte den Kopf.

»John sagt, wir müssen uns aufteilen.«

»Wohin geht sie?«

»Das dürfen wir nicht wissen. Peter, du wolltest doch immer mal nach Rom.«

Da hatte er recht. Rom war, auch wenn ich es nur von Bildern und aus Erzählungen kannte, meine Traumstadt. Außerdem lagen sechs lange Wochen Ferien vor mir, für die ich noch keine Pläne hatte.

»Okay. Ich habe aber gerade nicht viel Kohle.«

»Gillitzer, hör auf mit dem Quatsch!«

»Ist so. Meine Eltern haben das Erbe abgelehnt. Du weißt doch, wie katholisch sie sind.«

Andreas blieb der Mund offen stehen. Im ersten Stock ging die Klospülung, spätestens in zehn Minuten würde meine Mutter auftauchen. Wenn ich mir eine längere Diskussion mit peinlichen Ermahnungen und womöglich sogar Tränen ersparen wollte, musste ich mich beeilen. Ich stopfte alles, was ich an Klamotten fand, ein Handtuch, Waschzeug, knapp hundertdreißig Mark in Scheinen und meinen Pass in den Rucksack. Zum Glück hatte ich nach der Bandprobe, um niemanden im Schlaf zu stören, das Fenster benutzt. Deswegen standen meine Clarks nicht auf der dafür vorgesehenen Stufe der Kellertreppe, sondern neben meinem Schrank. Ich kritzelte eilig eine Nachricht an meine Eltern auf einen Zettel – *macht euch keine Sorgen, bin mit Andreas verreist* – und legte ihn auf mein Bett.

»Fertig.«

48

Kaum dass wir Untermenzing verlassen hatten, stellte Andreas das Radio an.

»Nachrichten? Andi, können wir zum Eingrooven nicht ein bisschen Musik hören?«

»Wir müssen doch wissen, was die vorhaben. Wenn sie die Grenzen dicht machen …«

»Du glaubst doch nicht wirklich, dass die Bullen ausgerechnet hinter dir und mir her sind. Wenn wir schon mal auffällig geworden wären, okay, aber …«

Mir fiel ein, dass ich seinerzeit bei meiner und Bettina Helsdorfs Festnahme aus Trotz behauptet hatte, ich sei Anarchist, obwohl ich in Wirklichkeit noch Mitglied der Schüler Union gewesen war.

»Still!«

Andreas drehte das Radio lauter.

»… hören Sie dazu noch einmal die Stellungname des Generalbundesanwalts.«

Kurt Rebmann schwäbelte leicht und wirkte dadurch nicht unbedingt wie ein scharfer Hund. Das konnte ein Trugschluss sein, beruhigte Andreas aber vielleicht ein wenig.

»Wir gehen davon aus, dass dieser hinterhältige Mordanschlag der Terroristenszene zuzurechnen ist. Es ergeben sich hier eindeutige Parallelen zur Ermordung des Berliner Kammergerichtspräsidenten von Drenkmann. Auch dort war, wie Sie sicher wissen, ein Blumenstrauß seinerzeit überreicht worden oder jedenfalls angekündigt worden. Wir nehmen nach ersten Ermittlungen an, dass auch hier eine Entführung geplant war, die, als sie fehlschlug, dann in einen Mordanschlag sich ausgeweitet hat.«

Ganz schön holpriges Deutsch, dachte ich, schämte mich einen Moment lang für meine Pietätlosigkeit und wollte einen anderen Sender suchen.

»Warte! Noch nicht.«

»So kann man hier schon nach den ersten Fahndungsergebnissen klar feststellen, dass hier enge Verbindungen zu den Stockholm-Attentätern bestehen, ebenso deutliche Beziehungen aber auch zum Informationszentrum der sogenannten Rote Armee Fraktion, wie es im Büro des Rechtsanwalts Croissant ja seit längerer Zeit betrieben wird, aber auch sicher gewisse Beziehungen zu den Resten der Buback-Mörder.«

Andreas schlug mit beiden Händen auf das Lenkrad.

»Gott, nein! Da hast du's, Gillitzer.«

»Was habe ich?«

Ich schaltete das Radio ab.

»Ringo ist aus Stuttgart.«

»Wie dieser Rebmann?«

»Wie der RAF-Anwalt Klaus Croissant.«

»Und jetzt, denkst du, buchten sie zur Sicherheit alle Stuttgarter ein.«

»Ringo hat bei Croissant gearbeitet.«

»Der bei einem Anwalt?«

»Bei der Renovierung von seinem Büro. Da ist Croissant mit Sicherheit schon überwacht worden, sagt John …«

»Sagt John.«

»Und damit auch jeder, der sich länger bei ihm aufgehalten hat. John denkt nicht, dass sie schon gezielt nach uns suchen, aber er rechnet damit, dass Rebmann die Fahndung immer mehr ausweiten wird. Wie so ein Krake.«

Ich hielt es für unwahrscheinlich, dass so schnell einer der Tentakel des Generalbundesanwalts nach uns greifen würde, wollte

Andreas aber nicht weiter provozieren. Meine Hoffnung war, dass er sich, sobald wir aus Deutschland draußen waren, beruhigen würde. Genauso kam es. Vor der Grenze zu Österreich bekreuzigte er sich noch heimlich. Wir wurden durchgewunken, auch die italienischen Zöllner am Brenner kontrollierten uns nur oberflächlich. Einer deutete auf die Schlafsäcke auf der Rückbank und fragte: »Camping?«

Ich antwortete mit einem beherzten »ita«.

Er zog die Stirn kraus, ließ uns aber weiterfahren.

»Ita?«, sagte Andreas.

»Ita heißt ja. Also auf Lateinisch. Aber Italienisch ist ja so 'ne Art Vulgärlatein.«

»Bist du gut in Latein?«

»Ist mein bestes Fach, außer Altgriechisch.«

»Dann kann uns ja nicht mehr viel passieren.«

Er lächelte zum ersten Mal wieder und geriet, nachdem wir an der Raststätte Garda Est unseren ersten Cappuccino getrunken hatten, sogar in richtige Urlaubsstimmung. Wir sangen gemeinsam – wegen unserer mangelnden Sprachkenntnisse mit viel »Lalala« – *Azzuro* und deutlich textsicherer *Zwei kleine Italiener*.

»Eine Reise in den Süden ist für andere schick und fein. Doch zwei kleine Italiener möchten gern zu Hause sein.«

Den Refrain brüllten wir.

»Zwei kleine Italiener, die träumen von Napoli. Von Tina und Marina, die warten schon so lang auf sie.«

Auf uns warte Valeria, verkündete Andreas. Er habe sie vor zwei Jahren in den Dolomiten bei einem Treffen des Deutschen Alpenvereins mit Vertretern des Club Alpino Italiano kennengelernt. Sie sei unglaublich sportlich und sexy, und intelligent.

Unsere zweite Pause machten wir, weil der Feierabendverkehr immer dichter wurde und wir einen Stadtplan benötigten, an einem Autogrill vor den Toren Roms. Wir stärkten uns mit Tramezzini und Aranciata amara und kamen vierzehn Stunden nach unserer

Flucht aus Untermenzing im Stadtteil Garbatella an. Im Erdgeschoss einer Mietskaserne öffnete Valeria uns die Tür. Mein erster Blick fiel auf ihren Bauch, der riesig und kugelrund war, als hätte sie einen Hüpfball verschluckt. Mein zweiter erkannte in ihrem Gesicht, dass sie eher erschrocken als erfreut war.

»Andrea?«

»Schuhplatteln! Do you remember«, sagte Andreas und schlug sich mit den Händen auf die Lederhose.

Aber Valeria schien sich weder erinnern noch mit uns Englisch sprechen zu wollen. In ihrem Redeschwall wiederholten sich drei Wörter mehrfach: marito, geloso und incinta.

Ich versuchte, sie herzuleiten. Kam *geloso* von *gelidum, kalt*? *Marito* von *mare*, also Meer? Aber das Meer war um diese Jahreszeit doch nicht mehr kalt und falls doch, was hatten wir damit zu tun? Um Valeria zu verstehen, reichte allerdings auch ihre Körpersprache. Sie hatte nicht nur nicht auf uns gewartet, sie wollte uns möglichst schnell wieder loswerden.

»Valeria«, sagte Andreas flehend, »we come all the way from Munich. And we are very tired. Where can we sleep?«

»Sleepe, sleepe. Mortacci tua!«

Sie verschwand in ihrer Wohnung und kam mit einem Zettel zurück.

»Here sleepe and now go! Go, go go!«

Sie wedelte mit den Händen, als wolle sie nicht nur uns, sondern auch unseren nach der Fahrt im aufgeheizten Wagen möglicherweise etwas strengen Geruch vertreiben.

»Kann es sein, dass manche komisch werden, wenn sie schwanger sind?«, sagte ich, als wir wieder am R4 standen.

Andreas nickte deprimiert.

»Ich war verliebt in sie damals.«

Er blickte auf den Zettel.

»Esercito della salvezza?«

Jetzt waren wieder meine Lateinkenntnisse gefragt.

»Esercito kommt ganz klar von Exercitus, also Heer«, sagte ich.

»Und della?«

»Della? Hm. Von deludere vielleicht. Enttäuschen.«

»Salvezza?«

»Salvare heißt retten.«

Andreas überlegte.

»Wir retten den, der das Heer enttäuscht hat. Kann das sein?«

Ich zuckte die Achseln.

»Vielleicht eine Pension, in der Kriegsdienstverweigerer willkommen sind. Das klingt doch sympathisch.«

Es handelte sich um ein Haus der Heilsarmee für Obdachlose und Gestrandete wie uns. Da wir wenig Hoffnung hatten, so spät am Abend noch eine andere Unterkunft zu finden, buchten wir zwei Betten im Schlafsaal. Wir bezahlten gleich, um am nächsten Morgen, falls man uns zu irgendwelchen fremdartigen religiösen Praktiken nötigen wollte, schnell abhauen zu können. Ich hatte mir meine erste Nacht in Rom romantischer vorgestellt, war aber so müde, dass ich trotz des vieltönigen Schnarchens und Pupsens um mich herum rasch einschlief.

Während der folgenden vier Wochen sammelten wir weitere, für zwei Münchner auf Romreise eher ungewöhnliche Schlafplätze. Wir übernachteten bei einem Mann, der sein Geld als Wahrsager auf der Piazza Navona verdiente und illegal in einem aufgelassenen Stellmacherhäuschen mitten im Gleisgewirr vor dem Bahnhof Roma Termini hauste. Wir kletterten beim Teatro Marcello auf das Podium dreier, von einem Apollotempel übrig gebliebener korinthischer Säulen und wurden zu unserer eigenen Verwunderung erst in der zweiten Nacht vertrieben. Am Tag darauf sprachen uns vor dem Palazzo Farnese zwei Mädchen an. Nach einem Abend auf der Isola Tiberina, an dem wir babylonisch aneinander vorbeiredeten, uns dank Bier der Marke *Nastro Azzurro* aber immer besser verstanden, nahm Livia mich und Barbara Andreas mit nach Hause. Vier Tage danach trafen wir uns, beide mal wieder geduscht und mit sauberer Wäsche, am Campo de' Fiori wieder. Andreas war von Barbara rausgeworfen worden, weil sie es, wohl aus ideologischen Gründen, nicht länger ertragen hatte, dass er nicht auf sein Nachtgebet verzichten wollte. Bei mir hatte Livias Mutter, die an sich auf ihr offenes Haus stolz war, auf die Tatsache, dass ich Deutscher war, mit Migräneanfällen reagiert. Livia entschuldigte es damit, dass sie im Krieg schlimme Dinge erlebt habe.

Es regnete in Strömen und wir zogen uns in eine Latteria zurück, in der Milchkaffee in großen Schalen serviert wurde. Wir bestellten, obwohl unser Geld allmählich knapp wurde, dreimal nach, das Wetter wurde nicht besser und es zeichnete sich ab, dass wir nicht draußen schlafen konnten.

»Frag doch mal die Frauen da«, sagte Andreas und machte einen Wink zum Nebentisch, »die schauen nett aus.«

Die drei mochten zwischen fünfundzwanzig und fünfunddreißig Jahre alt sein, die Jüngste trug ihr blondes Haar streichholzkurz, die beiden anderen hatten wilde Lockenmähnen. Als ich an ihren Tisch trat, diskutierten sie leidenschaftlich.

»Salve. Meum nomen est Peter.«

Sie brachen in hexenhaftes Gelächter aus und ich wollte mich schon wieder zurückziehen, da antwortete die Älteste aus dem Trio in einem Latein, das meinem weit überlegen war. Wenn ich sie richtig verstand, hatten sie gerade darüber gesprochen, ob mitteleuropäische Männer sich beim Sex genauso rücksichtslos verhielten wie italienische.

Drei dunkle Augenpaare richteten sich auf mich. Zum Glück hatte ich mit Zita und ihrer Mutter häufiger über Frauenthemen gesprochen und musste nicht lange überlegen.

»No! Habemus magnam reverentiam.«

»Was heißt das?«, mischte Andreas sich ein.

»Dass wir großen Respekt vor den Frauen haben.«

»In jeder Hinsicht.«

Jetzt wurde auch er an den Tisch gebeten, um einige Fragen zu beantworten.

Erkundigten wir uns bei Frauen vorher, ob und welche Art Sex sie haben wollen?

Ich bejahte, auch wenn ich mich an Situationen erinnerte, in denen sich das nonverbal geklärt hatte.

Von wem sollte unserer Meinung nach die Initiative ausgehen?

Uns sei es lieber, sagte ich, wenn die Frau den aktiven Part übernehme.

Ob wir damit patriarchalisch geprägte Geschlechterrollen durchbrechen wollten?

Das bestätigte ich gern, obwohl ich in Wahrheit oft nur zu ängstlich war und lieber darauf wartete, dass die Frau mich ansprach.

Ob wir bereit wären, in einer Beziehung ganz auf Penetration zu verzichten?

»Ha, Penetrazione verstehe sogar ich«, rief Andreas.

»Nicke einfach, wenn du einen Platz zum Pennen haben willst.«

»Penetrazione heißt pennen?«

Er sah, dass ich die Augen verdrehte, und folgte brav meiner Anweisung. Ich erntete für mein »Penetratio non est necessarium« den Applaus der Frauen.

Als die Latteria gegen Mitternacht schloss, war längst ausgemacht, dass wir unsere Schlafsäcke zwischen den Bücherregalen der nahen Frauenbuchhandlung, deren Inhaberinnen die drei waren, ausbreiten durften. Zum Dank für ihre Gastfreundschaft stahl ich ihnen, bevor wir uns am nächsten Morgen mit Umarmungen und vielen guten Wünschen für den Feminismus verabschiedeten, ein Lexikon.

Es dauerte nicht lang, bis Andreas es bei mir entdeckte und empört verlangte, dass ich es zurückgab. Ich verteidigte mich damit, nur um der Völkerverständigung willen gestohlen zu haben, und versprach, das Buch, sobald wir wieder Geld hätten, zu bezahlen. Als wir einige Tage später Rom überstürzt verließen, dachte ich nicht mehr daran.

49

Mein peinlicher Diebstahl war nur eines von mehreren Symptomen meiner zunehmenden Verrohung. Am harmlosesten war noch, dass ich während meines lang ersehnten ersten Romaufenthalts weder das Forum noch das Kolosseum, den Petersdom, die Engelsburg oder das Pantheon besichtigte. Andreas und ich lungerten ausschließlich in dem begrenzten Areal zwischen der Via del Corso und dem Tiber-Ufer herum und gehörten dort bald zu einer Parallelgesellschaft aus Straßenmusikern, Karikaturisten, Billigschmuckverkäufern, Rucksacktouristen, Handtaschenräubern, Drogenabhängigen, Ausreißern, Fahnenflüchtigen, Staatsfeinden, Verirrten und Verwirrten. Nachdem wir unser letztes Geld für eine Pizza Margherita zu zweit ausgegeben hatten, begannen wir wie selbstverständlich zu betteln. Den passenden Spruch hörte man an jeder Ecke.

»C'è l'hai cento lire?«

Wir machten uns getrennt auf den Weg und ich staunte bald, wie viele Touristen und Einheimische mich, wenn ich ihnen frech den Weg verstellte oder sie ein paar Meter verfolgte, mit mehreren Münzen und manchmal sogar einem Schein loszuwerden versuchten. Unsere Tageseinnahmen waren groß genug, dass wir nicht hungern mussten. Sie reichten allerdings nicht aus, um Geld für die Rückreise, für Sprit und Mautgebühren, zurückzulegen. Das machte mir Sorgen, denn spätestens am 12. September um 16 Uhr wollte ich um jeden Preis für meine erste Fahrstunde wieder in München sein.

Nur deswegen griff ich zu, als ich auf einer meiner Betteltouren auf dem Tisch eines betrunkenen Amerikaners einen dicken Geldbeutel liegen sah. Ich schubste einen Kellner zur Seite und rannte über die Piazza Navona davon, bis hinter mir kein »Ladro! Fermateolo! Fermateolo!« mehr zu hören war. Ich warf das Portemonnaie samt Ausweis und Kreditkarte in einen Mülleimer, das Geld – es waren über hundert Dollar und jede Menge Lire – steckte ich in meine Unterhose. Zitternd vor Aufregung wartete ich unter einer Steintreppe auf die Nacht. Es roch nach Hunde- oder Katzenpisse oder beidem, Ratten huschten an mir vorbei, über mir stieg eine feine Gesellschaft zu einem im ersten Stock gelegenen Edel-Restaurant hinauf. Erst nach Stunden wagte ich mich aus der Deckung. Ich machte einen großen Bogen um die immer noch belebte Piazza, überquerte den Corso Vittorio Emanuele II und fand Andreas an unserem üblichen Treffpunkt, auf den Stufen des Denkmals für Giordano Bruno. Neben ihm hockte ein *Freak* – so nannten wir uns inzwischen auch selbst – und unterhielt sich mit ihm auf Deutsch.

»Paar Tage noch, dann geht's wieder los. Dann kommen die Compagni alle vom Meer zurück.«

»Hi.«

»Gillitzer!«

Andreas sprang auf, klopfte mir auf den Rücken und stellte uns einander vor.

»Das ist er. Mein Freund Peter. Und das ist Georg aus Stuttgart. Er ist vor der Bundeswehr abgehauen.«

»Ihr könnt auch Giorgio zu mir sagen.«

Er grinste und zeigte dabei seine vom Nikotin verfärbten Zähne. Ich betrachtete ihn von den löchrigen Turnschuhen aufwärts, über die fleckige, um seine mageren Schenkel schlackernde Hose, bis zu den verfilzten Haaren. Freak gut und schön, dachte ich, aber so möchte ich nicht enden.

Andreas spürte meine Skepsis und beeilte sich, mir zu versichern, dass Georg in Ordnung sei.

»Dann hör zu, Andi. Wir können hier nicht bleiben. Nicht in

diesem Viertel. Lass uns auf die andere Seite vom Tiber umziehen.«

»Was ist passiert?«, fragte Georg.

Ich hielt es für klüger, nichts vom Schatz in meiner Unterhose zu verraten.

»Es war total crazy. Ich gehe nichts ahnend über die Piazza Navona, da schreien die Leute plötzlich: *Ladro! Ladro!* und verfolgen mich. Ich bin echt um mein Leben gerannt.«

Georg nickte wissend.

»Zivilbullen.«

»Glaubst du?«

»Auf jeden Fall. Die sind jetzt überall, weil sie riechen, dass sich was zusammenbraut. Geht lieber erst morgen rüber nach Trastevere, wenn viele Leute auf den Straßen sind. Da fallt ihr nicht auf.«

Andreas machte ein ähnlich verängstigtes Gesicht wie an dem Morgen, an dem er mich zu unserer Reise überredet hatte.

»Trastevere, muss das sein? Jetzt, wo wir uns hier so gut auskennen. Sind da drüben überhaupt Freaks?«

»Jede Menge«, sagte Georg.

»Wir können uns auch trennen, Andi.«

»Spinnst du? Auf keinen Fall.«

Georg runzelte die Stirn, als müsse er eine komplizierte Mathematikaufgabe lösen.

»Okay, ihr könnt mitkommen. Aber schwört, dass ihr keinem was verratet.«

Wir versprachen es und folgten ihm durch düstere, mittelalterliche Gässchen. Georg bog mal rechts, mal links ab, bis sich mir der Verdacht aufdrängte, dass er uns absichtlich im Kreis herumführte und wir uns nur wenige Hundert Meter vom Campo de' Fiori entfernt hatten. Vor einer mit einer Backsteinmauer umgrenzten Brachfläche blieb er stehen, legte den Finger auf die Lippen und hielt Ausschau. Um diese Uhrzeit war kaum noch jemand unterwegs, nur hinter wenigen Fenstern brannte noch Licht.

»Jetzt«, wisperte Georg.

Jemand hatte Löcher in die Mauer geschlagen und wir überwanden sie mühelos. Auf der anderen Seite liefen wir geduckt zu den Resten eines eingestürzten, von hohem Gras und Stauden überwucherten Gebäudes. Wir kauerten uns an eine Wand und horchten. Alles blieb still.

»Sollen wir hier im Schutt …?«, sagte ich.

»Jetzt!«, sagte Georg wieder, machte drei, vier schnelle Schritte und war verschwunden. Ich war als Zweiter an der Reihe. Das Loch im Boden sah ich erst, als ich unmittelbar davorstand. Es war gerade so groß, dass eine einzelne Person hindurchpasste, und führte in die Schwärze. Ich hockte mich auf den Rand und tastete mit den Füßen. Nichts. Ich musste mich tiefer hinunterlassen und auf die Arme stützen. Da spürte ich einen Widerstand und ließ mich fallen. Ich landete auf weichem Schutt und starrte in die Dunkelheit. Nach einer Weile näherte sich ein Licht. Es war Georg mit einer Kerze. Hinter mir ruderte Andreas mit den Beinen in der Luft.

»Du kannst springen«, sagte ich, »ist nicht tief.«

»Wir haben drei Wochen gebraucht, bis wir durch den Stein durch waren«, sagte Georg. »Wir konnten ja immer nur nachts und einzeln arbeiten, damit keiner uns sieht.«

Er machte uns ein Zeichen, blieb aber noch mal stehen.

»Eins noch: Gerade sind hauptsächlich Drogati da. Passt gut auf eure Sachen auf.«

Ich spürte die Scheine an meinem Bauch und beschloss, sie dort zu lassen. Wir stiegen eine kurze Rampe hinunter und gelangten in ein Gewölbe, angesichts dessen Größe es mir die Sprache verschlug.

»Das war die Unterkirche«, sagte Georg. »Irre, oder?«

Überall entlang der Wände, zwischen Säulen und in Nischen lagerten Menschen. Es mussten mindestens zwei Dutzend sein. Die meisten schliefen, manche gekrümmt wie Larven, einige lallten im Kerzenlicht vor sich hin, andere hockten da und starrten ins Leere. Einer setzte sich gerade eine Spitze, eine Frau leerte ihren Rucksack, faltete ordentlich die Wäsche, stopfte sie zurück und begann von vorne. In einem Eck vögelte ein Paar müde vor sich hin.

Lasciate ogni speranza, voi ch'entrate. Lasst alle Hoffnung fahren, dieser Satz meines Vaters kam wie von selbst in meinen Kopf. Wenn er irgendwo passte, dann hier.

Die Menschen lagen im Abfall, zwischen vergammeltem Essen, Kondomen, Spritzen, Plastikplanen, blutverkrusteten Stofffetzen, und manche buchstäblich in der Scheiße. Der Gestank war so penetrant, dass er sogar die Cannabis-Schwaden aus einem Shillum überdeckte.

Ich muss hier raus, dachte ich, so schnell wie möglich. Aber die Angst, meinen Verfolgern in die Arme zu laufen, war stärker und ich ließ mich trotz allen Ekels von Georg zu seinem Schlafplatz hinter dem ehemaligen Altar lotsen. Den schwarzen Hund, der dort Wache hielt, bemerkte ich erst, als er sich knurrend vor mir aufrichtete.

»Brav, Ulrike«, sagte Georg.

Das Tier entspannte sich augenblicklich und legte sich wieder hin. Als ich an der Wand ein Graffito mit dem fünfzackigen Stern, der Maschinenpistole und den Buchstaben RAF entdeckte, wusste ich, wer seine Namenspatin war. Georg bemerkte meinen Blick und winkte ab.

»Ist nicht mehr mein Trip. Aber Ulrike ist stur und will einfach auf keinen anderen Namen hören.«

Hier war der Boden einigermaßen sauber. Ich breitete meinen Schlafsack aus. Links von uns schlief ein Mann mit Rauschebart, die Nachbarn auf der anderen Seite, ein Pärchen, machten einen einigermaßen vertrauenswürdigen Eindruck. Georg begrüßte sie und bekam ein Flugblatt gereicht.

»Spontis aus Bologna«, sagte er fast ehrfürchtig und übersetzte uns umständlich und womöglich nicht ganz korrekt das Pamphlet.

»Das Leben ist … Dissoluzione? Cazzo, was heißt denn das?

Das Gegenteil von Soluzione, Lösung, vielleicht? Auflösung? Genau, das Leben ist Auflösung. Sprengt die Ketten der Familie, der Fabrik, der Arbeit … Werdet freiwillig arbeitslos, werdet absentistische Arbeiter! Also Arbeiter, die nicht zur Arbeit gehen. Jetzt wird's kompliziert: Explosion, Reichtum, neue soziale Kräfte. Hm. Das verstehe ich wieder: Wir zerstören alle Ordnung.«

»Manchmal wäre ein bisschen mehr Ordnung gar nicht schlecht«, war mein letzter Gedanke, bevor ich einschlief.

Am nächsten Morgen war ich der Erste, der aus dem Loch ins Freie kroch. Ich hatte das Gefühl, selten frischere Luft geatmet zu haben. In der ersten Bar mit einer sauberen Toilette genehmigte ich mir einen Cappuccino, ein Cornetto und noch einen Cappuccino. Da ich nach wie vor befürchten musste, in dieser Gegend jemandem über den Weg zu laufen, der meinen Diebstahl beobachtet hatte, kehrte ich bald wieder zu dem Ruinengrundstück zurück. Auf halber Strecke kamen mir Georg, das Pärchen aus Bologna und Andreas entgegen.

»Wo warst du denn, Gillitzer? Du kannst doch nicht einfach abhauen. Ich habe gedacht, die hätten dich geschnappt.«

»Keinen Stress, Leute«, sagte Georg. »Ihr nehmt den 64er. Sind nur ein paar Haltestellen. Dann geht ihr zu Fuß über die Ponte Garibaldi nach Trastevere. Franco und Carla zeigen es euch. Macht's gut.«

Bevor wir uns bedanken konnten, war er im Gedränge einer Schulklasse verschwunden.

Die Spontis aus Bologna wirkten bei Tageslicht mit ihren Tod's-Slippern (Carla) und dunkelblauen Clarks-Stiefeln (Franco), den erstaunlich sauberen Baumwollhosen und dezenten Pullis in Hellgrau (Carla) und Anthrazit (Franco) eher wie angepasste Jurastudenten.

»Ich lieben Munken«, sagte Carla zu mir. »Deutsch Museo.«

»Und das Oktoberfest, wahrscheinlich.«

Sie schien mich nicht zu verstehen, ignorierte meinen Versuch, mit ihr Lateinisch oder Englisch zu kommunizieren, und radebrechte auch im Bus mit lauter Stimme weiter.

»Deutsch keine gute Gusto, aber Dischiplin. Immer puntale deutsch. Roma chaotisch. Stadt kaputte.«

Erst hinterher begriff ich, dass diese Plattitüden und das schlechte Deutsch Absicht waren und die beiden uns zu ihrer Tarnung benutzten. Für die anderen Fahrgäste sah es aus, als hätten freundliche Einheimische sich zweier heruntergekommener Rucksacktouristen angenommen.

An einer Haltestelle, die Türen hatten sich gerade zischend geöffnet, fing Franco auf einmal zu brüllen an.

»Tutti fuori! Fuori! Sbrigatevi! Fuori tutti!«

Er fuchtelte mit einem brennenden Feuerzeug herum, in der anderen Hand hielt er eine Flasche, aus der ein Lappen heraushing. Nach einer Schrecksekunde drängten die Passagiere zu den Türen.

»Ihr zwei auch! Haut ab!«, schrie Carla in plötzlich fast akzentfreiem Deutsch. Wir standen kaum auf der Straße, da sahen wir die Stichflamme. Die Leute wichen zurück, Carla und Franco kamen aus dem brennenden Bus gestürzt und stoben zwischen hupenden Autos davon.

»Weg hier«, raunte ich Andreas zu. »Aber nicht rennen.«

»Wohin denn?«

»Zum Auto.«

Unser letztes Andenken an Rom war ein eingeschlagenes Seitenfenster und ein loses Kabel, an das mal der Radiorekorder angeschlossen gewesen war. Aber damit durften wir uns nicht aufhalten, jetzt ging es darum, die Stadt auf schnellstem Wege zu verlassen.

50

Kurz vor dem Autobahnring, in einem Viertel, das, wenn ich den Stadtplan richtig las, Torre Maura hieß, wurde Andreas hysterisch.

»Nein! Wir Idioten! Wir haben kein Benzin mehr. Und kein Geld. Hier können wir nicht mal betteln. Die Leute haben ja selbst nichts. Schau dir mal die Wohnsilos an, wie runtergekommen die sind.«

Ich fischte ein paar Scheine aus meiner Unterhose und wedelte damit. Das begleitende Grinsen hätte ich besser gelassen. Dass ich zum zweiten Mal geklaut hatte, war für Andreas schlimm, dass ich auch noch stolz darauf zu sein schien, unerträglich. Er, der nach wie vor zur Beichte ging, hielt Diebstahl für eine schwere Sünde. Das ging mir im Prinzip auch so – mit Ausnahmen.

»Andi, die Feministinnen hätten mir das Lexikon garantiert geschenkt, wenn ich gefragt hätte.«

»Hast du aber nicht.«

»Und ein Ami, der so wenig auf sein Geld aufpasst, kann nur ein Millionär sein. Wer wird Millionär? Ein Erbe, was total ungerecht ist, weil die allermeisten Leute nichts oder nur Schulden erben. Oder der Typ war ein Ausbeuter, der aus den Staaten nach Rom jettet, während er andere für sich schuften lässt. Genau, das war gar kein Diebstahl, das war Umverteilung und damit sogar eine gute Tat.«

Er schüttelte mit zusammengekniffenen Lippen den Kopf. Meine Argumente überzeugten auch mich selbst nicht hundertprozentig. Wenn ich in mich hineinhorchte, nagte tief in mir doch das schlechte Gewissen. Andreas hatte neben der Einfahrt zur Tankstelle angehalten, anstatt sich in die Fahrzeugschlange vor den Zapfsäulen einzureihen. Die Hitze im Wagen wurde langsam unerträglich, aber er schien nicht weiterfahren zu wollen, bevor ich nicht aufrichtig bereute.

»Bitte, wenn du meinst, dass du hier den Beichtvater spielen musst. Ich habe gesündigt in Gedanken, Worten und Werken.«

»Das war jetzt ironisch, oder?«

»Nein, war es nicht. Jetzt gib mal Gas, komm!«

»Aber ich bestimme, was wir als Nächstes machen, Gillitzer.«

»Soll das meine Buße sein?«

Anstatt einer Antwort gab er sich endlich einen Ruck. Wir tankten und fanden sogar einen Mechaniker, der das kaputte Fenster auf der Fahrerseite mit Plastikfolie abdichtete.

»Und, wohin fahren wir jetzt, Andi? Nach Firenze oder Napoli?«

»Weder noch.«

»Sondern?«

»Noch einmal halte ich den Gestank nicht aus.«

»Das verstehe ich. Unser letztes Quartier war echt übel.«

»Ich meine den Verkehr. Und den Lärm. Und die vielen Menschen.«

»Wir haben auch ganz nette getroffen. Barbara, Livia, den Magier, die Buchhändlerinnen.«

»Die du beklaut hast.«

»Wie lange willst du da noch drauf rumreiten? Ich habe meine Sünden bereut.«

»Ich gehe in gar keine Stadt mehr, Gillitzer.«

»Alles klar, dann erholen wir uns ein paar Tage am Meer.«

»Da ist das Chaos noch größer, hat Barbara gesagt.«

»Keine Stadt, kein Meer, was dann?«

»Die Berge.«

Er machte ein beseeltes Gesicht wie Luis Trenker im *Verlorenen Sohn*, als der endlich in seine Südtiroler Heimat zurückkehrt.

»Ach komm, dafür müssen wir doch nicht nach Italien fahren.«

Andreas, der mir in den letzten Wochen wegen meiner größeren Sprachkompetenz meistens die Initiative überlassen hatte, blieb stur. Er wollte unbedingt zum Klettern in die Abruzzen und speziell zum Gran Sasso, von dessen Schönheit ich beim Vortrag des Alpenvereins im *Luisengarten* schon mal gehört hatte.

»Wir schlafen draußen und essen nur, was die Natur uns schenkt. Und wir benutzen keine Karte, als wären wir die allerersten Bergsteiger, die dorthin kommen. Ich möchte endlich mal wieder was Echtes erleben nach der ganzen kaputten Stadtscheiße.«

»Wie finden wir die richtigen Routen ohne Karte?«

»Die sagen uns die Berge, wir müssen nur auf sie hören. Gillitzer, ich habe so eine Sehnsucht nach dem würzigen Geruch von Almwiesen und einem Sternenhimmel, den keine Abgasschwaden verdecken.«

Seine Euphorie kam mir seltsam vor. Ich erklärte sie mir damit, dass das Rom-Abenteuer ihn noch mehr verstört haben musste als mich. Deswegen beugte ich mich seinem Vorschlag, bestand aber darauf, dass wir in einem Sportgeschäft in L'Aquila wenigstens noch ein Kletterseil, zwei Brustgurte, Reepschnüre und Karabiner kauften – für den Fall, dass einer der Berge Andreas sagte, wir dürften ihn nur über die Direttissima besteigen. Ich ließ mich auch nicht davon abbringen, im letzten Bergdorf Panini mit Mortadella und wenigstens zwei Flaschen Wasser zu kaufen. Wir stellten den Wagen neben dem winzigen Lebensmittelladen ab und machten uns auf den Weg. Da es selbst hier oben noch drückend schwül war, wollten wir schnell an Höhe gewinnen. Andreas schien auch ohne Kartenmaterial und ohne auf die lückenhafte Beschilderung zu achten, an jeder Abzweigung genau zu wissen, wohin er wollte. Nach einer Weile begriff ich, welchem Prinzip er folgte. Wenn auf einem Weg Wanderer oder Bergsteiger zu sehen waren, wählte er konsequent den anderen. Auf diese Weise gelangten wir in ein scharf in den Berg geschnittenes Tal mit einem kleinen Wasserfall, an dem wir rasteten. Auf dem einsamen Bergrücken jenseits der Baumgrenze, den wir eine Stunde später erreichten, konnten wir uns tatsächlich der Illusion hingeben, die Ersten zu sein, die es hierherauf geschafft hatten. Über ein liegen gelassenes Bonbonpapier, einige sich vermutlich nicht selbst melkende Kühe und das in der Abendsonne reflektierende Metalldach einer Schutzhütte sahen wir großzügig hinweg.

»Da gehen wir morgen rauf, das ist unser Berg«, sagte Andreas und deutete auf einen Felsstock.

»Wir haben keine Bergstiefel dabei.«

»Turnschuhe reichen.«

Obwohl mich beim Anblick der steilen Wände ein mulmiges Gefühl beschlichen hatte, schlief ich so gut wie seit Wochen nicht mehr und verpasste den Blick in den Sternenhimmel, der, wie Andreas mir am nächsten Morgen versicherte, für ihn ein unglaubliches Geschenk gewesen sei. Da er vor lauter Glück kein Auge zugetan hatte, bat er mich am Fuß der Wand, vorerst die Führung zu übernehmen.

»Ich weiß nicht, ob ich dafür gut genug bin.«

»Klar bist du das. Die Stelle da oben, wo es kurz überhängend wird, übernehme natürlich ich. Bis dahin bin ich wieder fit.«

»So was bin ich aber noch nicht oft geklettert.«

»Alles easy. Das ist höchstens ein Vierer.«

Er meinte den Schwierigkeitsgrad.

»Schau mal, die Maßkrughenkel.«

Er zeigte auf einige ausgeprägte Griffe und nickte mir aufmunternd zu.

Der von der Morgensonne erwärmte Kalkstein war fest, die Route, zumindest auf den ersten Seillängen, auch für einen nicht sehr erfahrenen Kletterer wie mich gut zu bewältigen. Jetzt zahlten sich die Liegestütze, die ich seit Jahren einigermaßen regelmäßig trainierte, endlich aus. Nachdem ich mühelos auch den zweiten Standplatz erreicht hatte, geriet ich in einen Rausch. Ich spürte meinen Körper wie lange nicht mehr und war insgeheim stolz auf meine Geschicklichkeit und Kraft. Den Blick in die Tiefe, vor dem ich Bammel gehabt hatte, genoss ich eher. Andreas hingegen fiel das Klettern an diesem Tag offenbar schwerer als sonst. Er suchte lange nach geeigneten Haltepunkten und brauchte mehr Pausen als ich. Als wir an der Schlüsselstelle mit dem kleinen Überhang ankamen, bemerkte ich seine ängstliche Miene und bot an, weiter vorauszugehen. Ich schaute mir die Passage genau an und spielte im Geiste mehrmals die Abfolge der Griffe und Tritte durch. Nachdem ich tief ein- und ausgeatmet hatte, ging ich es an. Griff links, Tritt rechts, Griff rechts, Tritt links. Der Fels bog sich mir immer mehr entgegen, bis ich nur noch an den Armen hing.

Jetzt die einarmigen Klimmzüge, konzentriere dich!

Links, rechts. Schneller! Links, rechts. Ich tastete mit dem Fuß. Zu früh. Noch mal zwei Griffe. Meine Muskeln glühten. Dann endlich ein Tritt. Der nächste Griff. Wieder ein Tritt. Das Schwierigste war geschafft. Durchatmen.

Oberhalb des Überhangs wurde das Gelände etwas flacher und bot sich für einen Stand an. Ich legte eine Reepschnur um eine an einen schiefen Tannenzapfen erinnernde Felsnadel, verknotete sie und hängte den Karabiner mit dem Seil ein. Um Andreas, den ich aus meiner Position nicht mehr sehen konnte, nicht zu verunsichern, fragte ich nicht, ob das die richtige Sicherungsmethode sei.

»Gillitzer, was ist?«

»Gleich!«

Ich suchte mir eine Kante und stemmte die Absätze dagegen. Angesichts des Abgrunds unter meinen Augen wurde mir jetzt doch leicht schwindlig.

Wird schon gut gehen.

»Du kannst nachkommen, Andi.«

»Komme! Seil ein!«

Ich hörte seine Stiefel über den Fels kratzen, sein Atmen, das zum Keuchen wurde – und spürte einen Ruck. Blitzschnell presste ich die beiden Stränge des Seils, so gut ich konnte, vor dem Karabiner zusammen. Von der Reibung brannten meine Hände wie Feuer. Immerhin war die Bremswirkung groß genug, dass Andreas, wenn ich das Geräusch richtig deutete, einigermaßen sanft landete. Ich leckte mir die aufgescheuerten Handflächen.

»Versuch's gleich noch mal«, rief ich nach unten, »nicht lang nachdenken!«

Diesmal zog ich mit aller Kraft am Seil, um ihn zu unterstützen, aber er schaffte es wieder nicht.

Was genau der Fehler bei seinem dritten Versuch war, kann ich nicht mehr sagen. Ich weiß nur noch, dass Andreas erneut die Kraft, nach oben auszusteigen, fehlte, das Seil sich diesmal aber verhakte.

»Lass mich runter, Gillitzer!«

Ich zerrte am Seil, das zwei Meter unter mir in einem Riss verschwand und ein Stück tiefer wieder auftauchte, bekam es aber nicht frei.

»Runter!«, schrie Andreas, der offenbar direkt unter dem Überhang baumelte.

»Geht nicht!«

Für einen langen Augenblick schien die Zeit stehen geblieben zu sein, dann sah ich, wie sich das Seil auf der scharfen Kante des Überhangs hin und her bewegte. Andreas wollte offenbar durch Pendeln andere Griffe erreichen.

»Nicht! Du scheuerst es durch!«

Er versuchte weiter, die Stelle zu überwinden, seine rechte Hand tauchte auf.

»Ja, jetzt. Jetzt hast du's geschafft!«

Aber er musste wieder loslassen.

Danach war es still.

»Andi?«

Er antwortete nicht.

»Alles okay?«

Ich bekam Panik und rief seinen Namen. Zweimal, dreimal.

Keine Antwort.

Was sollte ich tun? Ich hing genauso fest wie er, war genauso gefangen.

Auf einmal brüllte Andreas wie ein Stier. Sekunden später griff erst eine, dann die andere Hand über die Kante, sein rotes Gesicht tauchte auf.

»Ja, weiter! Gleich hast du's.«

Das letzte Stück kroch er mehr, als dass er kletterte, und sank wie tot neben mir zusammen. Es dauerte eine Weile, bis seine Atmung sich beruhigt hatte und er wieder sprechen konnte.

»Das … das war die Muttergottes.«

Ich dachte, es wäre ein Witz, und lachte.

51

Der seitliche Ausstieg aus der Wand war ein Spaziergang. Danach konnten wir wie Skifahrer ein steiles Geröllfeld hinabrutschen und waren in kaum einer halben Stunde zurück an unserem Schlafplatz. Ich gab Andreas den letzten Rest Wasser zu trinken und wartete darauf, dass er etwas sagte. Nach einer Weile wurde ich ungeduldig.

»Ist alles in Ordnung mit dir?«

Er zuckte zusammen, als hätte er meine Gegenwart vergessen.

»Ja.«

»Glück gehabt, was?«

Er schüttelte den Kopf.

»Kein Glück.«

»Hey, ist doch alles paletti.«

Ich betrachtete die Brandblasen auf meinen Handflächen.

»Also fast alles.«

»Ich habe gebetet und sie hat mich erhört.«

Er wirkte seltsam entrückt.

»Andi, geht's dir nicht gut?«

»Ohne sie wäre ich tot.«

Ich hatte selbst jahrelang eine enge, beinahe intime Beziehung zur Muttergottes gepflegt, hatte mich nachts im Bett mit ihr unterhalten und sogar befürchtet, sie könne nach den Kindern von Lourdes und Fatima auch mir in München-Untermenzing erscheinen. Aber da war ich zehn, höchstens zwölf Jahre alt gewesen. Andreas war einundzwanzig. In dem Alter glaubte kein vernünftiger Mensch mehr an Marienwunder.

»Maria hat geholfen«, flüsterte er andächtig.

»Du hast dir vor allem selber geholfen.«

Doch er bestand darauf, dass er ohne überirdischen Beistand früher oder später in seinem Klettergurt erstickt wäre. Ich sah ein, dass ich ihm das nicht ausreden konnte, aber Andreas hatte sich in seiner Verzweiflung auch noch zu einem Gelübde hinreißen lassen.

Davon erfuhr ich erst am nächsten Tag in dem kleinen Bergdorf. Wir waren völlig ausgehungert über den Lebensmittelladen hergefallen, hatten uns mit Brot, Käse, Reiskroketten, Karotten, Äpfel, Trauben eingedeckt und alles in uns hineingestopft. Mir war übel, aber Andreas erklärte, er fühle sich wie neugeboren.

»Das ist doch schön.«

»Weißt du, warum ich fast gestorben wäre?«

»Weil sich das scheiß Seil verfangen hat.«

»Weil ich in Rom in keiner einzigen Kirche war. In Rom!«

»Ja, wir waren echt Banausen.«

»Ich habe Gott vergessen, Gillitzer. Aber mit dem Tod vor Augen war er wieder da.«

Ich bemühte mich, ihn ernst zu nehmen.

»Dann war das ein richtiges Damaskus-Erlebnis für dich.«

»Genau, und ich habe was begriffen.«

»Dass es ein Fehler war, in keinen Kletterführer zu schauen.«

»Dass ich mein Leben von Grund auf ändern muss. Ich habe meine Zeit mit so viel Blödsinn verschwendet.«

»Mit der *Neuen Gruppe Tat*?«

»Und dem Studium. Sozialarbeit, was für eine Augenwischerei. Da werden doch nur Symptome kuriert.«

»Na ja, nicht nur. Ich kenne Leute, die …«

Er unterbrach mich.

»Gillitzer, die Welt rast unaufhaltsam auf die Katastrophe zu. Und ich habe immer nur geredet, geredet und nichts getan. Aber das ist vorbei, das habe ich der Muttergottes versprochen. Ich steige aus.«

»Wie?«

»Ich gehe aufs Land. Als Selbstversorger. Ich produziere meine eigene Energie, sogar aus meiner Scheiße. Das funktioniert, Gillitzer!«

»Sauber.«

Ich hielt es für klüger, seine Pläne nicht infrage zu stellen. Schon nach unserer Flucht aus Rom hatte er psychisch angeschlagen gewirkt, jetzt war er offenbar vollständig aus der Spur geraten.

»Dazu brauche ich kein Kommune-Experiment. Ich rede mit den Bauern und miete nur das Häuschen.«

»Das Hetti mir als Schreibklause überlassen hätte.«

»Du kannst gern mitkommen. Wir essen aber nur Gemüse aus unseren Hochbeeten und trinken Wasser aus der eigenen Quelle.«

»Ich überleg's mir.«

»Ich werde auch nicht mehr die Luft verpesten.«

Bei dem Satz hätte ich hellhörig werden müssen. Aber da hoffte ich noch, dass er sich, wenn ich ihn nur lang genug reden ließe, von selbst beruhigen würde.

»Irgendwann werde ich ganz eins mit der Natur sein. Weißt du, was ich jetzt mache? Ich schenke der Frau im Laden unsere Klettergurte und Karabiner.«

»Was? Wieso denn?«

»Weil wir das Schicksal nicht noch mal herausfordern dürfen.«

Ich fand es schade um die neue Ausrüstung, da ich aber keinen großen Wunsch verspürte, so bald wieder an steilen Felsen herumzukraxeln, ließ ich ihn gehen.

Andreas kam mit Kuchen zurück.

»Hat sie mir geschenkt, selbst gebacken. Sie hat sich total gefreut. Ich weiß jetzt auch, wo wir meine Karre verschrotten können.«

»Was? Wieso denn?«

»Hast du nicht verstanden, dass ich mich nicht mehr an der Natur versündigen will?«

»Und wie sollen wir nach Hause kommen?«

Andreas bedachte mich mit einem nachsichtigen Lächeln.

»Zu Fuß, wie sonst?«

»Andi, ich muss spätestens in zwei Tagen in München sein. Unbedingt!«

Ich verriet ihm nicht, dass mein dringender Termin die erste Fahrstunde war.

»Dann trampen wir halt.«

»Ach, andere Autos verpesten die Luft nicht?«

»Die fahren auch ohne uns. Leider.«

Ich war mir nicht sicher, ob die Italiener Anhalter eher mitnahmen als die Schweizer in Locarno. Wenn wir Pech hatten, saßen wir irgendwo fest und ich kam nicht rechtzeitig nach Hause. Blieb noch der Zug. Aber reichte mein Geld noch für zwei Fahrkarten? Und wie kamen wir nach Rom, zum Bahnhof? Mit einem Bus vielleicht.

Mein Blick fiel auf den R4. Die Vorstellung, dass er in einer Schrottpresse zerquetscht werden sollte, machte mich traurig.

»Ich fahre.«

Andreas schaute mich entgeistert an.

»Ich kann das.«

»Seit wann?«

Ich lächelte vielsagend.

»Hat dein Vater heimlich mit dir geübt?«

Ich nickte.

»Hätte ich ihm gar nicht zugetraut. Und du willst ohne Führerschein fahren?«

»Mein Risiko, oder?«

»Wenn die Polizei uns anhält, wirst du gesperrt.«

»Ist mir klar.«

»Und ich bin meinen Lappen los, weil ich dich ans Steuer gelassen habe.«

»Das ist doch gut. Dann ist die Versuchung, doch mal zu fahren, nicht mehr so groß.«

»Aber mein Gelübde …«

»Was genau hast du versprochen?«

»Dass ich die Umwelt nicht mehr zerstören werde.«

»Eben.«

»Wie?«

»Das gilt nur für dich.«

Er seufzte.

»Du hast doch keine Angst, Andi. Jetzt, wo du unter dem Schutz der Muttergottes stehst.«

»Mach dich nicht über mich lustig.«

So ging es noch eine Weile hin und her, bis er nachgab. Als ich statt des Rückwärtsgangs den ersten einlegte und das Bremspedal erst knapp vor dem Schaufenster des Ladens fand, kamen ihm wieder Zweifel. Doch statt mich vom Steuer zu vertreiben, erklärte er mir in aller Ausführlichkeit, wie der Motor und das Getriebe funktionierten und dass eine Kupplung einen Schleifpunkt habe.

Dank dieser Information kam der R4 beim Schalten seltener ins Hüpfen und Hetti hätte sich nicht mehr über meinen »Känguru-Fahrstil« lustig machen können.

Dafür gab es auf der über neunhundert Kilometer langen Strecke nach München andere Herausforderungen. Bei meinem ersten Versuch als Fahrer war ich mit dem Lenken vergleichsweise gut zurechtgekommen, aber da hatte ich keine verbrannten Hände gehabt. Auf der Straße von den Höhen der Abruzzen ins Tal hinunter geriet ich auch wegen der engen Serpentinen ins Schwitzen. Einmal schnitt ich die Kurve so, dass ein entgegenkommender Traktorfahrer mit der Faust drohte, dann geriet ich derart nah an die hölzernen Leitplanken, dass Andreas beim Blick in den Abgrund aufschrie. Die Tücken der Passstraße waren nichts gegen die der Autobahn. An den Mautstationen fürchtete ich, mit dem Kotflügel das Häuschen zu streifen, und wagte erst beim dritten Mal, so nah heranzufahren, dass meine Armlänge für das Bezahlen reichte. Zuvor hatte Andreas dafür aussteigen müssen, was die Fahrer hinter uns nicht erfreute. Noch mehr Angst machten mir die Lastwagen. Ich hatte jedes Mal, wenn ich einen überholte, das Gefühl, der R4 würde vom Luftdruck gleich von der Straße getragen. Schlimm waren auch die Drängler, die mit 200 km/h oder mehr heranrauschten, mich mit der Lichthupe terrorisierten und, wenn ich den Weg freigemacht hatte, absichtlich schnitten. Nicht nur einmal stieg ich vor Schreck so auf die Bremse, dass ich um ein Haar einen Auffahrunfall verursachte. Die knatternde Plastikfolie im Seitenfenster trug auch nicht gerade zu meiner Entspannung bei.

Aber ich lernte schnell und etwa ab Reggio Emilia hatte ich das Gefühl, dem italienischen Fahrstil gewachsen zu sein. Andreas achtete darauf, dass wir rechtzeitig tankten, ich regelmäßig trank und genügend Ruhepausen einlegte. Da wir keinen Radiorekorder mehr hatten, fühlte er sich auch für das Unterhaltungsprogramm zuständig. Er beschrieb in aller Ausführlichkeit das Ehedrama seiner Eltern, den gemeinen Vater, der die Familie hatte sitzen lassen, und die selbstlose Mutter, die drei kleine Kinder allein hatte großziehen müssen. Von meinen Eltern kannte ich eine andere Version der Geschichte. Danach hatte Andreas' Mutter ihren armen Mann jahrelang »wie einen Fußabstreifer« behandelt und ihre Kinder wegen der Affäre mit einem verheirateten Ingenieur sträflich vernachlässigt. Da ich mich nach wie vor sehr auf den Verkehr konzentrieren musste und mir keine Diskussion erlauben konnte, behielt ich mein Wissen für mich. Ich unterbrach Andreas auch nicht, als er von der angeblichen Frömmigkeit der Mutter auf seine eigenen Glaubenszweifel und ihre Bewältigung überleitete.

»Kannst du dir vorstellen, Gillitzer, dass ich mir jahrelang das Hirn zermartert habe, ob es überhaupt einen Gott gibt? Ich habe keinen Sonntagsgottesdienst versäumt, bin regelmäßig zur Beichte gegangen, habe nie mein Nachtgebet vergessen, nicht mal nach Partys. Trotzdem habe ich immer mehr gezweifelt.«

Auf meine vorsichtige Frage, ob Zweifel nicht normal seien, wenn man etwas nicht wisse, sondern glauben müsse, antwortete er mit einem entschiedenen Nicken. Das hätten vor mir schon große

Theologen festgestellt, darunter auch der, dem er seine, das sage er in aller Bescheidenheit, erste Erleuchtung verdanke: Dom Hélder Câmara. Ich folgte dem Vortrag über die Befreiungstheologie, bei dem Andreas seine intellektuellen Grenzen durch Leidenschaft zu kompensieren schien, nur mit halbem Ohr, denn vor mir tauchten die ersten zweisprachigen Straßenschilder auf. Immer mehr Ortsnamen kamen mir vertraut vor und ich erinnerte mich an die Ferien, die ich mit meinen Eltern in Südtirol verbracht hatte. An Frühstücke mit knusprigen Semmeln und Marillenmarmelade. An die Speck- und Spinatknödel in unserem Brixner Lieblingswirtshaus mit den geheimnisvollen Menhiren. An den Wintertag auf der Seiser Alm, an dem Berti und ich im wegen eines Sturms abgeschalteten Sessellift vergessen worden waren. Wir hatten aus drei Metern Höhe abspringen müssen, waren aber zum Glück weich im Tiefschnee gelandet. Diese Bilder machten mich seltsam wehmütig.

Da fiel mir die Grenze ein, an der mein Vater, der Italiener und deutschsprachige Südtiroler gleichermaßen liebte, die Zöllner immer in beiden Sprachen begrüßt hatte.

»Andi, was machen wir am Brenner?«

»Kaffeepause.«

»Ich meine, was machen wir, wenn die dort meinen Führerschein sehen wollen?«

»Der interessiert die Grenzer nicht.«

»Und wenn sie misstrauisch werden, weil ich noch ziemlich jung aussehe?«

»Nein, denk dir nichts. Alles wird gut gehen.«

»Kannst du nicht wenigstens da fahren? Nur ein Stück.«

»Meinst du, das sieht die Muttergottes nicht? Wenn ich das mache, kriegen wir mit Sicherheit Probleme.«

Er merkte nicht, wie sehr er mir mit seinem magischen Denken auf den Geist ging, und plapperte, während die Staatsgrenze unaufhaltsam näher rückte, munter weiter. Neben Dom Hélder Câmara habe ihm vor allem Paulo Freire, ein ebenso revolutionärer wie tiefgläubiger Pädagoge, die Augen geöffnet. In seiner *Pädagogik der Unterdrückten* stehe, wenn er sich nicht täusche, der wichtigste Satz überhaupt.

»Wir machen uns schuldig, wenn wir nicht bereit sind, unser Leben dafür zu geben, Mutter Erde zu schützen.

»Passaporti!«

Ich hoffte, dass der Zöllner nicht bemerkte, wie nervös ich war, als ich ihm die Reisepässe reichte. Er schaute auf das Foto von Andreas, dann in mein Gesicht, stutzte, schlug meinen Ausweis auf, schaute zu Andreas, dann schnell zu mir.

»Dove andate?«

Als ich ihn fragend ansah, schlug er »Germania« vor. Ich antwortete anders als auf der Hinreise nicht mit »ita«, sondern dem korrekten »si«. Er gab mir die Pässe zurück und winkte uns weiter. Von seinen österreichischen Kollegen war nichts zu sehen, wahrscheinlich fand gerade ein Schichtwechsel statt.

Mir war wegen der Anspannung und der Erschöpfung schlecht, trotzdem wollte ich auf keinen Fall eine Pause machen, bevor wir die Kontrollen bei Kufstein nicht überstanden hatten. Am österreichischen Schlagbaum war ich unsicher, ob ich die kaum wahrnehmbare Kopfbewegung des Beamten als Erlaubnis zur Weiterfahrt deuten durfte oder ob er nur seinen verspannten Nacken gedehnt hatte. Als ich mich freundlich erkundigte, reagierte er ungehalten.

»Fahr weiter, Bürscherl, oder soll ich rauskommen?«

»Nein, nicht nötig, danke. Wiederschauen.«

Das Filzen übernahmen die Deutschen. Wir wurden aufgefordert, den Wagen an die Seite zu fahren und auszusteigen. Während ein Beamter sich mit unseren Pässen entfernte, durchsuchten zwei andere den R4. Dabei kam auch ein Spürhund zum Einsatz. Einer der Polizisten, der Gummihandschuhe trug, durchwühlte unsere Rucksäcke mit der verschwitzten Wäsche, die auch den Hund sehr interessierte. Der andere leuchtete mit einer Taschenlampe in den

Motorraum und unter den Wagen. Andreas gab freundlich alle gewünschten Auskünfte zu unserem Reiseverlauf, wurde aber unterbrochen, als er von seiner wundersamen Rettung aus der Bergnot erzählen wollte. Ich stand die ganze Zeit wie gelähmt vor Angst neben ihm. Hätte die Durchsuchung noch ein bisschen länger gedauert und wäre der Beamte mit den Pässen nicht mit einem »sind in Ordnung« zurückgekehrt, hätte ich womöglich auch wieder zu beten begonnen. Aber die Grenzposten schickten uns auch so, ohne nach meinem Führerschein gefragt zu haben, weiter.

Als der R4 wieder vor sich hin tuckerte, war ich so erleichtert, dass ich das Autobahn-Lied von *Kraftwerk* anstimmte.

»Wir fahren, fahren, fahren auf der Autobahn
Wir fahren, fahren, fahren auf der Autobahn
Vor uns liegt ein weites Tal
Die Sonne scheint mit Glitzerstrahl.«

Andreas schien allein das Wort »Autobahn« körperliche Schmerzen zu bereiten, er feierte lieber das Plumpsklo, mit dem er künftig Strom erzeugen wollte. Mir fielen jetzt immer wieder die Augen zu, trotzdem gelang es mir, am Inntal-Dreieck unfallfrei abzubiegen und mich am Irschenberg in die, meinem bescheidenen Tempo angemessene, ganz rechte Spur einzuordnen.

Vierzig Kilometer vor München wurde ich euphorisch. Auf mich warteten lauter spannende Dinge. Da ich inzwischen jede Menge Fahrpraxis hatte, würde ich meinen Führerschein im Rekordtempo machen. Bestimmt konnte ich Andreas überreden, seinen Wagen nicht zu verschrotten, sondern mir günstig zu verkaufen. Als Eigentümer eines R4 fand ich auch bald wieder eine Freundin. Nachdem ich die Pflicht der Mathe-Prüfung mit Anstand gemeistert hatte, würde mit den restlichen Fächern die Kür folgen. Mit etwas Glück erreichte ich eine Abitur-Note mit einer Zwei vor dem Komma. Am NT würden wir mit den Proben zu einem neuen Stück beginnen. Vielleicht beförderte Erik mich zum Regieassistenten. Dann würden auch meine Eltern endlich mal in unser Theater kommen und sehen, dass ihr Sohn ein Mensch war, auf den sie stolz sein konnten.

Ich riss meine müden Augen auf. Was war denn das?

52

Fünfhundert, vielleicht auch nur vierhundert Meter vor uns war die Autobahn auf der ganzen Breite überstrahlt, als wäre ein UFO gelandet. Wahrscheinlich nur eine Baustelle, dachte ich, lenkte den Wagen vorsichtshalber aber auf den Seitenstreifen. Andreas starrte auf das seltsame Schauspiel vor uns. Ich wollte noch den Witz machen, dass es langsam reiche mit seinen Marienerscheinungen, da begriff ich, was los war.

»Andi, das sind die Bullen. Schnell, wir müssen Plätze tauschen!«

Ich stellte den Motor ab, schaltete das Licht aus und wartete auf seine Reaktion. Nach endlos langen Sekunden schüttelte er den Kopf.

»Nur ein paar Hundert Meter, dann fahre meinetwegen wieder ich.«

»Gelübde ist Gelübde.«

»Und unsere Freundschaft? Was ist mit der?«

»Tut mir leid, Gillitzer.«

Ich sah, dass er schluckte. Wenn er zu heulen anfing, half es auch nichts.

»Wie du meinst. Dann bleiben wir eben stehen. Ich fahre da nicht hin.«

Die Polizei hatte uns natürlich längst entdeckt. Männer in Uniformen liefen hektisch hin und her. An einem Wagen flammten die Scheinwerfer auf, dann am nächsten.

»Ich habe einen Vorschlag«, sagte Andreas. »Ich setze mich ans Steuer, aber den Motor lasse ich ausgeschaltet.«

»Super Idee.«

Vor uns starteten mehrere Fahrzeuge mit heulenden Martinshörnern und Blaulicht.

»Ja, dann mach schon!«

Ich wartete darauf, dass Andreas über mich kletterte und ich unter ihm auf den Beifahrersitz rutschen konnte. Stattdessen riss er die Tür auf und rannte in einem großen Bogen um den Wagen herum auf die Fahrerseite. Wir saßen zwanzig, höchstens dreißig Sekunden auf unseren neuen Plätzen, da bremsten die Polizeiautos scharf vor, neben und hinter uns. Einsatzkräfte in tannengrüner Schutzkleidung und mit bis auf die Augen vermummten Gesichtern sprangen heraus und richteten Maschinenpistolen auf uns.

»Rauskommen!«

Vor lauter Aufregung stürzte ich beim Verlassen des Wagens beinahe, was einer der Männer damit beantwortete, dass er mir seine Waffe in die Rippen rammte.

»Hände aufs Wagendach! Beide!«

»Wer ist da weggelaufen?«, schrie eine ältere Stimme aus dem Hintergrund.

»Niemand.«

»Flüchtige Person verfolgen! Beeilung!«

Zwei Polizisten rannten mit ihren MPs zum Gebüsch neben der Autobahn und verschwanden darin.

»Beine auseinander!«

Jemand tastete mich ab und schien sich besonders für meinen Unterleib zu interessieren.

»Bitte. Da ist nichts.«

»Mund halten!«

Andreas stand mir gegenüber und ließ die Prozedur schicksals- oder besser gesagt gottergeben über sich ergehen. Ich beschwor ihn mit Blicken, mich auf keinen Fall als Fahrer zu verraten. Als er mich verständnislos ansah, ahmte ich mit den Fingern der linken Hand so unauffällig wie möglich eine Lenkbewegung nach und bewegte den Zeigefinder der rechten zu einem Nein hin und her. Ich hoffte, Andreas war klar genug im Kopf, um mich zu verstehen.

»Was soll das Gezappel?«

Die Frage, die wohl mehr eine Anweisung war, wurde mit einem weiteren, schmerzhaften Stoß mit der MP unterstrichen. Während unsere Bewacher dafür sorgten, dass wir »schön brav« mit gespreizten Beinen und den Händen auf dem Autodach dastanden, zog der Rest des Kommandos sich zu einer ausgiebigen Beratung zurück. Nach einer Weile begannen meine Muskeln wegen der ungewohnten Körperhaltung zu flattern. Das freute den für mich zuständigen Vermummten.

»Was haben wir denn da? Eine Nähmaschine. Ist das eine Singer oder eine Pfaff?«

Arschloch, dachte ich. Sagte aber nichts.

Die Männer, die den angeblich Geflüchteten gesucht hatten, kamen zurück und riefen: »Zielperson nicht gefunden!« Trotz dieser Meldung fragte der Älteste aus der Truppe, der Zivilkleidung trug und auf dessen Befehle die anderen hörten, mich erneut nach der dritten Person. Ich beteuerte, dass wir nur zu zweit gewesen seien.

»Mitkommen! Barthel, Anesser, ihr vernehmt den anderen.«

Er packte mich am Arm, wandte sich noch mal um.

»Eine Fahrspur wieder freigeben.«

»Eine Fahrspur freigeben«, echote es.

Ich wurde zu einem VW-Bus geführt, in dem zwei Beamte in Uniform an einem Tisch saßen. Einer der beiden sprach in einen Telefonhörer, der andere schenkte sich aus einer Thermoskanne dampfenden Tee ein. Erst da merkte ich, wie kalt es in Deutschland wieder war. Ich trug immer noch T-Shirt, kurze Hosen und Sandalen.

»Wer war die dritte Person?«

»Da war keiner außer uns.«

»Es ist eindeutig jemand weggelaufen.«

»Nein, ehrlich nicht.«

»Ich sehe doch keine Gespenster.«

Ich hätte seinen Irrtum aufklären können. Aber hier ging es um einen Führerschein. Um meinen Führerschein! Ich war fest entschlossen, den Fahrerwechsel nicht zu gestehen – und wenn sie mich folterten.

Der Verkehr, der sich hinter uns gestaut hatte, kam wieder ins Rollen, allerdings nur sehr langsam, weil jedes zweite Fahrzeug kontrolliert wurde. Ein paar Meter von mir entfernt wurde Andreas befragt. Ich konnte nicht hören, was er sagte, aber er gab offensichtlich freundlich Auskunft. Hoffentlich blieb er nicht nur bei seinem Gelübde standhaft.

»Wenn niemand weggelaufen ist, wieso seid ihr dann stehen geblieben?«

Mir fiel auf, dass mein Vernehmer mit einem Mal einen beinahe freundlichen Ton anschlug. Offenbar hatte er sich für eine neue Strategie entschieden.

»Willst du mir das erklären?«

»Das müssen Sie meinen Freund fragen. Ich bin ja nicht gefahren.«

»Hat er nicht gesagt, wieso?«

Ich schüttelte den Kopf.

»Vielleicht ist er erschrocken, wegen Ihrer Sperrung.«

»Ist dir klar, wie gefährlich das war? Die Kollegen stehen unter einem Riesenstress. Stell dir vor, einer hätte geschossen.«

Er sagte das so eindringlich, dass mir im Nachhinein der Schrecken in die Glieder fuhr. Ein Massaker wäre mein Führerschein dann doch nicht wert gewesen.

»Woher kommt ihr denn?«

»Aus München-Untermenzing.«

»Nein, jetzt gerade.«

»Ach so, vom Klettern in Italien.«

Unseren Aufenthalt in Rom ließ ich lieber weg. Da hatte es einige Vorfälle gegeben, die einem Polizisten nicht gefallen würden.

»Wo genau wart ihr?«

»Im Gebiet vom Gran Sasso.«

»Gibt's da auch Orte?«

»Ja, klar, Dörfer.«

»Ich würde gern Namen hören.«

»Campo Imperatore.«

»Noch einen.«

»Assergi.«

Er schrieb beide Namen auf einen Zettel – Assergi mit tsch – und winkte einen jungen Kollegen heran.

»Schau mal in den Wagen, ob du Kletterausrüstung findest.«

Der Mann wollte sich auf den Weg machen.

»Warten Sie! Die haben wir nicht mehr.«

Mein Vernehmer musterte mich mit durchdringendem Blick und seine Stimme wurde wieder schärfer.

»Hast du dafür eine Erklärung?«

»Mein Freund wäre beinahe abgestürzt. Wir haben die Tour abbrechen und das Seil oben lassen müssen. Alles andere haben wir verschenkt.«

»Aber doch nicht eure Bergschuhe.«

»Wir sind mit Turnschuhen geklettert.«

Er lachte höhnisch und es war nicht herauszuhören, ob er mir nicht glaubte oder Turnschuh-Kletterer verachtete.

»Du hast auf deiner Reise doch sicher ein paar Wörter Italienisch gelernt.«

»Nur die allerwichtigsten.«

»Dann weißt du als Kletterer bestimmt, was Seil heißt.«

Und du, dachte ich, hörst, wenn du Assergi mit tsch schreibst, bestimmt nicht den Unterschied zwischen Italienisch und Lateinisch.

»Funis.«

Wohl um sich keine Blöße zu geben, nickte mein Vernehmer anerkennend. Ich hielt den Moment für geeignet, höflich darum zu bitten, mir meinen Pulli aus dem Auto holen zu dürfen.

»Du bleibst hier!«

Das kam derart schroff, dass ich zu meiner Entschuldigung beide Hände hob. Er stutzte.

»Was ist das?«

»Was?«

»Die Wunden, woher hast du die?«

»Ach die. Vom Seil. Ich habe doch gesagt, dass mein Freund …«

»Vom Seil. So schauen Hände aus, wenn man sich an etwas verbrannt hat. An einem Molotowcocktail zum Beispiel.«

Ich schüttelte verzweifelt den Kopf. Mit war schlagartig klar geworden, dass die Autobahn nicht wegen der Fahndung nach Dealern, Einbrechern oder Wilderern gesperrt worden war. Sie suchten Terroristen! Ich hatte *Die verlorene Ehre der Katharina Blum* gesehen und wusste, dass ein falscher Verdacht zur Katastrophe führen konnte. Womöglich informierte der dauertelefonierende Beamte im VW-Bus gerade die *Bild-Zeitung*.

»Nein?« Mein Vernehmer lächelte künstlich. »Du weißt wahrscheinlich nicht mal, was das ist. Oder sagst du nur anders dazu? Molli vielleicht?«

Ich sah den brennenden Bus am Corso Vittorio Emanuele II vor mir und bekam einen trockenen Mund. Es war nicht auszuschließen, dass jemand uns mit den Spontis aus Bologna gesehen hatte und die Italiener inzwischen nach uns fahndeten. Wie lange dauerte es wohl, bis so eine Information die deutschen Behörden erreichte?

Als ich schwieg, ließ mein Vernehmer mich ohne Erklärung wieder mit meinem Bewacher allein. Ich beobachtete, wie er sich im VW-Bus einen heißen Tee genehmigte und ausgiebig unsere Pässe studierte. Die Beamten zeigten ihm ein Klemmbrett mit Notizen.

Aichach, schoss es mir durch den Kopf. Da waren wir mit Andreas' R4 gesehen worden. Bettina Helsdorf saß zwar angeblich in Stadelheim, aber das bedeutete nicht, dass im Frauengefängnis Aichach keine andere Terroristin inhaftiert war. In meinem Kopf wurde die Liste der Taten, die ich nicht begangen hatte, die mir aber angelastet werden konnten, immer länger. Illegale Besetzung der Pädagogischen Hochschule Pasing, Vorbereitung einer Gefangenenbefreiung, Mitwirkung an einem Brandanschlag. Mein Attentat auf den Lottoladen, das eigentlich eine Bank hätte treffen sollen, war sogar eine Tatsache.

»Eine Riesenscheiße ist das«, kam es hohl aus der Maske meines Bewachers.

»Das kann man wohl sagen.«

»Ich meine nicht dich, du Blödmann. Wir sind jetzt die vierte Nacht im Einsatz. Seit der Entführung vom Schleyer drehen sie alle durch.«

»Schleyer? Wer ist das?«

Meine Antwort schien ihn misstrauisch zu machen, denn er sagte kein Wort mehr, bis sein Vorgesetzter zurückkehrte.

»Der Pimpf hat mir gerade weismachen wollen, er wüsste nicht, wer der Schleyer ist.«

»Tatsache?«

Der Vermummte nickte, mein Vernehmer lachte hämisch. Offenbar war es nicht vorteilhaft, keinen Schleyer zu kennen. Konnte ich es riskieren, so zu tun, als erinnerte ich mich. Oder brachte ich mich damit noch mehr in die Bredouille? Das Gesicht meines Vernehmers kam jetzt so nahe an mich heran, dass es unscharf wurde.

»Hanns Martin Schleyer, nie gehört? Ist ja auch nur in allen Medien.«

»Ich habe keine Zeitung gelesen in Italien.«

»Ich dachte, du kannst so gut Italienisch?«

»Das habe ich nicht gesagt.«

»Radio hörst du auch keines?«

»Das haben sie uns in Rom, Quatsch, in L'Aquila geklaut. Drum ist auch das Seitenfenster kaputt.«

Er fixierte mich.

»Warum packst du nicht endlich aus? Schau mal, wie du schon bibberst. Ich kann mich jederzeit in den Bus setzen, wenn mir kalt ist. Dich lass ich hier draußen stehen, bis du so durchgefroren bist, dass ich dich wie einen Eiszapfen in kleine Stücke zerbrechen kann. Also …«

Ich dachte an meinen Führerschein und schüttelte den Kopf.

»Wie du meinst.«

Er wollte sich wieder entfernen, da kam einer der Polizisten gelaufen, von denen Andreas befragt wurde und der Barthel oder Anesser hieß.

»Ich glaube, wir haben die Erklärung.«

Er tuschelte mit meinem Vernehmer. Ich hielt Ausschau nach meinem Freund. Er stand mit einer Tasse Tee am VW-Bus und plauderte entspannt mit einigen Polizisten. Jetzt haben sie ihn doch weichgekocht, dachte ich. Der Verräter. Bei mir war er so stur, vor der Polizei kapituliert er.

Mein Vernehmer näherte sich mit einem Siegerlächeln.

»Darf ich mal deinen Führerschein sehen?«

»Ich habe noch keinen.«

»Es soll Leute geben, die sich trotzdem ans Steuer setzen.«

»Echt? Das ist doch verboten.«

Ich muss wohl ein wenig zu naiv geschaut haben, denn sein Lächeln erstarb und sein Gesicht rötete sich.

»Was bildest du dir ein! Wir fahnden hier nach Terroristen, die unserem Staat den Krieg erklärt haben. Und du Rotzlöffel meinst, du könntest uns verarschen.«

Ich ließ mich von seinem Gebrüll nicht einschüchtern und zitterte nur wegen der Kälte. Meine Stimme war einigermaßen fest.

»Sie wollen Terroristen kriegen und merken nicht mal, dass mein Freund spinnt?«

Mein Vernehmer starrte mich ungläubig an. Ich bemerkte, dass seine rechte Hand zuckte, offenbar hätte er mir am liebsten eine Ohrfeige verpasst. Er beherrschte sich und ließ mich weiter frieren.

Meine Bewacher wurden abgelöst und verabschiedeten sich unter Verwünschungen. An der Kontrollstelle hatten die Fahnder, wenn ich es richtig beobachtet hatte, in der Zwischenzeit einen Drogendealer, einen älteren Mann mit einem minderjährigen Mädchen und zwei Personen ohne gültige Papiere erwischt.

Aber dann erlebte auch ich mein Wunder. Es kam mindestens so unerwartet wie Andreas' Kraftschub unter dem Überhang.

Plötzlich hörte ich meinen Freund schreien. Ich verstand nichts, sah aber, dass ein Uniformierter ihn unter dem Gejohle der Kollegen mit Gewalt zum R4 zu schleppen versuchte. Andreas wehrte sich verbissen, was für noch mehr Heiterkeit sorgte. Mein Vernehmer beendete den Spaß. Andreas redete wild gestikulierend auf ihn ein und geriet so außer sich, dass er schließlich gepackt und in Handfesseln abgeführt wurde.

Als der Vernehmer wieder vor mir stand, wirkte er sehr müde.

»Schleich dich.«

Ich glaubte, nicht recht zu hören.

»Ich soll … Und mein Freund?«

»Der muss sich erst noch beruhigen.«

»Was ist denn passiert?«

»Du hast recht gehabt, er spinnt. Und zwar komplett. Die Kollegen haben ihn nur gebeten, seine Karre ein Stück zur Seite zu fahren, für eine zweite Kontrollspur. Da ist er völlig durchgedreht. Er würde eher sterben, hat er gesagt, als ein Auto fahren. Das hätte er der Muttergottes persönlich versprochen.«

Ich war kurz perplex und fragte mich im nächsten Moment, wie lange es wohl dauern würde, bis er zur logischen Folgerung gelangte, dass in dem Fall nur ich am Steuer gesessen haben konnte. Noch einmal war mein Talent zur spontanen Lüge gefragt.

»Die Muttergottes, Wahnsinn. Dem Andi fällt auch dauernd was Neues ein.«

Mein Vernehmer legte den Kopf schief wie unsere Hündin, wenn sie ein fremdes Geräusch hörte.

»Am Irschenberg hat ihn sein R4 noch furchtbar genervt, weil er so schlecht zieht. Wenn er das Geld hätte, hat er gesagt, würde er sich sofort einen Porsche kaufen.«

Ich registrierte, dass ich allein lachte.

»Jetzt gehst du besser, bevor ich's mir anders überlege.«

Ich ließ mich nicht zweimal auffordern und stolperte mit meinen eingefrorenen Beinen davon.

»Alles Gute für den Führerschein, du Saukerl.«

Ich schaute mich lieber nicht mehr um.

53

Ich hockte mit zum Kinn hochgezogenen Knien in einer Telefonzelle. Hier war es wenigstens etwas wärmer und am Boden hatte ein früherer Gast Zeitungen hinterlassen. Nachdem ich in meinem Geldbeutel zwischen den Lire-Münzen noch drei Zehnerl gefunden hatte, hatte ich länger überlegt, für welchen Anruf ich zwei davon ausgeben sollte. Die wenigsten meiner Freunde besaßen ein Auto oder konnten sich um drei Uhr nachts eines leihen. Meine Theater-Kollegen waren bis auf Frederik, der als Häftling für Chauffeurdienste nicht zur Verfügung stand, vermutlich alle im Urlaub. Ich versuchte es bei Markus, er ging nicht dran. Wenn er gekifft hatte, hörte er das Telefon nie. Hetti hatte sich, wenn sie Johns Warnung ernst genommen hatte, wie Andreas und ich aus München abgesetzt. Blieben nur meine Eltern. Aber, war es nicht wahnsinnig peinlich, sich von ihnen wie ein besoffener Teenager nach einer Party abholen zu lassen? Andererseits handelte es sich eindeutig um einen Notfall. Bis die ersten Busse fuhren, würde es noch Stunden dauern und genauso lang, wenn ich zu Fuß nach Untermenzing ging. Ich ließ es zehn Mal klingeln und wollte schon aufgeben, da meldete sich meine Mutter.

»Gillitzer.«

Es klang eher wie »Glitzer«, so verschlafen war sie.

»Mama, du musst mir helfen.«

»Peter! Um Gottes willen, was ist passiert?«

»Nichts Schlimmes. Ich sitze nur hier in Ramersdorf fest und weiß nicht, wie ich nach Hause kommen soll.«

»Ramersdorf, wieso denn in Ramersdorf?«

»Erkläre ich dir später.«

»Was ist mit Andreas?«

»Er ist okay … so weit.«

Ich beschrieb ihr, wo ich war, und bat sie, mir etwas Warmes zum Anziehen mitzubringen.

Dann wartete ich.

Der Uhrzeiger am Turm der nahen Kirche rückte so langsam vor, dass ich mich fragte, ob nachts eine Minute vielleicht länger dauerte als untertags. Wenn Scheinwerfer die Kabine erhellten, rappelte ich mich hoch. Ich weiß nicht, beim wievielten Mal ich endlich den Wagen meiner Eltern erkannte. Er hielt mit laufendem Motor vor der Zelle. Aber nicht meine Mutter, sondern mein Vater stieg aus. Er reichte mir wortlos einen Pulli und schaute zu, wie ich ihn anzog.

Dann geschah noch einmal ein Wunder. Er umarmte mich. Sogar richtig und etwas länger. Das machte uns beide so verlegen, dass wir bis Giesing schwiegen. Auf der Höhe des Sechziger Stadions kündigte er mit einem Räuspern an, dass er die Sprache wiedergefunden hatte.

»Jetzt geht schon bald die Sonne auf.«

»Hm, kann nicht mehr lange dauern. Danke, dass du wegen mir aufgestanden bist.«

»Deine Mutter hat schon wieder Migräne.«

»Die Arme.«

»Sie war übrigens ein bisschen traurig, dass du nicht an ihren Geburtstag gedacht hast.«

»Scheiße, stimmt.«

Ich machte mich auf Vorwürfe gefasst und suchte nach einer Entschuldigung.

»Halb so schlimm. Wir feiern sowieso erst in einer Woche, wenn deine wunderliche Großmutter aus Indien zurück ist.«

Er grinste.

»Aber dann gleich doppelt.«

Ich überlegte, welchen Geburtstag ich noch vergessen hatte, kam aber nicht drauf.

»Jetzt, wo du wieder da bist. Vielleicht kaufe ich beim Metzger Schmid in Allach sogar Steaks, weil du die doch am liebsten magst.«

Ich hatte mich immer geärgert, wenn er »Stieks« sagte, weil ich ihm Absicht unterstellte. Jetzt freute ich mich, dass er wegen mir teures Fleisch kaufen wollte. Da spielte es auch keine Rolle, dass er dachte, »Stieks« wären meine Leibspeise. In Wahrheit waren es seit mindestens zwei Jahren Krautwickerl.

»Wir zapfen auch ein Fass Bier an, aber ein gescheites, nicht so eines aus Blech.«

»Wie viele Leute kommen denn?«

»Alle die du einladen magst. Meinetwegen auch Mädchen. Im Garten ist genug Platz für eine Party.«

Das Wort *Party* sprach er ohne Anführungszeichen aus. Allmählich kam ich mir vor wie der verlorene Sohn aus dem Lukas-Evangelium, dessen Rückkehr mit einem großen Fest gefeiert wird. Hoffentlich wurden meine Brüder nicht eifersüchtig.

»Eine gesunde Farbe hast du. Wo warst du denn überall?«

»Am Gran Sasso … und vorher in Rom.«

»Roma. Che città! La più bella di tutte.«

Abgesehen davon, dass seine Aussprache ziemlich überzeugend klang, verriet seine Stimme eine Sehnsucht, die mich überraschte. Er redete selten über die Jahre, bevor meine Mutter in sein Leben getreten war, an diesem frühen Morgen, als am Himmel ein erstes, zartes Licht erschien, begann er unvermittelt zu erzählen. Ich wusste zwar, dass er im Krieg in Norditalien mit einer Stella befreundet gewesen war – platonisch, wie er immer betonte. Neu war, dass er aus Liebe zu dieser Frau noch zwei Jahre später einen Sprachkurs in Rom belegen und sogar dort hatte studieren wollen.

»Wieso hast du's nicht gemacht?«

Er zögerte.

»Ich weiß nicht …«

»Angst?«

»Nein. Wenn man so lang im Feld war, hat man keine Angst vor der Fremde. Ich hab's einfach nicht übers Herz gebracht, meine Eltern allein zu lassen.«

»Du warst doch längst erwachsen.«

»Ich war sogar schon sechsundzwanzig.«

»Habt ihr euch so gut verstanden?«

»Eigentlich gar nicht. Besonders mit meinem Vater hat es oft gewaltig gekracht. Er hat ziemlich lange gebraucht, um zu begreifen, dass eine neue Zeit angebrochen war.«

Ich hätte ihn fast gefragt, ob das nicht auch sein Problem war, aber ich wollte den seltenen Moment der Vertrautheit zwischen uns nicht gefährden.

»Vielleicht wolltest du ja nicht gehen, bevor ihr versöhnt wart.«

»Das könnte sein.«

»Hast du deine Entscheidung je bereut?«

Er schwieg länger.

»Ich liebe deine Mutter. Wäre ich nach Rom gegangen, hätte ich sie wohl nie kennengelernt. Aber jetzt verrate mir mal lieber, wieso du mitten in der Nacht und ohne Andreas aus Rom heimgekommen bist.«

Damit lag der Ball wieder in meinem Spielfeld.

»Wir sind in eine Polizeikontrolle geraten.«

»Ja, die suchen jetzt überall nach Terroristen.«

»Das habe ich irgendwann auch begriffen.«

»Die haben euch doch nicht verdächtigt?«

Ich hob seufzend die Schultern.

»Dich auch? Das glaube ich jetzt nicht. Ich meine, du erzählst eine Menge Schmarren, wenn der Tag lang ist, und könntest dich mal wieder waschen und zum Friseur gehen. Aber du bist doch kein Terrorist – mit achtzehn.«

»Für die Polizei war ich erwachsen genug, um mich stundenlang festzuhalten.«

Mein Vater rang vor Empörung um Worte.

»Als würdest du einen entführen. Man muss dir doch nur in die Augen schauen. Da sieht man doch, dass du … im Grunde ein anständiger Mensch bist.«

Ich war mir da nicht zu hundert Prozent sicher. Trotzdem kämpfte ich vor Rührung mit den Tränen.

54

Die Doppelparty anlässlich des 47. Geburtstags meiner Mutter und meiner Rückkehr in die Heimat fiel dann doch eher bescheiden aus, was vor allem daran lag, dass ich nur Freunde eingeladen hatte, die mein Elternhaus und meine Familie gut kannten. Bei ihnen musste ich mich wenigstens nicht für Gäste wie Theo entschuldigen, der lautstark seine Strategien für den Kampf gegen die RAF und die »Austrocknung des Sympathisantensumpfes« zum Besten gab. Seiner Ansicht nach war mit den Morden an Buback und Ponto und jetzt der Entführung des Arbeitgeberpräsidenten Hanns Martin Schleyer der Kriegsfall eingetreten. Daher könne man bedenkenlos die Bundeswehr für Razzien in Wohngemeinschaften, linken Anwaltskanzleien, Parteien und Vereinen einsetzen. Er persönlich würde auch wesentlich mehr Leute ins Visier nehmen als das BKA. Nicht nur polizeilich nicht gemeldete Personen und solche, die ihre Miete in bar bezahlten, sondern auch sämtliche 2CV- und R4-Fahrer, Männer mit Nickelbrille und langen Haaren sowie Frauen ohne BH. Dann wäre der ganze Spuk in ein paar Tagen vorbei. Meine Mutter versuchte den Kreis der Verdächtigen zu begrenzen, indem sie einen Teil der Langhaarigen und der Frauen ohne BH ausnahm. Unter den Letzteren hätten manche nun mal einen so kleinen Busen, dass ein Büstenhalter überflüssig sei. Und eine Langhaarfrisur, wenn auch eine gepflegte, trage sogar schon jemand wie Roy Black, der weiß Gott kein Revoluzzer sei.

Meine Freunde bedienten sich kräftig am Fassbier und ließen sich mit steigendem Alkoholpegel von den älteren Gästen in politische Diskussionen verwickeln. Markus erntete für seinen Vorschlag, mit den Terroristen in Verhandlungen einzutreten, Hohngelächter. Meinhard wurde wegen seiner Bibelzitate zur Feindesliebe milde belächelt. Nur meine Großmutter nahm sie zum Anlass, mit ihm länger über Mahatma Gandhi zu sprechen. Ich fragte mich, was für eine Position Andreas vertreten würde, wäre er meiner Einladung gefolgt. Aber er wollte Städte vorerst meiden – zu seiner »Entgiftung«. Thomas' besoffener Vorschlag, sämtliche inhaftierten RAF-ler zu Idi Amin zu schicken, wurde von der Mehrheit der Freunde meiner Eltern abgelehnt. Über die Todesstrafe für Terroristen könne man reden, Quälereien bei lebendigem Leib mit aufgeschnittenen Bäuchen, wie der ugandische Staatschef sie liebe, passten nach einhelliger Meinung nicht zu einer höheren Zivilisation wie unserer.

Mir fiel auf, dass mein Vater, der sonst keiner Debatte aus dem Weg ging, sich seit geraumer Zeit abseits hielt. Ich ging zu ihm, um mich für die großzügige Einladung, das Bier und die Wiener Würstchen – Steaks waren angeblich ausverkauft gewesen – zu bedanken.

»Geht's dir nicht gut, Papa?«

Er zuckte die Achseln.

»Bisschen viel Politik für ein Geburtstagsfest, oder?«

»Na ja, kein Wunder in dieser furchtbaren Zeit.«

Er pflückte eine Zwetschge von dem Baum, auf den er besonders stolz war, weil er jedes Jahr so reich trug. Er aß sie aber nicht, sondern drehte sie zwischen den Fingern hin und her.

»Deine Mutter hat es mir gesagt.«

Ich wusste sofort, was er meinte.

»Ich finde es zu früh, Peter, viel zu früh.«

»Aber so eine Gelegenheit kommt nicht so bald wieder und ich wohne ja gar nicht weit weg von euch.«

»In einem Gewächshaus.«

»Ich finde das toll.«

»Was soll da draußen toll sein, zwischen einem Quetschwerk und einer Sozialsiedlung?«

»Ich möchte es wenigstens mal ausprobieren. Wenn es mir nicht gefällt, komme ich wieder zu euch.«

»Wenn wir dich dann noch haben wollen.«

Das klang bitter, war aber hoffentlich nicht ernst gemeint.

»Ich habe gedacht, du verstehst mich, Papa. Nach dem, was du mir über deine Rom-Pläne erzählt hast.«

»Das war was anderes, da hätte ich studiert.«

»Ich studiere auch in einem Jahr.«

»In München. Dafür brauchst du nicht ausziehen. In unserem Haus ist genug Platz.«

Ich musterte ihn.

»Ist das dein Problem? Schämst du dich vor Leuten wie Theo, der jedem Langhaarigen die Polizei schicken möchte?«

Mein Vater biss in die Zwetschge, spuckte das Fruchtfleisch aber gleich wieder aus.

»Verwurmt?«

Er antwortete nicht, sondern blickte mir ernst in die Augen.

»Findest du mich wirklich so schlimm?«

Ich spürte einen Kloß im Hals.

»Eigentlich nicht. Das mit dem ausgeschlagenen Erbe war sogar richtig stark von dir.«

Er nickte und sah mich nachdenklich an.

»Du wirst dich allein fühlen ohne deine Familie.«

Genauso kam es, als ich zehn Tage später zum ersten Mal in meiner neuen Bleibe, die Andreas mir untervermietet hatte, übernachtete. Nach dem Trubel des Umzugs, bei dem mir nicht nur Klassenkameraden und Jakob und Ben von *Herr Brumml*, sondern auch Boris und Franzi aus dem Theater geholfen hatten, herrschte plötzlich eine bedrückende Stille. Da halfen auch die Stimmen und die Musik aus der nahen Siedlung und das gedämpfte Tuckern des Dieselaggregats wenig. Ich wusste nicht mehr weiter. Sollte ich mich auf meine Matratze setzen oder auf den Flokati? Ich entschied mich für den Teppich und blickte mich verunsichert um. Zum Glück hatten meine Eltern mir erlaubt, einige vertraute Möbel mitzunehmen, wie meinen Schreibtisch und eine ausrangierte Kommode aus dem Keller. Auf meinen Kleiderschrank hatte ich verzichten müssen, den bekam Berti, der es nicht erwarten konnte, in mein altes Zimmer zu ziehen. Ich stand wieder auf und suchte den alten Koffer mit meinen Postern. Mit ihnen wollte ich wenigstens einen Teil der Verglasung bekleben, um nicht überall im Raum vom benachbarten Mietshaus aus beobachtet werden zu können. Oder war das große Banner aus dem NT geeigneter, das Erik mir zum Einzug geschenkt hatte? Ich breitete es auf dem Boden aus.

5 Jahre Neue Theatergenossenschaft – 5 Jahre Olimpia.

Komisch, dachte ich, jetzt bin ich schon so lange volljährig und habe immer noch keine eigene Party gefeiert.

Das war es. Konnte es einen besseren Ort geben?

Ich schloss die Augen und stellte mir vor, wie die Verglasung die bunten Farben einer Lichtorgel aus allen Richtungen reflektierte. Okay, wenn der DJ zu laut aufdrehte, würden die Scheiben zu vibrieren beginnen, zerspringen würden sie hoffentlich nicht. Sollte ich Theo Crash fragen, ob er Lust zum Auflegen hatte?

Ich holte einen Block und begann, beginnend mit Berti, die Namen der Leute aufzuschreiben, die ich einladen wollte.

Das waren die Klassenkameraden, aber nur die, die ich wirklich mochte, und natürlich meine Band. Dann meine Kollegen aus dem Theater, vor allem Alex, der oder die meine Verzweiflung wegen Caspar so gut verstanden hatte. Auch Frederik, dessen Haftzeit seit Kurzem beendet war. Das bedeutete, dass wir an einem Tag ohne Vorstellung feiern mussten. Was machte ich mit Zita? Sie gehörte auf jeden Fall dazu, vielleicht war unsere Geschichte ja doch noch nicht vorbei. Hetti würde wahrscheinlich nicht aus Kopenhagen kommen. Sie hatte sich für ein Leben in der Freistadt Christiania entschieden, wohin John sie geschickt hatte. Was war mit ihm? Nein, mit ihm wollte ich genauso wenig feiern wie mit Ringo oder Rosso. Und mit Caspar? Jetzt noch nicht, vielleicht irgendwann, wenn ich mich ihm gewachsen fühlte. Von wem bekam ich die Nummer von Gerhard Roth? Den wollte ich unbedingt dabeihaben.

Ich überflog die Namen auf meiner Liste und zählte sie. Es waren keine zwanzig, aber sie gehörten zu meinem Leben. Zu meinem neuen Leben, das jetzt beginnen konnte.

Mein herzlicher Dank für inspirierende Gespräche und kompetente Beratung gilt:

Johanna Bittenbinder
Prof. Nikolaus Froitzheim
Günther Huinink
Markus Stadler

Ein wörtliches Zitat Erich Fromms wurde einem SWR-Interview von Micaela Laemmle und Jürgen Lodemann im Jahr 1977 mit ihm entnommen.

Umschlaggestaltung: Heidi Sorg und Christof Leistl
Typografie und Satz: frese-werkstatt.de
Druck und Bindung: Pustet, Regensburg
ISBN 978-3-95614-561-2